人类

Are Humans

真的是

Really Yahoos?

耶 胡 吗 ？

—— 戴从容 / 著

欧洲文学十四讲

14 Lectures on European Literature

上海三联书店

目录

序

史解经典

一

如今，电影、电视剧、网络文学等电子媒体越来越取代传统书籍，成为很多读者的主要阅读方式。虽然一些经典文学作品会被改编成电影或电视剧，但毕竟面目已非。幸运的是，经典文本现在仍然能够通过学校教育得以延续。但是即便如此，不能不承认的是，如果不是被要求学习，能够在经典作品中怡然自得的读者越来越少。历史似乎一天天离当下而去，经典作品中的故事仿佛与身边发生的一切毫不相干，难以再唤起当代读者的兴趣。

确实，今天不会有人担心像奥德修斯那样在海外旅途中遇到独眼巨人，也不会有人相信面前的陌生人是魔鬼梅菲斯特，用今世的荣华富贵购买自己来世的灵魂。但是，奥德修斯的故事依然被当代作家以不同的形式讲述着，比如爱尔兰作家乔伊斯就把一位20世纪广告商在现代都柏林城的一天游历与几千年前奥德修斯的十年历险相呼应；同样，在尼采宣布上帝已死，人们不再相信超验世界的存在之后，德国作家托马斯·曼依然把笔下那位惊世骇俗的音乐家的遭遇和才华解释为魔鬼的安排。不是这些当代作家抱残守旧，而是人类生命的外表虽然随着时代的变迁在不断变化，生命的实质却更接近一次又一次的复演。

个体生命最大的悲剧是不能永久，也无法延续。虽然娶妻生子被认为可以传宗接代，但对于个体而言，父母的人生感悟并不能直接通过生育传续给子女，每一个生命都是一次全新的开始，这也意味着，人生经验必须由每一个人一次次重新经历和获得。

体验固然本身就弥足珍贵，但人类不同于动物的重要一点，就是人类不必永远在原地一次次重复同样的体验。人类历史之所以能够呈现出不断发展的态势，一个重要原因，就是人群中的智者用文字记录下了他们用生命总结出来的生命经验，后人可以把这些记载下来的经验当作台阶，更快速也更有效地完成从一无所知到生命绽放的过程。

正是人类生命这种既不得不一次次重复，又能够通过借鉴前人减少无效重复这一点，决定了人生的主题既本质上相同，又有借鉴他人经验的必要。而经典，便是数千年来无数人的生命体验经过时间的大浪淘沙和淬砺沉淀后，留下来的最精华的部分。经典与非经典的一大不同，是其生命感悟得到了更多人的认可，很少会信口开河，也不是一己之词。它更加真实，也更加接近人性。即便有的可能看起来是对某种极端情境的描写，它也曾唤起过足够多也足够睿智的读者的共鸣。因此可以说，经典更可信，也更可资借鉴。

经典与非经典的另一大不同，是经典往往对人生体验有更经济也更深刻的呈现，换句话说，经典更能够一针见血地抓住问题的实质，也能对问题有更清晰透彻的表现。因此阅读一本经典所收获的经验，有时足以超过阅读十本非经典所能得到的经验。

第三，有的经典之所以成为经典，是因为它揭示了前人未曾看到的东西，打开了人类的视野。这就好像同一座花园，一无所知者看到的东西，与一个熟悉草木鱼虫或者建筑布局的人看到的东西是不一样的，视野越得到拓展，对生命的洞察也就越丰富，认识也就越深刻。

经典不是简单和无效的重复，经典是有价值的经验的结晶，是个体成长道路上最坚实有效的台阶。

二

不过，经典毕竟穿越时间的流沙而来，就像西安兵马俑，保存不当可能失去光彩，解读不对也只能是隔靴搔痒、走马观花。经典作品虽然具有更大的普适性，但作品中提出的问题和答案都更与其存在的时代相关。当然，按照互文理论支持者的说法，当代人对过去的解读必然是当代的，新的解读会赋予作品新的生命。但是，虽然《大话西游》和《西游记》一样吸引当代的读者，但要获得《西游记》本身特有的生命感悟，而不是只把《西游记》用作自己已有见解的佐证，依然有必要回到当初的历史，明白作品中问题的来龙去脉，从而明白哪些问题在何种情况下可以有不同的解答，哪些立场虽然看起来激动人心，却可能服务于当时党同伐异的目的。只有回到历史，才能既知其然，亦知其所以然，保持自己判断取舍的能力。

用历史的眼光读经典，不仅是对经典的尊重，也是让自己获得更客观中立的立场，获得对经典的更全面的判断力，从而避免成为经典的盲目追随者，毕竟经典只是人的产物，即便是人群中的卓越者，依然会有人类不可避免的局限、偏见和私欲。没有任何经典，即便是万人传颂的经典，值得人去唯唯诺诺，亦步亦趋。人文阅读的最终目的不是获得一些概念和观点，而是培养自身独立的判断力。这一点对每个新的生命尤其重要，毕竟新生命所面临的环境和问题与前人虽然大同，仍有小异。前人的经验是基石，但是如何将基石搭建得适合自身的环境，尤其需要个人独立的判断。

本书的解读会留心把作品放到其产生的那个时代，找出当时人们思考的主要问题，检视这些智者回答时的取舍和得失。本书将不仅关注他们得出的结论，也关注他们解答的角度和方式，以及他们的回答对后人产生的影响。所有这些都有值得后人借鉴的地方。

事实上，每个时代都会有自己的一个或几个核心问题，找出这些核心问题可以更迅速有效地理解当时发生的事情。世界上没有无缘无故的爱恨，也没有无缘无故的思想和立场。有的问题是对新的历史条件所做的回应，有的则是对前人思考的进一步完善。明白问题如何产生，以及前人的解决办法，既是一次愉快的学习，也能获得有益的借鉴。

欧洲文学史中一个最让我敬佩的地方，就是很多智者在思考问题时会尊重人性本身，无论悲观还是乐观，他们都明白人是理解一切的基础。人性一直是文学的重要主题，也是文学的所长，因为文学即人学。发现人类情感的细微变化，把对人性的理解与对人生的解读联系在一起，一直是以描绘命运和内心为主旨的文学最为关心的。当然，宇宙和人脑至今迷雾重重，是科学尚无力洞悉的两大领域。不过，在科学手段依然捉襟见肘的时候，文学可以，也确实在科学之外为理解人性提供了另一种可能。

欧洲文学对人性的认识存在一个不断深入和完善的过程，自从莎士比亚把人性的千姿百态作为表现的主题，人性与世界之间千丝万缕的联系和千变万化的形态也成为文学家思考的主要内容。前人揭开的一层层帷幕，开启的一个个视角，都可以帮助当代的读者打开自己生命的视角和帷幕。

三

这里的十四章内容是在我多年讲课的基础上整理出来的，经过十多年的反复思考和梳理，今天我对这些经典作品的理解，已经与刚走上讲台时大为不同，可以说每一年的理解都会有所加深。新的理解不仅来自阅读量的增加，也来自年龄的增长。

我曾经读到一些关于爱尔兰的论文，虽然通篇振振有词，对每个问题都用理论做出看似合理的解释，但很多解释其实都与爱尔兰实际的文化现象和观念不符。这是初读外国作品常遇到的问题，即由于缺乏对该文化的深刻理解，很多结论可能是自说自话，是用中国人的视角来妄论他人。比如有人因为作家笔下的爱尔兰人物从未进行过反英斗争，就认为作家是在表现爱尔兰人的精神瘫痪，却并不知道爱尔兰人身份构成的复杂性，以及在民族问题上存在的各种不同主张。事实上，爱尔兰的民族解放问题比现代中国的民族解放复杂很多，并不能非此即彼地一概而论。还有人简单地依据在世界各地沼泽人（swampman）案例基础上归纳出的沼泽人词条，把20世纪70年代北爱尔兰大量出现的沼泽人作品解读为古老的祈神献祭，却不知道北爱尔兰的沼泽人作品与当时北爱尔兰充满暴力冲突的社会历史环境之间的联系。

不过确实，我自己年轻的时候也曾经做出非此即彼的判断，是岁月让我更理解了人性和思想的复杂，不再一味偏爱是非分明的作品；对于作品中的悖论、杂糅乃至反讽都有了更深刻的理解；而且更能够理解作者在创作的时候，很可能不是宣传某一种思想，而是传递自己的困惑和彷徨，是多重情绪和思想共同作用的结果。因此并不是所有作品都能像中学教学要求的那样，明确概括出主题，相反，越是优秀的作品，里面的思想情绪可能越复杂，越难以用逻辑明晰的语句来界定。

比如我曾经无法理解乔伊斯为什么把良心作为解决社会问题的出路，为什么不是反叛、革命或者征服？但是随着对不同历史和社会有了更多的了解，随着对各类社会问题和矛盾有了更多的关注，我也越来越能够理解乔伊斯的远虑。我也曾经像很多年轻人一样，嗤笑后人对莎士比亚的顶礼膜拜，但是在阅读了从古至今更多的作家，也更加了解伊丽莎白时代之后，才明白莎士比亚的鹤立鸡群之处。理解文学需要才华，也需要经验，文学的经验和人生的经验。

我庆幸自己经过十多年的打磨，最终能够跳出文学本身，用更丰富广阔的历史视野来反思文学，这让我看到文学并不是像20世纪初宣扬的那样可以脱离社会自给自足（autonomy），文学家思考的问题很多时候正是他的社会正在思考的问题，只不过文学家给出了不同的表达方式。类似的问题会在同时代的历史学家那里得到记载，在同时代的哲学家那里得到提炼，因此文史哲不仅不分家，而且可以相互提供解读。所以我也让本书的解读跨出单纯的文学界限，给自己一个更自由的解读空间，跟着自己的知识、经验和思考，跟着自己的心在历史的经典长廊中徜徉。

从心读书、史解经典，也是对世界经典的重新阅读，是离开学术论文的条条框框，用自己的心与前人之心的对话。有的感悟可能不够成熟，但何妨拿出来与未来的知己共同分享。对于文学来说，心与心的共鸣和交流不是更重要吗？

第一讲

问天下谁是英雄

——希腊神话与荷马史诗

赫斯特在《极简欧洲史》中把古希腊罗马文化定义为学术的文化，说在古希腊人眼里这个世界就是一个"简单、符合逻辑、能以数学表达的世界"，而且正是这种与灵感夹杂在一起的科学精神让他们成了欧洲世界哲学、艺术、文学、数学、科学、医学，乃至政治思想的源头。在得出了这个看起来聪明的结论之后，赫斯特提出了一个"大哉问"："希腊人为什么这样聪明？"

既然是一个大哉问，当然不可能简单地回答，赫斯特干脆声明我们根本解释不了其中的原因。不过，让赫斯特陷入困境的还有另外一个原因，那就是他对古希腊文化的解读过于现代了，把欧几里得之前的古希腊思想轻松且草率地一笔勾销了，或者最多只追溯到公元前6世纪把数视为万物本原的毕达哥拉斯学派。

且不说古希腊哲学中还有更早的用自然元素定义万物本原的米利都学派，与毕达哥拉斯学派相距不远的、信奉非人格之神的爱利亚派，事实上，古希腊还有更早的口口相传但已臻成熟的文化传统，那就是古希腊神话，以及保存这些神话记忆的荷马史诗或者"史诗系列"。每一个民族在初始阶段都需要建立起本民族的价值观念和行为准则，既包括对人与自然世界的关系的解释，也包括对人与人的关系的约定，而这个任务在很多民族那里都是由神话来承担的。因此看似离奇荒诞的民族神话，尤其是民族史诗中，各个民族都在塑造着本民族的楷模。不管是大战蚩尤的黄帝，还是西奈受诫的摩西，各民族的英雄身上都包含着这个民族的价值取向。很多民族正是通过对这类民族神话英雄的一代代口传笔述，塑造着本民族的文化观念。尤其对于古希腊这个神话体系已经趋于成熟的民族来说，要真正追溯古希腊精神的本源，神话是不应被忽略的。

一

如今神话更常被父母作为启蒙读物拿来给孩子阅读，仿佛这些荒诞不经的故事的最佳读者是心智未开的儿童，但实际上，神话中包含着深邃的人类智慧。公元前4世纪的马其顿历史学家犹希迈罗斯就认为"神话是真实历史事件的变形"，也就是说，他认为神话是完全真实的，只不过做了些夸张。文艺复兴时期的意大利小说家薄伽丘虽然不再把神话当作真实的历史记录，但是依然坚信神话是"通过虚构的形象阐述某种真理"。当代对神话有很多不同的解释并形成了不同的流派，其中很多流派都受到18世纪一位意大利哲学家的影响，他就是《新科学》的作者维科。维科认为人类文明起源于对神的恐惧，神话则是"原始人用自己的想象去解释自然界和自身"的结果。而且维科认为在这个问题上不同民族都是一样的，可以从中归纳出像科学定则一样的真理。他把他那从神话出发的思想体系称为新科学，继而推演出人类社会三个阶段[1]。因此神话非但并不与科学相悖，而且是理解现代社会的出发点。

根据一些现代神话学家的看法，人类始祖有了自我意识，进行自我思考时会产生诸如"我从哪里来？"、"我到哪里去？"以及"我和周围的世界是什么关系？"这样的问题，只不过他们的表述可能不像今天这样抽象，他们的问题是用神话形象和神话故事提出来的。所以，几乎每个文化都会因为提出和回答这些问题而产生创世神话：在中国有女娲造人、盘古开天辟地的神话；在古希伯来有上帝创造世界和亚当、夏娃，以及两人被逐出伊甸园的故事。许多文化都认为人类是由主神亲自创造的，所以身份尊贵。但在古希腊文化中，人类却是由普罗米修斯创造的。普罗米修斯也是神，但只是早被推翻的泰坦巨神的一个后人，而且是一个品德不太好的小神，经常欺骗奥林匹斯山上的诸位大神。他用泥土捏出了人类之后非常喜欢，但因为奥林匹斯山上的诸神看不起人类，不愿意把火给人类使用，于是普罗米修斯冒天下之大不韪，把火偷下了人间。为此他被宙斯永远地锁在了高加索山上，每天巨鹰都会啄出他的内脏吃掉，而到了晚上，这些内脏又会重新长出来。日复一日，痛苦永无尽头。

在其他很多民族的神话中，人类都被主神视若子嗣、呵护有加。在希腊神话中，人却是纷扰喧闹的大地生物中的普通一员，甚至要靠自己的努力在茫茫大地上与主神争夺生存资料。所以希腊文化从一开始就不存在"天子"或"圣子"这类生而尊贵的人物，相反，竞争、奋斗而非一人独大、万众咸服深藏

---

[1] 如果包括复兴阶段则为四个阶段。

于欧洲思想的源头，为后来的"个人主义"思想奠下了基石。

但是，人类文化总是倾向于向领袖制度发展，组成群体并服从某个杰出的领袖是人类的天性。此外，人类因为在地球生物中独具思想，总倾向于认为自己不同凡响，应该成为这个世界的统治者。因此即便在希腊神话中，人类英雄也大都是神与凡人结合的后代，比如大力神赫拉克勒斯是宙斯化作金雨与阿尔克墨涅所生，阿克琉斯是阿尔戈英雄珀琉斯与海洋女神忒提斯的儿子，珀琉斯的父亲则是主神宙斯和埃吉娜之子，埃吉娜又是河神阿索波斯的女儿。换句话说，人类英雄都或远或近拥有神的血统。正是这些神的血缘使他们不同常人，或者是一国的君主，或者是三军的统帅，总之是人类群体的领袖。他们的领袖地位不仅因为他们英勇过人，还来自他们高贵的出身。这样，希腊神话中人的出身和身份变得微妙复杂，不能决定一切，但也至关重要。因为这意味着古希腊神话中的人类英雄往往天赋异禀，但同时也必须努力奋斗去赢取个人的荣誉。

这些半人半神的古希腊英雄所立下的赫赫功绩多为出生入死的战斗，比如忒修斯杀死牛头怪米诺陶勒斯、珀尔修斯杀死蛇发女妖美杜莎、赫拉克勒斯完成十二大功绩、伊阿宋寻找金羊毛，等等，勇力往往在其中起着重要作用。其中一些需要用计谋的行为倒往往来自外人的帮助，比如忒修斯走出迷宫的线团其实是克里特岛的公主阿里阿德涅想出的妙计，在守护毒龙眼中滴入魔水使其昏睡的也是科尔喀斯岛的公主美狄亚的谋划。美女既是英雄应得的酬报，也是他们能力的补充，难怪对美女的争夺成了特洛伊英雄们的目标。

当然，争夺美女的背后是对权力的争夺，比如荷马史诗开头阿伽门农王与阿克琉斯对女俘的争夺。在很多民族的神话里，这一部分或者被遮蔽了，或者变成了正义与邪恶、神与妖之间的斗争，但古希腊神话却不加褒贬地完全保留了一代代神族的权力更迭，也不做任何伦理包装，仿佛这是最正常不过的事情。"狭路相逢勇者胜"这句话在古希腊神话中得到最直接的体现，而且古希腊人会毫无保留地赞扬那些勇者，这让古希腊神话的伦理色彩相对薄弱，善恶并不像英勇那样重要。

古希腊第一代神王是从混沌中诞生的地母盖亚和从她而生的天空乌拉诺斯。他们结合诞下了众位泰坦巨神。乌拉诺斯害怕自己被子女推翻，不许孩子从母亲盖亚体内出来，盖亚最后忍无可忍，怂恿儿子之一克罗诺斯率领众泰坦兄弟造反，趁乌拉诺斯休息的时候阉割了他。乌拉诺斯的血流到地上，变成了复仇女神，阴茎落到海里，化成泡沫，从中生出了爱和美的女神阿芙洛狄特。文艺复兴时期意大利著名画家波提切利曾就这个题材画了《维纳斯的诞生》。维纳斯是阿芙洛狄特的罗马名字，画中阿芙洛狄特面带羞怯站在贝壳之上，这是把阿芙洛狄特比喻为珍珠，而实际上她是应该站在泡沫之上的。

克罗诺斯成为第二代神王后并未费心去给自己的篡位行为贴上任何正义的标签，反而比其父更甚，直接将出生的孩子吞入了肚中。同病相怜、推己及人、父子情深、慈爱恩重这些伦理善行根本不在两代神王考虑的范围之内，与中国神话对尧把部落联盟首领的位置禅让给舜所做的道德歌颂完全不同。不过，没有必要为此指责古希腊神话中的这两代神王，古希腊神话有着完全不同的话语范式，没有必要用其他文化的价值尺度来评判。

克罗诺斯的妻子，也是她的妹妹——瑞亚为了保护自己的孩子，在宙斯出生时用一块石头骗克罗诺斯吞了下去。宙斯在克里特岛悄悄长大，长大后在母亲的帮助下打败了自己的父亲，强迫他吐出了所有兄弟姐妹。这样，宙斯得到兄弟姐妹们的拥戴，成为第三代神王。

希腊神话中其实还有第四代神王，那就是酒神狄俄尼索斯。不过神话发展到宙斯一代已经出现了道德考虑，所以这次要杀死狄俄尼索斯的不再是主神自己，而是变成了与狄俄尼索斯没有血缘关系的神后赫拉。赫拉杀狄俄尼索斯两次，一次是他作为谷物女神得墨忒耳的孙子时，一次是他再生后作为凡人塞墨勒的儿子时，这两次宙斯都出手相救，最后把狄俄尼索斯放入自己的大腿中抚育出来。至此，杀父传统和王位更迭在这些道德帷幕下淡化消散了，只留下一些蛛丝马迹让后人揣测。

在神话中，主神的形象和品格尤其代表着该民族对英雄的看法，但又无法避开一代代神王更迭的问题，因此诸多神话都会用种种方法来修饰解释，希腊神话却不加删改地把这些记录了下来，毫不害怕神的死亡和更迭，一个重要原因就是，在希腊神话系统里，诸神必须用自己的神力和努力来维持自己的领袖地位，不存在永恒不变的身份。对于希腊这种不同的价值观念，有一种解释称之为海洋文明与农耕文明的不同。对于中国这样的农耕民族来说，自然界的突发威胁相对较少，农耕更需要一群人在德高望重者的领导下同心协力、相互配合，因此农耕文化的英雄是那些经验和品德足以服众的人，可以把群体变成稳固的社团。以希腊为代表的海洋文明则不同，人们一旦出海便处于狂风暴雨、惊涛骇浪的威胁之中，随时可能遇到意想不到且超出人类力量的挑战。海洋文明的领袖必须能够及时应对威胁，有力量带领人们出海并安全返回。正由于海洋生存时时面临来自大自然的威胁，不可能用道德来解决，因此只有在挑战中胜出的英雄才能获得其他人的尊重和服从。这也奠定了希腊文化中的竞争意识和能者居之的传统。

那么希腊神话中的主神宙斯又是怎样一个人呢？在绝大多数神话中，主神都是能力和道德的双重典范。但在很多希腊神话故事中，宙斯非但不像其他权威者那样庄重威严、高不可攀，反而常以勾引女性的淫荡形象出现，施展各种手腕只是为了获得女性的芳心，甚至不仅喜欢女性还喜欢男性。他的妻子赫拉就是他化作杜鹃鸟骗到手的；现代欧洲人的祖先欧罗巴也是宙斯变成白牛后被他强行从腓尼基驮过地中海的；杀死美杜莎的英雄帕尔修斯是宙斯化作金雨与达娜厄所生；当然更有名的是宙斯化作天鹅与丽达生下后来引发特洛伊战争的海伦、希腊军队统帅阿伽门农的妻子克吕泰墨涅斯特拉。达·芬奇、米开朗琪罗、塞尚、达利都曾以此为题作画，爱尔兰诗人叶芝写下了色情而沉痛的诗歌《丽达与天鹅》。除了十余位女子外，克里特的美少年伽倪墨得斯也被宙斯化作雄鹰掳上奥林匹斯山。宙斯的传说几乎被这些情色故事充斥和湮没，很难看到他与妖魔的浴血奋战或者对子民的谆谆教导。

爱尔兰作家乔伊斯曾把人类历史归结为两大主题：战争与性，或者也可以称为英雄对敌人的征服和英雄对美女的征服，两者都是英雄荣誉的重要部分。后者在中国的英雄故事中被大大淡化了，只在霸王别姬等传说中留下了些许痕迹，却在古希腊神话中得到充分肯定和展现——特洛伊十年战争，就是为了争夺美女海伦；宙斯的无数艳遇，同样是他英雄身份、力量和荣誉的标志。

宙斯确实曾向奥林匹斯众神夸耀他的无人能及之处，不过不是他征服美女的数量，而是他过人的力量。在《伊利亚特》中，天上的神祇以神后赫拉和智慧女神雅典娜为一方，以爱神阿芙洛狄特和战神阿瑞斯为另一方，不但分别支持地上混战中的希腊人和特洛伊人，同时在天上也打成一团。为了让众神服从自己的训令，宙斯显示的是自己的"强健"：

> 来吧，神们，不妨试上一试，领教一下我的厉害。
> 让我们从天上放下一条金绳，由你们，
> 所有的神和女神，抓住底端，然而，
> 即便如此，你们就是拉断了手，
> 也休想把宙斯，至高无上的王者，从天上拉到地面。
> 但是，只要我决意提拉，我就可把你们，
> 是的，把你们一股脑儿提溜上来，连同大地和
>
> 海洋！

众神也确实被镇得目瞪口呆，半晌说不出话。事实上，不仅宙斯有着超越众神的力量，荷马笔下的阿克琉斯和赫克托耳之所以可被称为战场上数一数二的英雄，也与他们过人的力量密不可分。阿克琉斯虽然总被称为"捷足的阿克琉斯"，但其实阿克琉斯的力量也超乎常人，荷马说阿开亚人需要两三个人合力才能拉开的门闩，阿克琉斯"仅凭一己之力，即可把它捅入闩孔"；至于特洛伊的统帅赫克托耳，即便特洛伊人中两个最强壮的壮士合力也不能轻易举起的巨石，赫克托耳也能"仅凭一己之力，搬举并摇晃"，而且毫无困难。

事实上，早期的希腊英雄既非思想的英雄，也非道德的英雄，而是自然力量的英雄，用荷马的话说，"没有什么能比凭自家的腿脚和双手争来的荣誉更为隆烈"。中国历史上"力拔山兮

气盖世"的西楚霸王项羽也是这类力量的英雄，可惜他败给了刘邦，在中国历史上被贬为有勇无谋的莽汉。

中国学者张柠在《英雄的人格和语义》中区分了英雄的能量和能耐：前者指的是身体的自然能量和勇气，后者是在人际关系中显示出来的智力和权术。能量型的英雄借助身体的自然能量抵抗外力的伤害，并保护身体能量较低的同类，具有自我牺牲的精神，也时常面临死亡的威胁，比如项羽；能耐型的英雄则用智力取代了胆力，善于统治、长于社交，用阴谋、权术和游说等方式战胜对手，并用世袭制等方式把英雄制度化和永久化。对能耐型的英雄来说，存活和胜利最重要，甚至可以不择手段，比如刘邦、刘备、宋江等。张柠指出，中国自汉代以降能耐型的英雄就渐渐取代了能量型的英雄，对存活的追求取代了对荣誉的尊重，"胜者王侯败者寇"便是这种历史观的典型表述。

张柠所说的能量型的英雄在古希腊神话中大量存在，代表着人类社会早期面对自然灾难时所需要的英雄品格。在自然力量面前胜败完全取决于力量和速度，也就是自然能量的大小，权术几乎毫无用武之地。难能可贵的是，在古希腊很长一段历史里，即便在人与人的对抗状态下，也保存了这种英雄品格和价值。这种英雄观值得肯定的地方在于公正性，纯粹是自然力的较量，任何阴谋诡计都会为人所不齿，这也是为什么莎士比亚在重写特洛伊战争的《特洛伊罗斯与克瑞西达》中，阿克琉斯因为设计在赫克托耳离开战场休息时围攻并将他杀死，奥德修斯因为设计让希腊将领吹捧愚蠢的大埃阿斯以打压阿克琉斯，而被莎士比亚塑造成卑鄙猥琐的反面人物，因为他们都把"力"变成了"术"，违背了能量型英雄所要求的公正较量。

由于早期的希腊众神是身体能量的英雄，所以不能用道德伦理，乃至智慧谋略来评判宙斯，宙斯是凭借自身的自然力量征服了诸神。今天尊重公平竞争的奥林匹克精神也是从"宙斯崇拜"开始的，是远古时期对力量、速度和竞技的崇拜的延续。正是由于在现代生活中，这些自然能量的运用越来越少，公平竞争的体育赛事才更寄托了人们对早期能量型英雄的向往。

张柠指出，对于能量型英雄的肯定主要来自荣誉，与日常生计和利害得失都没有直接关系。因此在莎士比亚的《特洛伊罗斯与克瑞西达》中，作为剧中仅有的两个正面人物，赫克托耳和特洛伊罗斯曾就是否把海伦归还给希腊人以结束战争发生争论，赫克托耳从理智出发主张归还海伦，而特洛伊罗斯反对，认为这个问题涉及的是特洛伊的荣誉。从理智出发一个人应当明哲保身，见到强敌应该扭头便跑，但是英雄的荣誉却不允许这样。最后赫克托耳也同意了特洛伊罗斯的观点。莎士比亚曾在《哈姆雷特》中写道："真正的伟大不是轻举妄动，而是在荣誉遭遇危险的时候，即便为了一根稻秆之微，也要慨然力争。"赫克托耳和特洛伊罗斯之所以可被称为莎士比亚心目中的英雄，是因为他们为了荣誉放弃了对利益的算计。

能耐型英雄更适合于生产性事业而非荣誉性事业，因为日常生产更需要耐心、智力和经验，能量型英雄的"愤怒"和慨然力争在此处毫无用处。农业文明需要的是忍耐、保存能量、运用经验和智慧存活下来，所以农业文明中的英雄多为能耐型英雄，活着成为第一要务。希腊神话中的神和英雄则主要是能量型和荣誉型的英雄，权力和金钱很少成为奋斗的目标，追求的是建功立业，得到众人的尊重和传扬，这也正是荷马史诗所起的作用，即将荣誉型的英雄观念保存并传扬。

　　此外，荣誉型英雄在古希腊可以得到比较持久的尊重，还与古希腊社会的交流模式有关，那就是古希腊著名的广场文化。事实上并不存在大一统的古希腊王国，只有一个个城邦，各城邦之间既有联合也有征战，因此没有王权统治下的大一统思想。城邦中影响民众看法的是广场。法国学者库蕾在《古希腊的交流》一书中就指出："广场在古代就是希腊城市的象征，是社团所在地。"每个城邦都有自己的广场，沿着广场一字排开的有神殿、祭祀场所、参政院、法庭、公民大会场、各种店铺等，实际集宗教、政治、商业这些当时的主要社会生活内容于一身。经常去广场的一般是男性，有身份的女性很少去那里。男人们去那里买菜、闲逛，去修鞋铺，乃至美容院，总之每个人都有喜欢去的地方，自然而然会因此见面闲聊、传播各类消息。当然也有人利用这一场合演讲，通过演讲和辩论宣传自己的主张。此外，广场是展览之处，充当类似现代传媒的角色，有广场示众（欠债者、逃兵等），也有广场陈列（战利品、纪念品、壁画等）。虽然后来广场作为大众媒介平台的职能有所衰退，尤其是统治者建起了很多廊柱试图把民众隔开，但是民间又出现了许多类似广场的地方，比如神庙、剧场和体育学校等。总之，广场精神是希腊文化的重要传统，也是英雄在群体中取得声望的一个重要传播途径。拥有财富和权力者未必能够赢得广场的民心，卑鄙的胜者和懦弱的存活者同样不会被视为英雄，而英雄的荣誉却无疑能够在广场赢得广泛赞誉。

　　希腊神话中英雄对权力和金钱的意识相对较弱，但是他们对女性的争夺却直接而激烈。《伊利昂纪》中阿克琉斯和阿伽门农争吵的直接原因，就是阿伽门农拒绝归还太阳神阿波罗的祭司之女，导致瘟疫在希腊军中蔓延。在阿克琉斯的坚持下，阿伽门农不情愿地归还了祭司的女儿，却强占了阿克琉斯的女俘，阿克琉斯因此爆发了第一次愤怒，《伊利昂纪》的故事也就由此展开。此外，特洛伊战争的直接原因也是女性，是特洛伊王子帕里斯拐走了斯巴达国王墨涅拉俄斯的妻子海伦。女性成为古希腊英雄争斗的根源，一个重要原因就是，对于能量型英雄来说，女性是其能量和荣誉的象征。因此，阿克琉斯的第一次愤怒并不是因为少了一个女仆，而是他的英雄荣誉受到了侮辱。由此可见，在希腊神话中，性爱主题常常与英雄主题融合在一起，胜利的直接标志不是拥有更多的封地或更大的权力，而是占有身份高贵的女性。这也是为什么在埃斯库罗斯的笔下，希腊联军统帅阿伽门农凯旋，紧随其后的不是成车的战利品，而是特洛伊公主卡珊德拉。

二

特洛伊战争历时10年，荷马却只选择了其中的51天，既非开始的51天，也非结束的51天，而是"阿克琉斯的愤怒"从起始到终结的51天。史诗一开头，荷马就石破天惊地呼唤"歌唱吧，女神！歌唱裴琉斯之子阿克琉斯的愤怒"，之前9年希腊人经历了怎样的生死存亡并不在他的考虑之内。之后叙述围绕着阿克琉斯的愤怒展开，而且阿克琉斯并非只愤怒了一次，而是两次，因此简单的愤怒也变得跌宕起伏。等到赫克托耳死亡，阿克琉斯的愤怒平息，《伊利昂纪》也就戛然而止。至于特洛伊战争的结果怎样，诗人并不关心，海伦到底有没有被抢回来，诗人也不关心，著名的木马计和阿克琉斯的脚踵都与他再无干系，整个叙述就这样干净利落地结束了。

这种紧扣主题而非流水账似的结构为后代文学树立了典范，但令人赞叹的是荷马讲述他的史诗的时候，并没有什么作品可以供他借鉴，荷马史诗那富含文学感染力的结构是在前无古人的情况下产生的，因此尤其伟大。在荷马的时代，也有其他一些作品讲述特洛伊战争，比如被称为"史诗系统"的11卷的《库普利亚》讲述了特洛伊战争之前的事情，5卷的《埃希俄丕斯》、4卷的《小伊利亚特》和2卷的《特洛伊失陷》讲述了战争的过程，5卷的《回归》讲述了希腊英雄的返乡，2卷的《忒洛戈诺纪》讲述了奥德修斯的儿子的故事。但是这些作品都已经失传了，只在若干文献中被提及。为什么这些作品都已散佚，唯有荷马史诗独存？很可能与荷马紧凑跌宕的文学叙述手法有关。换作任何一个人，面对宏大的特洛伊战争，都不忍心放弃任何一个片段，而只有成熟的文学家才知道如何取舍。所以难怪很多人不相信这部作品全为荷马一人所做，他们认为没有一个"荷马"，而是"荷马利达"，也就是被称为荷马的一批说唱艺人，是他们在漫长的历史过程中不断补充加工，共同创作了荷马史诗。但是现在多数学者仍然认为"荷马"其人确实存在，虽然他只是对早在民间流传的诗歌材料做了加工，使其具有了成熟的艺术结构。

不过荷马史诗的卓越之处不只这些，除了血肉丰满的英雄形象外，修辞手法也非常独到，甚至中古时期的欧洲英雄史诗也未能达到它的高度。尤其是其中的长喻，即便今天，没有经过专门训练也很难像荷马那样将喻体充分展开，使得比喻更加丰满形象，更何况荷马根本没有前例可以借鉴仿效。比如他谈到赫克托耳的进攻凶猛如"飞起的长浪"，他并不就此结束，而是对长浪的凶猛气势做出生动细致的描写：

其时，赫克托耳，通身闪射出熠熠的火光，冲向人
群密匝的地方，

猛扑上去，像飞起的长浪，击落在快船上，

由疾风推进，泻扫下云头，浪沫罩掩了

整个船面；凶险的旋风，挟着呼响的

怒号，扫向桅杆，水手们吓得浑身发抖，心脏

怦怦乱跳；距离死亡，现在只有半步之遥。

就像这样，赫克托耳的进攻碎散了每一个阿开亚人

的心房。

正是荷马史诗无出其右的艺术成就，让它在一代代传唱之中塑造着古希腊人的英雄观。

三

民族史诗作为古代民间文学的主要体裁，一个重要作用就是歌颂本民族在形成过程中克服自然灾害、抵御外族侵略斗争的各种英雄业绩，塑造本民族的英雄形象。荷马史诗同样如此。荷马史诗的《伊利昂纪》和《奥德修纪》都用"英雄体"写成，即六音步长短格，如果用中国的格律来理解可以类比于六言长诗，可以说是非常严格的格律诗，当然"英雄体"这个名字是后人起的。

《伊利昂纪》讲述的是迈锡尼文明时期希腊军队围攻特洛伊城的故事，特洛伊在当时也被称为伊利昂，两个名字同时使用。有学者提出，伊利昂这个名字代表了希腊人对远古的记忆，有着神圣的力量，是人们心目中的天国之城；特洛伊则主要用于

现代，代表了城墙坚固的特质，是人们心目中的力量之城。当然，虽然史诗的标题是《伊利昂纪》，在这部史诗里荷马心中真正的英雄却是阿克琉斯，全诗都围绕着阿克琉斯的愤怒展开。至于阿伽门农的统帅权威、奥德修斯的过人智慧，乃至帕里斯和海伦的惊世之恋都屈居其次。全诗最重要的就是阿克琉斯的勇武，或者说无人匹敌的能量，只要他出战，连神都望而却步。全诗的主线是他的愤怒，讲的其实是英雄应该是一个什么样的人。

愤怒容易误事，这是以存活为目的的能耐型英雄必须避免的。能耐型英雄需要的是极大的忍耐力，不轻易发怒，而应忍辱负重，只在有利时机给出致命一击。所以，刘邦面对项羽以其父亲相要挟，也能表现得如无赖一般，说出"吾翁即若翁，必欲烹尔翁，幸分我一杯羹"这样的话。韩信能忍胯下之辱更被传为美谈。农业生产中，面对干旱洪涝，愤怒是无用的，只有耐心地按照时节治理规划，才能存活下来。

但是面对豺狼虎豹，或者暴风巨浪的时候，克制忍耐无济于事，计谋权术也无助于战胜狂暴的自然力量，愤怒倒更能激发人的自然能量。能量型的英雄只能用自己的自然能量与对手面对面地决斗，尽己所能，毫不屈服，死而后已。在这里，愤怒不是鲁莽，也不是短视，而是慨然力争，是绝不屈服。这便是为什么《伊利昂纪》有着风姿各异的英雄、层出不穷的逸事，荷马却说，我歌唱的是"阿克琉斯的愤怒"。愤怒凸显了能量型英雄和能耐型英雄在价值选择上的不同，《伊利昂纪》以愤怒为主题，说明荷马一针见血地准确抓住了能量型英雄的特点。

阿克琉斯是海洋女神忒提斯的儿子，出生后被母亲浸在冥河水中，从而全身刀枪不入，除了被抓着的脚踵。阿克琉斯虽然早知自己早丧的预言，却不愿为人耻笑，毅然出征。但是初读《伊利昂纪》，不少人都会对阿克琉斯的两个举动提出疑问，觉得与常见的英雄形象格格不入：一是阿克琉斯只因为与主帅阿伽门农争夺一个女仆，就拒不出战，任凭己方军队一次次陷入险境，缺少英雄们常有的大局意识；二是赫克托耳与阿克琉斯决战前，曾提出互不侮辱失败者的尸体，阿克琉斯不但拒绝了，并且在赫克托耳战死后把他倒拖在战车上绕城飞驰，与英雄的仁慈大度似乎背道而驰。之所以会有这样的不解，因为所有这些指责都建立在后世的伦理观念之上，岳飞那种集英勇谋略和忠诚高尚于一身的英雄是群体观念占主导的社会所推崇的英雄。当然，《伊利昂纪》也有这种群体英雄品格的萌芽，那就是特洛伊统帅赫克托耳，这也是为什么后代读者更容易认同赫克托耳而不是阿克琉斯。赫克托耳既疼爱妻子和儿子，又能为全城的安危慨然出战，对不争气的帕里斯则像大哥一样既严厉又宽厚，更不用说他那除了阿克琉斯之外无人能敌的勇武，堪称德才兼备的典范。荷马也给了他足够的分量和肯定，只是，在《伊利昂纪》中他只能是配角，因为赫克托耳式的英雄品格还需要等待群体意识更加成熟后才能得到足够重视。比如到古罗马时代，维吉尔的《埃涅阿斯纪》会给这类以群体大义为重的英雄更耀眼的位置，而现在，主角依然是阿克琉斯，《伊利昂纪》依然是阿克琉斯之歌。

阿克琉斯这两桩看似不厚道的举动正是他两次愤怒的结果，这两次愤怒都表现出率性而为的特点，更属于本能性的行为而非伦理性的行为。阿克琉斯第一次愤怒的对象是希腊联军的统帅阿伽门农，相当于人间的宙斯。但权威并不能使阿克琉斯屈服，只要自己的英雄荣誉受到轻视，就一定要挺身力争。无论对能量型英雄还是个人型英雄来说，敌我双方都是凭自身能力平等地对抗，其余东西都是附属的，在维护荣誉的对战中无须考虑。虽然阿克琉斯的愤怒使己方军队陷入危险之中，加上其母请求宙斯让希腊方受挫以让希腊人补偿阿克琉斯的荣誉，这种做法几乎相当于叛变，在现代伦理中是不被接受的，但在荷马眼中，英雄就应该不顾一切地捍卫自己的荣誉和尊严。这是一种完全不同的价值范式，用现代伦理道德来评判难免捉襟见肘。

同理，阿克琉斯侮辱赫克托耳的尸体也是他第二次愤怒的结果，因为是赫克托耳杀死了他的好友帕特洛克罗斯。惺惺相惜、尊重死者这种道德是在漫长的历史发展过程中逐渐形成的，而在人性更接近自然状态的早期阶段，伍子胥尚有掘墓鞭尸之举，处于神话阶段的阿克琉斯更不可能用这种道德来约束自己的自然能量的发泄。对于荷马来说，拖尸绕城三圈正是冲冠一怒的自然结局。荷马笔下的阿克琉斯并非没有同情和大度，比如他面对赫克托耳父亲的斑斑白发和哀哀哭悼之后，也生出怜悯之情，流下了心酸之泪，不但把赫克托耳的尸身还给了老王普里阿摩斯，还停战12日好让特洛伊人有足够的时间举行赫克托耳的葬礼。阿克琉斯并非不通情达理的冷酷无情之人，但他必须拖尸绕城三圈才能结束他的愤怒，这是自然能量看似无情却未必无理的结果。

荷马笔下的英雄是他那个时代的英雄，有着后人无法理解的气势和行止，但也寄寓着后人内心深处对先古英雄的向往和崇拜。正因为后世对英雄的理解发生了变化，这种能量型的英雄如果放在后世的社会环境之中，就可能因不可理喻而变得滑稽，甚至被丑化。因此荷马笔下的英雄其实是难以重现的，他们只存在于那个人神共在的时代，散发出那个时代不可替代的光芒。

四

当然，荷马之所以能够把英雄品格表现得淋漓尽致，还有一个重要的原因，那就是他的英雄都有着过人的坚定。比如阿克琉斯既然愤怒了，就绝不会犹豫和后悔，即便希腊人遭受重创也不会让他自责。荷马笔下的英雄即便错了也不会软弱，比如海伦哪怕骂自己是"母狗……可憎可恨，心术邪毒"，也毫不逃避地迎接自己的命运。无论是正方还是反方，荷马都不会把古代战士塑造为丑角型的反面人物，进行道德批判，包括被阿克琉斯咒骂的阿伽门农，这使得他笔下的人物充满了英雄感。这也是今天的作家很难再复制荷马史诗的一个原因，因为有了今天的心理分析、意识流等文学技巧，一个作家描写人物行为的时候，无法不写他为什么这样做，做的过程中进行了哪些心理斗争……哪怕主人公最后克服重重困难取得了胜利，在经历了一波三折的内心掂量之后，这个人物也无法再有荷马笔下那些英雄毅然决然、坚如峭壁的气势了。这类果敢坚毅、毫不动摇的正面英雄实际上只有荷马时代才可能存在，这也是为什么弥尔顿的《失乐园》中的亚当会为人诟病。

与当代作家相比，除了时代因素，荷马还有一个有利因素，那就是他和他的听众都相信神。荷马的英雄们无论做什么，哪怕是阿克琉斯的愤怒，都可以用神来对他的选择做出合理的解释。

如果一部作品中的人物全是崇高坚定的英雄，叙述始终昂扬向上，没有诙谐幽默、讽刺批判之类的东西，那么整个叙述就会过于紧张。荷马史诗虽然是欧洲保存下来的第一部史诗，却未出现这样的缺陷，叙述同样张弛有度。那么这些降格的角色由谁来承担呢？荷马对此的处理既独特又大胆，他让神来承担。荷马史诗在一定程度上颠倒了神和英雄的品格，原本应该宝相庄严的神却像普通凡人那样争斗恶骂，比如战神阿瑞斯与女战神雅典娜打斗的时候，阿瑞斯骂雅典娜"狗头"，雅典娜骂阿瑞斯"笨蛋"，阿瑞斯被雅典娜打伤后"一路哀叫，几乎不能回聚他的力量"，雅典娜则"得意扬扬地对着他炫耀"，神后赫拉看到战败的阿瑞斯也骂他"狗头"，双方的言语举止几乎与市井流氓没什么两样。在大多数情况下，人类英雄的选择、犹豫、懦弱都会被解释为神在暗中让他们如此，他们在内心和行为上的冲突矛盾都由神来承担。这种设置的一个重要效果，就是人类英雄不必为他们偶然生出的软弱负责，从而保住了他们坚强刚毅的英雄形象，也因此替后世读者留下了人类初期那些"十步杀一人，千里不留行"，"三杯吐然诺，五岳倒为轻"，"纵死侠骨香，不惭世上英"的能量型英雄。他们让后人倾心叹慕的，不仅是他们的过人才能，更是他们超功利超伦理的本然生命姿态。

不过，荷马史诗的传唱和成形是一个漫长的历史过程，因此即便在《伊利昂纪》中也出现了后世的价值观念。如果说阿克琉斯代表了早期的英雄，那么在赫克托耳身上就已经可以见出一些群体社会生活的影子。群体社会同样需要有力量的英雄，但与此同时道德和责任的意义也逐渐凸显。赫克托耳之所以更能赢得当代读者的同情心，一方面是因为他的勇武，在整个战场上仅次于阿克琉斯；但更重要的，是他作为一个城邦的领袖展示出的责任感，用他母亲的话说"奋力保卫着城里的生民"。

当然，与后世那种心系天下的领袖型英雄相比，赫克托耳的群体责任感还不是那么鲜明，比如他的妻子安德洛玛克让他不要出城送死的时候，他说他更在意的是妻子而不是城邦：

> 然而，特洛伊人将来的结局，还不至使我难受得痛
> 心疾首，即便是赫卡贝或国王普里阿摩斯的不幸，
> 即便是兄弟们的悲惨——他们人数众多，作战
> 勇敢——
> 我知道他们将死在敌人手里，和地上的泥尘做伴。
> 使我难以忍受的，是想到你的痛苦：某个身披铜
> 甲的
> 阿开亚壮勇会拖着你离去，任你泪流满面，夺走
> 你的自由。

当然，赫克托耳出战的主要原因还是英雄的荣誉；

> ……我知道壮士的作为，勇敢顽强。
> 永远和前排的特洛伊壮勇一起战斗，
> 替自己，也为我的父亲，争得巨大的荣光。

在这一点上他与阿克琉斯并无不同，更展示出早期荣誉型英雄的特征，但是相比之下，他更顾念自己的家人和子民。其中他与妻子和儿子道别的一场尤其值得注意，因为赫克托耳不仅表现出勇武英雄的柔情一面，而且在这里，英雄已经不再仅仅为自己的荣誉而战，而且也为他人的生死而战，即便此时这个"他

人"还是亲人。在这里，作为群体社会道德核心的利他主义已经开始出现，而到了古罗马的《埃涅阿斯纪》，英雄为了民族利益而牺牲个人幸福就成为英雄形象的重要内容了。这样，与阿克琉斯相比，赫克托耳在荷马笔下呈现出更加复杂的身份：既是战士，又是领袖；既是儿子、又是父亲；既是丈夫、又是兄长。复杂的身份决定了他行为动机的复杂性，以及心理活动的复杂性。这种复杂性拉近了后代英雄与普通人之间的距离。不过在荷马史诗中，这一复杂性还没有发展到会削弱半神的英雄们那后世无法效仿的崇高和宏伟。因为正是这种单纯的崇高和宏伟构成了歌德所推许的古希腊艺术"高贵的单纯和静穆的伟大"。

五

不少古典学者认为《伊利昂纪》和《奥德修纪》的作者并非同一人，他们的依据之一是两者叙述风格的不同。英国维多利亚时代的文学批评家马修·阿诺德指出，《伊利昂纪》有着即便在后世也不同凡响的叙述能力：在思想和表达上异常迅捷、简洁、直白，还有崇高；而相比之下，《奥德修纪》在这些方面就略逊色。虽然《奥德修纪》也采用了倒叙结构，没有按返乡的十年来写，而是把叙述集中在最后的40天，也没有讲奥德修斯杀死求婚者之后的故事（其实后来奥德修斯因求婚者家人的复仇威胁，被迫背井离乡），但《奥德修纪》从起始句"告诉我，缪斯，那位聪颖敏睿的凡人的经历"开始，就与《伊利昂纪》迥然不同了。《伊利昂纪》的"愤怒"为全诗定下了主题，也定下了价值取向，《奥德修纪》的"经历"却只能为全诗定下叙述的范围，缺少叙述者自己的判断和主张。这也是为什么《奥德修纪》看似写40天其实是写10年，整个叙述比《伊利昂纪》重复拖沓得多。

这一点也可以从英雄形象的塑造上得到认证。《伊利昂纪》的英雄是身体能量的英雄，而在《奥德修纪》中，虽然奥德修斯在雅典人中也有着出众的力量，但《奥德修纪》几乎没有谈他如何奋勇杀敌，而把大量篇幅花在他如何运用智慧和经验战胜沿途一个接一个怪物般的人和物上。也因此如今在欧洲文化传统中，奥德修斯这个名字大多与"狡黠、计谋、多变"联系在一起，但丁甚至因此在《神曲》中把他放在地狱第八层的欺诈者里。此外"奥德修斯"也代表着对未知世界的探索，所以20世纪科幻作家阿瑟·克拉克就把自己描写人类探索宇宙的太空漫游四部曲都称为"奥德赛"。荷马时代的大海之于古希腊人，就如同今天的宇宙之于地球人，是一个尚无力彻底探索的未知世界，因此有关这个世界的叙述也充斥着看似荒诞的想象。

在这个想象的过程中，《奥德修纪》的重点已经不完全是塑造英雄了，而是如它的起始句所说的，是要讲述一个聪明敏睿的凡人在未知世界里的历程，是一个冒险与存活的故事，重要的是如何战胜超出人类能力的敌人存活下来。敌我双方力量悬殊，无法平等对抗，但又不像狂风暴雨那样倏忽来去、无迹可寻，在这种情况下，智慧就起到了非常重要的作用。《奥德修纪》中最见智慧的一段是奥德修斯与独眼巨人的斗争。独眼巨人身材高大，孔武有力，人在他面前就像一只小狗，此时英雄的力量和技能起不了任何作用。（当然，在早期神话中，即便面对这样的对手，英雄也会以力量取胜，比如大力士赫拉克勒斯的故事。不过，英雄的愤怒以及由此爆发出的过人能量已经不是《奥德修纪》的主题了。在这下半部史诗里，叙述者让奥德修斯面对的大多是各种无法用蛮力解决的问题。）奥德修斯面对的难题是他们都被独眼巨人关入洞里，洞口被一块巨石堵死了，即便大家合力也无法将其移开。这样，即便他们能够杀死对手，还是会被困死洞中。这个时候需要的就是智慧，而非力量。最后以敏睿著称的奥德修斯想出了计策，那就是《奥德修纪》中著名的"无人"故事。他们用酒把独眼巨人灌醉，刺瞎了他仅有的一只眼睛，奥德修斯还告诉他自己的名字叫无人，因此当其他巨人听到独眼巨人的呼号问是否有人伤害他时，独眼巨人的回答是"无人"，从而中计变得孤立无援。后来独眼巨人必须移开巨石放出羊群，奥德修斯又聪明地把战友们绑在羊肚子上逃了出去。不只这一关，奥德修斯在历险过程中很多难题都是运用智慧解决的。比如经过有着迷人歌声的塞壬海滩时，他把战友们的耳朵都堵上，并把自己绑在桅杆上，叮嘱大家无论如何都不要放他下来。这样他既安全过了海滩，又听到了塞壬们美妙的歌声。到达家乡后，对手换成了凡人求婚者，如果是阿克琉斯就会以一人之力杀死这些求婚者，奥德修斯却还是先用计谋，设计了一次弓箭比赛，然后用弓箭把对手一个个射死。这里叙述者倒没有忘记提及他无人能敌的力量，那张大弓求婚者们一一试过，却只有奥德修斯能够拉开。这个细节是早期能量型英雄的痕迹，但总体上这个时期的英雄已经发生了变化，奥德修斯实际预示着整个希腊文化已经慢慢地从体育竞技朝着权谋智慧发展。奥德修斯的历险也因此成为欧洲文学史中的一个重要传统——计谋故事的源头。

由此可见，奥德修斯是赫克托耳一脉的进一步发展，人物形象也更加丰满，奥德修斯作为父亲、儿子、丈夫、情人、战士、领袖的各种身份都比赫克托耳得到了更充分的塑造。阿克琉斯只是一位战士和朋友，奥德修斯却呈现出人在社会生活中的各种角色。人物形象的丰富性已经代替了单纯性，成为文学人物塑造时的重要品格。

第二讲

狄俄尼索斯应该把谁带回来？

——古希腊悲剧的两难处境

古希腊喜剧家阿里斯托芬在《蛙》里面虚构了一个关于古希腊三大悲剧家埃斯库罗斯、索福克勒斯、欧里庇得斯的故事。公元前405年，阿里斯托芬写《蛙》的那年，埃斯库罗斯已经去世多年，欧里庇得斯也去世一年了，索福克勒斯刚刚去世，这时候，酒神狄俄尼索斯发现整个古希腊戏剧后继无人，所以想去冥府带一个回来，以免剧场荒芜。在冥间，最伟大的戏剧家可以在长官餐厅用餐，与冥王并肩而坐。狄俄尼索斯到达冥府时，正好欧里庇得斯在挑战埃斯库罗斯的席位，多数民众支持欧里庇得斯，因此引发冥界动荡，冥王判他们通过比赛一决胜负。至于刚来的索福克勒斯则甘愿让埃斯库罗斯坐首席，除非这个席位被欧里庇得斯夺取，如果这样，他就要跟欧里庇得斯决一死战。埃斯库罗斯和欧里庇得斯针锋相对，展开辩论，谁也说服不了谁，最后由狄俄尼索斯选择。狄俄尼索斯刚来的时候是准备把欧里庇得斯带回人间的，但最终他却选择了埃斯库罗斯。剧中埃斯库罗斯之所以获胜，是因为"他没有背叛诗神 / 忘了崇高的义务，/ 去和苏格拉底 / 做无意义的闲聊"。

一

从《蛙》中的评价可以看出，阿里斯托芬对当时正负盛名的苏格拉底颇为不满，并且把欧里庇得斯与苏格拉底归为一类。他的这一看法其实也代表了当时掌权阶层的普遍看法。苏格拉底是西方哲学的奠基人，虽然他没有留下任何著述，但是通过柏拉图的详细记录，他的思想通过柏拉图以及柏拉图的学生亚里士多德对西方思想和哲学产生了不可估量的深远影响。苏格拉底思想的博大精深、独树一帜早已为世人所承认，但是苏格拉底在世的时候，却被视为智者学派的一员，阿里斯托芬尤其持此看法。

智者学派在当时主要指一批收费授徒的人，主要教授学生修辞学和辩论术，培养他们高超的论辩和演说能力，目的是在当时需要凭演讲赢得民众支持的政治舞台上取得成功。智者的教学活动有鲜明的功利性，以胜利为目的，同时在思想上也带有强烈的怀疑主义和相对主义倾向，经常质疑长久以来通过神话和戏剧建立起来的价值观念，因此也被称为"诡辩学派"。苏格拉底虽然喜欢用他称为"助产术"的辩论传播自己的思考，但他的目的不是为辩而辩，而是寻找真理，这使他的辩论与诡辩派有着本质的不同。但是与他同时代的人并不能清楚地将他与诡辩派区别开来，阿里斯托芬就在《云》中把苏格拉底塑造为一个典型的诡辩派学者，为钱收徒，只教会了学生如何用诡辩颠倒黑白，辩称"儿子打老子有理"这类的观点。苏格拉底在现实中被判处死刑，证据之一便是阿里斯托芬的《云》。

不过事实上，即便对诡辩派来说，这种看法也是误解和曲解，因此今天更多的人称之为智者学派。智者学派的代表人物是普罗塔哥拉和高尔吉亚,两个人都有重要的哲学著作,重新思考人和自然的关系。普罗塔哥拉的名言是"人是万物的尺度",这句话既可以理解为人可以根据自己的意愿决定事物的善恶是非,因此为唯我主义的诡辩奠定了基础;也可以理解为世界通过人的感知才能被认识,因此是一种认识论上的感觉主义,与17世纪贝克莱提出的"存在就是被感知"有相似之处。在中国的西方哲学史上,这句话一般被视为高扬人的主体地位的人文主义的先声。阿里斯托芬将智者学派预示了未来思想发展的观点,简化为强词夺理的诡辩,其实是新思想刚出现时经常会遭遇的被简化、丑化、俗化的典型情况。阿里斯托芬的喜剧虽然具有尖锐的社会批判性,但也难免喜剧常有的简单化、表面化的缺陷。

到了欧里庇得斯的时代,在希波战争中获胜的希腊社会日益繁荣,以雅典为中心,政治、经济、文化等全面发展。虽然伯里克利时代已经随着伯里克利的离世而结束,但是黄金盛世、百工俱兴所带来的繁荣已经让古希腊人对人而不是神的创造力有了充分的信心。不仅雅典公民,希腊社会普通民众的自我意识也日益觉醒。智者学派既是应古希腊社会特殊的广场政治而生,也顺应了普通民众对传统的宗教观念、等级秩序的挑战,因此不仅受到具有政治抱负的年轻贵族青睐,也得到下层民众的赞许。欧里庇得斯也是智者学派的拥趸之一。

欧里庇得斯虽然生于阿提卡的贵族家庭,但他性格内向,总是尽可能避免参与社交和公共生活,喜欢苦思冥想,在石室中潜心阅读和写作。据说他迁入雅典后,雅典人请他到主席厅吃公餐,他也很少去。欧里庇得斯还拥有可观的藏书,据说他的藏书量在当时雅典也是数一数二的。欧里庇得斯对逻辑思辨极感兴趣，因此与智者学派亲近，即便在戏剧中他也喜欢让人物展开辩论，在舞台上推理思考他对世界和人性的看法，因此有"舞台上的哲学家"之称，被不少人视为智者学派的外围成员。而且欧里庇得斯与普罗塔哥拉过从甚密，普罗塔哥拉就在他家中朗诵过后来被公开烧毁的有关神的论文，普罗塔哥拉后来也因为这篇论文被判罪。论文的开头是："我不能断言是否真的有神存在。这点的认识有许多障碍：第一，是对象本身不明确；其次，是人类寿命短促。"普罗塔哥拉对神的怀疑同样影响了欧里庇得斯。欧里庇得斯的悲剧与其说是神和英雄的悲剧，不如说是普通人的悲剧，或者更确切地说，是向风俗喜剧转变的悲剧。

《蛙》中埃斯库罗斯与欧里庇得斯争论的也正是悲剧与普通民众的关系。埃斯库罗斯指责欧里庇得斯是"爱收集胡言乱语的，爱描述穷光蛋，爱缝破布的家伙"，对此欧里庇得斯的辩解是："那是我的民主方式/……我展示给人们的是/大家熟悉的普通生活场面"。同样，欧里庇得斯指责埃斯库罗斯"说的都是些过分华丽的令人难解的辞藻/……当初我从你手里接过诗艺时，/她臃肿，华而不实的词太多"，对此埃斯库罗斯的辩解是"表达高尚的思想和理想，/必须创造出高尚的语言来。/英雄和神样的伟人说话/应该用庄严华丽的辞藻。"由此可见，两个人的根本分歧在于悲剧应该表现英雄和神样的伟人，还是普通人的普通生活。这里潜含着一个对当代读者来说未必能够理解但对阿里斯托芬来说似乎不证自明的前提，即英雄和伟人就是高尚有德、伟大崇高的，而普通民众就是小偷、弑父者这类道德败坏、胡言乱语的人。因此只要用悲剧去表现普通民众，就必然是不道德的。

古希腊社会由一个个城邦组成，城邦居民按政治、法律地位可分为三个主要阶级：公民、外邦人和奴隶。在雅典，奴隶占到全体居民的三分之一，处于社会的底层，没有任何地位和权利。外邦人是通过缴税而获准在希腊城邦居住的非希腊人，其中许多人其实已经住了几代，但仍无权参与政治。只有公民有权参与城市的政治生活，但成年女子和未成年人不具备公民资格，因此实际上公民的数量很小。而即便是公民，政治权利和社会地位也有不同。古希腊城邦一般实行三级制度：执政官、贵族会议和公民大会。在贵族制和寡头制下，贵族与公民的差距尤其明显。今天的普遍主义道德观认为每个公民都具有同样的道德责任，但在古希腊，"美德"与一个人的身份直接相连。军事统帅的"美德"与普通士兵的"美德"，贵族的"美德"与平民的"美德"是不同的。正是古希腊社会这一特殊的社会结构和伦理观念，让阿里斯托芬潜在地把普通民众的品德视为不道德的。

至于悲剧应该在城邦生活中扮演什么样的角色，埃斯库罗斯和欧里庇得斯其实本质上是一致的，那就是教育民众。不过欧里庇得斯的教育目的是帮助民众获得判断能力，从而能够自己对事情做出理解和选择，从长远看是帮助人的自我意识觉醒。因此他说"我在剧中用争辩的逻辑／教会他们知识的方法，／并使所有的剧中人说话时／努力推断出如何和何故"。埃斯库罗斯教育民众的目的则是让他们成为更勇敢的战士和更合乎道德的人，因此他说他的戏剧是"想让你们每一个人都渴望得到胜利的花环，／为此去战斗，去征服自己国家的敌人"，"老师们在学校里对孩子们讲道德，／我们诗人则是成年人的老师，／我们永远应当讲合乎道德的事"。由此可见，埃斯库罗斯是为观众设置他们应该达成的目标，欧里庇得斯则教给观众走向自己目的地的工具。一个塑造普通观众，一个唤醒普通观众。

这两种不同的教育观念其实包含着两种不同的民众观。两种民众观有着完全不同的本质，但其间的差异直到19世纪之后才真正在现代政治中体现出来。对埃斯库罗斯那类的民众观以赛亚·伯林有一个形象的比喻，称那些主张教育和塑造民众的人坚持，既然民众不知道如何游泳，就不要让他们有进入游泳池的自由。法国启蒙思想家伏尔泰也说过，"人民就是老牛，他们需要的是一副牛轭，一根赶牛棒和饲料"。民主观念其实是晚近才普及的。

当然不可能指望两千多年前的欧里庇得斯拥有比伏尔泰还现代的平民观，欧里庇得斯不可能相信民众可以自我教育，不再需要贵族的启蒙。在欧里庇得斯的戏剧中，贵族和平民依然生活在两个不同的世界，贵族依然是人生舞台的主角。但不同的是，欧里庇得斯让贵族从半神的庄严肃穆、不容亵渎，转而有了普通人的掂量取舍、利害权衡。在欧里庇得斯那里，贵族开始需要为自己的行为负责，而不能只归因于神；观众也被希望学会自己做出判断，不再唯贵族之命是从。

但在当时的贵族文化下，绝大多数贵族理所当然地认为普通民众需要的是塑造而不是唤醒，阿里斯托芬同样如此，因此在《蛙》中他认为埃斯库罗斯更能振奋雅典人的精神，欧里庇得斯却会让雅典人陷入道德混乱。对于古希腊三大剧作家，索福克勒斯曾说过，他按照人应当是什么样来写，欧里庇得斯按照人本来是什么样来写，埃斯库罗斯做的跟他一样，只是埃斯库罗斯不知道自己做对了。由此可见，古希腊戏剧家可以被分成两类：一类以埃斯库罗斯和索福克勒斯为代表，表现理想，追求戏剧的庄严崇高；一类以欧里庇得斯为代表，表现现实，追求戏剧的真实和思辨。卢卡奇曾认为希腊戏剧不同于现代戏剧，可以"置身于贴近生活或抽象的两难困境之外"。后世很多人都跟卢卡奇一样，把古希腊文化想象为处于完美状态，但事实上，古希腊人也面临着自身的困境，在戏剧上或许可以称为狄俄尼索斯的两难选择。

二

阿里斯托芬之所以要狄俄尼索斯充当悲剧家们的裁判，是因为古希腊悲剧正是起源于酒神崇拜，因此狄俄尼索斯也是戏剧的守护神。悲剧一词在希腊文里写作 tragōidia，意思是"山羊之歌"，因为酒神祭仪中唱酒神颂的人通常穿着羊皮衣服，装成半人半羊的酒神侍从萨提尔，载歌载舞。最初只是歌舞，但是从公元前6世纪开始，这一歌舞表演逐渐向戏剧对话演变。

酒神祭祀包含几个重要部分：发疯的女性（Maenad），崇拜酒神的女人（Bacchante），酒神的女祭司（Bacchae），由处于狂喜中的疯女子组成的群体（Thiasos），酒神的手杖（Thyrsus）——一把顶端饰有松果并被葡萄藤缠绕的手杖，在酒神祭祀中把动物生生撕成碎片（Sparagmos），将撕成碎片的肉生食（Omophagia），迷狂的敬神仪式（Orgia），萨提尔（Satyrs）——狄俄尼索斯的半人半羊的侍从。如果从古希腊悲剧的起源看，倒是埃斯库罗斯的戏剧观更符合酒神崇拜中的迷狂精神，表演的目的不是要唤醒观众，而是让观众在迷狂中放弃自己的判断，遵从神的指示。

不过尼采在《悲剧的诞生》中已经看到古希腊悲剧中存在

着两种精神，他将之称为阿波罗精神和酒神精神。他认为阿波罗代表着理性，酒神代表着人类的迷狂。同时他也看到，"作为道德之神的阿波罗，要求他的人民能够自制，而为了要遵守这种自制，便需要一种自我认识"，因此阿波罗精神包含着自我意识的觉醒。

另一方面，在实际的酒神祭祀中充满着性欲和肾上腺素的分泌，充满着激情和非理性的因素。因此悲剧的一个重要起源就是让情感超越理性的控制，进入迷狂状态。而迷狂正是群体文化需要的。在《群氓的时代》中，法国学者莫斯科维奇指出："融入一个群体的个体所发生的心理调整，各方面都与那些由催眠术带来的心理改变相似。"迷狂正是一种集体的心理催眠，在这个过程中个人的判断力让位给了所谓的领袖，即群体的引领者和教育者。在狄俄尼索斯崇拜中，狄俄尼索斯便是这个领袖，疯女子们在仪式中放弃自我，彻底接受他所代表的价值。由此可见，狄俄尼索斯骨子里与埃斯库罗斯有着一致的悲剧观，即英雄悲剧观，用崇高的词藻迷醉民众，让他们彻底接受英雄所推许的价值。这也解释了为什么古希腊悲剧中英雄是不可以被描写成做坏事，更不可能去犯罪的，他们的悲剧只是源于他们的"无心之过"。英雄始终是高台上的领导者，让下面的观众为他们痴狂，追随他们，福祸与共。

一开始酒神祭祀是在乡村这些礼仪约束相对薄弱的地方发展起来的，到了公元前560年，它由僭主庇西士特拉妥引入雅典，才逐渐有了形式上的约束，向文雅和艺术转变，从自叙的狂欢向他叙的戏剧转变。当然，从合唱队演唱到表演中增加一个对话人，从直面观众到戴上面具和更换戏服，从酒神的故事到神和英雄们的故事，从以歌舞为主到埃斯库罗斯增加了第二个演员，使对话和动作占据主导，这些程序的完善也经历了半个多世纪。埃斯库罗斯之所以被称为"悲剧之父"，一个重要原因是他通过加入第二个演员，让舞台上真正有了对话。有了对话才会有冲突，也才会有情节。待到索福克勒斯增加第三个演员，三个演员一台戏，有了不同立场分歧并存的可能性，事实上也就在形式上为后来欧里庇得斯戏剧中的理性辩论埋下了伏笔。

看戏是古希腊人最重要的广场生活之一，戏剧演出之时也是古希腊人的重要节日。古雅典每年有三个戏剧节。"勒奈亚节"（Lenaia）在一至二月间，是雅典人自己的狂欢节，此时喜剧比较重要。古希腊瓷器上描绘的勒奈亚节庆典大多与狄俄尼索斯祭仪相似，也有酒和发疯的女性，因此一种说法认为勒奈亚节就是供奉年轻的狄俄尼索斯或纪念狄俄尼索斯的复活，之所以叫勒奈亚节是因为举办地点是一个叫勒奈昂的剧院或地区。"酒神大节"（Great Dionysia）在三至四月间，各个城邦和国家的人都会来看，此时悲剧更重要。"乡村酒神节"（Rural Dionysia）于十二月至一月间在农村举行，主要重演旧剧本。酒神大节尤其隆重，雅典执政官一被选出，就会派两位长官、十位负责人来筹划这一节日。节日第一天，市民、外国人和雅典属邦的代表都要步行到位于雅典的狄俄尼索斯剧场。狄俄尼索斯神像、阴茎图腾、大量的兵器和礼物都会在仪式中展示，仪式的领队会穿上最昂贵华丽的衣服。会有戏剧比赛，众多公牛会被宰杀，会有提供给全体雅典市民的大宴。整个节日持续三天，三天里一切市政事务停办，哪怕是法庭都会休庭。全城出动，所有人穿上节日盛装。在其他雅典的公共生活里，妇女大多不能够出来，但是在这一节日里，不仅妇女、儿童，经过主人同意的奴隶，甚至犯人都可以去看戏，当然据说妇女只能看悲剧，不能看不大雅致的喜剧。可以说酒神大节是雅典全城的一次狂欢，社会的所有等级秩序、礼仪规范都暂时搁置，大家都获得情绪的宣泄。在伯里克利执政的时候，还会发放观剧津贴，保证全城人不论贵贱都可以尽情享受狂欢的快乐。所以那几天整个雅典包括周围的人都倾巢而出。虽然狄俄尼索斯剧场可容纳3万观众，但是座位依然紧俏，有的人头一天晚上就派人去占座位，吵嘴打架时有发生。由于四五出戏剧从早到晚连续上演，没有休息时间，所以观众们都带着垫子和食物进场，在观剧中间吃吃喝喝、来回走动也是无法避免的。一旦名演员出场，大家就把食物收起来，聚精会神地看演出。演到精彩处，他们就会鼓掌喝彩，甚至会不顾剧情进展要求再演一遍。表演不好时，他们会拿无花果、油橄榄，甚至石头等东西扔向舞台。整个观剧的过程也是一场狂欢。

悲剧和喜剧都源于酒神祭祀，所以一般认为喜剧和悲剧是狄俄尼索斯的两个面孔，也是酒精会带来的双重作用：一方面是兴奋醉酒的欢宴，另一面是忧郁哀伤的收割。悲喜同源决定了喜剧虽然有着比悲剧更直接的社会批判性，从而从逻辑上说也更应该具有反思和思辨的理性，但真正情况却是喜剧中同样充满情绪的任意宣泄，就像德国诗人海涅说的："阿里斯托芬的喜剧像童话中的一棵树，上面既有夜莺在歌唱，也有猢狲在吵闹。"喜剧的讽刺很多时候只是不同政治立场的攻击和敌意的宣泄，嘲讽并不代表思考，批判也并不意味着理性。苏格拉底在一定程度上死于阿里斯托芬的《云》，同样，欧里庇得斯也多少被阿里斯托芬的《蛙》所伤。

三

埃斯库罗斯虽然被称为"悲剧之父"，但事实上，他从25岁开始参加雅典的戏剧比赛，直到40岁才初次获得了胜利，这次胜利获得的是头奖还是次奖也无法查知了。17年后，他就在戏剧比赛中被年轻的索福克勒斯击败，虽然埃斯库罗斯认为他的失败是因为寡头派政客在捣鬼。事实上，埃斯库罗斯更像一名战士而非诗人，年轻时就与兄弟一起参加了马拉松战役，他的兄弟在这次战役中英勇献身。但埃斯库罗斯并未因此退缩，此后又参加了萨拉米战役，还可能参加了公元前479年歼灭波斯陆军的普拉泰亚战役。埃斯库罗斯曾为自己写过一首墓志铭，铭文是这样的：

> 雅典人埃斯库罗斯，欧福里翁之子，
> 躺在这里，周围荡漾着革拉的麦浪；
> 马拉松圣地称道他作战英勇无比，
> 长头发的波斯人听了，心里最明白。

由此可见埃斯库罗斯真正引以为荣的，还是他作为战士的荣耀。

因此埃斯库罗斯戏剧的一大特点就是表现战争中的英雄，或者具有斗争气质的主人公。他着意表现的是英雄人物意志坚定、毫不屈服的品格，明知死亡也毫不畏缩。比如说在《七将攻忒拜》中，战争起于俄狄浦斯流亡后，他的两个儿子原定轮流做忒拜王，长子埃特奥克勒斯却在执政期满之后不肯交出大权，于是弟弟波吕涅克斯在岳父阿尔戈斯国王的帮助下，率大军兵分七路攻打自己的城邦。这个情节历史上很多戏剧家都写过，很多人都会探讨其中的道德问题：波吕涅克斯是否受到不公正的对待，他在受到不公正的对待时是否可以带领外族人攻打自己的城邦。这是一个非常复杂的伦理问题，索福克勒斯在《安提戈涅》中因其难解而没有让安提戈涅对两位哥哥的是非做评判。但埃斯库罗斯的《七将攻忒拜》却抛开冲突的起因，只把这场战争简化为是否有勇气在大敌当前时保卫自己的家园。至于两兄弟的矛盾则归咎于家族诅咒简单带过，因为在神话时代，家族诅咒被认为是无法避免的命运，无须深思。两人之争既然被简化为攻打家园和保卫家园，被简化了的矛盾自然也带来被简化了的道德评判：保卫家园的埃特奥克勒斯得到赞美和厚葬，攻打家园的波吕涅克斯被谴责和抛尸。在被简化了的道德评判下，勇敢无疑是最可夸赞的品德，因此难怪埃斯库罗斯在《蛙》中为自己辩护时自豪地声称：

> 我写过一部充满战斗精神的剧本
> ……
>
> 《七将攻忒拜》
> 不管谁看了，都会急着要奔向战场。

所以对埃斯库罗斯来说，伦理张力和道德辨析不在他的考虑范围之内，他只负责塑造英雄人物。

埃斯库罗斯一生创作了90出悲剧，得过13次奖，他去世后，他的儿子又拿他的遗作上演，获得了4次奖。但是他现在留下来的作品只有7部，虽然他曾是雅典城唯一死后戏剧还可以继续上演的剧作家。埃斯库罗斯最有名的戏剧是《俄瑞斯忒斯》三部曲，这是古希腊戏剧史上唯一保留下来的三部曲。在酒神大节上要进行戏剧比赛，优胜者不但可以得到羊，还会佩戴桂冠。悲剧比赛时悲剧诗人要拿出三出悲剧和一出萨提尔剧。一开始这三出悲剧应是一个系列，构成"三部曲"，即应是神话或传说中一个大故事下连续发展的三个小故事，但每个故事要结构完整，可以独立存在，同时各故事之间要存在联系。前两出悲剧既要解决自身的问题，又要引出新的问题供下一出解决，第三出则给出结论。由于《俄瑞斯忒斯》三部曲是目前唯一保存完整的三部曲，所以非常珍贵。

这三部曲包括《阿伽门农》、《奠酒人》和《复仇神》，写的是特洛伊战争的主帅阿伽门农胜利后回家的遭遇。阿伽门农带队出征时曾被阿波罗神阻滞，军队无法前进。祭司说他必须拿自己的女儿献祭，此事遭到了他的妻子克吕泰墨涅斯特拉的强烈反对，但阿伽门农还是做了。所以在他回来的时候，就出现了两个问题：第一是他妻子对他的满腔怨恨；第二是他出征十年间他的妻子已经有了情人。阿伽门农之死是《阿伽门农》中最有名的一段，也是公认《俄瑞斯忒斯》三部曲里最具戏剧性、冲突最激烈的一场。这个杀夫的故事如果从克吕泰墨涅斯特拉的角度去写，就会写成阴谋剧，因为当时迈锡尼城中没有人能够打败阿伽门农，克吕泰墨涅斯特拉要杀死他只能使用计谋。如果从阿伽门农的角度写，就会变成恐怖剧，阿伽门农作为不知情的受害者，在恐怖的环境中一步步走向死亡，这样英雄的光环也就没有了。埃斯库罗斯的悲剧要写的是英雄，是阿伽门农的伟大。从常情来说，这场凶杀除了恐怖之外，肯定还有猜疑、挣扎、斗争，但埃斯库罗斯必须让英雄阿伽门农一往无前地走向自己的死亡。同时，琐碎的家庭纠纷无法烘托出命运的沉重和崇高感，恐怖环境中的坚定英雄更崇高。这该如何做到？埃斯库罗斯的高明之处在于他选取了卡珊德拉——特洛伊老王的女儿作为故事的视角。

卡珊德拉是位女先知，当年拒绝了太阳神阿波罗的追求。阿波罗为了惩罚她，让她拥有了预言的能力，却永远没有人相信她。卡珊德拉是作为俘虏被阿伽门农带回来的，她知道阿伽门农必死，而且阿伽门农死了她也必死无疑，克吕泰墨涅斯特拉不会留着她。所以在阿伽门农走入家门的时候，她也在外面恐惧地等待着自己的死亡。她在恐惧中警告周围的人阿伽门农要死了，但由歌队扮演的市民们不相信她。生与死、真与假、信与不信，紧迫的时间里必须面对的两种选择将冲突推到了高潮。在这个过程中卡珊德拉既从侧面渲染出恐怖的气氛，也留住了阿伽门农的英雄光环。埃斯库罗斯深知"必然之事，异常伟大"，这也是他为什么总把悲剧归因为无可逃避的命运，而且英雄也坦然面对，不做困兽的挣扎，因为一旦挣扎就不伟大了。

阿伽门农死后，儿子流亡他乡，女儿成了宫中的女仆。《奠酒人》写的是俄瑞斯忒斯长大后一心为父复仇，在姐姐厄勒克特拉的帮助下，杀死了母亲克吕泰墨涅斯特拉和她的情人。死之前克吕泰墨涅斯特拉对俄瑞斯忒斯发出诅咒，于是引出了《复仇神》中的矛盾。复仇三女神追逐俄瑞斯忒斯，俄瑞斯忒斯在半疯狂的状态下逃到雅典娜的神庙，雅典娜召开审判会，由双方辩护俄瑞斯忒斯是否有罪。双方的票数相同，最后雅典娜投出了决定性的一票，宣布俄瑞斯忒斯无罪，并安抚了复仇女神，于是家族矛盾就此结束。

《奠酒人》在三部曲中被后代谈论最少，评价也最低，尤其是欧里庇得斯在自己的《厄勒克特拉》里面对这出剧的逻辑错误大加嘲讽。厄勒克特拉和俄瑞斯忒斯分别多年如何还能够认出彼此？埃斯库罗斯给了三个理由：一个是厄勒克特拉发现俄瑞斯忒斯的头发和自己的是一样的；第二个是他们踩在坟上的脚印一样大；第三是厄勒克特拉当年给俄瑞斯忒斯做的斗篷还披在俄瑞斯忒斯的身上。这三个理由在剧中稍纵即逝，却被擅长推理思辨的欧里庇得斯敏锐地抓住：两人一男一女，头发不可能一样粗细；一个在家里做家务，一个在田野里奔跑，脚不可能一样大，就算一样也无法由此推断就是姐弟；至于斗篷更加可笑，俄瑞斯忒斯离开的时候还是小孩儿，现在已经成年，怎么可能穿着儿时的斗篷，更何况他走时厄勒克特拉自己也很小，怎么可能织出斗篷。这些普通的逻辑推理在逻辑尚未完善的古希腊似乎还不为人熟悉。当然，这里不仅有逻辑上的错误，也有后世文学所看重的细节真实性上的错误。事实上，后世戏剧随着艺术的发展，越来越强调逻辑性和真实性，欧里庇得斯可以说是后世艺术发展方向的启蒙者之一。不过在当时，古希腊人更看重戏剧的当下社会作用，而埃斯库罗斯的英雄形象更符合感染群众、让他们模仿剧中英雄奋战沙场的政治需要。埃斯库罗斯满足了当下的需求，欧里庇得斯开启了后世的潮流。模仿与真实，政治需求与理性熏陶，两者之争实际是文学观之争，在后来的文学史上经常可以看到，到了19世纪尤其凸显出来。

不过《俄瑞斯忒斯》三部曲中也暗含了新的理性因素，那就是第三部《复仇神》。在埃斯库罗斯这里，歌队很多时候都代表群体的客观看法，讲述事件的来龙去脉，或者传达神的旨意。正是歌队对历史上阿伽门农家族所受诅咒的叙述，让阿伽门农的死亡不是舞台上任何人的过错，甚至都不是克吕泰墨涅斯特拉的错，只是因为他们的祖先遭到了诅咒。但是在《复仇神》中，歌队却扮演了冲突中的一方——复仇神。古希腊人相信，血亲之间的仇杀会被神所诅咒，而且会一代代不断地仇杀，直到双方家族全部毁灭。复仇神代表的就是这种血亲的仇杀，是古希腊神话中最厉害的诅咒，即便主神宙斯也无能为力。阿伽门农的故事与俄狄浦斯的故事一样，都是典型的命运悲剧，代表着古老命运不可抗拒的权威性。

在大结局中复仇神虽然仍由代表公意的歌队表演，在雅典娜的法庭上却只是争辩的一方，在这里埃斯库罗斯又引进了另外一个类似于歌队的群体"陪审员们"。虽然这些人不像歌队那样直接表达自己的意见，而是作为沉默的群体，基本由阿波罗代言，但出现了另外一个民众群体这一点本身，其意义也是深远的，因为这意味着埃斯库罗斯承认民众中存在不同的看法，而且这些不同的看法都是有理由的。如果由此进一步深推的话，就可以推出"公意"并不就是唯一的真理，个人并不必须服从。既然会有不同的意见，那么拥有理性判断的能力或许更加重要。而这已经是欧里庇得斯的主张了。

埃斯库罗斯或许并未想得如此远，因为这样的逻辑推演是那些"诡辩派"们才擅长的。有人认为，在埃斯库罗斯这里，复仇神代表着母系社会，所以站在克吕泰墨涅斯特拉一方，而雅典娜代表着父系社会，因为她是从父亲宙斯的身体里诞生出来的。因此，双方的争辩其实是人类历史中母系社会与父系社会斗争的缩影。一开始人类组成的是母系社会，根据美国历史学家摩尔根在《古代社会》中的划分，母系社会曾经经历了三种家庭模式：一是血缘家庭，即在家庭范围内，一群直系或旁系的兄弟姐妹互相通婚，宙斯与赫拉的姐弟婚姻即如此；二是普那路亚家庭，即人们开始意识到血亲通婚存在遗传问题，于是强调不同部族相互通婚，一群同胞的、旁系的或血统较远的姐妹，与其他集团的一群男子集体通婚；三是对偶制家庭，即配偶开始相对固定，一次通婚中只能与一名异性结合，但一个人可多次通婚，下次通婚配偶仍可改变。在三种模式下，孩子都可能只知其母，不知其父，所以在母系社会中，母亲对孩子最为重要。随着男性逐渐成为社会的主要劳动力和家庭的主宰者，需要准确判别自己的后代，于是一个妻子只能有一个丈夫的专偶制家庭和一夫多妻制家庭在父系社会出现，此时子女的未来更依赖于他们的父亲。

在母系社会里，母子关系占据首位，这也是克吕泰墨涅斯特拉和复仇女神指控俄瑞斯忒斯杀母之罪的理由。复仇女神在古希腊神话中属于早期神祇，代表着母系社会的价值准则。而俄瑞斯忒斯则对克吕泰墨涅斯特拉有两条指控：第一，杀夫；第二，你杀死了我的父亲。在《奠酒人》中，克吕泰墨涅斯特拉杀死阿伽门农后，阿伽门农的儿子流亡，彻底失去地位和财产，女儿沦落为宫里的女仆。他们之所以落入如此悲惨的境地，正因为他们没有了父亲。在父系社会里，没有父亲的人即便有母亲，财产和地位也得不到保护。这也是为什么俄瑞斯忒斯会认为克吕泰墨涅斯特拉杀死了自己的父亲，自己就应该杀死她。妻子杀死丈夫之罪，大于儿子杀死母亲之罪，正是父权社会的体现。最后雅典娜宣布俄瑞斯忒斯无罪，正代表着对父权制的肯定。

由这一点说，埃斯库罗斯已经注意到了人类历史发展中社会价值会发生改变，传统所颂扬的未必适用于今日。黑格尔更是准确看到了《复仇神》中血缘关系向婚姻关系的转变中暗含的是理性意识的增长，是人类逐渐从本能向理性转变，从自然向自觉转变。夫妻之间的关系尤其需要靠本能之外的理性和法律来维持。由此可见，到了《复仇神》，酒神的迷狂性在一定程度上已经被阿波罗的理性精神取代，理性取代迷狂实际是戏剧发展不可逆转的方向。

四

在三个悲剧诗人中，索福克勒斯被称为古希腊戏剧的荷马。不仅他的艺术成就在文学史上得到众多关注，他自身也非常成功，几乎堪称"完美"。他出生在一个富有的贵族家庭，而且外表俊美，性格温和，聪明机灵，喜好玩乐，属于典型的高富帅。他生活在雅典最繁荣的时期，青年时代正是希腊在希波战争中取得胜利的雅典黄金时代——伯里克利时期。在伯里克利执政前，雅典由寡头派领袖客蒙执政，索福克勒斯与客蒙的关系很好。客蒙去世后，民主派领袖伯里克利执政，索福克勒斯又成为伯里克利的密友。他在伯里克利执政期间被推选为雅典的税务委员会主席，负责向城邦征税，堪称肥缺。他还被选为雅典十将军之一，相当于军事领袖。他还曾跟伯里克利一起出战，作为代表与对方谈判，因此也是外交领域的大使。此外公元前420年，雅典发生瘟疫，他又被推选为医师阿尔孔的祭司，迎接医神，这个身份甚至比十将军之一还高，代表着神职。在这之后，民主派被推翻，寡头派夺得政权，而寡头派又把他选为十人委员会成员之一。过了一段时间，寡头派又被推翻，民主派再次当政，开始审判所有为寡头派服务的人，索福克勒斯也被审判。面对法庭上的指控，他的回答是当时大势所趋，别无他法可想，而法庭也就因此宣布他无罪。当然，这样幸运完美的一生或许也意味着，索福克勒斯不可能像后期流亡的欧里庇得斯那样真正进入普通民众的生活和思想。

索福克勒斯一生写过130多出悲剧，24次获奖，是古希腊悲剧诗人中获奖次数最多的。不过有意思的是，他留下来的悲剧也是只有7部，与埃斯库罗斯一样多。此外，他和埃斯库罗斯还有一个相似之处，即他们都是写理想状态的人，写人应该是什么样子，而非实际是什么样子。

索福克勒斯的代表作是《俄狄浦斯王》，源自一个漫长的俄狄浦斯杀父娶母的神话。但是索福克勒斯的戏剧不是按照时间线索叙述的，即从忒拜王惧怕神谕让牧羊人把俄狄浦斯杀死，到忒拜牧羊人把他交给科任托斯牧羊人，到俄狄浦斯被科任托斯国王当作儿子抚养长大，为避免杀父娶母离家出走，在路上杀死忒拜王，到杀死斯芬克斯成为忒拜王，娶了前王的妻子也即他的母亲。戏剧始于俄狄浦斯当上国王若干年后，此时忒拜城发生瘟疫，一群民众来到王宫前请求俄狄浦斯的帮助。俄狄浦斯派克瑞翁向太阳神询问，神的旨意是必须找到杀死老王的凶手。俄狄浦斯为此请来先知忒瑞西阿斯，忒瑞西阿斯被迫说出俄狄浦斯就是凶手。俄狄浦斯不肯相信，指责克瑞翁和忒瑞西阿斯密谋把自己推下王位。争吵中王后出来安慰俄狄浦斯不必相信神意，因为当初神说老王会死于自己的儿子之手，结果却是在十字路口被强盗所杀。王后描述得越细致，俄狄浦斯就越惶恐不安，传召侥幸逃命的那个仆人，结果发现那个仆人在他当了国王后就自愿到外地做牧羊人了。在派人召回这个仆人期间，科任托斯国王的使节因为老王去世，来迎接俄狄浦斯回去继任王位。俄狄浦斯拒绝了，理由是虽然他已不会弑父，却仍有娶母的危险。这个使节恰好是当年接收他的牧羊人，为了安慰俄狄浦斯，说出了他并非科任托斯国王的儿子。此时当年陪伴老王的仆人被找回，而他就是当年送走俄狄浦斯的牧羊人，两个牧羊人相见，真相大白，俄狄浦斯刺瞎自己的双眼，他的母亲上吊自尽。

戏剧和神话的叙述语言有很大不同，这也决定了戏剧作为个人的艺术创作具有更高的叙述自觉性。神话是从事件的起因讲到结束，按时间线索一一道来，戏剧则需要避免流水账式的叙述。索福克勒斯只选择其中的一天中最紧张的一段，所有冲突都汇聚于此，从而使整个叙述非常紧凑。在索福克勒斯之后，不光是戏剧，诗歌和散文叙事也开始借鉴这样的"经济手法"，选择最具戏剧性的时刻。但是经济手法有一个问题，即由于需要把所有的线索集中在一起，有时只能靠巧合来做到。比如在《俄狄浦斯王》中，后代读者就质疑为什么俄狄浦斯已经当上国王那么久，他的妻子（母亲）却一直没有跟他聊过先王去世的情况？为什么就在这一天，科任托斯国王去世并派使节过来？为什么科任托斯的使节恰好是那个牧羊人？为什么当初把俄狄浦斯带到树林里的牧羊人，既恰好跟着老王在十字路口遭遇俄狄浦斯，又是其中唯一活下来的人？正由于文学作品为了叙述的经济而存在太多的巧合，所以常会被读者诟病。于是到了现代主义文学阶段，艺术家的一个任务就是打破这种虚构性和巧合性，还原生活的平实和真实。

不过在古希腊，这种经济手法得到了亚里士多德的极力推崇。亚里士多德在《诗学》里把《俄狄浦斯王》列为古希腊悲剧的典范，这也是《俄狄浦斯王》能够在所有希腊悲剧中成为永恒的经典、不断被传唱的原因之一。亚里士多德为什么认为

《俄狄浦斯王》如此重要？因为亚里士多德认为最好的戏剧叙述效果就是突转加发现。突转是按照逻辑关系发展的情节突然向相反方向转变，即由逆境转入顺境，或由顺境转入逆境。最好的突转是在转向的过程中，或者正因为突转，一些不知道的真相被揭示出来，即发现。亚里士多德认为《俄狄浦斯王》充满了这样的突转加发现。第一场俄狄浦斯发誓找到并严惩杀死老王的凶手，最后却是先知指出俄狄浦斯就是这个凶手；第二场王后过来安慰丈夫，最后却更确证了俄狄浦斯就是凶手；第三场科任托斯的信使试图安慰俄狄浦斯，结果却是揭出俄狄浦斯杀父娶母。亚里士多德指出，通过突转和发现，索福克勒斯把戏剧一次次推向了出人意料的高潮，使全剧充满戏剧性。突转和发现后来成为文学的一个重要结构模式。

虽然同样是写不可逆转的悲剧结局，俄狄浦斯与阿伽门农的悲剧都来自命运，而非自身的过错，最多也是亚里士多德所说的"无心之过"，但在埃斯库罗斯这里，命运被不断提及，时刻强调，重点是"必然之事，异常伟大"；而在《俄狄浦斯王》这里，崇高却主要不是来自俄狄浦斯不可逆转的命运，而是他知道自己杀父娶母后自刺双眼，自我流放他乡。在当时流放是一件非常悲惨的事情，因为当时的技术条件决定了个人的生存需要依赖群体，个人一旦流落到陌生之地就没有了保护，实际上多少意味着死亡，更何况俄狄浦斯还是一个盲人。当然索福克勒斯并不认为俄狄浦斯应该遭受这么悲惨的命运，因此在另外一出戏剧里让俄狄浦斯在科罗诺斯生活得很好。但毕竟是俄狄浦斯自己选择了流放这个在古代无异于寻死的结局，而且在整个过程中俄狄浦斯始终是一个坚定的领袖，冷静地进行判断，没有惊慌失措，反而不断思考问题出在什么地方，叙述中有什么漏洞。他的思考显示出自己独立的判断，跟阿伽门农根本没有自己的个性是完全不一样的。虽然命运是无法决定的，但人有判断和选择的权利，也有为自己的行为负责的义务。为不是自己有意犯下的错误负责尤其崇高。俄狄浦斯的崇高正在于命运的无奈和意识的自觉之间的张力。后代作家也写了不少俄狄浦斯的故事，但在文学史上始终无法超越索福克勒斯，一个重要原因正在于索福克勒斯这里的神意之剑，以及为命运中不属于自己的错误而承担责任，这一点是自己做主的后代人无法表现的。也正因此索福克勒斯高于常人，是理想的英雄，要观众去模仿而不是去反思。

五

相比之下，欧里庇得斯就属于与主流格格不入的人，甚至可以说颠覆着传统，因此难怪他在世时会不得志。

欧里庇得斯从18岁就开始创作戏剧，到25岁才有机会参加比赛，那次比赛他完全失败了。深受打击后他很少写作，一直到45岁才又创作了大量剧作。他的作品没有索福克勒斯多，只写了92部，也只得过5次戏剧奖。但他流传下来的剧作有18部，比埃斯库罗斯和索福克勒斯的加起来还多。因此虽然欧里庇得斯在当时是失意的，但这并不意味着他的作品在后代不会得到承认。

欧里庇得斯早期写的是一些异域情调的故事，尤其擅长心理刻画。伯罗奔尼撒战争爆发后，欧里庇得斯也写过具有爱国主义情怀的、充满激情的作品，比如《安德洛玛克》表达了对斯巴达人的痛恨，《请愿的妇女》中雅典以弱者的保护人的姿态出现。但事实上，雅典在这次战争中是侵略者，最后惨败，导致整个希腊开始转向衰落。欧里庇得斯的思辨性，以及由此带有的反思性此时体现出来，他开始重新思考战争的意义，而不是一味赞美战争中的英雄。从大约公元前420年开始，欧里庇得斯逐渐成为一个和平主义者，提出暴力只会导致暴力，争执永远不能通过流血来解决，这在当时是特立独行的。他开始创作反战作品，对战争中的弱者寄予了深刻的同情。在他的悲剧中，胜利者常被描写得残忍无道，失败者却有着自己的尊严。比如《特洛伊妇女》就是欧里庇得斯的反战代表作，也是西方文学史上对被侵略者深表同情的第一部作品。他不仅反战，也批判雅典对盟邦的高压政策，因此不见容于当局，72岁时还不得不离开雅典，客居马其顿。

马其顿国王阿尔克拉俄斯曾请欧里庇得斯写一出悲剧，把自己作为主人公，但是欧里庇得斯婉拒了，说阿尔克拉俄斯不适合作为悲剧的主角。欧里庇得斯这样做说明他对自己的创作环境非常清醒。在自我意识和批判意识觉醒之后，再塑造一个命运悲剧的英雄实际上已不可能了。悲剧的终极原因如果不是命运而是主人公自己的话，必然得塑造一些有问题的主人公，也即莎士比亚四大悲剧中的主人公。但这样的话，在位的马其顿国王肯定无法接受，所以婉拒是一个聪明的回答。

这也可以解释为什么欧里庇得斯后期转向创作带有浪漫情调的悲剧和悲喜剧，比如《伊菲革涅亚在陶洛人里》《海伦》等。这些实际上已经不是古典意义上的悲剧了，这些戏剧对后代产生了很大的影响，但影响的不是后代的悲剧，而是古希腊的新喜剧，乃至古罗马的喜剧。之前的古希腊悲剧写的是半神半人的英雄，欧里庇得斯的悲剧则赋予了英雄以人的品格。

欧里庇得斯的代表作是《美狄亚》，派生自古希腊英雄传说里的阿耳戈英雄系列，即伊阿宋带领一众英雄寻求金羊毛。金羊毛藏在黑海沿岸的科尔喀斯，也即美狄亚的家乡。科尔喀斯国王让伊阿宋驾驭两头喷火的神牛耕地，把龙牙种到地里，然后去毒龙盘绕的树上摘取金羊毛。美狄亚是科尔喀斯国王的女儿，也是地狱女神赫卡忒的祭司，她喜欢伊阿宋，因此帮他解决了所有难题，然后带着金羊毛与伊阿宋一起逃跑，路上杀死了被父亲派来追赶他们的弟弟。不过欧里庇得斯戏剧讲的不是这些英雄的冒险，而是美狄亚和伊阿宋逃到科任托斯十年之后，那时他们已经有了两个儿子。

冲突的起因是伊阿宋变了心，想娶科任托斯国王的女儿。在这里欧里庇得斯作为智者学派的诡辩性就体现了出来。伊阿宋劝美狄亚说，他跟科任托斯国王的女儿结婚，实际上是为了美狄亚母子好，因为这样他们就得以与有钱人结亲，不至于以后太穷困。对于美狄亚哀叹自己为他抛家离土，伊阿宋的说法是他把美狄亚从偏僻的科尔喀斯带到科任托斯，美狄亚才得以从野蛮之乡来到文明之地，所以他不欠美狄亚什么，相反美狄亚倒应该感谢他。伊阿宋是古希腊传说中的重要英雄，阿耳戈号的首领，英雄品格与赫拉克勒斯、阿克琉斯等完全不相上下。传统上这样的英雄在舞台上都以高大英勇的形象出现，然而在欧里庇得斯这里他却变成了一个卑鄙小人。要知道欧里庇得斯深受智者学派的熏陶，是舞台上的哲学家，以他的思辨能力，如果愿意，完全能给伊阿宋一个说得过去的理由来解释他的变心。但他给伊阿宋的理由却漏洞百出，显然有意为之。比如伊阿宋说之所以娶公主是为了让美狄亚母子过上更好的日子，但欧里庇得斯已让科任托斯国王宣布大婚之后立刻驱逐美狄亚母子，别说攀上高亲，连生计都会成问题。这些强词夺理的诡辩正反衬出伊阿宋的虚伪、忘恩负义和攀附权贵，作用是把伊阿宋从神坛上拉下来，变成一个充满野心和缺陷的普通人。

美狄亚是文学史上少有的悍妇形象，绝不逆来顺受接受被抛弃的命运。在当时，女性没有公民权，只能待在家里服从丈夫。《美狄亚》中的歌队代表科任托斯的妇女，也不断劝美狄亚认命，因为女人的结局就是这样。但是美狄亚不肯，她在第一场中控诉男性和女性拥有的不同地位和权利，这些控诉被认为是女权主义最早的呼声。对于伊阿宋的变心她也选择了报复，美狄亚制作了一件有毒的精美长袍，请伊阿宋转交公主，毒药烧死了公主和科任托斯国王。美狄亚为了给伊阿宋更大的惩罚，也为了免得孩子今后受苦，又亲手杀死了两个儿子。她被包围时一辆神车从天而降，美狄亚得以坐神车脱身。

在欧里庇得斯之前，英雄一般是不可以犹豫的，不可以有自我考虑，即便面对死亡也要坚持自己的选择，坚定地采取行动，以此塑造英雄的崇高。而从欧里庇得斯开始，戏剧舞台上出现了内心矛盾痛苦的主人公。美狄亚犹豫是否杀死孩子那一段非常有名：

> 我先前，对你们怀着很大的希望，希望你们养老，
> 亲手装殓我的尸首，
> 　这都是我们凡人所美慕的事情；
> 　但如今，这种甜蜜的念头完全打消了，
> 　因为一旦没有了你们俩，
> 　我将过着辛酸而且哀痛的人生，
> 　你们将飘到另一个世界，再也不能

用这双可爱的眼睛看到你们的母亲。

唉，唉，我的儿子，为什么老是朝着我看？

为什么你要微笑，浮起最后的笑痕？

唉，我怎么办？苦了我的心！

女仆啊，我不能！算了吧，我不能！

我放弃阴谋，我将带孩子们远走。

为什么要用他们的不幸来折磨他们的父亲，

从而两倍地增加我自己的不幸？

我决不！滚开，我的狠心

——我到底怎么了？

难道我想饶了我的仇人，反遭他们的嘲笑！

我要勇敢些！

我竟这样脆弱，产生这样软弱的思想！

……

（自语）唉呀呀，我的心呀，快不要这样！

可怜的人啊，放了孩子，饶了他们吧！

即使他们不能同你一起生活，但他们毕竟还活在

世上，

这多少也是个宽慰。

——不，凭那些住在下界的复仇神起誓，

我不能让我的仇人侮辱我的孩儿！

无论如何，他们非死不可！

既然要死，我生了他们，就可以把他们杀死。

命运既然这样注定了，就无法逃避。

这里的矛盾迟疑表现了一个受伤的女性在爱和仇恨之间的

挣扎。传统上这种犹豫情绪的出现都会被解释为神的干预，是神让主人公怀疑自己的判断，因此显示了神的绝对意志和人认知的有限。《美狄亚》则完全是主人公自己心生狐疑，对自己的是非进行反思，在展示了人认知的有限性同时，也展示了人的反思和思辨的力量。就像法国哲学家笛卡尔说的"我思故我在"，完全独立的思辨能力在舞台上的出现，意味着人获得主宰自己的力量的开始，这是以前的文学作品中从未有过的，也开启了戏剧培养观众的思辨能力的先河。

欧里庇得斯不仅把戏剧冲突的关键从神意转向了人心，也将传统的英雄人物变成了现实人物，把悲剧中的理想主义变成了写实主义。不仅伊阿宋从完美无缺的英雄变成了花言巧语的负心汉，而且在传统神话中美狄亚是地狱女神的祭司，坚决狠辣、诡计多端，代表着地狱力量，这里她同样被欧里庇得斯拉回到人性本身，成为一个母亲。她的报复行为虽然跟神话中一样凶狠决绝，欧里庇得斯却充分渲染了她作为母亲和妻子的痛苦，让悲剧从表现命运的安排，变成了表现人物的内心冲突，让人和人的心理开始成为戏剧的重心。

由此可见，埃斯库罗斯和索福克勒斯是英雄神话传统的继承者，在他们那里，戏剧最重要的作用是让观众受到感染，模仿戏剧中的英雄行为；欧里庇得斯却是这一传统的破坏者，在他这里，戏剧最重要的作用是唤起观众的自觉意识，自己去分辨是非。前者是艺术中古典的模仿传统，后者是艺术中现代的自觉传统。

虽然欧里庇得斯开启了未来艺术的走向，但那时这些因素还隐而未现，无论在文学界还是理论界都是模仿原则占统治地位。阿里斯托芬在《蛙》中让狄俄尼索斯最终选择了埃斯库罗斯，正是当时主流社会的选择。阿里斯托芬的出生虽然比三位悲剧家略晚，但他真正关注的还是当下的社会，尤其从政治和伦理角度对社会加以判断。这类政治批评虽然看起来比较激进，但因为言说方式依然建立在传统的话语体系之上，缺乏并且也不可能理解欧里庇得斯的先锋性。同时阿里斯托芬生活的时代正是雅典逐渐衰落的时代，社会上下都希望重振旗鼓，此时需要的是能够鼓舞士气的英雄题材作品。在这种情况下，阿里斯托芬认为欧里庇得斯会给雅典带来混乱，不选择欧里庇得斯也就可以理解了。

但其实根据历史记载，雅典士兵在西西里争夺战战败之后，有的人靠唱欧里庇得斯的歌词得以一路乞讨返乡，一些俘虏也因为能够背诵欧里庇得斯的歌词而获得自由。普鲁塔克记载过这样一个故事，斯巴达人攻下雅典后曾准备摧毁雅典城，当时有人唱起欧里庇得斯的《厄勒克特拉》的进场歌，斯巴达统帅听了大受感动，不忍心摧毁这个造就了如此优秀诗人的城市，雅典才得以保留。由此说来，欧里庇得斯的戏剧未必不能帮助雅典，只不过帮助的方式不同罢了。欧里庇得斯的戏剧面向的是一般民众，因此更为民众喜爱，这也是为什么欧里庇得斯的剧作被保存下来的反而最多。据说后来教师上课讲戏剧的时候，都是用欧里庇得斯的戏剧做例子。

第三讲

从丰盈到崇高

——并不黑暗的中世纪

对欧洲中古时期比较常见的说法是"黑暗的中世纪"，这是意大利诗人彼特拉克最早提出来的。彼特拉克受基督教的影响，把基督教之前的时代都称为 antique（古代的），把基督教时代称为 nova（新近的）。当然彼特拉克心仪的是古典时代，在他看来，自己所处的时代已经无法回到古代的光荣中去了，所以他称之为 tenebra，即"黑暗的""阴影下的"时代。彼特拉克哀叹中古时期拉丁语的表现力已经大大降低，无法与古典时期的拉丁语相比，至于文学、艺术、政治等的水平更是不可同日而语了。

就历史纪年来说，中世纪开始于西罗马帝国的灭亡，终止于12世纪或15世纪，之所以有两个时间是因为对中世纪结束的时间，或者说文艺复兴开始的时间，历史学家尚有分歧。当然，罗马不是一天建造起来的，中世纪向文艺复兴的演进也不是瞬间完成的。中世纪的开始比较明晰，始于蛮族的入侵。之前欧洲虽然大部分属于罗马帝国，但罗马帝国的北方和东方也聚居着许多独立的部族，最近的是日耳曼人，再往东，有斯拉夫人、立陶宛人、芬兰人；欧洲北方斯堪的纳维亚半岛、从英吉利半岛东北部到如今的法国西北部和丹麦等地是诺曼人；地中海南部与东部海岸有阿拉伯人。日耳曼人中还分哥特人、汪达尔人、法兰克人、盎格鲁人和撒克逊人等不同的部族，这些部族之间也常常发生战争。罗马帝国时期这些日耳曼游牧部族都被称作蛮族，主要还处于氏族阶段，社会制度也接近原始公社制，没有城市，只有用土墙和栅栏围起来的生活场所，生活和文化水平都很低。但随着罗马帝国的衰落，这些落后的蛮族一次次洗劫罗马，比如410年西哥特人攻入罗马城，劫掠了三天三夜；455年汪达尔人洗劫罗马城14天。当然，对罗马帝国做出毁灭性打击的莫过于匈奴首领阿提拉，据说他所到之处，寸草不留，因此被西方人称作"上帝之鞭""黄祸"。

罗马统治的崩溃带来的影响是很大的。电影《亚瑟王传奇》就讲了罗马军队撤走后，野蛮的撒克逊人如何步步侵入，烧杀劫掠。罗马帝国繁盛时有所谓"条条大路通罗马"之说，四通八达的交通确实是城市繁荣的保障。罗马统治衰败后，到远处的旅程变得极不安全，货物运输尤其如此，其结果，就是商业和文化交流的停顿，社会活动局限于一个狭小的地区。而这些小领主没有力量维系诸如图书馆、学校、公共卫生等基础文化设施。城市和商业随之几乎完全停顿，文化因缺少交流也不再发展，过去热闹的港口变成了贫困的渔村。

在这个时期，统一文化的力量主要来自教会。教会有选择地保存了拉丁语文献，发展了书写艺术，并且通过主教机制建立起一种中央集权的行政体系。当时还没有印刷术，图书主要靠手抄在羊皮和牛皮上，造纸术要到13、14世纪才传入欧洲，不过那也就带来了中世纪的结束和文艺复兴的开始。羊皮纸的制造是一项非常复杂昂贵的工艺，首先要将生皮处理软化，再将全部毛发和零星边皮除去，并将两面压平，然后在皮上喷浇石炭粉，再以浮石用力摩擦，此项处理是否细致决定着羊皮纸的品质。而在纸上的誊写、绘图、上色等更非一个人能够完成，在当时只有教会才能分工集体运作，这决定了中世纪的文化主要是天主教教会文化。当代意大利作家翁贝托·埃科在《玫瑰的名字》中描绘过这样的集体抄写艺术，这本书也被拍成了电影。

一

中世纪早期，强调以群体方式来体验精神生活的修行制度带来了修道院的兴起，从而为《圣经》的抄写和绘图提供了条件。大量《圣经》手抄绘图本的出现，成为中世纪的一大艺术成就。僧侣们使用金粉、银粉和珍贵的颜料粉末在上等牛皮纸上绘制《圣经》文本，在法国卡洛林王朝时代和德国奥托时代尤其多，爱尔兰《凯尔斯书》是其中非常有影响的一部。

这类手抄本并没有自己的内容，都是以《圣经》为基础或由其衍生的，比如《凯尔斯书》其实就是《圣经》中的四福音书。事实上这些手抄本的价值主要不在文字内容，而在其用字体、绘画、颜色、材料等来表现内容的方式。当然，这些因素与《圣经》内容是密不可分的，是《圣经》赋予了这些手抄本精神底色，包括它们的神圣性和美学思想。

《圣经》是理解西方文化的基础，其与中世纪欧洲那些"蛮族"的多元化世界观形成鲜明对比的，首先就是它的一神论。在一神论基础上，是一种统治与服从、神圣与世俗、超验与经验的二元对立价值观。此外，基督教教义还为人类群体提供了群体道德规范。事实上，任何一个民族在形成过程中都需要一些价值观念来约束成员，保证群体不会四分五裂，正是《圣经》在欧洲各民族形成的过程中为它们提供了重要的道德规范。当然《旧约》与《新约》的价值观念其实有很大不同。拿"爱"这个观念来说，《旧约》的道德原则是以牙还牙，人死偿命，偷东西赔钱，追求的是公正；《新约》的道德原则是宽恕和感化，如果别人打你的左脸，就把右脸也让他打，因为打人的人总有一天会被你的爱和宽恕感动，从而改过自新。《新约》的价值观念已经超越了动物的本能，是一种理性的而不是本能的行为原则，这也是为什么《新约》能够在现代理性社会产生更大的影响。

在中世纪教会保留的大量文献中，虽然经典只有一部《圣经》，但是围绕《圣经》，教会发展出了各种各样的文化典籍，比如祈祷书、礼拜书、使徒传等等。礼拜书里又分福音书（Gospel）、弥撒书（Missal）、赐福祈祷（Benedictional）、每日祈祷书（Breviary）、应答歌唱集（Antiphonal）、升阶经（Gradual）等等，类型和版本各式各样，艺术手法也丰富多彩，并不像内容那么单一。

中世纪手抄本的章节首字母大多大写，而且配以图画，图和字母里有大量的金粉，当时只有教会才有这样的财力。（图1、图2）图案可以是动植物、花纹，也可以是人物，身份姿态各异，可以看出中世纪僧侣们在抄写文字内容的同时，也倾注了大量的精力在装饰上。比如四福音书常会配以作为其象征的四活物：人、狮子、牛、鹰。（图3、图4、图5）

从内容上来说其实只有一部经典，为什么教会花费如此大的精力配以不同的装饰？这样的装饰意味着每一部手抄本都需要投入大量的时间和人力，因为在羊皮纸上仅仅画一条线就很困难，更别说还要涂上各种颜料，而且这些颜料需要自己炼制。教会为什么要这么做？

中世纪经院哲学家托马斯·阿奎那从神学观念出发指出了美的三个要素：

完整（Integritas）：指美的对象饱含存有活动之完美，丑即匮乏。

和谐（Proportio）：指在差异带来的殊多存有中，由于比例恰当而有一种统一性。

光照（Claritas）：包括自然之光、理智之光、圣言启示之光等。

根据基督教神学，这个世界上只有神是独立自存的，世界只是神的流溢。只有丰富的世界才能呈现出神的丰盈完满，比如枝叶繁茂显示的是神的繁盛，少即是丑，因为是神的匮乏。人正是在浩渺无穷、千变万化的世界中感受到面对神的震撼。这是神学意义上的"完整"。从这个角度说，中国画的留白不会是中世纪神学艺术所欣赏的，这也是为什么教堂中的彩绘玻璃窗总是用尽可能丰富的色彩填满整面玻璃。

Proportio 的直译是指符合比例，不过这个比例是基督教的比例，是神的比例，而不是古希腊的黄金分割率，也无法用透视法来衡量。因此对于习惯了古典绘画的观众来说，中世纪的图画会显得缺乏真实感，比例失调。比如上帝要高于天使，圣徒要高于普通人。

光照既指作为神的流溢的自然之光，也指事物中包含的圣言启示之光。中世纪宗教绘画中大量使用金粉，因为金色代表着神的光彩。蛮族史诗多样而不统一，基督教文学虽然可以多样，但必须在神的思想光照之下。

由此可见，基督教艺术所追求的美感是在神的流溢、和谐和荣光面前感到的震惊和迷狂。美感不是舒适、优雅，而是崇拜、敬畏和迷醉。中世纪绘画和雕塑在细节上呈现出的丰富多变，正是为了让观众感受到在有限世界背后还有一个无限丰盈的超验起源，这才是中世纪教会艺术之"美"。康德把美分为"优美"和"崇高"："优美"是人的感官和理解力所能接受的形式和比例，带给观赏者的是愉悦；"崇高"的事物无论在规模还是力量上都超出了人的认知力和控制力，带给观赏者的是震撼。这种崇高之美正是中世纪基督教艺术对美的理解。从基督教艺术的角度看，真正的美带给人们的不应该是怡然自得，而是震撼和迷醉。

基督教的手绘本如果用古典美学或者现实主义美学来评价，都可能被认为丑陋、不真实。人物画像尤其无法用古典的黄金分割率或透视法来审视。但是如果习惯了基督教的美学标准，就会从中感受到神圣的力量。

拿爱尔兰著名的《凯尔斯书》中的"圣母抱子图"（图6）来看，圣子和圣母位于全图的中心位置，圣母的比例最大，圣子的比例与天使一样，看起来不像是一个婴儿。五官没有拉斐尔的圣母图中的丰富表情，全都庄严肃穆，显然圣人的魅力在当时人眼里不是丰富的情感，而是神圣性。画框内部顶部的半球是基督教绘画中经常出现的半球，代表着天界，在很多中世纪图画中都留白，因为天界是神圣和无法描摹的。但是《凯尔斯书》对丰盈的追求达到了极致，处处都要填补，这个天界也被填满了绚丽的凯尔特结。同样椅子下面和圣母左右两边的构图空白处也都被填满了。更有意思的是，大画框里还有一个小画框，里面有6个人，有人认为这代表着世俗世界，因此人物的比例是最小的。这样一种布局显然与古希腊绘画的构图原则截然不同，却充分体现了中世纪美学中的完整和谐，充满丰盈之感。

手抄本《凯尔斯书》虽然内容只是"四福音书"，但因其制作的精美，被视为爱尔兰的国宝。《凯尔斯书》的 Chi–Rho 页尤其体现了中世纪艺术的象征性和完整性。（图7）虽然只是一个由 X（Chi）和 P（Rho）交叠而成的字母，该页每个角落却几乎都被填满，由颜色绚丽、线条复杂、细致入微又丰盈繁杂的各种装饰性图案组成。这些图案不只让读者直观地感受上帝的丰盈，而且是按照宗教的意义组合在一起的。目前得到公认的是：左上角的两只蝴蝶簇拥着蝶蛹，象征着基督的复活；左部中间一位天使拿着两只花秆，以及略左下角的两位天使，代表着天界，也象征着自然元素中的气；页面中央的人头一般认为是基督本人；基督左边人和孔雀环绕成菱形，象征着逻各斯或上帝的世界，因为孔雀在基督教艺术中往往象征着基督的不朽；基督右边的嵌板中两对对抗的男人拉着彼此的胡子，这部分的意义还不完全清楚，有人认为象征着人类世界中存在的矛盾和冲突；画面底部左边的两只老鼠象征着自然元素中的土，右边一只嘴里叼着鱼的水獭象征着自然元素中的水。字母 X 和 P 组成十字架的形状，底端的一行文字写的是"耶稣诞生之书"。因此，读者在这幅插图面前，不仅可以直接感受到上帝的完满，而且也应该意识到，在直观的世界后面，还有更深邃的神和宇宙。

不仅在插图里，在文本中《凯尔斯书》也会随时放入绚丽的图案。鲑鱼是基督的象征，所以即便在普通的句段中间也会被画入。此外每章的首字母，乃至一行的首字母、某个字母等都可能被化为图案，在这些图案中最常见的是凯尔特螺旋结构和凯尔特结，凯尔特结中那种交错的三角形也被称为"三位一体结"，带有强烈的基督教寓意。（图8）书中还有各种各样家常的动物，鸡、鸽子、老鼠、蛇等等，有些动物福音书里根本没提到过。（图9）有一个解释是修道院里看不到其他动物，修士们能够临摹的就是这些动物，所以就把它们都画进去了。

《凯尔斯书》不但人物、动物和花纹错综繁复，有各种各样的表情，各种各样的姿态，而且色彩丰富绚烂。在中世纪提炼如此多的颜色并不容易，而且不少颜色造价高昂，但是制作者似乎毫不在意，在很多小字母里面还要不计成本地画入一个个抱着自己的小人。光是同一个符号，《凯尔斯书》中就有二十种不同的写法，出现在不同的地方。总而言之，极尽繁复之能事。（图10）

中世纪的教堂也同样具有高度的装饰性，线条众多，且整体指向都是向上。这是哥特式艺术的特点，指向的不是世俗，而是天界。数不胜数的线条再加上只能仰视的高度，站在这样的教堂前面，感到的不再是欣赏，而是震撼、崇敬，以及自身的渺小。哥特式教堂既要在高度上超过常人，也要在繁复程度上超越常态，超越一瞥可容纳的限度，带给观看者的是敬畏。无论外部还是内部都是如此。（图11）

中世纪教堂的窗户也充分体现出基督教神学的美，画面充盈各个角落，色彩丰富绚丽，当阳光从外面透过玻璃照进来，绚丽的光辉正体现了阿奎那所说的美的光彩。由此可见，中世纪基督教的艺术虽然在叙述内容上受到《圣经》的限制，叙述手法却极其丰富多样。（图12）

二

不过中世纪除了宗教文学，还有一份重要的文化宝藏，以前用书写文化来看待那些所谓的"野蛮"民族时被忽略了，而事实上这些民族通过口口相传建立起了自己独特的文化传统，那就是民族神话和英雄史诗。

在欧洲西部一些地区，有些民族，比如阿瓦尔人和俗称"北欧海盗"的维京人，他们与基督教或罗马文化接触很少，从而建立起了自己独特的神灵崇拜体系，其中最有名的就是斯堪的纳维亚地区的北欧神话。北欧神话主要被记录在冰岛的史诗《埃达》和萨克索的《丹麦史》里面。《埃达》也分为散文《埃达》和诗体《埃达》，其中散文《埃达》也被称为 Snorra Edda，因为相传它的作者是 Snorri Sturluson（斯诺里·斯图鲁松），他在1220年左右编撰了这样一部冰岛史诗。诗体《埃达》创作于13世纪，但直到这本书辗转落入冰岛斯卡夫教堂的主教斯文逊手上后才广为人知。《埃达》主要记录了北欧社会的神灵故事，虽然成书较晚，但是早在中世纪初期就已经在欧洲北部口头流传了，因此虽然受到基督教文化的压制，却依然在欧洲民间文化中留下了深刻的痕迹。今天深受读者喜爱的《魔戒》《哈利·波特》等就借用了这一文化传统。据说《魔戒》的作者托尔金曾在利兹大学与日耳曼哲学专业的学生组成"维京俱乐部"，在那里学生可以自由地喝着啤酒，阅读古代斯堪的纳维亚的冒险故事。

在北欧神话中，世界一开始是一片混沌黑暗、冰天雪地的洪荒时代，只有巨大身躯的伊米尔和一头母牛奥都姆布拉。后来从伊米尔的双臂和足下生出很多巨人，被称为霜的巨人，是世界秩序的破坏者和神祇们的敌人。牝牛奥都姆布拉则有一天舐出众神的始祖伊米尔，他生下奥丁等三位伟大的神祇。三位神祇后来杀掉了伊米尔，伊米尔伤口流出的鲜血造成了洪荒世界里的第一场洪水。众神用伊米尔的肉体造成大地，血造成海洋和湖泊，骨骼造成丘陵和山脉，牙齿和零碎的腭骨造成岩崖和卵石，头发和胡子造成树木和青草。脑壳形成了天空，脑浆形成云彩。神又用梣树和榆树造出男人和女人，这样人类也诞生了。

在宇宙的中心矗立着一棵无比伟岸的大梣树，叫尤加特拉希，是宇宙万物的起源和载体，它的枝叶覆盖了整个天地。三条巨大的树根支撑着宇宙树，分别通往神国、巨人国和冰雪世界尼夫尔海姆。在这些树根的末端，分别有三眼泉水为宇宙树提供水分。最北面的那眼泉水称为海维格尔玛，在一片冰天雪地中，一条狰狞的毒龙尼特霍格盘踞在那里，企图咬断宇宙树的巨根，毁灭世界。另一条根连向巨人国里的密密尔泉，整个天地、九个世界里发生的一切知识都融汇于此。但在老巨人密密尔的看护下，除了密密尔自己和主神奥丁，没有人喝过这里的泉水，奥丁则为此失去了一只眼睛。第三条巨根连着乌达泉，是三位命运女神的住处，她们既守护着宇宙树又管理着人类的生命线。

宇宙树的顶部站着一只羽毛雪白的公鸡，负责为天地万物计算时间。树的最高枝杈上还栖着一头巨鹰，它扇动翅膀在世界上刮起大风。这头巨鹰与树根下的毒龙是宿敌，树上的松鼠拉它图斯克还不断挑拨离间。此外还有四头小鹿在乌达泉边的林中奔跑。

宇宙树上有9个世界：

1. 神国亚萨园（Asgard）。亚萨园里住着奥丁等人类的保护神，人类战争中牺牲的勇士会被选出到亚萨园中的华尔哈尔宫，整日比武、宴饮，以备诸神毁灭的那一天，那一天他们都将战死。奥丁是北欧神话的主神，也是战争之神，这也是为什么在赫斯特的《极简欧洲史》里，北欧神话代表着战士这一尚武精神。

2. 华纳神的家园华纳海姆（Vanaheim）。这里住着另外一个部族的神，主神叫尼奥尔德。但是在与亚萨神族交战失败后，尼奥尔德率儿子弗雷和女儿弗雷娅到亚萨园做人质，诸神的毁灭后会重新回到华纳海姆。

3. 精灵国爱尔夫海姆（Alfheim），是光明精灵居住的世界。他们是善良、愿意帮助人类的精灵，但相对来说没有前面两个神族那样强大。

4. 在人类大地的外面，和人类并居的巨人国约顿海姆（Jotunheim）。这里都是一些强壮有力而性情邪恶的巨人，不仅是亚萨神的敌人，而且随时都在企图破坏人类的世界，是人类的最大威胁。

5. 人类的世界（Midgard），是宇宙树尤加特拉希中间部分的枝干。虽然位于宇宙树的中间，但人类不是世界的统治者，即便主神奥丁也不是世界的统治者，宇宙由不同的世界共同组成。这和希腊神话中的奥林匹斯神是不一样的。

6. 大地的下面是瓦特阿尔海姆（Svartalfheim/Nidavellir），也称侏儒之乡。侏儒与人类住得最近，就在大地下面的岩石洞穴里或黑色的土壤下面。他们个子矮小，深藏在日光照不到的地方。当黑夜降临的时候，他们也会来向人类借东西使用，或者和人类做生意。他们通常是人类的朋友。侏儒可以长到250岁，是非常厉害的匠人，能够制造出精美的武器。

7. 火焰国摩斯比海姆（Muspelheim），只有火焰。

8. 冰雪世界尼尔夫海姆（Niflheim），只有冰雪。

9. 海尔的死亡之国（Hel）。海尔是死亡之国的主人，所有因为疾病和衰老死亡的人类都将到她在死亡之国的巨大宫殿中，为她服务。

北欧神话的主神是奥丁，但他和多数神话中的主神不一样，性格变幻无常，而且常常出尔反尔，捉弄自己的部下，绝非道德的楷模。一只眼的奥丁常坐在宫殿正中的御座上，穿着宽大的上衣和亚麻布做的紧身马裤，还常戴一顶宽边帽。他的身旁站立着两个女侍，叫列斯特和密斯特；他的肩膀上停着两只乌鸦，叫胡晋（意为思想）和穆宁（意为记忆）；他的膝下蹲着两头狼，叫格里和弗雷克。

奥丁的御座是一件宝物。每当奥丁坐在这个御座上的时候，他那一只眼睛能够一下子看到全世界正在发生的事情；而他那只在密密尔泉底张着的眼睛，则能看到过去和未来的一切事情。奥丁独目的视线也有被宇宙树挡住的时候，但他肩膀上的两只乌鸦每天日落时分便会分头飞出亚萨园，一直飞到所有世界的尽头，清晨再飞回来，把所见到和听到的一切通通告诉奥丁，因此奥丁对天下的事情无所不知。

北欧神话有一个与其他神话的巨大不同，就是众神和全部世界的最后命运，称为雷加鲁克（Ragnarök），是众神和一切生灵的末日。奥丁虽然能够看到最后的毁灭，却不能告诉别人，只能告诉自己的妻子，因此他一直是忧郁的。正是这一必然毁灭的结局赋予了北欧神话特有的忧伤和悲剧色调。在日耳曼史诗《贝奥武甫》和德国史诗《尼伯龙根之歌》中总是隐隐弥漫着灭顶之灾的忧伤，巨大财富往往不是神恩而是与毁灭相连。不过遗憾的是，除了《埃达》和《萨迦》外，关于这方面的中世纪文学作品很少，都是零散地出现在中世纪英雄史诗和骑士文学的想象之中，这也是为什么托尔金等当代中古学者把这部分神话挖掘出来并变为文学作品时，能够激起如此巨大的反响。

北欧神话的世界是多元的：在他们的世界中，九个王国并存，并没有哪个至高无上，有能力控制一切；在神中，不仅存在着不同的神族，主神奥丁也受其他神的挑战；就算神也面临着死亡，没有什么是永恒不变的；不同的神和人各有不同的追求。在多元的同时，北欧神话也是一部战士的神话，虽然必将毁灭，但是没有人退缩，而是努力去赢得自己的荣耀。奋力抗争与必将死亡的命运，构成了北欧神话的巨大张力。

三

中古时期很多民族都有自己的代表性史诗，不过需要指出的是，这些史诗虽然都产生于中古时期，但是被发现并真正得到人们的关注都很晚，很多是在18和19世纪，这也是为什么人们很长一段时间都认为中古是黑暗的。这与荷马史诗有很大不同：荷马史诗一开始就影响着其后的文学作品，直到维吉尔的《埃涅阿斯纪》，形成了一个稳定的影响传统。而中古的英雄史诗却存在着断裂，而且很长时间受到基督教文学的压制，不为人知。但在民间，这些作品以各种变化了的形态流传着，虽然很多也被基督教妖魔化了。基督教文学和民间文学这两股力量很长时间都在抗衡，当然基督教文学始终占据着主导地位。在这些民间史诗中，最有名的是中世纪早期盎格鲁－撒克逊民族的《贝奥武甫》、后期德国的《尼伯龙根之歌》和法国的《罗兰之歌》。

不能不承认，《贝奥武甫》的语言很难与荷马史诗丰富华丽的修辞相媲美，但就叙述而言，《贝奥武甫》依然有着既精致又朴实的美。《贝奥武甫》上下篇在结构上的对称，悲剧性葬礼在开头和结尾的呼应，过去故事对未来遭遇的暗示等等，显示出构思上的精致。同时《贝奥武甫》的修辞虽然与荷马史诗相比比较粗糙直白，但在对古代北欧诗歌委婉语（kenning）传统的使用中，有一种动人的简洁与委婉相结合的特质。委婉语即用一个比喻性的复合词来代替抽象的名称，比如把大海称为"鲸鱼路"（whale–path），把宝剑称为"伤口之锄"（wound–hoe），把上帝称为"荣誉的挥动者"（glory's wielder），把恶龙称为"古墓的守卫者"（barrow's guardian），用"剥夺了喝蜂蜜酒的席位"表示征服了对手，用"选择了上帝的光明"来表示死亡，等等。委婉语是中古时期文学作品的重要语言特征，赋予了这些作品既华丽又肃穆的色彩，与荷马史诗相比有一种非世俗的庄严。

在细节上，《贝奥武甫》反映了很多中世纪的传统。比如赞扬君王，就会说是他慷慨公正，大量赏赐有功的随从。赞扬身为随从的武士，除了勇武之外，会强调他们忠实于自己的君主。在贝奥武甫与毒龙鏖战时，那些逃跑了的部下因为背叛自己的君主最后都受到了非常严厉的处罚，整个家族被流放，在当时艰苦的自然环境下，流放几乎意味着死亡。这类细节非常多，构成《贝奥武甫》独特的艺术价值。

当然，有的史诗确实成就较低。比如《罗兰之歌》虽然成书更晚，而且也是中世纪后期英雄史诗中最著名的之一，艺术性却较《贝奥武甫》也大为逊色。一般认为《罗兰之歌》中最精彩的是罗兰奋勇抗敌、战死沙场那部分，但是《罗兰之歌》中不仅战斗场面没有荷马史诗波澜壮阔、跌宕起伏、人物众多、形象多样，而且诗中描写战斗的语言都是千人一面的，总是先说某位英雄向某个敌人进攻，打碎敌人的盾牌，刺穿重重铠甲，把战矛插进敌人身体，然后再加上另一个人物的点评，比如"这真是一场恶战"，或者"这位侯爷显示了手段"，或者"这一枪杀得真高超"，等等，战斗的激烈完全是叙述者自己评价出来的，而不是通过细节描写烘托出来。此外，除了主人公罗兰、罗兰的亲密战友奥利维和主教屠宾外，缺少血肉丰满的人物，从而使整部史诗单调枯燥，缺少力度。

造成叙述技巧衰退的原因可以是多方面的，一个可能是基督教文化的影响。比如在人物塑造上，同时期的基督教文学极少关注人物性格的复杂多变，只关心人物的寓意性（allegorical），即用人物来代表真实世界的某件事情、品德、思想。此时人物与其说作为个体而存在，有着独特的性格和命运，不如说只是一个扁平的符号。基督教文学中重要的不是情节本身的丰满，而是其中体现出的宗教和道德思想。因此重要的不是这个英雄经历了这个过程战胜了这个恶魔，而只是英雄战胜了恶魔。事实上，虽然中世纪的一些史诗是从不同于基督教的源头发展起来的，但由于今天读到的版本都是由修士誊抄和保存的，所以即便像《贝奥武甫》这样的早期史诗依然可以看到基督教思想的影子，更不用说《罗兰之歌》这类以驱逐异教徒为主旨的作品了。

基督教对"蛮族"史诗的影响和改动在中世纪中古高地德语叙事诗《尼伯龙根之歌》中被更鲜明地体现出来。故事分上下两部，上部讲的是公元5世纪勃艮第王国的故事，其中屠龙夺宝、隐身衣、侏儒等诸多细节都显示出与北欧神话相通的文化传统，尤其与其中的《沃尔松萨迦》有联系。很多人物，比如主人公西格弗里特、勃艮第国王巩尔特、朝臣哈根等都是公元5世纪时日耳曼民族大迁徙时代的人物，早在六七世纪就有很多歌谣歌颂他们。但是下半部虽然讲的是勃艮第王国的覆灭，应该对应的是523—534年勃艮第王国被法兰克王国所灭之事，故事却把同为基督徒的法兰克人换成了匈奴人，完全变成抵抗异教侵略的故事，因此被认为更对应着公元791年前后法兰克国王查理率军东征信奉伊斯兰教的阿瓦尔之事。有学者认为后半部就是查理东征的过程中为鼓舞士气而做的。

《尼伯龙根之歌》上半部讲述的是尼德兰王子齐格弗里特屠龙夺宝，成为尼伯龙根指环的主人。屠龙时除了肩部落了一片菩提叶的地方是他的"阿克琉斯脚踵"外，全身因浴龙血而刀枪不入。齐格弗里特为娶勃艮第国王巩特尔的妹妹克里姆希尔特，隐身替巩特尔征服冰岛女王布莱希尔特。若干年后，已成为齐格弗里特妻子的克里姆希尔特与已嫁给勃艮第国王的布莱希尔特发生争执，说出了当年求婚的真相。布莱希尔特大怒后请武士哈根帮忙复仇，在齐格弗里特打猎休息脱下铠甲时，从背后无耻地杀了他。这是早期史诗中常见的夺宝和英雄之死的故事，而且从头到尾笼罩着北欧神话的悲剧气氛。

下半部则发生了值得注意的奇怪变化：首先是在上半部中以美丽柔弱的受害者形象出现的克里姆希尔特，突然变成冷酷贪婪的杀人狂。克里姆希尔特嫁给匈奴王埃采尔后一心复仇，邀请哥哥来赴自己布下的鸿门宴，而且为了让人相信，也派儿子参加这一杀机重重的血腥宴会，结果丈夫和儿子全部阵亡。但此时俘虏了哥哥和哈根的克里姆希尔特却不再关心复仇，只

psalmus dd
priusquā
liniretur:

DOMIN
ILLV
MINA

tio mea : et salus mea quem timebo.
Dominus protector uite mee : a quo tre
pidabo:
Dum appropiant super me nocentes : ut
edant carnes meas:
Qui tribulant me inimici mei : ipsi infir
mati sunt et ceciderunt
Si consistant aduersum me castra : non ti

图 1

法国 12 世纪《英格堡诗篇》中的一页

该书据说是为了法国国王腓力二世的王后丹麦的英格堡所做，作者不详。这是一部手抄祈祷书，用哥特体书写，包含 150 首拉丁文赞美诗和其他圣经经文，并附有日历，是现存的早期哥特绘画的最重要文献之一。目前保存在法国尚蒂利的恭德博物馆。上图描绘的是撒母耳为大卫王施洗。

mecum · ambulanf m uia mmacu
lata · bic mich mimllrabat
Don habitabit m medio domus mee ·
qui facit superbiam · qui loquitur mi
qua non diregit m conspectu oculorū
meorum ·
n matutino interficiebam omnes pec
catores terre · ut disperderem de ciuita
te dommi · omnes operantes miqtatē
Oratio paupis cum anxiuf fuit et corā dño
effuderit pre
cem suam ::

图 2
《英格堡诗篇》中大卫王在祈祷

图 3

德国 12 世纪《福音书》中的经文对照表

该对照表共 16 页, 位于卷首, 作为后面四部福音书的索引, 标示某个特殊事件在各福音书中的页码。这一对照表形式由该撒利亚的优西比乌斯在 3 世纪开创, 并成为中世纪《福音书》和《圣经》手抄本的常见组成部分, 通常以插图的形式将文字置于圆顶拱廊式的框架内。在有的手抄本中, 只有这一部分是以图文形式出现的。

图4

爱尔兰8世纪《凯尔斯书》中的一页

该书为拉丁文的四福音书，因其精美的插图和文字被视为爱尔兰‐撒克逊艺术和西方书法的巅峰，同时也被视为爱尔兰最重要的国宝。该书曾长期保存于爱尔兰米思郡的凯尔斯修道院，故得名。现藏于都柏林三一学院的大学图书馆。

图5

四福音书中的人、狮子、牛、鹰

《凯尔斯书》中的四福音书的作者马太、马可、路加、约翰，他们在基督教文本中通常以人、狮子、牛和鹰来象征，与《新约·启示录》中说的四活物相对应。有人认为这四种活物分别象征基督的人性、权能（狮子为万兽之王）、牺牲（献祭）和神性。

图6

《凯尔斯书》中的圣母圣子图

书中的圣母玛利亚是现存西方手抄本中最早的圣母图像。

图7

《凯尔斯书》的凯乐符号（Chi‑Rho）页

该符号由希腊文"基督"一字的首两字母 X 和 P 组成，因此代表耶稣基督。罗马皇帝君士坦丁最早将这一由 P 和 X 交叠组成的符号用于他的军旗，也即拉布兰旗。

图8

《凯尔斯书》中的凯尔特结

这是一种在中世纪常用来装饰基督教纪念碑和手抄本的结饰图案，成为凯尔特艺术风格的标志之一。有螺旋、交叉、曲折回纹等多种形式，多以绳结的形式出现。像《凯尔斯书》这样将动物与绳结组合并不多见。

图9

《凯尔斯书》中的动物插图

《凯尔斯书》中经常出现各种动物插图，其中有一些有象征含义，比如蛙鱼象征基督，但有的没有宗教含义。

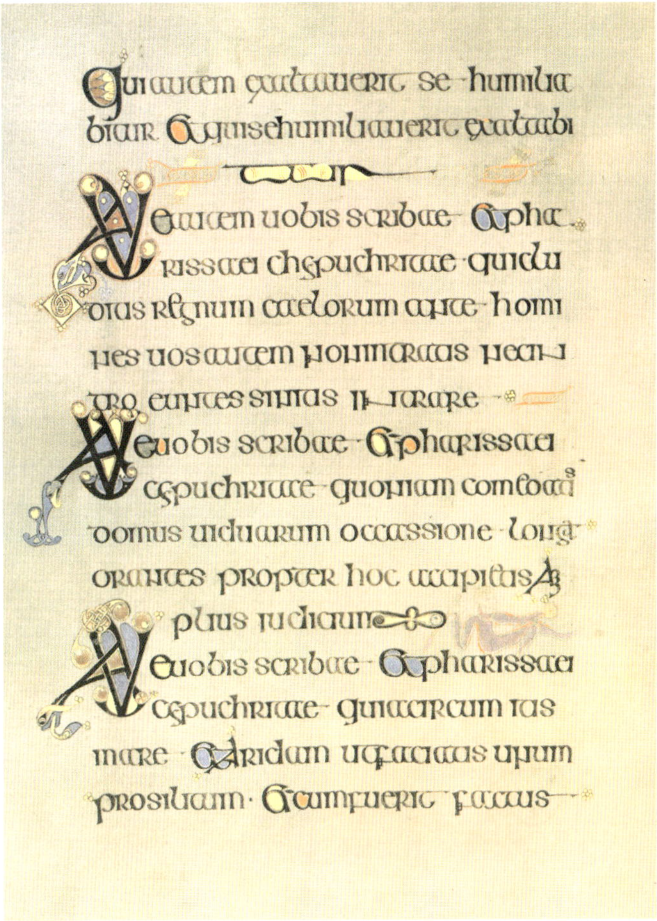

图 10

《凯尔斯书》中的一页

书中文字多用铁胆墨水书写，彩绘颜料则来自众多不同的物质，其中不少从遥远的地方运来。因为颜料昂贵，早期手抄本大多只用四种颜色。《凯尔斯书》的红黄赭石色、铜绿色、靛蓝色、天青石色的原料都需要从地中海和中东地区运输，其中天青石色尤其被认为是中世纪手稿中昂贵的颜色。

图 11

爱尔兰都柏林圣帕特里克教堂的窗户

该教堂为爱尔兰圣公会教堂，建于1191年，被视为爱尔兰的国家大教堂。《格列佛游记》的作者斯威夫特曾于1713—1745年在此任大教堂牧师，死后葬于教堂内。因此教堂内不但有他的墓碑和墓志铭，也有他的纪念资料。

图 12

体现基督教神学之美的教堂窗户

花窗玻璃更常见于天主教教堂，因为新教反对神像崇拜，很多花窗玻璃在新教运动中被粉碎，英国的很多教堂花窗是19世纪以后修复的。教堂花窗玻璃上的图案多为圣经故事、圣徒神绩等，其制作要求较高的美学设计和工艺条件。

想拿回尼伯龙根指环和指环所代表的宝藏，为此不惜亲手杀死哥哥。最后连她请来助阵的武士都无法忍受她的残忍和贪婪，杀死了她。另一个奇怪的变化是哈根。在上半部中哈根是一个卑鄙小人，因为根据力量型英雄的行为原则，应面对面地与对手决斗，进行力量的比拼，不可以使用阴谋，不可以打赤手空拳的人。但哈根却用欺骗手段，先是骗取克里姆希尔特的信任来获知齐格弗里特的致命之处，然后在齐格弗里特已经卸掉铠甲时从背后偷袭，因此很多绘画中哈根在上部被画成偷偷摸摸的小人。但在下部中，克里姆希尔特指明务必要哈根来参加宴会，哈根明知这里掩藏着巨大的阴谋，却在劝不动国王后毅然随行；被抓后克里姆希尔特许诺他交出指环就饶他不死，但哈根宁死不肯背叛自己的君王，成了下半部中的悲剧英雄，一个忠君护教的民族英雄。

　　上下两部史诗虽然整体上是一部，但上部是屠龙夺宝的个人英雄史诗，下部是跟异教徒斗争的民族英雄史诗，作为骑士文学核心主题的基督徒与异教徒的斗争已经反映在史诗当中。克里姆希尔特最大的错误是投靠了匈奴王，并用异教军队来征服自己的基督教国家，既是叛国者也是叛教者，所以必然会变成反面人物。而哈根因为在后半部代表基督教的一方，作为民族英雄，道德价值高于武力价值，因此他的形象必然会被抬高，成为民族的道德楷模。

　　虽然欧洲"蛮族"的史诗在艺术性上确实没有办法与古希腊史诗媲美，但它们同样发展起了自己的民族传说，有着自己复杂的故事，而且不同的民族都有自己不同的叙述，如果放在一起，中世纪的英雄史诗也是相当丰富的。即便不够完美，却足够丰富多样。早期英雄史诗尤其乐于承认其他世界的存在，只是基督教统治后才把其他的世界都妖魔化了。

四

欧洲很多国家实行长子继承制，贵族们会有不少儿子，但只有长子可以继承土地和财富。那些小儿子们虽有贵族的身份，却大多无法谋生，且无所事事，在社会上流浪。于是如何打发这批人就成了一个迫切的社会问题。与此同时，欧洲贵族也觊觎着东方的财富，由此出现了中世纪历史上著名的十字军东征。

十字军东征发动了八到九次。第一次是在1095年，由教皇乌尔班二世发起。他号召把圣城耶路撒冷从伊斯兰教徒的手中解放出来，而且说所有参加战斗的人，哪怕犯过再大的罪，死后都可以直接进入天堂，从而吸引了一大批人。十字军东征实际上只有第一次胜利了，其后各次都以失败告终。比如说第四次本要攻占穆斯林控制的埃及，在没有足够的金钱付给威尼斯人以便渡海到埃及的情况下，十字军按威尼斯贵族将领的建议转去攻打扎拉城（现克罗地亚的扎达尔），并攻打君士坦丁堡，屠城三天。这件事情对后来的文艺复兴产生了很大影响，因为当时只有君士坦丁堡保留了大量的古希腊罗马的文献资料。十字军把这些文献掠夺回欧洲大陆，对意大利文化的发展起到了重要的推动作用。

根据历史记载，所谓的十字军东征可以说就是无业游民去攻城略地、抢夺财富。真实的历史与文学的描述迥然相异，骑士文学实际上美化了这一贪婪残酷的历史。一些史书记载了1212年三万名儿童十字军的东征，结果出海之后这些儿童大部分在海上翻船死掉，到达埃及的那些也被卖去当奴隶，只有少数人历时十几年一路乞讨，才回到家乡。但是不管历史真相如何，围绕着十字军东征产生的骑士文化和骑士文学对欧洲文化产生了深远的影响。

骑士原则上从贵族中产生，从小就被送到另一个骑士那里，作为侍从跟随学习，其实就相当于跑腿，做各种杂事。到了十六岁会被分封为骑士，分封时领主拿宝剑轻点即将分封者的肩部，宣布他为骑士。

骑士需要配备一套复杂且昂贵的装备，很多骑士其实是购置不齐全套装备的，这是为什么骑士文学中有不少抢装备的片段。装备的首要部分是骑士全身以及战马的护甲。骑士顾名思义需要有马，但马在当时非常昂贵，相当于一个骑士两年的收入，所以骑士会小心呵护自己的马。装备的另一部分是进攻部分，要有长矛、短剑、匕首、狼牙棒。两个骑士相遇，首先是骑着马面对面冲击，看谁能用长矛把对方挑下去。这个过程曾被认为代表着天意，被挑下去的人就是上帝判定的恶人。骑士们只有落马后才进行肉搏，用的是短剑。狼牙棒是用来打碎盾牌的，直到盾牌都没有的时候才会动用匕首，近身肉搏。

骑士文学另外一个非常重要的部分就是典雅爱情。骑士要保护女性，只要女性向他求助，任何骑士都不可以拒绝。骑士决斗中，战败者必须跑着去告诉战胜者心爱的女子战胜者的勇武，这是骑士荣耀的传扬。女性在骑士文学中占据显耀地位，这使得骑士文学从英雄的故事、屠龙的故事，逐渐演变成了典雅爱情的故事。这个故事里面不可以包含性，虽然会有一些性的内容出现，但性往往都代表着对骑士原则的背叛。因为骑士爱的常常不是未嫁的少女，而是自己领主的妻子，所以他只能献出自己的爱，而不是性。这后来就发展成典雅爱情的重要特征。在这个过程中，女性得到了极大的尊重和赞美。但同时，由于骑士爱的是领主的妻子，这个爱永远无法实现，所以骑士文学里的男性一般都处在痛苦之中。不过如果万一爱得到了回报，那么他就会有很大的提升，成为一位勇猛的战士。

女性之所以会有如此高的地位，一般认为是因为12世纪阿基坦的埃莉诺。埃莉诺的父亲阿基坦公爵的领地非常大，甚至超过法兰克国家的领地，而埃莉诺是唯一继承人。父亲死后埃莉诺成了女公爵，先是嫁给法国国王路易七世。这完全是一次政治婚姻，因为当时很多国王都需要她的领地。路易七世几乎就是一位在俗的修士，一心想去参加十字军东征，与埃莉诺之间没有爱情，如果同房也只是为了生育子嗣。但埃莉诺只给他生了两个女儿，这对他打击很大。埃莉诺又是一位能干的女性，有钱、有头脑、自信、风流，有自己的情人，让路易七世难以忍受。最著名的逸事是路易七世去参加十字军东征，埃莉诺坚持和叔叔一起留下，而那位叔叔就是她的情人。路易七世在朋友的帮助下把埃莉诺绑在马上劫持到队伍中。最后路易七世忍无可忍宣布离婚。离了婚的埃莉诺因为身价不菲，在回领地的路上就有许多贵族想要把她抢去结婚，她都逃过了。很快她和小她十岁的英王理查德一世结婚，这也被认为是后来英法战争的一个重要原因。埃莉诺的祖父是一位吟游诗人，所以她统治的时候大力宣扬爱情的至高无上。阿基坦在埃莉诺的治理下成了当时欧洲的艺术文化中心，被称为"爱之地"和"世界中心"。她让许多人来歌颂婚姻，赞美女性。正是在她的鼓励下，骑士文学中充满推崇爱情和女性的内容。

骑士传奇有不同的主人公群，其中最著名的是亚瑟王和他的150个圆桌骑士。11—12世纪的《不列颠人史》《威尔士编年史》中就有了亚瑟王的记载，其中12世纪蒙茅斯的杰弗里的《不列颠诸王史》被认为对亚瑟王传说的形成影响最大。相传亚瑟王是生活在5世纪末6世纪初的一位国王，带领不列颠人抵抗盎格鲁－撒克逊人的入侵。由于他的王国覆盖不列颠、爱尔兰、冰岛、挪威、高卢多地，因此关于他的民族也有不同说法。爱尔兰人就视亚瑟王为一位古凯尔特国王，在爱尔兰传说中亚瑟王依然未死，而是生活在青春之乡，等到爱尔兰人需要的时候就会回来。此外由于12世纪法国行吟诗人克雷蒂安·德·特鲁瓦的关于亚瑟王的诗歌在当时影响也很大，所以亚瑟王传说中也掺杂着法国元素。后来比较畅销的是15世纪英国作家马罗礼写的《亚瑟王之死》。

亚瑟王传说中有一张神奇的圆桌，这个圆桌是他的妻子作为嫁妆带过来的，这张圆桌不但大到可以坐下150人，而且神奇之处在于应该坐在这个桌子上的人来到桌旁，他的名字就会自动显现。当然最神奇的还是150位圆桌骑士，但其中有故事的著名骑士屈指可数。其中兰斯洛和特里斯丹都爱上了自己领主的妻子。特里斯丹故事中主要就是他和王后伊索尔德之间的恋情，其中最有争议的就是他和王后之间到底有没有发生性行为。因为性一旦进入，就违背了骑士文学里典雅爱情的原则。兰斯洛虽然是亚瑟王最厉害的武士，最终却只能与圣杯擦肩而过，就因为他与王后有了性关系，不够纯洁。同样，特里斯丹爱上了自己的叔叔国王马克的未婚妻，也是典型的典雅爱情。有趣的是，虽然兰斯洛的故事更加曲折漫长，但在西方文学中代表骑士爱情的却是特里斯丹，而不是兰斯洛。这是因为特里斯丹的故事比较成功地解决了典雅爱情中的性问题。

特里斯丹故事的解决方法是魔法。特里斯丹替国王马克迎娶爱尔兰的伊瑟时，误服了伊瑟母亲给她的魔药，这个魔药实际上是准备给马克国王喝的，喝了魔药的人就会不可抑制地相爱。由于特里斯丹和伊瑟误服了这一魔药，因此不由自主地坠入爱河。但即使这样，整个故事依然努力坚持典雅爱情原则，花大量笔墨描写特里斯丹如何努力抑制自己的爱情，避免与伊瑟相见，等等。还有一个版本索性描写特里斯丹和伊瑟虽然在满心妒忌的马克国王的逼迫下不得不双双出逃，马克国王找到他们时却发现他们虽然睡在一张床上，中间却用剑隔开。但有的版本却让他们不可抑制地坠入爱情，有的版本中他们甚至育有一男一女。妒忌的马克国王趁特里斯丹给伊瑟弹琴时，用有毒的矛杀了他。但也有版本却写特里斯丹离开了伊瑟，与布列塔尼的白手伊瑟结了婚。后来他在救一位妇女时中毒，只有伊瑟能够救他，却因为白手伊瑟的妒忌而最终身亡。

之所以会有这么多不同的版本，正因为特里斯丹和伊瑟的关系已经达到了伦理的极限，典雅爱情与通奸乱伦之间的张力到了最大限度，魔药和宝剑都是试图在不可能的情况下维持典雅爱情的工具。但事实上典雅爱情即便没有性，骑士对领主妻子的爱从根本上也是违反了伦理；而且这是一个女强人强行推行的理想化的爱情观，这种女性至上的非性爱情观与男权社会的婚姻观念存在着本质的冲突。所以《亚瑟王之死》的作者马罗礼认为，典雅爱情实际上是毁掉亚瑟王国的重要原因，当然更直接的原因是圣杯。

一天圣杯在骑士们汇聚一堂时突然出现，在此之前圣杯骑士已经出现，那就是兰斯洛的儿子加拉赫。加拉赫的故事里没有任何典雅爱情，甚至很少骑士征战，几乎可以说他不是靠自己的奋战和努力赢得圣杯，而是神恩预定。他找到圣杯后也自愿死去，与圣杯一起升到天国。在寻找圣杯的过程中，圣杯曾经从兰斯洛的身边经过，但因为他与王后有私情，不够纯洁，因此当时陷入沉睡，看不到圣杯。特里斯丹同样也拿不到圣杯。任何有俗世欲望的人都无法拿到圣杯。而加拉赫来到亚瑟王的宫殿，被亚瑟王封为"最伟大的骑士"，仅仅因为他坐在注定的圣杯骑士座位上安然无恙，而其他人都要丧命；他能够轻松拔出带有魔法的宝剑，而其他人不管如何勇武都拔不出。加拉赫之所以注定成为圣杯骑士，与其说是因为他的父亲兰斯洛是亚瑟王的第一骑士，不如说他的母亲是亚利马太城的约瑟的后裔，约瑟就是埋葬耶稣遗体的那个人。这里也可以看到后来加尔文教义中"救赎预定论"的影子，骑士的艰辛努力对他的宗教救赎毫无帮助。因此亚瑟王的圆桌骑士群体因圣杯而解体，这意味着英雄荣耀最终让位于宗教荣耀。

圣杯故事是在较晚阶段才进入亚瑟王系统的，圣杯出现的时候，亚瑟王正在风雨飘摇的时期。亚瑟自己也不是纯洁的，因为他跟他的姑母也有私情，生下一个私生子，最后被自己的私生子所杀。根据传统的骑士精神，骑士应该绝对忠实于自己的领主，亚瑟王预见到自己的王国会被毁掉后曾三次劝告骑士们不要离开，但是骑士们还是不顾领主的请求，义无反顾地四散寻找圣杯。显然此时个人主义已经占据了上风，对个人死后灵魂救赎的关心，已经超过了对俗世群体兴衰的关心。骑士文学歌颂的是尘世的荣耀，而基督教文学的美始终存在于上帝和他的天国。

除了宗教艺术、民族神话、英雄史诗和骑士文学，中世纪还有市民文学、民间文学、贵族诗歌等多种艺术形式。用后代的艺术标准看，它们似乎不够优秀，但是如果接受那个时代的思想范式，它们也都有自己的价值和美。说中世纪黑暗其实是用古典标准强求非古典的文化，有些方面中世纪文学确实不如古典文学，但在另一些方面它们有着古典文学所没有的魅力。

第四讲

失意于现实才有精神的救赎

——永恒的但丁

文艺复兴时期是欧洲现代社会的发端期，这个时期古代文化被"发现"、商业和市民文学开始繁荣、学校大量涌现、各民族与民族语言成熟发展。这个时期本身也是欧洲历史上的文化繁荣时期，达·芬奇、米开朗琪罗等艺术大家都在这个时期涌现。文艺复兴时期的人对知识充满了渴求，而且也都知识渊博。达·芬奇虽然是画家，但在音乐、建筑、数学、几何学、解剖学、生理学、动物学、植物学、天文学、气象学、地质学、地理学、物理学、光学、力学、发明、土木工程等领域都有卓越的成就，他甚至还曾解剖人体。艺术史学家布克哈特在《意大利文艺复兴时期的文化》中对意大利文艺复兴的历史背景有详细的描述。

自文艺复兴之后，整个西方知识的范式都进入了现代阶段。这里的范式指的是托马斯·库恩在《科学革命的结构》中所说的在科学上或者认识论中的思维方式。正是这一知识范式的转型，最终使英法等主要欧洲国家在几百年间迅速发展，超过了有着千余年文化积淀的古代中国。人们常常困惑从文艺复兴开始到20世纪短短不足六百年，仅仅是中国的明清两个朝代的时间，欧洲文化为什么就能迅速从野蛮起步直至超越了中国？时间的积淀在这里似乎失去了作用。一个重要原因就是现代社会的整个知识和思维范式已经发生了根本性改变，中国传统文化短时期内无法适应这一完全变化了的知识结构，闭关锁国政策更阻滞了向现代知识范式的转变。面对改变了的范式，越是努力掌握传统知识越无济于事，认识到改变的发生并理解新的范式才是当务之急。

一

谈到文艺复兴，就必须要谈到人文主义。人文主义取代了当时中世纪的神本主义，人成了宇宙的中心、万物的灵长。与对人的肯定相连的，除了人的意志、理性、思想之外，还有对人的情欲的肯定。基督教的核心是放弃现世，追求天国，神的意志是至高无上的，那么为什么在上帝的意志之下，人的意志还可以具有重要的作用？马克斯·韦伯说，这正是新教与传统的天主教之间不同的地方，而且也正是新教的现世伦理观为欧洲社会从文艺复兴起提供了资本主义发展的精神动力。因为按照新教的天职观，人在现世中，不是如之前天主教所说的要用苦修、禁欲等方式获得上帝的恩宠，相反一个人是否获得救赎是先定的，苦修禁欲并无作用；与此同时，为了不浪费上帝赐予人的宝贵时间，人应该在俗世中完成个人在其所处职业位置上的责任和义务，以此来荣耀上帝。而要取得足以荣耀上帝的成就，无疑需要人的理性和情感发挥作用。

文艺复兴的出现当然原因很多，其中一个重要原因是宗教改革，整个宗教思想发生了变化。到了中世纪后期，教会已经过于庞大，派系林立，问题丛生。比如1378年就由于教会内部的原因，分别在罗马和意大利的阿纳尼选出两个教皇，而且分裂一直持续到1417年，最多的时候同时有三个教皇。教会的权力纷争无疑会对教皇的权威产生负面影响，从而从反面促进了各国国家教会力量的形成。另外还有一个削弱教会力量的重要因素就是免罪符。免罪符在当时已经成为下至地方教会、上至教皇的主要经济来源，但同时也被认为是教会腐败的根源，出现了各种捞钱的手段，可以说已经到了自作孽不可活的地步。教会自身也认识到了腐败问题的严重性。1418年在康斯坦茨召开的解决教会分裂的会议就不是由教皇召开的，这在过去是没有人敢做的。这次大会解除了那些互相争斗的教皇的职位，重选了马丁五世任教皇，理由是教会不是教皇的代表，而是多数信徒的代表。这件事相当于从教权神授转向了教权民选，在宗教上的意义不同一般。后来马丁·路德张贴反教会的宣言可以说正是这种人文精神的必然结果。在这样的人文精神下，教会由原先的天主教分裂出后来的路德派、加尔文派、再洗礼派等，这些其实都早已经在教会内部萌芽了。这样，人与上帝的关系由过去的以教会为媒介，变成了新教的因信称义，信徒自己与上帝直接发生联系。这其实是个人主义的萌芽，历史就这样渐渐进入了现代。

在这种情况下，教会与国王和各民族力量之间的矛盾在加剧。法国国王腓力四世因为战败，需要向神职人员征税，结果遭到教皇的抵制，双方产生矛盾。教皇卜尼法斯八世在1296年发布通谕，宣布世俗君主无权对教会及神职人员行使权力，史称《一圣教谕》(*Clericis Laicos*)。1303年，腓力四世派人攻入教宗住所，卜尼法斯八世被羁押三日后虽然获释，却激愤而死。1305年在法国国王的施压下，原本为法国律师的波尔多大主教当选为教皇克雷芒五世，并把教廷从意大利罗马迁到法国阿维尼翁，教皇同意法国国王有权向教会和神职人员征税，解散拥有大量财产的圣殿骑士团，并通谕承认世俗王国是由上帝直接设立的。这种情况持续了近70年，史称"阿维尼翁之囚"。这种事情在过去是不可想象的。11世纪德意志国王亨利四世也曾与教皇发生冲突，结果不但教皇宣布剥夺亨利四世的国王权力，开除他的教籍，而且亨利四世不得不带着几个随身仆从，冒雪越过阿尔卑斯山，在教皇暂住地卡诺莎的教堂前跪了整整四天，才得到教皇的赦免，史称"卡诺莎之行"。两相对照，可以看出14世纪教会力量已被极大削弱了。

在这种情况下，最终出现了新教的三大派别：

1. "路德宗"（Lutheranism），也译"信义宗"，在德国神学家路德影响下成立，强调"因信称义"，认为人只要凭借上帝赋予的信心靠信耶稣基督就能得救。是否得救完全出于上帝恩典，与人的善功和行为无关。不过相对而言，路德宗更强调教会圣餐和洗礼的重要性。

2. "加尔文宗"（Calvinists），又译"归正宗"（Reformed Churches），在法国也称"胡格诺派"，在法国神学家加尔文影响下成立，强调"救赎预定论"和"救恩独作说"，在这方面加尔文接受了路德的看法。加尔文宗的特点在于选举"长老"监督教务，由牧师和不受神职的长老集体管理教会，任何人都不得享有无限权力，并认为教会人士可以参加政治活动，使世俗更加接近上帝的旨意。所以在加尔文派掌权的国家或地区，经济、民主制度和公众教育都普遍受到重视。

3. "英国国教"（Anglicanism），也叫"安利甘宗"，虽然被列为新教三大教派之一，其实与天主教传统有很多相似之处，对教会和圣事也更为看重。这与英国国教的产生背景有关。不像路德宗和加尔文宗起源于不同的宗教理念，英国国教主要源于教皇与国王的权力之争。英国国王亨利八世想离婚，但按照天主教规定，婚姻是上帝缔结的，不可以人为结束。于是亨利八世在英国另立教会来批准自己的离婚，这个教会就叫作英国国教。由于英国国教的出现本质上不是思想之争，而是王权与教权的权力之争，所以教义中保留了很多天主教的内容。

过去，人如果犯了罪，可以买教会的免罪符或忏悔，但如果是否得救早已注定，人与上帝的交流主要依靠《圣经》，教会的力量就被削弱了。这个衰落并不是宗教的衰落，而是教会的衰落。路德宗和加尔文宗的特点就是强调每一个人都可以直接面对上帝，直接阅读《圣经》，神父和教会只起到引领和帮助的作用，不再是决定性的。这也是为什么中国人熟悉的"神父"（Father）其实主要在天主教、东正教和英国国教中使用，新教中对应的是"牧师"（Pastor），因为修士不再是信徒的"父"而只是引导者。此外天主教堂和多数新教教堂还有一个重要的区别，就是天主教堂有大量的神像，但多数新教教堂不拜偶像，因为新教不相信人和上帝之间有什么媒介，强调阅读《圣经》。雕花的窗户在新教教堂也很少，除了英国国教的教堂。

直到16世纪，天主教和东正教依然影响着大部分欧洲地区，新教的影响区域较小，相比之下路德宗的影响范围在新教里最大。不过，虽然影响的地理面积有限，这些受新教影响的地区的经济却迅速发展，这也是韦伯认为欧洲资本主义的兴盛与新教伦理有重要关系的原因。

　　教会的变化其实表明一些思想观念已经发生了重要的变化。文艺复兴有点像中国的五四新文化运动，是由一批知识分子率先发起的。但是中世纪的知识分子和五四知识分子有一点不同，他们只有两个身份，一是教士，二是廷臣。当时基本的文化典籍都保留在教会，但在中世纪中期，教会只讲解《圣经》或与《圣经》相关的内容，而且基本上都是口头传授。到了中世纪后期，成为一名教士需要掌握很多宗教知识，于是一些教士的身份逐渐向教师转变。不少人不仅把已有的知识传递下去，还加入了自己的思考和阐释，于是逐渐形成了一套自己的理论。中世纪这些教士所撰述和教授的知识体系今天称为"经院哲学"，已经带有一定的学术或学院色彩了。之所以叫经院哲学，是因为当时这些理论主要用于在经院中训练神职人员，并不面向社会生活，因此并不研究自然界和现实事物，论证中心围绕着天主教教义、信条及上帝。经院哲学在积累时期主要受柏拉图思想的影响，大发展时期受亚里士多德思想的影响更多。

　　经院哲学已经不再简单地复述《圣经》，而是努力做出自己的阐释，阐释的方法就是辩证法。经院哲学最大的特点就是借助亚里士多德的逻辑学。过去神父在口述教学的时候只需要告诉学生《圣经》里上帝是怎么说的，学生必须毫不怀疑地记忆和服从。而经院哲学家必须要论述为什么是这样的，要有自己的逻辑解释，这时候他们主要借助亚里士多德的逻辑推理方式。意大利诗人但丁就深受经院哲学的影响，《神曲》的《天堂篇》充斥着经院哲学式论述，用经院哲学阐释大量神学问题。由于逻辑的运用意味着人们开始了独立的理性思考，所以很多人认为《神曲》是文艺复兴的先驱，因为它开始宣扬理性精神。但事实上经院哲学还是释"经"，以《圣经》为依据。

当时经院哲学家之间最有名的辩论是"唯名论"与"唯实论"之争。"唯名论"与"唯实论"类似于我们今天所说的唯物主义和唯心主义，观点与名字看起来正好相反。它们的分歧主要在于共相（事物的概念）与实际事物之间的关系。"唯名论"坚持共相只不过是实际事物的名称，真正存在的只有一个个实在的事物，因此实际上是一种唯物主义。"唯实论"则认为概念是实在的，现实事物只是它的投射，因此实际上是一种唯心主义。"唯名论"与"唯实论"的争论以阿贝拉尔和托马斯·阿奎那为代表。

这些教士身份的知识分子由于并不服务社会的教育需要，因此必然遇到如何维持生计的问题。当时有一种主流看法认为老师的思想不是他们自己的思想，教师只是上帝声音的传声筒，如果拿上帝的思想收钱就相当于出卖上帝，因此不应该收取学费。此外，当时的教会希望有大量学生来学习，而当时的学生都很穷，很多是在失去了土地和依靠后才在社会上流浪和学习的。这些学生在学习之余，会做小丑或杂耍艺人等来赚钱，在这种情况下，教会也不赞同收学费。因此教师的收入主要来自教会给的领地和薪俸。一开始只要是教师，教会都要给他一块领地，教师可以依靠这部分领地来赚钱。但到了后来，教会的领地越来越少，也就很少给教师领地了。好在当时市民社会已经产生，所以有时教士教师也会给商人开设一些课程。这些课都是一些技术性的课程，比如书写、会计、外语等，不被视为知识分子的主要职责。

但是后来学校的性质开始逐渐发生变化。一则老师们从领地得到不菲收入后，开始经商或做其他的事情；二则学校也开始收学费、考试费等等，这让学校越来越融入社会。即便收费，大家还是希望能够进入学校，因为学校带来的不仅仅是财富，还有社会地位。尤其是到了后来，学校越来越贵族化，比如法国国王直接把博士封为骑士，同贵族的分封制度完全一样。

随着学校越来越世俗化、贵族化，后来的知识分子已经从早期以教士为主逐渐社会化，这个时候知识分子已不再仅仅由教士组成，还有很多贵族。这些贵族有自己的身份、言语和行为方式，成为宫廷人士，人们把他们称为"廷臣"，他们成为推动文艺复兴运动的重要力量。

不论廷臣还是教士，本质上都与权力机构存在冲突。在早期阶段，经院哲学的代表思想家是阿贝拉尔。阿贝拉尔出身下等贵族，但从小就思想锋利、善于辩论，所到之处就和别人辩论，进而引起冲突。哪怕对方是久负盛名的神学家，他也会去学习、去辩论。在大量接触了当时的著名神学家后，他扬言他们的内容都是空洞无物的，根本没有才华，可见他的骄傲和桀骜不驯。当然他有骄傲的资本，因为他确实很有思想和思辨的能力，大家都愿意把孩子送到他那里学习。当时教会中一位地位较高的神职人员把自己的侄女爱洛伊丝送去跟他学习，结果相差了十多岁的两个人坠入爱河，而且爱洛伊丝还怀了孕。当时修士并非不可以结婚，但问题是那些嫉恨阿贝拉尔的人以此大做文章，爱洛伊丝的叔父也一直不肯原谅阿贝拉尔，不允许他们结婚。不过最后他们仍然秘密结婚了。婚后爱洛伊丝力劝阿贝拉尔不要把他们的婚姻公之于众，以免阿贝拉尔被家庭生活束缚。她认为阿贝拉尔的优秀才华不应该被家庭生活中的油盐酱醋给拖累了，所以爱洛伊丝自己住进了修道院，与阿贝拉尔分居。结果这又被人添油加醋，爱洛伊丝的叔父恼怒之下把阿贝拉尔阉割了。阿贝拉尔在这样的打击之下痛定思痛，开始学术研究，写出了一系列著作，如《逻辑学初阶》《是与否》《伦理学，或自我认识》《一个哲学家（异教徒）、一个犹太教徒和一个基督教徒的对话》等。

阿贝拉尔的悲剧固然有其自身原因，但他与爱洛伊丝的婚姻其实只是导火索，实质上是特立独行的知识分子在社会中的困境。法国启蒙思想家卢梭深知这一点，所以他在表现新思想与旧观念之间的冲突的故事《新爱洛伊丝》中，借用了阿贝拉尔与爱洛伊丝的事情，虽然故事的主人公和情节都发生在现代。卢梭认为无论古今，具有新思想的知识分子在保守社会中的困境是相似的，都存在个体思想与群体价值之间的冲突。

三

但丁并非修士，因此可以被视为后期那些廷臣身份的知识分子的代表，但他同样面临着个体与权力社会之间的矛盾。但丁的高祖是一名骑士，参加过十字军东征，父亲只是一个法庭文书，而且他五岁丧母，十八岁丧父。不过但丁非常喜欢学习，年轻时跟当时著名的学者拉蒂尼学习拉丁文、古典文学，跟当时著名的诗人卡瓦尔坎狄学习诗歌创作。但丁出生在当时意大利的重要城市佛罗伦萨，卡瓦尔坎狄当时被认为是佛罗伦萨的思想领袖。在卡瓦尔坎狄的影响下，但丁创作了大量的诗歌，这些诗歌都是献给一个女孩——贝阿特丽切的。贝阿特丽切是但丁九岁时在一次聚会上遇到的，当时贝阿特丽切比但丁还小一岁，但据说已有了与年龄不一样的娴雅沉静和纯洁美丽。但丁对她一见钟情，自此以后写了很多诗，不过描写的都是典雅爱情。后来贝阿特丽切嫁给了一个银行家，但丁依然写着他那不会交给对方的情诗。但丁曾在路上遇到贝阿特丽切，但是贝阿特丽切已经不认识他了，这让但丁感到十分悲伤。不久，贝阿特丽切去世，但丁又写了很多思念的诗歌。但丁著名的诗集《新生》就记载了他对贝阿特丽切种种复杂的情感。事实上，即使没有《神曲》，但丁也能够用这些诗替中世纪与近代思想划出分界线，因为他开始写人的内心世界，而这在中世纪的文学里是没有的。在荷马史诗或者古希腊悲剧中，主人公之所以给人崇高感，是因为他们的行为动机都来自神，不用对自己的行为做出解释。但是如果一旦叙述进入内心，人性就必然被涉及。书写者就必须思考是什么让主人公做出选择，个人的理性和情感就必然成为文学表现的内容。这是中古精神与近代精神的一大区别，即由此开始，文学开始讲述个人的思考和感受了。

与此同时，但丁也积极介入到佛罗伦萨的政治生活之中。当时佛罗伦萨主要分为两个流派，后来演变为黑党和白党。但丁曾做过百人议会议员、执政官，在这一政治斗争中扮演过积极角色。两个政党的情况十分复杂，从今天看很难说孰是孰非，但丁在《地狱篇》中曾提及他们的政治纷争。但丁积极地介入到政治斗争当中，而且勇敢地逮捕和判处教皇的手下，抵制教皇对意大利的干涉。最后教皇宣布但丁是反教会的罪人，并判处他终身流放，不能留在他自己的故乡佛罗伦萨。

在那样一个物质和交通资源都非常匮乏的时代，但丁20年的流亡生涯充满了心酸，用他的话说，"几乎是乞讨着，走遍所有说过意大利语的地方"。但丁虽然知识渊博、才识过人，这些却并不能保证他被社会所欣赏，事实上反而可能让他与社会更加疏远。有故事说一次但丁到一位贵族家里暂居，晚宴的时候，贵族的小丑说了很多笑话，大家都在哈哈大笑，只有但丁一言不发。贵族就问但丁，既然你被称作我们国家最聪明的人，为什么你还不如一个小丑受欢迎呢？但丁回答说，因为物以类聚，人以群分。但丁的流亡生涯异常艰辛，因此后来有人替但丁说项，教会也同意只要但丁颈上挂刀、头上顶灰去游行，再交一些罚金，就允许他回来。但是但丁说，如果这样侮辱我的人格，我宁可永远不回佛罗伦萨，所以他余生都没有回过家乡。正是在这样的政治失意之后，但丁转向了著述。

在之前的文学中，英雄可以独自去冒险，但他在精神上还是与社会以及他的群体在一起，并认可社会的价值观念。而中世纪的知识分子却越来越显示出在精神上与社会之间的距离，但丁的流亡更凸显了当时知识分子与社会之间在思想和价值上的冲突。这一主题在浪漫主义时期被推向极致，但事实上在但丁的时代就开始出现了，并且被一些文学家敏锐地捕捉并表现了出来。文艺复兴时期的《堂·吉诃德》和《哈姆雷特》正因为包含了这一现代精神，在19世纪得到重新阐释和重视。

正是在社会中的失意让但丁更能集中精力完善他的思想，并保持思考的独立性。他的创作在流亡之后无论在数量还是思考问题的广度上都有了极大的提升。他在1304—1305年完成了《论俗语》和《飨宴》，前者论意大利语的价值，后者对各类知识加以介绍，"飨宴"即指知识的盛宴。1308年写成的《帝制论》则是论证政教分离的合理性。此外在但丁去世后还有五部诗集被整理问世。当然，但丁最大的成就是他在1307—1320年间创作的《喜剧》，后来被薄伽丘重新命名为"神圣的喜剧"，于是中文翻译为《神曲》。

文艺复兴时期是欧洲民族语言和民族文化的形成时期，此时欧洲的民族文化观念才刚刚形成。在这之前，重要的著作都是用拉丁语写的。但丁的《论俗语》不仅是语言的问题，而且是民族的问题。不过《论俗语》本身却是用拉丁文写的，而他的其他作品用的却都是意大利方言，被认为是下层人使用的语言。之所以如此，因为《论俗语》的目标读者正是使用拉丁语的上层社会。用拉丁语告诉他们意大利语的价值，不但可以让他们读到，而且也证明但丁使用意大利语进行创作，不是因为缺乏拉丁语教育不得不如此，而是完全自觉的选择。至于但丁那些用意大利语创作的优秀作品，则无可辩驳地向时人证明了使用意大利语一样可以写出优雅辉煌的词句，甚至更好。

四

文学史上有永恒的荷马、神圣的但丁、说不尽的莎士比亚、不朽的歌德之说，但丁的《神曲》代表着西方文学的精髓。

但丁一开始之所以将这部作品命名为《喜剧》，因为但丁觉得喜剧开头悲惨但结局圆满，并且喜剧相对卑俗，加之是用民间语言写的。他的这部作品既然用意大利语写成，始于地狱终于天国，所以可以称为"喜剧"。

《神曲》一开始，但丁说：

> 我走过我们人生的一半旅程，
> 却又步入一片幽暗的森林，
> 这是因为我迷失了正确的路径，
> 啊，这森林是多么荒野！多么险恶！多么举步维艰！

但丁被流放是在1311年，也就是他35岁的时候。但丁认为35岁是人生的中途。一般来说，人到了人生的中途，会开始反思自己人生的意义和价值。但丁这个时候更有一个外部的推动力，即流放让所有现世的追求突然被中断了。这个时候，但丁不得不重新思考他的人生，重新评价他过去在社会上所做的一切，追问生命的意义在哪里。接着，但丁说，"我迷失了正确的路径"。显然，过去在社会上的努力无法为他今后的生活提供支柱，因为这是一种依赖于外部社会的脆弱生活，无疑但丁现在需要的是一种永恒的内心的支柱。

在他继续走的时候，他遇到了三个动物：狮子、母狼和豹子。现在一般认为狮子象征着骄傲，母狼象征着贪婪，豹子象征着淫欲。寓意手法是中世纪宗教文学的常用手法，即文中的事物并不只是它们本身，而且象征着某个抽象的观念，这是为什么西方学者解读《西游记》的时候，倾向于把其中的妖魔鬼怪解读为寓意着某种道教或炼丹术中的概念。但丁的《神曲》同样如此，诗中的动物往往寓意着某种品性或观念。不过这里更值得一问的是为什么但丁会选择骄傲、贪婪和淫欲这三种品性作为使人在现实世界中迷失的原因。像但丁这样一个智慧的人，他在反思自己一半的人生旅程和现世生活的时候，提出这三种品性必然有其深刻的想法。当代耶稣基督后期圣徒教会（中国一般称为摩门教）中十二使徒仲裁团的使徒之一约瑟·沃斯林（Joseph B. Wirthlin）提出：实际上，阻碍着人类获得救赎的，一个是骄傲（pride），一个是贪婪（fixation on wealth），一个是淫欲（pornography）。他称骄傲为"对世界的关心"，贪婪为"财富的欺骗性"，淫欲为"对他者的贪欲"。

为什么他提出的三种堕落品性正好与但丁在《神曲》中提

出的一样？在《圣经》里，基督也是用寓意的手法来说话的。在《马太福音》中基督曾说，上帝撒种的时候，"有落在路旁的，飞鸟来吃尽了。有落在土浅石头地上的。土既不深，发苗最快。日头出来一晒，因为没有根，就枯干了。有落在荆棘里的。荆棘长起来，把他挤住了。又有落在好土里的，就结实，有一百倍的，有六十倍的，有三十倍的"。落在路旁的、落在土浅石头地上的、落在荆棘里的，寓意着三种阻碍人类接受上帝的教诲、获得上帝的救赎的品性。显然《圣经》列举的导致人类迷失的品性也是三种。很可能但丁正是通过对《圣经》的解读，提出现世生活中的骄傲、贪婪和淫欲阻碍着人类获得精神的救赎。不过，不管这三种品性出自何处，它们代表着但丁对现世的批判。

知识分子的一个特点就是对精神世界的关注和对生命的终极思考。当然很多人一开始也会被现世的价值和欲求所吸引，但丁也是在世俗追求失败之后，才找到一个比现实的价值更长久、更具永恒性、更具精神力量的人生意义。但丁最后找到的是宗教，《神曲》正是他对自己的这一精神转变过程的描绘，以及对基督教信仰进行的系统性思考。过去不少研究侧重但丁对当时意大利现实的批判，研究者也更喜欢谈《地狱篇》，因为《地狱篇》的现实批判性非常强。但丁在地狱里遇到很多意大利现实社会中的人，其中尤其被研究者津津乐道的是还在世的教皇。当然也有不少历史上或传说中的人物。这样，每个人都把叙述引向一段历史或一个现实事件。但丁并不需要复述他们的故事，因为这些人物都取自真实的历史和现实（包括神话和传说），而非但丁自己虚构的，因此他们在《神曲》中的存在就相当于把《神曲》的叙述与这一叙述之外的某一历史和现实连在一起，将叙述暂时地指向这一部分历史和现实。薄伽丘还专门为《神曲·地狱篇》做过注释，足见其中互文的丰富。因此《地狱篇》中大量的意大利现实人物其实编织起了但丁前半生的社会生活，与《天堂篇》以传说和历史人物为主相比，尤其带有浓厚的现实主义色彩。

不少人主张《神曲》的最大成就在于《地狱篇》对现实的反思和批判。但这其实是用现实主义文学的标准来评价《神曲》。《神曲》之所以在西方文化中有如此崇高的地位，其实倒很少因为它对当时的意大利社会现实的批判。事实上，随着时间的推移，当年的政治斗争，甚至君权与神权的斗争，都已经渐渐淡出了读者的视野。这些仅仅对当时的人有意义的事件，要影响西方文化几百年是难以想象的。《神曲》更为长久的影响，一是三部曲呈现的对生命价值的探索，这是人类的永恒话题；二是但丁在《神曲》中建构起来的一个完整宏大的基督教世界。

《神曲》在结构上包含两个层面，一个是一条从地狱、炼狱到天堂逐渐上升的生命之路，一个是由但丁遇到的一个个人物组成的平行的现实和历史世界。第一个层面的从地狱到天堂的历程不仅仅是连缀全部叙述的结构性线索，而且正是但丁在经历了现实的失落之后，对人生的反思和给出的答案：人如何才能获得永恒，如何能够超越短暂的现实纠葛，找到终极的价值。因此《神曲》的"丰"字形结构（当然向上的竖线所贯穿的平行线索不止三个，而是数以千计）本身也是对挣脱重重现实羁绊的精神重生之旅的叙述。20世纪的爱尔兰作家詹姆斯·乔伊斯深知这一点，所以他的寻找精神家园的小说《尤利西斯》也借用了《神曲》的这一结构，也是用主人公的漫游来串联一个个与现实和历史互文的人和事，同时又超越了它们。但丁用他的长诗传递的，是人应该去寻找精神的救赎，应该去追求一些不像现实事物那样短暂易逝的东西。当然但丁给出的最后答案是上帝，而乔伊斯未给任何答案并把这一追求描写成无尽的循环。这一差别是古典与现代的差别，不过在本质上，他们都是在寻找终极的价值，而不仅仅是关心那些现世的得失。

认识到这一点，就有必要对《神曲》进行重新解读，即它并不是或者并不主要是一部批判现实的作品，实际上但丁是在告诉读者人应该怎么活着。当然在问题的答案上但丁跟他那个时代的人一样，认为凭个人之力是找不到永恒意义的，必须得由一些人来引导。首先来帮助但丁的是维吉尔。为什么但丁会选择维吉尔？一个原因是那个时候主要的书面语言是拉丁文。虽然维吉尔的《埃涅阿斯纪》其实是模仿荷马史诗，但荷马史诗是用希腊文写的，那个时候还鲜为人知，相反《埃涅阿斯纪》被多数人熟读。在古代文化被重新发现之前，维吉尔的声望要超过荷马。第二个更重要的原因是，维吉尔曾写过一首短诗，谈到将有一个小孩子来拯救世界，基督教认为他这首诗预言了耶稣基督的诞生，所以维吉尔在基督教中被视为引导者。但丁在森林里茫然不知所措的时候遇到了维吉尔，他引领但丁完成了与现世相连的地狱和炼狱之旅。

值得注意的是，地狱之门上写的是："你们走进里面，把一切希望抛在身后。"这是但丁对地狱的主要界定。地狱与炼狱和天堂的区别不在于那些肉体的惩罚，最主要是丧失了希望，或者说一种向善向上的追求。在但丁看来，精神追求是超越现世束缚的关键，一旦没有了向上的精神力量，没有满怀希望的追求，而是留恋于已有的现实，那么人就在地狱里面。

地狱主体之上还有一个地狱前界，里面是一生无欲无求的卑贱者。这和中国的守常观很不一样。没有做过好事，但也不做坏事，平平淡淡、普普通通的常人在中国的传统价值观里是可以接受的，而在但丁这里，这样的卑贱者却不能获得救赎，虽然他也不认为他们是恶人，因此放在地狱前界。但是他们还是被大黄蜂刺得满面流血，遭受惩罚。显然在但丁看来，精神追求对于有价值的人生是必不可少的。

地狱的第一层但丁留给了荷马、奥维德、贺拉斯、柏拉图和苏格拉底等古希腊学者，这些都是但丁尊敬的人。他们之所以下地狱只因为他们不是基督徒。这是但丁建构一个完整的基督教世界时必须坚持的，而不能只根据自己的好恶取舍。因为但丁不只是为自己寻找人生的意义，而且还将做另一件同样重要的事情：归纳过去分散的基督教世界意象，搭建起一个完整的基督教世界观。

一些中世纪神学家提出了解读《圣经》和其他经文的四种方式：字面意义的（literal）、寓意的（allegorical）、伦理的（moral）、神秘理想的（anagogical）。中世纪流传下来一首拉丁语诗歌就是帮助记住这四种解读方式的：

Litera gesta docet, Quid credas allegoria,

Moralis quid agas, Quo tendas anagogia.

该诗大致的意思是：字面层面讲的是神和祖先的事迹，寓意层面暗含着我们的信仰，伦理层面规定着日常生活，神秘层面揭示了延展出来的东西。在这里，最后一个 anagogia 最不容易解释，它来自希腊词 ἀναγωγή，意思是"向上爬"或"向上升"。一般认为神秘理想层面是对精神世界的象征，尤其是对人经历了现世苦难挣扎之后的更大世界的揭示。

但丁曾经在一封信中说："我们必须从字面意义上，然后又从寓言意义上，考虑这部作品的主题。仅从字面意义论，全部作品的主题是'亡灵的境遇'，不需要什么其他的说明，……但如果从寓言意义看，则主题是人，人们在运用其自由选择的意志时，由于他们的善行或恶行，将得到善报或恶报。"但丁这里只提到了《神曲》的两个层面，即基督教文学中最容易理解的前两个层面：字面层面，即亡灵的境遇；寓意层面，即人们在运用其自由选择的意志时得到的善报或恶报。其实，诗中很多意象都是有寓意的，比如维吉尔寓意着国王在现实世界的统治，贝阿特丽切则寓意着教会的精神统治，这是为什么他们二人必须分开引领但丁经历不同的地方。维吉尔只在地狱和炼狱引领但丁在现实世界的旅程，贝阿特丽切则带他进入天堂。这也正是但丁在《君主论》中所说的，国家和教会分管人的不同生命阶段和层面，因此应该分离。再如全诗描绘的从地狱到天堂的整个历程，正寓意着人的精神救赎。

《神曲》的伦理内容俯拾皆是，比如饕餮之恶可到下地狱的程度。至于神秘理想层面，则是对宇宙中存在的神圣世界的描绘。从某个角度说，很多宗教都是努力对超出人类肉体感知世界的更高世界做出描述和解释。前面已经说过，基督教文学追求的是崇高，提供给观赏者超出其感知能力和身体能量之上的事物，通过带领观赏者进入更高能量的世界而获得崇高感，神秘理想层面针对的正是这一层面。

但丁的《神曲》正是他对包括神圣世界在内的整个世界的描绘，而且他提供了前所未有的完整体系。文艺复兴被认为是西方社会大发现的开始，是对人的大发现，也是对整个世界的

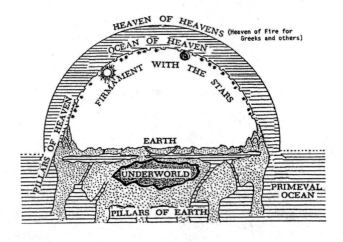

古代欧洲流行的三层宇宙观

大发现。在但丁之前，人们认识的宇宙是非常简单的，比如把整个宇宙视为一个约柜，到但丁时代则主要是建立在托勒密和亚里士多德的理论基础上的宇宙观。

但是但丁把这些宇宙观细化了，建立了一个相对完整缜密的宇宙体系。而在这之前，没有人像但丁一样将宇宙从地狱到天堂描绘得如此详尽，各个层级全都详细地描绘了出来。但丁的体系直到现在依然深深影响着现代基督徒们对"世界"的想象，地狱中的油煎火烤，天堂中明亮的唱诗团，依然是人们的主要想象内容。这也是《神曲》被列入欧洲文学高峰的重要原因之一：它奠定了后代的世界想象。

当然但丁对地球的解释可能比较荒诞，因为那个时候人无法进入地下深处，所以这只能是他努力建构的一个模型。换句话说，但丁是要通过《神曲》把一个基督教的世界模型展示给大家：

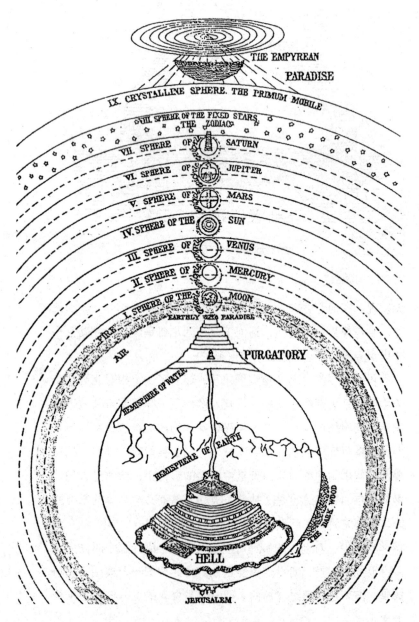

19世纪根据《神曲》绘制的但丁的宇宙观

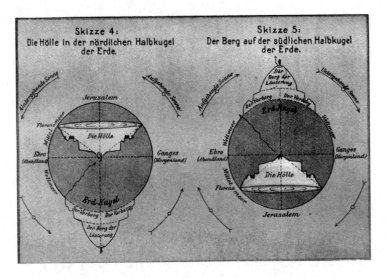

阿尔伯特·瑞特1922年出版的专著中绘制的但丁的世界地图

　　在地狱的第一层，所有非基督徒圣人虽然不可能上天堂，却也相当舒适，就在和风细雨的沙滩上散步聊天，对他们的唯一惩罚就是没有希望。接下来的第二至五层惩罚的是一些性格上的缺陷，主要都是欲望大过了理性。对于这些性格上的缺陷但丁实际心存同情，比如在地狱第二层，但丁因为保罗与法兰西斯卡这对叔嫂之恋，甚至难过得昏了过去。第三层里的贪吃，第四层里的浪费和吝啬，都是超过了理性限度。第五层的暴躁易怒同样有罪，因为《圣经》上说不要发怒。不过所有这些基本上都属于人性，多数人都难以避免某一样或某几样。虽然应该受到惩罚，但是相对较轻。

　　在第五层和第六层之间有一个冥都，里面住着撒旦堕落时随他一起堕落的天使。冥都之下的罪行是人用自己的理性有意犯下的罪行，因此更加严重，也就受到更严厉的惩罚。这些人中有异端，他们会在坟墓中被火熏烤。实施暴力者又分为暴君、自杀者和蔑视上帝者三层。自杀者之所以也要下地狱，是因为在基督教里，自杀者被认为放弃了对上帝的信仰，而对上帝的信仰是基督教信仰的核心，因此是重罪。第八层欺诈之罪是最复杂的一层，被称为"恶囊"。里面又分十层，贪官污吏、伪君子、盗贼、诱奸者等等都在里面。但丁对像伊阿宋和奥德修斯这样的古希腊英雄，还有但丁当时非常讨厌的教皇等都并不心慈手软，将他们放在了这里。里面的处罚方式也各不相同，但都十分严酷。第九层则是罪大恶极者了，也分三层，分别是杀害亲人者、叛国者和卖主者，归在一起都是背叛者（betrayer）。这也是乔伊斯在《尤利西斯》中给他最讨厌的穆利根加的罪名，"背叛者"。地心处是撒旦，他会把第九层中的罪人的头骨拿来吃。

但丁构建的地狱模型

卑贱者		大黄蜂刺得满面流血
1. 未受洗礼者		被剥夺希望
2. 纵情	欲望 > 理性	被暴风雨席卷、鞭打
3. 饕餮		在粪污的泥坑中憔悴不堪
4. 吝啬、浪费		相互撞击
5. 暴躁易怒		在幽暗的泥湖中彼此厮打
6. 异端		在坟墓中被火熏烤
7. 暴力：暴君		在血河中烧煮
自杀者		变成树
蔑视上帝者		在冒火的沙地上行走
8. 欺诈（如倒卖圣职的教皇）		各不相同，倒栽窟窿里，脚上烧等
9. 杀害亲人、叛国、卖主		冰湖
地心：撒旦		

　　之前但丁和维吉尔是逐层下降的，到了地心他们开始调转方向向上爬，开始了炼狱之旅。炼狱也有前界，里面是暴死者，他们虽然诞生在耶稣基督之后，却还没有来得及受洗就死掉了，尤其是那些刚出生就死掉的婴儿，此外还有一些死前没有来得及忏悔的暴死者。这也是为什么基督徒特别重视临终忏悔，因为只要临终前对自己犯下的过错做了忏悔，就有获得救赎的希望。因此在莎士比亚的悲剧《哈姆雷特》中，哈姆雷特有过一个非常好的刺杀叔父的机会，当时只有他们两人，而且他叔叔没有看到藏在帘子后面的哈姆雷特。但是哈姆雷特放弃了这个机会，就因为他的叔叔正在忏悔。

　　炼狱中的罪行都与地狱前五层的罪行类似，都是一些性格上的问题。他们之所以不在地狱而在炼狱，是因为他们对自己的过错做了忏悔。但丁觉得自己死后会进第二层，因为自己太过骄傲。显然但丁对人性的弱点不但理解，而且不无同情。炼狱中能否获得赦免，取决于自己愿不愿意努力。除了忏悔之外，有罪者还要自己愿意获得救赎，并为此而坚持努力。所以在这一层自由意志是非常重要的，但丁也因为对自由意志的强调而被视为文艺

但丁构建的炼狱模型

1. 炼狱前界：暴死者	
2. 骄傲	背负重石
3. 妒忌	穿黑色衣服，铁丝缝眼
4. 好怒	处在黑的烟雾中
5. 惰怠	热烈地涤罪
6. 挥霍与吝啬	眼睛只能朝天，或只能在地上爬
7. 贪吃	树与泉水可望而不可即
8. 情欲	行走于烈火中
9. 伊甸园	凯旋车

复兴的先驱。

但丁和维吉尔经过了炼狱，最后来到伊甸园。在伊甸园但丁见到了凯旋车。凯旋车这一意象充分体现了基督教文学的寓意手法。比如凯旋车前面有24个长老引路，寓意着《旧约》的24卷。车的左边有四位仙女，寓意着节制、正义、刚毅和审慎。车的右边有三位仙女，寓意着信心、希望和慈善。车的周围有四个活物，寓意着《新约》的四福音。车身寓意着教会，拉车的是狮鹰兽，寓意着基督的人性和神性。所以凯旋车代表了基督教对救赎的理解，是《圣经》、美德、教会和基督共同帮助人类获得救赎。由此可见，很多评论认为但丁用《神曲》批判教会，但其实教会依然是车身。但丁批判的不是教会，而是教会里面腐败堕落的人，在本质上但丁依然是一位基督教作家。

之后维吉尔已经没有力量带但丁进入天堂了，因为维吉尔也没有忏悔过，所以贝阿特丽切过来引导但丁进入天堂。天堂同样分九层，之上是宗动天，那是上帝居住的地方。但丁把他的恋人贝阿特丽切与圣母和人类始祖亚当、夏娃都放到了天堂的第九层。《天堂篇》里有很多历史人物，比如所罗门王、哲人托马斯·阿奎那、《罗兰之歌》里的罗兰等等。《天堂篇》基本上是但丁用经院哲学思想阐释种种神学问题。比如为什么在公正的惩罚之上还要施加公正的惩罚：耶稣上十字架为人类赎罪，这样的话十字架之刑是一个公正的惩罚，那么杀死耶稣的犹太人就不应该再受惩罚，最终流离失所。但丁的回答运用了经院哲学式的论证，指出犹太人在杀死基督的时候，不仅杀死了基督的人性，还伤害了基督的神性，所以要接受惩罚。其他诸如人类已经失掉了乐园，为偷食禁果而受到了惩罚，为什么还要有最后的审判，还要在大地上受罪？再比如爱为什么能够产生罪恶，等等。《天堂篇》中充斥着这类经院哲学家们常津津乐道的神学问题，这些论述对不相信基督教的读者来说会异常乏味，但确实是建构基督教的世界体系所必需的。

但丁构建的天堂模型

地球		
1. 月轮天	未能坚守誓约（由于他人的干预）	
2. 水星天	虔诚的信士	
3. 金星天	王者，建立过辉煌业绩的人	
4. 日轮天	哲人	
5. 火星天	伪基督教献身的骑士	
6. 木星天	以正义为怀的帝王	
7. 土星天	苦修派修士	
8. 恒星天	天使的大家庭	
9. 水晶天	高级天使，包括亚当、夏娃、圣母、贝阿特丽切采等	
宗动天（永恒静止）：上帝		

另外，因为《神曲》是基督教文学，因此很多细节都有宗教寓意，比如数字和结构同样有重要的含义：《地狱篇》《炼狱篇》《天堂篇》共三篇，每篇33歌，每三行构成一节，使用的韵律是三联韵（terza rima）。之所以如此，是因为"三"在基督教中代表着"三位一体"。地狱、炼狱、天堂各有九层，九是三的平方，是"奇迹中的奇迹"。三者又分别另有地狱前界、炼狱前界和宗动天，其实都是十层，因为"十"象征着完善。每篇33歌，再加上序，总共是100歌，就是完善中的完善。由此可见，在形式上，《神曲》同样包含着对基督教精神的寓指。

但丁的《神曲》第一次构建了一个完整的基督教世界体系。

他用《神曲》思考着这个世界是什么，生活是怎样的，人要怎样才能获得救赎，人要怎样才能走向永恒。正是在现世遇到挫折，才让但丁放弃了对现世名利的追求，开始转向精神之旅，寻找精神救赎之路，也寻找更永恒的东西。

第五讲

欧洲叙事的成熟

——从薄伽丘到塞万提斯

　　文艺复兴时期也是文学叙事的转折期，或者更确切地说，是现代散文叙事走向自觉的时期。之前的古代叙事与之后的现代叙事在三个方面存在着重要不同：古典叙事大多以诗体为主，现代叙事以散体为主；古代叙事关注的是讲一个什么样的故事，现代叙事更关心怎么讲这个故事；古代叙事虽然有臻于完善的作品，但对叙述本身并无思考；现代叙事逐步认识到叙述的虚构和人为性，在叙事的同时也会对叙述加以反思。

　　故事或者说素材简单说指的是现实中（或者想象中）发生的事件，是叙事的题材；叙述简单说就是表达，即用某种自觉的方式讲这件事情。福斯特把它们称作故事和情节。他举了一个非常有名的例子："国王死了，不久王后也死了"，这是一个故事，只是现实中发生的事件；但是如果说"国王死了，王后也因悲伤而死"，那么他在讲这个事件的时候加入了因果关系，也就加入了自己的理解，把事件变成了叙述。叙述需要决定从现实生活中选取哪些部分，如何呈现这些部分。俄国形式主义通过大量的文章指出，后者才是文学的关键——怎么说，而不是说了什么。

　　比较几幅历史上的名画会把这个问题看得更加清楚。古典叙述如意大利文艺复兴三杰之一拉斐尔的《雅典学院》，把古希腊罗马、中世纪和当时意大利的众多哲学家、艺术家、科学家都放入画面。虽然此画的透视效果堪称典范，构图上将亚里士多德和柏拉图放在中心体现了拉斐尔自己的叙述，但是相对来说构图和画法中包含的意义，远远被这些人物的历史意义所遮盖，也就是说，画了谁比怎么画重要。

再看17世纪荷兰黄金时代代表画家伦勃朗的《夜巡》。这幅画被认为是伦勃朗经济落魄的开始，因为阿姆斯特丹射手连队请他画像，每一个军官都出了钱，因此都希望伦勃朗把自己清晰地呈现出来，结果伦勃朗把很多人放在背景里，可见的身体部分较小，背景处也色调较暗，不易辨识。据说由此引起了雇主的愤怒，也使得他的画在市场上大受影响。位于画面中心的是该连队的连长和副官。虽然后来这位连长一直做到阿姆斯特丹市市长，但当时才36岁，只不过是一个20多人的民兵连队小队长，而且其实谁都可以当。当时一般这类肖像人物都是像今天的集体照一样平排成几排，这种中心呈现方式只用于伟人，而伦勃朗这幅画可以说在启蒙运动之前，就把普通人放到了历史舞台的中央，赋予了过去只属于大人物的尊严。可惜的是伦勃朗的雇主们只计较彼此间的尊卑，却未能理解这幅画中的现代民主思想。由此可见虽然构图与《雅典学院》类似，伦勃朗的构图却更包含着新的社会观念。他的素材不是自己可以选择的，而是一种商业委托，但是他以不同于他人的呈现方式，显示了他高出当时社会的人文理念。

到了现代主义绘画，如何表现最终大大超过了表现什么，这样的例子俯拾皆是。比如未来主义领军人物、意大利画家塞维里尼的《塔巴林舞场有动态的象形文字》，虽然同样是群像，但画中这些人到底是像希腊思想家那样的伟人，还是射手连的普通士兵已经无从分辨，这些人的身份乃至性别都消失了，图中唯一可以清晰分辨的是一个骑在剪刀上的裸女和一个穆斯林骑士。他们都非常小，显然更属于象征性的符号。同时他们的呈现方式也别有意味：裸女在西方绘画中经常出现，但坐在大剪刀上就不同寻常了；穆斯林骑士更值得思考的倒不是他是谁，而是穆斯林骑士为什么在欧洲舞厅里出现，姿势为什么给人一种慵懒感。其他意象和人物皆已支离破碎，它们是什么显然并不重要，重要的是这些意象传递出的喧嚣纷扰的动态感，这种动态感是未来主义对现代社会的主要理解。

其他很多现代主义绘画都与此类似，或者已经无从辨认表现的是什么，或者意象的含义来自它们被表现的方式。不仅绘画如此，如何表现而不是表现什么同样越来越成为现代和后现代文学叙述的重心。

叙述方式的自觉是文学获得独立的重要标志。文艺复兴时期虽然是散体叙述刚刚兴起的时期，表现手法却迅速发展，虽然理论性著述尚未出现，具体的作品却已经表现出自觉性。从这一点看，文艺复兴时期的思想家们有着惊人的创造性和前瞻性。

一

薄伽丘被称为意大利文艺复兴的三杰之一。与许多务实的家长一样，一开始薄伽丘的父母并不希望他成为诗人，而是希望他经商。他也确实在佛罗伦萨学了六年的商业，后来深感后悔，因为薄伽丘性情浪漫，喜欢写诗，对枯燥的现实事务并无兴趣。商业学习不见成效，薄伽丘又被父亲送去学了六年的教会法典，也是度日如年。最后他的父亲恨铁不成钢，也就随他去了。幸运的是，他所在的那不勒斯国王喜爱文学，周围聚集了一大批诗人和艺术家，薄伽丘也模仿当时流行的文体创作诗歌。在佛罗伦萨任职后，他还迎接著名诗人彼特拉克来讲学，彼特拉克对他产生了很大的影响。

受当时流行的典雅爱情主题影响，薄伽丘早期的很多作品都以他的情人菲亚美达为主人公。但实际上并没有菲亚美达这个人，其原型是那不勒斯国王的私生女玛利亚，当时已经出嫁，所以薄伽丘不能直接使用她的名字。这些早期作品在内容上并无独到之处，但是对文体的探索则值得关注。

薄伽丘在创作中使用了非常多的文体，完全称得上一个自觉的文体创造者：他既有被视为意大利第一部散文体小说的《菲洛科罗》，也有第一人称书信体小说《菲亚美达》，这部小说也被称为西方文学史上的第一部心理小说；还有传统的文体，比如史诗《苔塞伊达》《菲洛特拉托》，牧歌《亚梅托的女神们》，长诗《爱情的幻影》，等等。当然影响最大的是散文故事集《十日谈》，其结构在当时引发了一批模仿作品，其中最著名的就是英国诗人乔叟的《坎特伯雷故事集》。虽然作品并不多，但是显然薄伽丘尝试了很多文体，在已有文体领域也做出新的探索。他关心的不仅仅是我要讲什么，也关心如何把它们讲出来。不过应该承认，有时薄伽丘的形式探索有些过度，比如长诗《爱情的幻影》近乎文字游戏：全诗采用《神曲》的三联韵，而所有奇数句的第一个字母合在一起又是三首诗，第一首诗是献给他的情人菲亚美达的。该诗由于对形式太过痴迷，成就不是很高。

薄伽丘的代表作是《十日谈》，但是《十日谈》还未写完就遭到教会的猛烈攻击，据说当时有一个苦修派教士还曾专门托朋友到薄伽丘的家里大骂，说他死后不会上天国。薄伽丘晚年受到很大打击，作品的激进性和创新性也大减。后来他基本停止了文学创作，主要把精力放在了整理古典文献上，是他鼓励意大利人首先翻译了荷马史诗，此外还收集了大量古典作品。这也让他到晚年没有多少财产，境况凄惨。

《十日谈》的背景是14世纪中期黑死病蔓延欧洲，地点选在佛罗伦萨。薄伽丘当时并不在这里，只是凭想象写下了当时的场景。据说当时黑死病导致欧洲人口减少一半，对当时的社会结构和统治体系造成毁灭性的打击。因此也有人认为是黑死病最终导致教会控制的动摇和文艺复兴的开始。

不过事实上《十日谈》对黑死病的描写并不多，对教会的描写也只占少数，因此将该书视为"和腐败的天主教会做斗争""对教士的丑行进行嘲讽"的批判性作品其实有些以偏概全。书里描写最多，或者说最具震撼力的其实是性，所以在很长一段时间里《十日谈》都被视为淫秽书籍。具有艺术性的淫秽书籍似乎从古至今都有诱惑力，《十日谈》同样不断再版，在教会1497年宣布其为淫秽作品并在广场当众焚毁之前，就已经再版了十余次。查禁也似乎历来是一种广告，16世纪《十日谈》非但没有销声匿迹，反而再版了七十多次，教皇最后不得不出版了钦定的删节本。即便这样，薄伽丘的坟墓最终还是被挖掉了，尸骨无存。

中国早在1929年就由光华书局出版了柳安从英译本选译的《十日谈选》，1930年开明书店出版了黄石、胡簪云合译的《全译十日谈》，1936年商务印书馆出版了伍光建的选译本。新中国成立后，1958年上海新文艺出版社出版了方平和王科一从英译本转译的全译本，但印数很少，主要用于研究，并未产生很大影响。真正的影响是在"文革"之后。1980年上海译文出版社就出版了方平和王科一的全译本，还附了26张精美的插图，第二年又出了选译本。不过宣传规模最大的是1988年的全译本，在当时几乎成为全国文学爱好者的新闻。仅1990年之前的十年间，《十日谈》中译本就印刷了六次，有好几种版本。《十日谈》之所以如此受到"文革"后中国出版界的青睐，一个重要原因是"文革"对人性的极度压抑与中世纪教会对人性的极度压抑有相似之处。社会对人性过度压抑之后，人性的解放往往从性开始，因为性最具人类共性，也最容易带来人性的全面解放，这同样也是为什么文艺复兴文学在开始阶段充满大量的性描写。

《十日谈》里有一个故事，讲富家子弟纳达乔爱上了同城的一位女子，但该女子出身名门，拒绝了他的求婚。纳达乔一天跟朋友到树林里散心，看到一位女性赤身裸体地从树林里跑出来，后面跟着一个骑士。骑士的狗扑向女子，疯狂地咬她。纳达乔质问骑士怎么可以这样对待一个女子，骑士告诉他，他们都是鬼魂。他在生前爱上这位女子，却因她的冷酷拒绝，自杀身亡。死后两人都进了地狱，被判每天这个女子都会被撕咬一次，被剖肚挖心，但她还会活过来，日复一日。过两天纳达乔把亲朋好友都一起请到树林里野餐，包括他求婚的那个女子，于是所有人都目睹了这一惨景，拒绝纳达乔的女子也很快就嫁给了他。一个拒绝性的女子在薄伽丘的《十日谈》里受到如此残忍的惩罚而被视为理所当然，显然薄伽丘赋予了性前所未有的重要性。原因之一，就是薄伽丘认为情爱可以提升人的精神境界。

西蒙的故事是这一看法的典型代表。主人公加莱苏愚顽异常，被叫作"西蒙"，因为西蒙在当地是畜生的意思。一天傻里傻气的西蒙爱上了一位女性，于是立刻焕然一新，谈吐也文雅了，衣着也考究了，风度翩翩，一下子就变成了一个新人。西蒙变成新人后，马上向恋人求婚，但是恋人已经订婚。西蒙就找了朋友把新娘从结婚的路上抢走，把她变成了自己的妻子。薄伽丘这里推崇的显然不是典雅爱情的心心相印，而是主张对异性的欲望有资格也有能力压倒一切困难。

其实在性解放和回归人性之间，文艺复兴一开始在度上把握得并不很好，或许矫枉有时需要过正吧。薄伽丘的目的是回归人性，正因此他有时候不得不挑战传统的社会伦理，这也是为什么书中会有那么多偷情的妻子和不守戒律的修士。薄伽丘用《十日谈》中的大部分故事努力证明一个今天已经被视为常识的道理：以性为代表的人性是不可能也不应该被压抑的，任何建立在压抑人性基础上的制度或体系都会遭到这样或那样的挑战，根基不可能稳固持久。薄伽丘那篇与后来袁枚的"沙弥思老虎"极为相似的绿鹅故事，目的就是要证明人性的不可压抑。在那样一个连贪吃也会下地狱的时代，虽然薄伽丘也算身居高位，这些故事仍然过于淫秽，需要冒很大的名誉风险写出来。薄伽丘在文学探索上的自觉和勇气在这里同样得到显示，而他的这一破冰之举对后代文学的发展有着不可低估的意义。因为人性是文学的永恒主题，也是文学发展的重要土壤，可以说薄伽丘在他人之前深刻而准确地看到了这一点。为人性正名，肯定人性在文学作品中的重要性，是后世文学得以从各个角度和各个层次深入探讨人性的前提。

由于当时教会与王权之间的紧张斗争，因此评价《十日谈》

的时候，人们也常会像谈论《神曲》一样，认为它的批判锋芒主要指向教会。教会的反应似乎也证明了这一点。但是如果看看十日故事的主题，就会发现《十日谈》绝非一部针锋相对的政治檄文：

第一日没有主题，其中第一、二、四、六个故事确实有讽刺教会的内容，占该日全部故事的十分之四；第二日的主题是"饱经忧患而又逢凶化吉、喜出望外"，实际上跟教会没有什么关系；第三日是"凭着个人的机智，终于如愿以偿，或者物归原主"，不过其中第一、第三、第四、第十个故事涉及修士和修女，也占该日故事的十分之四。这些故事多半表现修士修女作为人，同样无法克制性欲，侧重的不是教会而是人性。不过这一天薄伽丘是用机智主题来概括的。机智主题是民间文学中在性之外最常见也是最重要的主题。性主题与机智主题在《十日谈》中占最重要的位置，表明薄伽丘的创新精神主要来自民间文学，市民社会的发展是他新文学精神的主要来源。这一点与市民社会的繁荣促进了明清小说的发展非常类似，这也更可以解释为什么清代诗人袁枚会有故事与薄伽丘遥相呼应。

第四日的主题是"结局悲惨的爱情故事"，实际上是爱或者性，其中涉及修士的只有第二个故事；第五日的主题是"历经磨难，有情人终成眷属"，其中虽然仍有不少偷情的情节，但爱情和为爱情而承受的种种磨难也成为重要部分，这让《十日谈》更加接近市井小说；第六日的主题是"富于机智的故事，或者针锋相对，驳倒别人的非难，或者急中生智，逃脱了当前的危难和耻辱"，因此仍然是民间文学的机智主题，并不涉及教会或修士；第七日的主题是"妻子为了偷情，或是为了救急，对丈夫使用种种诡计"，可以说是性主题和机智主题的结合。其中虽然在一个故事中丈夫乔装成神父，但是真正涉及神父的只有第三个故事；第八日的主题是"男人作弄女人，或者女人作弄男人，或者男人之间相互作弄"，同样是机智与性相结合的故事，涉及神父的也只有第二和第四个故事；第九日没有主题，但是以机智故事为主，也包含一些出丑的故事，其中只有第二个故事涉及修女；第十日的主题是"人们在恋爱方面或其他方面所表现的可歌可泣、慷慨豪爽的行为"，在经过了诸多的讽刺和调笑之后，薄伽丘用对那些品德高尚之人的赞美结束了自己的叙述。

当我们把这些主题和故事放在一起的时候，就可以清楚地看到，薄伽丘的出发点主要不是批判教会，而是表现市民的喜怒哀乐、悲欢离合。用薄伽丘自己在序言中的话说："在这些故事中，读者可以读到情人们的许多悲欢离合的遭遇，以及古往今来的一些离奇曲折的事迹。"或者用第三日讲故事的人的话说："关于天主，以及天主教的真理，大家已经讲得很透彻了，那么现在大家不妨回过头来谈谈人世间的事，看看凡人的遭遇和作为吧。"

由此可见，如果说《神曲》是神性的喜剧，那么《十日谈》就是人性的喜剧。但丁写精神，薄伽丘写肉体，写现实世界。著名学者桑克提斯说，"但丁结束了一个时代，薄伽丘开创了另一个时代"。他开创了人的时代，一个关注现世悲欢离合的时代。正是因为他回到了人的世界，通过性关注到了人性，通过人性关注到了人的悲欢离合，这使他成为欧洲小说的先驱。

薄伽丘的第一个贡献是开始把普通人性作为写作对象，第二个贡献是对讲述故事的方式做了不同的尝试，给后人提供了借鉴。应该承认，薄伽丘毕竟还只是小说的先驱者，在叙述上还不够老练。100篇故事从叙述的角度看实际上良莠不齐，也没有明显的日趋成熟的迹象，不过其中不同的叙述方式显示出薄伽丘在叙述手法上的尝试。

拿两个故事为例。比如第二日的故事中有一则商人贝纳卜误以为妻子不贞的故事。商人贝纳卜在外地与朋友安勃洛乔打赌自己的妻子忠诚无二。安勃洛乔来到贝纳卜家后发现贝纳卜的妻子果真贞洁无瑕。为了赢得打赌，他买通一位夫人把自己装在箱子里，并把箱子寄存在贝纳卜家。半夜安勃洛乔出来偷走了贝纳卜妻子的睡衣和腰带作为其不贞的证据给贝纳卜，贝纳卜信以为真，派杀手去杀掉自己的妻子。杀手在贝纳卜妻子的哀求下放了她，拿她的外衣复命，贝纳卜的妻子则化装成男子远走他乡。贝纳卜的妻子先做一位绅士的侍从，后做了埃及苏丹的侍卫，因为聪明能干当上地方官。在这里她巧遇安勃洛乔，从他口中套出了当年的真相。她把安勃洛乔带到苏丹官中，又派人请来贝纳卜，两人当堂对质，真相大白。夫妻二人重归于好，安勃洛乔则被处死。

这是一个历时很多年，地点不断转换，由多个分情节组成的复杂故事：打赌故事、计谋故事（虽然是去做坏事）、杀手故事、女扮男装故事、向上爬（事业成功）故事、聪明法官故事、复仇故事，其中的任何一个故事都可以通过丰富细节发展为一个单独的故事。而且最重要的是，这个故事只是一本并不很长的故事集中一百个故事里的一个，这意味着这个故事的叙述空间非常有限。在如此有限的叙述空间里讲述一个如此复杂的故事，唯一办法就是放弃细节，只讲主干事件，这也是薄伽丘所做的。但是这样做的问题是，整个叙述变成粗糙的事件流水账，无法完善对文学来说更重要的部分：如何叙述。事实上，这个问题是很多早期小说都存在的：试图在有限的空间里把复杂的事件全部交代清楚，缺乏荷马那样果断地从10年事件中选取最后51天的能力。换个角度说，可能正由于缺乏细节渲染的能力，早期的小说叙述者才只能放入复杂得超出日常现实的事件。

但是在另外一些故事中，薄伽丘却显示出亚里士多德所称赞的情节设计能力。在他第九日讲述的女修士偷情故事中，事件同样可以很曲折，但薄伽丘只简单地告诉读者，在一个以贞洁著称的修道院里，一名出身高贵的修女与一位青年一见钟情，青年找到一条密道来与修女私会。至于这位名叫伊莎贝达的修女为什么来修道院，他们怎么一见钟情，两个人有什么样的家庭背景和过往经历，男青年如何找到的通道，伊莎贝达如何获得勇气和机会，这些都不重要，因此一概忽略，因为这不是一个爱情故事，而是机智故事，上述问题与主题无关。接下来薄伽丘讲到当两人私会的时候，被其他修女发现了。她们赶快看住房门，并跑去通知院长。院长这时正跟自己的修士情人偷情，仓皇之中抓起情人的短裤当作头巾戴在了自己的头上。当时是晚上，没有人注意到。院长到小修女那里，开始声色俱厉地责骂她，薄伽丘这里放缓了叙述速度，详写修女们如何抓伊莎贝达，如何骂她，从而为后面的突转做出渲染。伊莎贝达本来万分恐惧，一直低着头，偶然抬头看见院长头上的吊袜带，明白了一切，于是对院长说，请您先把头巾扎好再跟我说话吧。院长看到头巾全都明白了，于是顺水推舟地说，肉欲是无法压制的，从今以后，诸位爱怎么做就怎么做吧。

这个故事把叙述只集中在冲突最激烈的那一晚的最紧张时刻，运用了亚里士多德推崇的戏剧性结构方式——突转加发现。先是小修女的幽会故事突转，偷情被发现；接着是捉奸故事的

突转，院长的偷情被发现。院长态度的一百八十度突转再一次
戏剧性地突出了人性无法压抑的主题。在这里，薄伽丘不仅仅
开启了人性的故事，也开启了对小说叙述艺术的探索。

当然《十日谈》的结构本身也别具匠心，对后世产生很大
影响，被称作框架结构，即用一个主体故事串联起一个个小故
事，主体故事本身并不需要戏剧冲突，只起框架的作用。这个
结构同样体现了薄伽丘对如何叙述这一问题的自觉，即把叙述
也变成故事。

事实上，各国文学在发展的过程中都经历过类似的文体自
觉的过程，叙述的技巧也在自觉的过程中逐步完善。当然在这
一文体自觉的过程中有时会出现雕琢辞藻、内容空疏、流于形
式等问题，比如当时的一些宫廷文学，或者中国历史上的骈体
文，但这是形式自觉过程中常会出现的形式过度问题，是最终
走向形式与内容的完美融合常需要的。

二

乔叟被称为"英国文学之父"，但他的代表作《坎特伯雷
故事集》被认为模仿了《十日谈》，采用了《十日谈》的框架结
构，讲一位旅店老板愿意与29个朝圣者同行并提供路上饮食，
条件是每个人去程和返程路上都需要讲一个故事，这样就有60
个小故事框在一个大的朝圣故事之中。

在结构上乔叟确实没有显示出超出薄伽丘的创新。不过，
在文体上《坎特伯雷故事集》是诗体，而《十日谈》是散体。
乔叟这里使用的抑扬格五音步双行押韵的诗体被称为"英雄双
韵体"，这个诗体是乔叟最早使用的，并成为后世最常用的诗体

形式之一。此外，这部作品虽然采用的是诗体的形式，但是已经朝着散文故事的形式发展了。史诗关注的是英雄，悲剧关注的是贵族，小说关注的是普通人。《十日谈》的十位叙述者都是贵族青年，《坎特伯雷故事集》的叙述者则有骑士、侍从、乡绅、女修道院院长、修女、修道僧、游乞僧、商人、牛津学者、律师、自由农、帽商、木匠、织工、染工、家具商、厨师、水手、医生、巴斯妇、乡镇牧师、自耕农、磨坊主、伙食经理、管家、教会法庭差役、赦罪僧、客店老板，无疑代表着当时的社会众生。不仅这些叙述者，其中很多故事的主人公和题材都属于降格了的散体文学，更适合用散体讲述。从这一点看，乔叟有不弱于薄伽丘的文学敏感，但是比薄伽丘缺少体裁革新的勇气，这大概与乔叟的贵族身份和英国文化本身的保守性有一定关系。

不过《坎特伯雷故事集》在叙述的方式上较《十日谈》有一个重要发展，即每个人讲的故事与叙述者自身的身份相呼应。比如说，骑士讲的是骑士爱情，女修道院院长讲的是小殉道者的故事，而像磨坊主这样的市民讲的就是偷情故事，充满女权思想的巴斯妇讲的就是"女性最想要什么"的故事，等等。而在《十日谈》里，如果只看故事本身很难判断是谁在讲故事，十个青年人讲故事的风格缺少如此鲜明的个性变化。乔叟这里较薄伽丘的更进一步，表明乔叟已经开始注意到，人的语言和叙述实际受到他的性格和身份的影响，因此在叙述的时候，必须关注不同的叙述者的不同叙述风格，而这从本质上改变了对叙述的看法。

在古希腊罗马，诗歌被认为受到神灵启示，是缪斯女神在借叙述者之口说话，所以关于《神谱》作者赫西俄德的流传最广的逸闻就是他本是一个拙于言辞的牧羊童，打盹时受到缪斯女神的启示，醒来后就成了出口成章的大诗人。中世纪同样相信知识来自上帝，叙述的能力也来自上帝，因此在欧洲文学史上很长时间叙述风格的问题并没有得到应有的关注。注意到不同叙述者的不同叙述风格和叙述语言，并且尝试在自己的叙述中表现出来，这体现了高度的叙述自觉。自此，文学已经不仅仅是用什么方式讲述故事的问题，还有以什么身份，或者说从什么视角来讲述故事的问题。显然，叙述在文艺复兴文学家的面前呈现出越来越多的层面，并且得到了这些文学家的关注。

第二个更重要的不同是，乔叟为《坎特伯雷故事集》写了一个序言。在序言中，乔叟对每个朝圣者都做了简短的描述。这个序言不仅通过对他们的服饰、生活等方面的描写，再现了当时英国社会各个阶层的生活，而且在叙述的时候，乔叟开始使用反讽的手法，即字面含义与其真正要表达的意思并不一致，甚至相反，通常需要从上下文及语境来找出真正含义，也被称为倒反法。托马斯·曼曾称反讽为现代主义文学的特质，反讽也确实在现代主义文学中得到大量运用。反讽中表述与意义的背离，正是对叙述本身的一种反观和反省，不管是否有意使用反讽，都意味着对叙述开始进行反思。

以《坎特伯雷故事集》中对女修道院长的描写为例，表面看这些描写都是在对院长嬷嬷极尽溢美之词，比如一开始似乎就定下了一个高雅温柔的女修道院院长形象："还有个修女是院长嬷嬷，/满面的笑容诚挚又温和。"但是如果结合上下文或社会语境来理解，就会见出乔叟对这位院长的讽刺：

她的法语讲得高雅而流畅，

但是带有很浓重的伦敦腔——

她是在斯特拉福学的法语，
地道的巴黎法语不会半句。
餐桌规矩她可懂得很不少，
从她口中一颗饭粒也不掉；
手指不会伸进菜汤给沾湿，
如何捏着面包她都很在意，
不让一星半点渣子落胸前，
她最讲究斯斯文文地用餐。
两片朱唇擦得干干净净，
在口杯上不留一丝油迹；
饮料喝完后再去拿食物，
一举一动都文雅而不俗。

这段描写看似夸赞她的高雅，实则讽刺她并非贵族身份却要附庸风雅。因为11世纪诺曼征服之后，英国的国王和贵族大多出身法国贵族世家，法语成为宫廷和贵族的主要语言，英语主要在市民等中下阶层使用。而且由于无论王室还是大贵族都来自法国，所以贵族子弟的教育很多在法国，至少可以很长时间待在法国。女修道院院长虽然法语讲得高雅而流畅，但乔叟故意点出她是在斯特拉福学的，说明她连正宗的伦敦人都不是，而且显然没有去过法国，因为她是在伦敦模仿上层贵族的发音，只能说一口伦敦腔。此外虽然她的用餐礼仪"文雅不俗"，却过于刻意，缺乏真正贵族的自然随性，附庸风雅的特征非常明显。而且后面乔叟也用"学习宫廷礼节用心良苦，/举止端庄稳重颇有风度"一句暗示出这些风度她都是努力学来的，而非家教如此。

还有一段夸赞她的善良：

她一副善良心肠人人佩服。
仁慈宽厚还有恻隐之心，
即使见到鼠儿落入陷阱，
也会抽抽泣泣伤心落泪；
她养了几只小狗亲自喂，
每天都给面包牛奶烤肉；
倘若有人用棍猛击小狗，
或是爱犬死了她也要哭，
真是个心软肠柔的妇女。

表面看句句都是赞扬，但巧妙的是乔叟只提她对小猫小狗小老鼠的恻隐之心，却一句不提她对穷人或那些需要帮助之人的同情。当时英国的贫富分化其实非常悬殊，朝圣者中就有瘦的两颊下凹的牛津学者，也有安于贫困、帮助平民的乡村牧师，而女修道院院长的"仁慈"却是用面包牛奶烤肉喂她的小猫小狗，这与修道院应该履行的济世救民的"仁慈"是完全不同的。因此虽然她见老鼠被夹住会抽泣，且不说设老鼠夹是否有原因，显然她的"仁慈"只是后来被王尔德批评为本质自恋的"sentimental"，这个词一般被译为"多愁善感"，但或许更应译为"无病呻吟"，这种情感与其说是天主怜悯人类的那种"仁慈"，不如说是被自己的怜悯能力所感动的"自恋"。

不管如何附庸风雅，上面的描述至少留给读者一位小巧美丽柔弱女子的印象，乔叟也是用各种赞美之词夸奖她的美丽：

鼻子俊俏，眼珠似灰玻璃，

樱桃般的小口殷红柔软，

额头漂亮，一道皱纹不见，

她的上额足足有一掌宽；

确实她那并不矮的身段，

穿上长袍看去十分雅致。

一掌宽的上颚，并不矮的身段，虽然似乎都是用来夸奖她的，这些实际的身体数据却显示她很可能骨骼粗大，出自斯特拉福乡村的农耕家庭，或者至少她的体格与她的矫揉造作是不相配的。此外像"眼珠似灰玻璃""樱桃般的小口"其实都是当时骑士文学中描写女性的套话，一般与爱情故事联系在一起。乔叟用这样的套语来描绘她，再加上后面她挂着的那个镌刻着"爱战胜一切"的念珠上的饰针，暗示着这个女修道院院长表面看似信奉宗教之爱，实际却渴望着浪漫的情爱，这与她的身份是不相符的，而放纵情欲也是当时教会人士的主要腐败表现之一。

由此可见，虽然乔叟看似句句赞扬女修道院长，实际上却在讽刺修道院的上层人士攀附权贵、纵情享乐，并不像《圣经》上教诲的那样真心投入到救世济生、传播福音的真正使命中去。事实上，在《坎特伯雷故事集》中，修道院的上层人士往往遭到乔叟这样的反讽，但他也真心地赞美一位不计名利、帮助那些真正需要他的人的乡村神父。由此可见，乔叟并不是对教会的一切都加以反讽，他对反讽的运用是完全自觉的。他已经完全清楚地意识到语言的表层含义与深层含义之间可能存在着不同，并知道如何利用这一不同做到似褒实贬，似客观实主观。

　　当然，反讽的吊诡之处在于判断的模棱两可，在有些情况下确实难以判断乔叟是褒是贬。比如巴斯妇曾让乔叟被认为是一个憎恨女性的人，但他的《好女人的故事》又证明了他对女性的肯定。乔叟未对巴斯妇做任何道德评判，而是让她自己理直气壮地说出那些在当时看来完全悖谬的话，其中暗含的女性自己做主、女性希望主宰男人这样的价值立场，与当时社会所接受的价值观念无疑是相悖的，虽然其中的一些观念在当今社会已被普遍接受。乔叟如何看待巴斯妇的观点还无法确证，但可以肯定的是，乔叟已经清楚地认识到叙述可以包含主观判断，而且每一叙述其实都建立在某个价值立场之上。有些价值出发点是社会所默认了的，但有些未必如此，于是就造成了另外一种反讽，与前面有意识的语言式反讽并不一样，而是巴斯妇式的反讽：叙述者并不知道自己的叙述只是一己之见，并且可能被听者评判。19世纪的英国诗人罗伯特·勃朗宁对这种反讽做了充分的呈现，当时对语言的自觉已经趋于成熟。乔叟在勃朗宁之前500年就做了类似的尝试，不能不承认他对语言的惊人敏感力。

三

　　文艺复兴时期的所有欧洲国家中，法国的君主力量最强，国王拥有自己的常备军，建立了君主立宪制，这也是为什么后来王权至上的古典主义会在法国影响力最大。也正因此，很多文艺复兴时期的法国作家是以廷臣的身份为王室服务的，法国民族语言和民族文学的兴起都是由包括七星诗社在内的贵族群体领导的。不过，在这一贵族化的主流中，拉伯雷却走了一条不同的民间道路。

拉伯雷的父亲是巴黎西南部小县城的地方律师和司法总管，算是中产阶级，但拉伯雷从小就到修道院当了见习修士，一直到37岁都在修道院生活。对他之所以成为修士有两种说法，一种是他是家里最小的孩子，当时家里最小的孩子都会送到修道院去；但是还有一种说法认为拉伯雷从小就热爱知识，而当时知识大多集中在修道院，他为了求知就进了修道院。不管如何，在修道院里拉伯雷确实除了拉丁语外还学习了希腊语，阅读了大量古代文献，自己也用希腊语进行创作。36岁时，拉伯雷因为不愿意终身待在修道院里，放弃了神父职位，到巴黎去学医。当时的医学不像今天的这么复杂，主要医学知识都来自拉丁文书籍，拉伯雷的古典学基础让他两个月就取得学士学位，很快又取得博士学位，成了医学博士。两年不到就开始行医，并且出版了一些医学论文，甚至解剖过人体。

在行医的过程中，他在乡下读到一本书叫《伟大而高大的巨人高康大的伟大而珍贵的大事记》。这是一个民间故事集，讲的是小鬼、巨人之类的民间传说，拉伯雷非常喜欢，于是就写下了今天人们读到的《巨人传》的第二部《巨人高康大之子、迪波沙德王、鼎鼎大名的庞大固埃的可怖而骇人听闻的事迹和功业记》。这本书出版之后很快被抢购一空，引起出人意料的反响，于是他又反过来再写了第一部《庞大固埃之父、巨人高康大骇人听闻的传记》。虽然第二部书广受欢迎，一年内再版了五次，这本书却很快被教会列为禁书。1534年他随贝拉家族的让参拜教皇时，教皇克莱蒙七世当面指责拉伯雷违犯教规和叛教。拉伯雷早就预料到了这种可能性，所以前两部都没有写自己的真名。

写第三部的时候，拉伯雷动了脑筋，转求王权的支持，把这本书拿给法国国王弗朗索瓦一世看，拿到了准许证，又题献给弗朗索瓦一世的姐姐纳瓦尔王后，她是被称为欧洲心理小说先驱的《七日谈》的作者。这之后，拉伯雷才写上了自己的真名：医学博士拉伯雷。即便如此，书出版之后还是被教会查禁，拉伯雷避到日耳曼帝国行医，生计潦倒。直到弗朗索瓦二世登基，拉伯雷给新国王写了一首颂诗，得到国王的青睐，才得以回国，出版了第四部。第五部是在他去世一年之后出版的，据说拉伯雷死的时候，大笑着说："拉幕吧，故事结束了。"

《巨人传》虽然有五部，情节却并不复杂，相反对细节做了充分的铺展。虽然其增添细节的一大方式是民间文学常用的罗列手法，即在同一层面上进行相似的陈列，而不是在情节发展上增加复杂性。不过应该承认，这种民间文学的叙述手法提供了另外一种使叙述得以丰富的模式。

《巨人传》主要塑造了两个巨人形象：第一部的父亲高康大和第二部的儿子庞大固埃。高康大体型巨大造成母亲难产，于是他自己从母亲的耳朵里爬了出来，一出来就喊"喝呀喝呀"，而且声音响亮，所以起名高康大，意思是好大的嗓门。主人公的巨人身份不仅指身材，也被认为是对文艺复兴时期伟人们的精神状态的隐喻，他们对知识的渴望和求知的能力都超出了常人。同样，高康大从小就显示了过人的智慧。不过这个智慧体现在哪里呢？那时因为没有纸，擦屁股会用干草、瓦片儿等各种方式解决，但是高康大上厕所的时候看到旁边有一只鹅，就拉过来用鹅的脖子擦屁股，聪明地提出鹅脖子是最柔软的厕纸。这里将严肃的问题通过降格而获得喜剧性，是民间文学的一大手法，在客观上打破了高雅与卑俗之间的界限。

　　高康大的父亲发现他非常聪明，于是送他去学习，结果按照传统的经院式教育学了十几年后，他的父亲让他与没上过学的同龄农村孩子辩论，那个放牛娃滔滔不绝，高康大却一句话也说不出来。父亲一气之下辞掉老师，把高康大送到当时的人文主义中心巴黎。这一段被认为是颂扬人文主义教育的代表性段落。新老师采用寓教于乐的人文主义教育方式，比方在餐桌上学习食物的知识，也即植物学和动物学；玩牌的时候学数学；上厕所的时候抬头看天，学习天文学；此外还有骑马射箭等体育运动，总之学习的是天文地理等实用知识，而不再是经院哲学所教授的死记硬背的宗教条文。高康大率兵跟列内尔人打仗时，结识了若望修士。战争胜利后他给了若望修士一所修道院，叫德廉美修道院。这个德廉美修道院也被认为是人文主义思想的代表。修道院的原则与传统教会的摒除世俗欲念正好相反，是"随心所欲、各行其是"：爱穿什么衣服就穿什么衣服，爱过什么样的生活就过什么样的生活，骑马谈恋爱什么都可以，爱看古希腊罗马的书也都没有问题，总而言之，充分体现了对个人性格和欲望的肯定和高扬。

　　过去《巨人传》的第一部最为人关注，因为其中的人文主义思想系统明显；第二部则处处搞笑，很难读出严肃（传统认为深刻）的意义。庞大固埃出生时天下大旱，所以他出生之后父亲给他取名叫"一切干渴"。庞大固埃的最大乐趣就是吃吃喝喝，他出生时，妈妈就先生出了68匹驮着盐的骡子，9匹驮着火腿的单峰骆驼，7匹驮着咸鳗鱼的双峰骆驼，25车大葱，这之后才生下他。他父亲把他放在摇篮里，他喝奶的时候一只熊来舔他脸上的奶，他把熊一把抓住吃掉了。他父亲举办宴会时，他一把砸碎摇篮，爬过去一起大吃大喝，坚决拒绝再回到摇篮里面。在巴黎学习的时候，他也搬了一块巨石放到学校的草坪上，天天跟朋友在上面吃喝玩乐。与渴人国打仗之前，他和巴汝奇、若望修士等忙着打兔子和野味，烧烤了吃，吃饱喝足后还把所有锅碗瓢盆埋在地里，立了一块碑说庞大固埃和他的朋友们在此地度过了愉快的一天。在第二部的结尾，庞大固埃消化不良，人们进去给他清洗肠道，走了六个月才出来，发现肚子里面就是一个小王国。

由此可见第二部的内容很难用人文主义精神解释了，听起来只像在胡闹。如果说庞大固埃的巨人身材是当时的精神巨人们的象征，那么他和朋友们的搞笑胡闹又很难与精神伟人们联系在一起。因此与其说庞大固埃们象征着文艺复兴时期的特定人群，不如说体现着文艺复兴时期的独特精神，一种让人成为伟人的精神。庞大固埃的作为，以及书中的体格、数量等体现的是一种"超越限制"的精神，这是人文主义精神的真正核心。人文主义者的核心精神不是学习古典，甚至也不是以人为本，文艺复兴之所以能取得如此巨大的成就，产生了一大批知识渊博、成就过人的伟人，就因为文艺复兴时期的人文主义者们不仅认识到自身的力量，而且用过去的神和半神英雄的眼光来要求自己，渴望突破限制，把从身体到精神、从吃喝到伦理的一切束缚都打破，让人成为巨人。这也是为什么那个时候的人文主义者都不是单学科的专家。他们并没有学科的界限，甚至可以说没有学科意识，不像今天的知识分子一心想成为某个学科的权威。对他们来说，活着就是要尽可能地了解这个世界，了解人，并且让自己的力量得到尽可能大的运用。正是这种打破界限的精神使得文艺复兴的知识分子彻底改变了欧洲的历史。

第三部也比较奇特，标题叫作《善良的庞大固埃英勇言行录》，但真正的主人公不是庞大固埃，而是巴汝奇。巴汝奇是庞大固埃在巴黎遇到的一个混混，后来成了他的忠实跟班。巴汝奇这个名字的意思是"精巧奸诈、什么都做得来的人"。巴汝奇在第三部中感到无法消除的焦虑，即担心自己会被戴绿帽子，于是向各行各业广泛求教。第三部基本上是他与各色人等的问答，这让第三部尤其不像小说，而成了滑稽的伪百科全书。比如他请教过女巫、哑巴，请教过濒死的诗人、教士、神学家、医学家、哲学家、法学家、疯子、用骰子判案的法官等等，他请教各式各样的人，并与他们辩论。第三部的内容就是巴汝奇与他们的胡说八道，没有情节，更像各学科以戴绿帽子为主题的论文。可以说在叙述上，第三部打破了传统的情节观念，也打破了传统的叙述模式。

由于所有人都无法说服巴汝奇，庞大固埃决定带他去寻找可以解答一切问题的"神瓶"，据说就在中国附近。于是第四部和第五部就是写寻找神瓶路上的各种遭遇。他们寻找神瓶时乘坐的船尤具特色。欧洲古代海船的船首大多有一个雕像，多为神灵或者具有辟邪能力的动物，他们的船首却是酒瓶、酒碗、酒杯、酒樽，乃至锅碗瓢盆等宴饮器具。拉伯雷说他们的船所到之处，再不开心的人看到他们也会转悲为喜、笑逐颜开，并说这是一伙善良的好人，一定非常快乐，并且身体健康。他们一路寻找，经过了很多岛屿，诸如教皇岛、反教皇岛、钟鸣岛、判案岛、香肠岛、无鼻岛、吃风岛、木屐岛、第五元素国、灯笼国、诉讼国等等，这部分经常被视为对社会进行讽刺批判的重要部分。比如钟鸣岛上是各种鸟类，有教皇哥、主教哥、修院哥等，判案岛则对过路的人敲骨吸髓，显然是讽刺当时的修士和律师。但有的就没有明确的批判对象，比方说香肠岛的人长得像香肠，路人也可以吃他们。事实上这种奇思异想倒比讽刺社会更具有深远的意义，因为它们用不合乎可然律和必然律的想象打开了叙述的可能空间。

最终他们找到了神瓶，神瓶的神谕只有一个字"喝"，叙述至此结束。为什么最后神瓶没有告诉巴汝奇他会不会戴绿帽子，而是只告诉他喝呢？神瓶的祭司对"喝"的解释是"喝美酒，因为酒能使人的灵魂充满真理、知识和学问"。后来法国作家法朗士把"喝"解释为"畅饮真理、畅饮知识、畅饮爱情"。所以"喝"包含着人对未知世界的追求。而美酒与其他饮料的最大区别就是"畅饮"，即借助酒力超越日常束缚，就像酒神狄俄尼索斯的祭礼一样，在迷狂中突破限制。因此喝酒是《巨人传》中获得核心价值的主要方式。小说中，庞大固埃是在一座葡萄酒神庙前遇到巴汝奇的，而位于希侬地区中心的班特酒窖就是葡萄酒神庙酒窖的位置，现在这个古老的酒窖则成了拉伯雷研究会的圣地。在拉伯雷的出生地拉得文涅，每年收获葡萄的季节也都会举办盛大的"拉伯雷人"节。

不过《巨人传》的意义不仅如此。高康大、若望修士、庞大固埃、巴汝奇，他们虽然有着共同之处，但同时也代表着不同的价值。高康大代表着文艺复兴时期完善的人，是对完善的自觉追求；庞大固埃代表的则是书中所说的"庞大固埃主义"，即"整个完善的欢乐的意识"，或者说对生活的乐观态度，对现世生活的愉快接受，这也是他们的吃吃喝喝尤其能够得到人们认可，看到他们的船首符就忘记穷苦哀愁的重要原因。由此可见，高康大代表着对更加完善的未来的追求，庞大固埃却代表着对当下的认可和享受。因此在一本书里，拉伯雷已经把不同的价值观念交织在一起，把高康大所代表的精英知识分子的人文主义思想和与之相对的庞大固埃代表的民间文学的当下享乐的价值取向结合在了一起。

神瓶代表的既是喝酒，又是求知。喝酒在生活中常代表对当下时刻的享乐，不去考虑甚至忘记未来，是对纯粹享乐的认可；但与此同时，正如法朗士指出的，"喝"也隐喻着求知，主人公们也是在需要知识的时候去找神瓶的，不管找到的是什么，他们是在寻找知识。求知的目的是要知道未来，所以求知代表着对未来的追求。因此即便在神瓶这一终极答案中，拉伯雷也把对当下的接受和对未来的追求，把享乐和努力，把笑和严肃这两个相悖的价值结合在了一起。

因此在拉伯雷的叙述中，价值是多元的而不是单一的。而在这之前的大多文学作品中，包括薄伽丘的《十日谈》，都认可完美的叙述应该针对统一的主题。根据亚里士多德的戏剧观，一个好的戏剧应该是对一个严肃、完整、有一定长度的行动的模仿，所以好的叙述应该只有一个行动（情节），一个主题。但是在《巨人传》里，迥然不同，甚至可以说互不兼容的价值观念混杂在一起。叙述上同样如此，在这部作品里，故事和论文、写实与荒诞、文字与图画被交杂混置。

《巨人传》无论在故事层面还是叙述层面都显出前所未有的丰富性。拉伯雷写《巨人传》并不只是要树立一种人文主义的价值观念，或者一种善恶伦理观。《巨人传》的情况要复杂得多。比如说巴汝奇这一人物。巴汝奇在作品中属于正面角色，是庞大固埃的忠实跟班，属于传统故事中英雄的随行者。虽然他胆小如鼠，一开战就躲起来，但还是忠实地参加庞大固埃的所有战役。庞大固埃到哪里他也跟到哪里，总体上是作为忠诚的随从角色来塑造的。但这是一个什么样的人呢？他坑蒙拐骗无所不干。比如他去教堂做礼拜，捐献的时候捐进去一法郎，顺手抓回一大把。别人问他为什么这样做，他说上帝说过，只要付出一分，就能得到十倍的回报。他去教堂做礼拜的时候，不是听神父布道，而是拿别针把坐在前面的两个虔诚信徒的衣服别在一起，只为了看两个人站起来摔倒。他绝非别有用心，就是为了寻开心。他会花钱请法警吃饭，只为了把法警的马镫踹开，看法警上马的时候摔下来。巴汝奇的故事里有不少颠覆常规道德的地方。比如一位贞洁的寡妇得到大家的尊重，也拒绝了巴汝奇的表白，结果巴汝奇在寡妇做礼拜的时候，把母狗发情时的腺体偷偷涂在她身上，结果寡妇做完礼拜出来，成千上万的公狗围着她撒尿，把她淹死了。这样的结局无疑与"诗的正义"完全相悖。

捷克作家米兰·昆德拉讲了巴汝奇的另一件事。他和庞大固埃出海，同船有一批商人。由于巴汝奇的穿戴像戴绿帽子的丈夫，受到商人的嘲笑，巴汝奇决心报复。他花了高出正常价格十多倍的钱买下了这个商人的头羊，然后把头羊推到海里。羊群习惯于跟着头羊走，一个个也跟着往海里跳。商人急忙死死拉住自己的羊，结果反被带落海里。商人掉到海里后，巴汝奇立刻拿起船桨，但他不是去救商人，而是看到商人要爬上来的时候就再把商人打到海里，而且一边打一边告诉他现世生活痛苦，天国生活更加幸福。商人死后，巴汝奇跟若望修士讲了这件事。如果说巴汝奇这类人物还有可能做坏事，若望修士在书中则完全是一个正面人物，主持了人文主义的德廉美修道院，智慧正直，也如巴汝奇一样忠实，而且在危险面前绝不会临阵脱逃。结果出人意料的是，巴汝奇跟若望修士说了这件事后，若望修士回答说，你做得很好，只有一件事做错了，就是买头羊的时候花的钱太多了。

昆德拉讲这个片段时提出了一个问题：拉伯雷此时到底想说什么？是想说因为商人的斤斤计较，所以罪有应得；还是想让我们对巴汝奇产生愤慨；还是通过巴汝奇对商人死后幸福生活的论述，来讽刺教会的陈词滥调？随后昆德拉说，所有这些问题的答案都是给傻瓜设置的陷阱，文学里面不存在对道德的肯定。拉伯雷通过这样一种叙述，把道德的根基从读者的脚下抽走了，将人暴露在判断他人的无能为力之中，然后读者可以明白世间无肯定而享奇乐。昆德拉要说的是，文学作品绝不应去进行道德宣教。当然小说并不反对道德判断，小说反对的是随时准备进行道德判断的热情。小说不应该让读者以为一个忠贞的女子就肯定会得到众人的尊重。善有善报、恶有恶报固然是读者期望的，但昆德拉不认为这是小说必须履行的义务。比如福楼拜笔下偷情的包法利夫人，从道德角度看肯定是一个坏女人，但福楼拜真的要批判她吗？托尔斯泰的安娜·卡列尼娜也是如此，托尔斯泰却为她的死哭倒在柴草堆上。文学的目的不是强化已有的价值观念，而是提醒大家去理解、同情，并且用自己的判断力做思考。因此爱尔兰诗人谢默斯·希尼说，文学是给天平轻的那一端加上砝码。虽然《巨人传》看似消解了道德，但在消解道德的同时，也开启了对道德的反思。如果说知识是一把伞，保护人们挡住落下来的雨，那么文学就是在伞上开一个洞，让人们看到上面的天空。好的文学不是告诉读者去做什么，而是让读者看到一个更开阔的世界，看到不同价值观念存在的可能性和理由。

由此可见，《巨人传》颠覆了很多东西，也开创了很多东西。拉伯雷把不同的价值和多重可能性都放到了一部作品里。如果带着某种固定的观念去看《巨人传》会觉得作品淫秽，或者流于卑俗，会怀疑这部作品的价值。拉伯雷自己则强调"笑"在这部作品中的重要性，甚至在序言中引用亚里士多德的话说，"只有人类才会笑"。

为什么"笑"，为什么欢乐的意识如此重要？意大利作家兼学者埃科有一部小说叫《玫瑰的名字》，讲的是中世纪一个意大利修道院里接连有人被杀，精于推理的方济各会修士威廉受托解开这个谜。最后的答案是，原来这个修道院的藏书异常丰富，包括很多被认为异端邪说的东西。图书馆馆长宁肯杀人灭口也不允许亚里士多德的《诗学》流传出去。埃科说现在的《诗学》只是残篇，只有《论悲剧》而没有《论喜剧》。在《玫瑰的名字》里，这个修道院藏有《诗学》的全篇，即也有《论喜剧》。图书馆管理员为阻止《论喜剧》流传出去才一次次杀人。在小说结尾，图书馆馆长马拉吉看到《论喜剧》要被抢走的时候，放火烧掉了整座图书馆，使得《论喜剧》自此从世上消失了。

馆长马拉吉为什么宁愿杀人和自杀也坚持《论喜剧》不能流传出去呢？因为"笑"和"喜剧"代表着对秩序的颠覆，对规则的颠覆，对等级的颠覆。用埃科在《玫瑰的名字》中的话说，"热爱人类的使者所执行的使命，就是让人们对真理大笑，或者让真理自己发笑。唯一的真理就是学会解脱对于真理无理智地狂爱"。笑打破了真假的界限、善恶的界限，在这样一种笑的明朗意识中包含的是自由和解放。正因为看懂了《巨人传》的这一点，俄罗斯著名思想家巴赫金以《巨人传》为案例，提出了民间文学中与严肃相对抗的"笑"。

巴赫金把"笑"定义为"民间文学的诙谐传统"。其实在《玫瑰的名字》里面，埃科也提到过拉伯雷的《巨人传》，说这本书里面除了一些笑料，根本就没有什么完善美好，没有什么道德正义真理这些东西。而巴赫金的解释是，为什么诙谐、幽默如此重要，因为诙谐不会创造教条，不可能变得专横。诙谐标志的不是恐惧，而是意识到自己的力量。诙谐与生育行为、诞生、更新、丰收、盈余，与人民世俗的不朽相连，最后还与未来、与新的将来相连，为它扫清道路。

巴赫金在民间文学中发现了民间文学的两个特点：一个是肉体下部语言，通俗点说就是淫秽语言，这也是《巨人传》的一个用语特点；第二个是诙谐幽默，巴赫金把诙谐幽默与教会代表的严肃正统文学相对立。教会代表的严肃正统叙述告诉读者什么应该做，什么不许做，这样的文学的作用首先是建立起社会的等级秩序。这也是为什么重要的政治场合不能开玩笑，因为玩笑意味着对等级界限的颠覆，玩笑给玩笑者提供了无限的发展可能性，而严肃才是和权力结合在一起的。当然，巴赫金用民间文学来质疑严肃文学，其实质疑的是他的那个时代。巴赫金相信严肃的文学和文化会越来越贫瘠，最终走向死亡；而民间文学是开放的、非教条的，跟诞生、繁衍，跟生生不息联系在一起，换句话说，诙谐和"笑"是跟不朽联系在一起的。

巴汝奇这个形象同样代表着民间文学的一部分，尤其是民间文学的巧智传统，比如中世纪文学常有农民如何捉弄修士这样的巧智故事。这种巧智往往与道德无关，这也是为什么不用"智慧"来定义这一传统，因为"智慧"一词的肯定性太强。欧洲文学最早的巧智形象是奥德修斯，在英雄仍以身体力量为主的时候，奥德修斯已经用智慧来解决问题。还有中世纪的列那狐。《列那狐传奇》的一个重要作用就是把市民文学的价值传递了出来。市民由于缺少教会的地位、贵族的金钱、骑士的力量，要在教会和国王的压迫下求得生存，主要依靠的是自己的巧智。所以巧智在市民文学中占据重要地位，列那狐也是用巧智一次次战胜代表着贵族的狼和狗熊。同时，市民虽然居于贵族和下层劳动者之间，但是地位并不像贵族那样天生注定，需要自己赚钱谋生，同样随时面临饥寒交迫的可能，列那狐就常陷入衣食无着的境地。所以市民推崇的道德不会像贵族那样冠冕堂皇，而是相对务实。列那狐也会去欺负比它更弱小的动物，因此它把小麻雀吃了，把兔子吃了，把鸡小妹吃了。但是市民不会去依附权贵，因为作为商人，他的价值并不取决于国王给他什么，而是靠自己的智慧去谋生，所以有较大的独立性。列那狐就常没理由地捉弄贵族依桑格兰狼，也敢捉弄狮子国王。狮子国王请他做大臣的时候他装死拒绝掉了，他的独立性也正在这里。

这样一种市民文化在《列那狐传奇》里被深刻地体现出来，后人虽然写了很多列那狐的续集，有的续集里列那狐变成了教皇，或者人文主义者，但都是典型的说教文学，因此少有问津。《列那狐传奇》的优点在于抛开说教，展现了独特的市民文化。巴汝奇体现的正是这种市民的巧智，机敏、独立、不带道德成见。比较而言，若望修士对庞大固埃就是传统道德里的忠心耿耿，为主人可以献出自己生命的仆人；巴汝奇在打仗的时候则首先是要自保，会躲起来，等别人打胜了再出来，占点儿便宜。在他的身上不仅有市民的非道德一面，而且民间巧智的小丑一面也开始呈现。整个第三部就是拿他开玩笑，若望修士、庞大固埃也经常拿他开玩笑，反面色彩使这个正面人物变得复杂。《堂·吉诃德》中的桑丘·潘沙也是这样一个融合了正面和反面的人物形象。等到了福斯塔夫——莎士比亚《亨利四世》中著名的角色，据说伊丽莎白女王看后非常喜欢，专门把莎士比亚叫过去，让他再以福斯塔夫为主人公写一出喜剧，这就是《温莎的风流娘儿们》——其形象已经彻底降格为小丑，从头至尾被嘲笑和作弄。他的靠山亨利五世从浪子变为贤君之后，也立刻宣布放逐福斯塔夫，不许他靠近自己。到了这一阶段，市民文化的巧智已经被正统文化彻底排斥，完全沦为反面角色。这类人物形象到后来已经很少了，如果出现也往往是小丑，因此以巴汝奇和桑丘·潘沙为代表的正反价值相结合的喜剧人物在后来的文学中逐渐降格，在这个过程中可以看出正统文学对民间文学越来越大的挤压。实际上，民间文学那种开放的价值体系在后来的文学经典化过程中越来越被丑化、单薄化。幸运的是，早期文学中复杂乃至矛盾的人物形象尚未完全在后来的经典文学中消失。

巴赫金是目前最出色的小说理论家之一，他在《长篇小说的话语》中对诗语和"小说的杂语"做了区分："诗语是纯粹属于诗的、同日常生活隔绝的、超历史的语言——上帝的语言。"诗的语言必须是纯洁的，比如奥德修斯虽然带着民间的智慧，但他必须是个英雄，超越日常生活。但小说不是，小说真正体现着社会生活的复杂性，充满着生活中的各种语言，"是另一种思想，即需要历史上具体存在着的活生生的多种语言。小说要求能特别感觉到话语身上那种历史的和社会的具体性与相对性，也就是语言同历史进程和社会斗争的紧密关系。因之，小说采用的语言，是还处于这种斗争和敌对之中而未冷却的语言，是尚无结果而充满敌对语调的语言"。社会是多元的、杂语的，而被后世推崇的经典小说，也多半是多元的、杂语的，会纳入各种不同的价值观念，允许其中存在矛盾和敌对。而以说教为目的的小说为了说教目的则往往不允许多语的存在，这类小说就像心灵鸡汤，一开始让人觉得振奋，对不了解社会复杂性的青年人来说尤其如此，因为它明确告诉读者应该做什么，许诺这样做才是英雄，读者只要照着做就行。但是当人成熟到理解了人性的复杂和社会的复杂之后，就会看到心灵鸡汤式的宣传其实欺骗性地回避了其他可能性。比如对于《红楼梦》，读者没有办法简单判断王熙凤是好还是坏，宝钗和黛玉哪个更适合宝玉，因为《红楼梦》是多元的、杂语的。

从杂语性来看《巨人传》，可以看到这部早期小说充分体现了小说应有的丰富性。《巨人传》被称为一部百科全书，不仅因为它纳入了各种知识，还因为它的话语体系是敞开的，它的叙述方法、叙述语言，乃至文学体裁也都是敞开的，是一个杂语的世界。拉伯雷会不受限制地在小说中放入其他体裁，比如在讲到神瓶时就画一幅图，比如大量列举人名、菜单、身体部位等等，还有论文、谜语、童话、寓言、打油诗等，在语言上运用多种古语、希腊语、拉丁语、外来语、地方语、行语、双关语等等。从《巨人传》可以看到，文艺复兴时期的作家思考的不是"文学应该是什么样"，不是为文学制定体裁边界或学科边界，相反，他们的文学直接与生活对话，是超越限制的，有无限的发展可能性。

四

在文艺复兴时期，由于哥伦布发现了新大陆，西班牙曾一度非常辉煌，无敌舰队可以集结150艘以上的大战舰。按理说它的文学也应该呈现出鼎盛状态，但是发现新大陆是把双刃剑，因为在此之后，西班牙的商人大多投资到了新大陆，致使国内经济凋敝，所以在塞万提斯的作品中反映出的反而是荒芜的城堡、荒废的道路，经济一蹶不振。不过，文艺复兴时期的西班牙文学还是产生了比较大的影响，尤其在戏剧和小说领域。

西班牙文学的一个重大贡献就是发展起了流浪汉小说，比如《小癞子》之类。流浪汉小说改变了《十日谈》《坎特伯雷故事集》等的框形叙事结构，以主人公的成长为线索，串联起主人公成长过程中遇到的各种各样的事情。其一大特点就是社会视野非常广阔，因为主人公大多出自社会中下层，所以一些原先很少进入文学视野的社会领域也被纳入了表现的范围。它改变了过去英雄的、宗教的、传奇的叙述模式，也就是过去只塑造严肃伟大神圣高贵的英雄的做法，相反把注意力转到了社会底层的悲惨命运，以及他们那种历尽沧桑的玩世不恭。这是一次非常重要的价值观念的转变，可以说向欧洲文学贡献了全新的、革命性的方向。它的价值观念从告诉读者做什么转向了玩世不恭，玩世不恭也代表着对既定价值的反思和质疑。这样一种开放的价值体系跟古希腊哲学家苏格拉底的思想有相通之处。苏格拉底在辩论中常常质疑既有的看法。比如说一开始他让对方告诉他什么是美，然后指出对方看法中存在的漏洞，对方会不断修正，又会被不断质疑，最后对方原以为理所当然的看法出现了裂缝。苏格拉底本人从未提供任何答案，他做的就是把价值体系打开，让人学会质疑和反思。

流浪汉小说的人物很复杂。一般而言故事的主人公都会被给予同情，所以比如《小癞子》里面就会讲他如何善良，怎样尊重和帮助穷教师。但他来自社会下层，在当时下层人不可能被塑造为英雄，同样小癞子长大后，一个贵族要打发自己的情妇，就让小癞子娶她，而小癞子也为了飞黄腾达接受了别人的情妇。他也会受贿。小说没有结尾，但是小癞子最后会上绞刑架，因此并不是好人。流浪汉小说主人公的特殊身份注定了他们的复杂性，善恶共存，也决定了流浪汉小说不可能把主人公当成英雄来歌颂，从而决定了流浪汉小说一开始的出发点就是复杂的价值体系，其叙述方式本身就为小说的杂语提供了基础。同时也正因为流浪汉小说本身就包含着反思的可能性，而不是简单的接受，塞万提斯才可能反思小说叙述本身。他是欧洲文学史上第一位自觉地反思小说的叙述和虚构性的作家。

北大校园的塞万提斯像本来是一手拿书一手执剑的，之所以如此，因为塞万提斯不仅是一位作家，也是一位英雄。他参加了1571年欧洲基督教国家联合海军击败奥斯曼帝国海军的勒班陀战役，当时他发着高烧却坚持参战，结果左手中弹不再能动，被称为"勒班陀的独臂人"。战争结束后，他拿着国王弟弟的推荐信回国，结果在路上遇到一列土耳其小船队，被抓到北非做了奴隶。在为奴的五年中，塞万提斯几次带头逃跑，但都被抓了回去，每次他都会站出来说他是策划者。他的勇敢感动了很多人替他说情。五年后他赎身回国，但这个社会承认的是幸存者而不是英雄，所以早已把他遗忘了。穷困潦倒之下他只好以写作谋生。他租住在一栋三楼房子的二楼，一楼是酒馆，三楼是妓院，书桌在楼梯的边上，他就是在这样艰难的环境里写完了《堂·吉诃德》。

《堂·吉诃德》出版后，第一卷产生了很大的影响，有人用阿隆索·费尔南德斯·德·阿维亚乃达的名字伪造了小说的第二部分，其真实身份至今不明。该人在序中把塞万提斯说成一个昏庸的无赖。塞万提斯对这样的污蔑非常愤怒，又写了《堂·吉诃德》的第二卷，在第二卷里面把自己也写了进去，也把第一卷获得的名声写了进去，而且第二卷中的人物都知道自己因第一卷而名声大噪，而且正因为有了第一卷的名声，堂·吉诃德和桑丘·潘沙才处处被贵族邀请，桑丘·潘沙也才得以当上海岛总督。这样，虚构作品中的人物成了自己所在作品的读者和受益者，由此，什么是虚构什么是真实也就被塞万提斯颠覆了。

对此，美国后现代作家约翰·巴斯在他那被视为后现代宣言的《枯竭的文学》中提出："当一部虚构作品中的人物成为他们所在的虚构作品的读者或作者，它就让我们注意到我们自身存在的虚构性。"约翰·巴斯这一论断是从当代思想出发的。当代语言学和哲学已经越来越意识到人存在于语言之中，语言规范和构建着我们对自身和社会的理解和实践，这让我们一向以为坚如磐石的现实存在显示出被主观构建的一面，因此也未必比被作者用语言构建的小说世界更真实和现实。

不过，塞万提斯的出发点未必是让读者看到自身存在的虚构性，相反，他希望读者看到的是小说叙述的虚构性。在他那个时代，骑士文学和田园诗歌大行其道，而且不少贵族读者会用这类美化了的作品理解和要求现实生活，沉浸在文学的浪漫虚构之中，无视现实中那些荒诞的处境和贫困的群体。堂·吉诃德就是这类读者的漫画形象。沉迷于骑士文学中的堂·吉诃德把丑陋粗野的村妇当成美丽文雅的贵妇，把风车当成魔鬼，把羊群当成敌人，所见只有骑士文学的虚构世界，虚构遮蔽了真实。正是《堂·吉诃德》用漫画手法暴露了骑士文学的虚假之后，骑士文学才渐渐销声匿迹了，小说也开始朝18世纪的写实小说迈进，真实成为对小说的最高要求。

因此就像约翰·巴斯提醒读者注意到自身存在的虚构性一

样，塞万提斯在文学史上第一次提醒读者注意到叙述的虚构性，第一次反思叙述本身的真实性。要做到这一点，需要有足够的文学自觉性，因此《堂·吉诃德》显示出文学正逐渐独立。

不过《堂·吉诃德》的价值不只在于它自觉的语言和文学意识。堂·吉诃德大战风车的故事为人熟知，但能说出《堂·吉诃德》全部内容的人很少，因为它的叙述从今天的角度来看的确冗长松散。对于这样一部作品，17世纪的读者大多只把它视为一部插科打诨的搞笑作品。因为堂·吉诃德四处出乖露丑，所以当时的一个评论者说"塞万提斯不学无术，倒是个才子"。但进入18世纪，被视为那个时代文化领袖的塞缪尔·约翰逊就已经非常深刻地指出："堂·吉诃德的失望招得我们又笑他又怜他。我们可怜他的时候，会想到自己的失望，我们笑他的时候，心上明白，他并不比我们可笑。"塞缪尔·约翰逊之所以能以一本《英文字典》和一本《诗人列传》成为英国历史上最有名的文人之一，一个原因就是他过人的判断力。塞缪尔·约翰逊的这段评语表明他已经在众人之外看出了《堂·吉诃德》叙述里面的杂语和价值观的复杂性，所以英国诗人蒲伯也说"虽然我们笑他，但我们也敬爱他"。这种悖论性的评价正指出堂·吉诃德身上的不同可能性：他既是一个小丑，一个认不清现实的人；也是一个理想主义者，百折不挠地坚持自己的信念。

后面这一品格在19世纪得到了广泛认同，因为19世纪上半期的浪漫主义正是理想主义的产物。因此屠格涅夫提出了一个非常著名的观点，他把堂·吉诃德和哈姆雷特比较，认为哈姆雷特是一位思想者，但也因为过多的思想而丧失了行动的能力；堂·吉诃德则是一个行动者，坚信自己的信仰，很少怀疑动摇，为自己的信仰而行动，不惧怕嘲笑、得失和生死，但也因为缺少思考而认不清现实。面对风车，塞万提斯毫不畏惧，既然风车是魔鬼，即便再强十倍也要去战斗，无须迟疑。哈姆雷特则会思考很多：这是魔鬼还是风车，我有没有能力打败它，这样做有没有意义？思考产生怀疑，怀疑放弃行动。所以屠格涅夫说堂·吉诃德和哈姆雷特分别代表了人类历史上的两种人，这一说法产生了很大的影响。屠格涅夫之前的欧洲，浪漫主义占据主流，推崇的是孤独的天才对抗平庸的社会，也就是鲁迅笔下的在无物之阵中举起投枪的战士，所以19世纪的读者认为堂·吉诃德是一个坚持真理的英雄，而非疯子，只是这个平庸的世界把他误解为疯子。

塞万提斯自己也讲过一个故事叫《玻璃博士》，讲汤麦士·路达亚出身穷苦但努力学习，成为法学博士，后来被一个他拒绝的女子变成疯子，人称"玻璃博士"。但他的疯话依然充满智慧，比如有贵族的仆人炫耀自己的体面，玻璃博士就说仆人的身份取决于主人，而你的主人是地球所能容忍的最肮脏的垃圾，那仆人还有何体面可言呢？他说的其实是具有人文主义思想的话，但因为他是疯子，所有人都喜欢逗他说，但无人听他所说。后来他的疯病好了，说的话还是一样，却再也没有人愿意听了。因此他穷困潦倒，只好去流浪。玻璃博士的遭遇与堂·吉诃德非常相似：堂·吉诃德在路上被众人围观捉弄，逗他说出那些其实充满真知灼见的话，却无人把这些话当真，只把他视为一个疯子。在塞万提斯看来，一个社会欣赏疯子、对真理却不感兴趣，正说明这个社会出了毛病，因为人都是物以类聚的，只有小丑的社会才会欣赏小丑。因此虽然堂·吉诃德很可笑，但更可笑的是那个热衷于拿疯子取乐的社会。后来塞万提斯在《堂·吉诃德》第二部里也谈过这个问题，当时很多贵族请堂·吉诃德到家中做客，其实只是为了看他出丑取乐。堂·吉诃德当时也问"一个欣赏疯子的社会是一个什么样的社会？"塞万提斯清楚堂·吉诃德的追求理想与周围庸俗无聊的社会之间的不同，在这一对比中，他显然赋予了堂·吉诃德更多的同情，这从堂·吉诃德清醒时睿智的人文主义言论也可以看出来。

俄国19世纪文学评论家别林斯基做过非常深刻的评价，说"在欧洲所有的著名文学作品中，把严肃和滑稽、悲剧性和喜剧性、生活中的琐屑庸俗与伟大美丽结合得如此水乳交融——这样的范例仅见于塞万提斯的《堂·吉诃德》"。别林斯基深刻地看到了《堂·吉诃德》的多元性和悖论性。《堂·吉诃德》是在嘈杂的生活环境里创作出来的充满着嘈杂生活的作品，充满拉拉杂杂的讲故事和搞笑。这种混杂散漫的杂语叙述曾让追求雅致的纳博科夫难以接受，但米兰·昆德拉的评论却可圈可点。昆德拉说："可怜的阿隆索·吉诃德想使自己上升为游侠骑士中的传奇人物，塞万提斯则正好为整个文学史做成了相反的事：他使得一个传奇人物下降，降到散文的世界中。"他看到《堂·吉诃德》实际上把文学从罗曼司这一体裁带向了散文叙事即现代小说这一体裁，把宣传英雄、塑造理想的单一文学话语拉到了小说那散文的多语的叙述层面。在这一降格中，堂·吉诃德从一个单纯高尚的骑士变成了一个复杂的现代人物。

塞万提斯已经深刻地意识到了小说的多元和悖论的价值，因此《堂·吉诃德》的主人公其实是两个：一个是堂·吉诃德，一个被愚蠢的社会视为疯子的智者，一个昏聩世界里的孤独英雄，充满悲剧性；另一个是桑丘·潘沙，塞万提斯在《序言》里就说，"我不想强调是我向你介绍了这位尊贵正直的骑士，但希望你感谢我让你即将认识他的侍从，那位著名的桑丘·潘沙。我认为，我已把那些空洞的骑士小说里侍从的所有滑稽之处都集于他一身了"。一般认为《堂·吉诃德》的成功很大程度上归因于这两个人的悖论式搭配：一个瘦一个胖，一个高一个矮，一个认真一个滑稽，一个理想一个务实，一个是英雄一个是小丑，一个总讲大道理一个总提供插科打诨的笑料。不仅他们两人构成悖论式搭配，他们每个人身上也都存在悖论性的方面。堂·吉诃德的身上结合了崇高和可笑，桑丘·潘沙在有小市民的自私的同时又有他的善良。正是两个人自身和两个人之间的悖论性搭配，使得《堂·吉诃德》成了悲剧与喜剧的结合。

《堂·吉诃德》的叙述也充满多重线索。比如在第一部里，既有主人公的情节主线，又常插入不同人的故事，由各种不同的人来讲；既有小说的散文叙述，还有诗歌、书信、歌词、墓志铭等等。从《巨人传》和《堂·吉诃德》中可以看到，到了文艺复兴时期，小说的多语世界渐渐成型，无论人物形象还是主题，无论叙述还是价值，都已经走向多语杂糅。

第六讲

哈姆雷特为何无法说尽

——不羁的莎士比亚

一

1586年前后，一位无论相貌还是衣着都像俗人的青年从英国中部沃里克郡的斯特拉福镇来到首都伦敦，那时的伦敦已经是一个人口接近20万的繁华大都市，商业和工业正迅速发展，城里充斥着小工厂、酿酒厂、印刷厂、医院、孤儿院、学校、工会会所、码头和仓库，还有着经年不散的集市。就像今天的大都市一样，吸引着青年男女从英国各地涌入伦敦，或者为了找到好的工作，或者为了出人头地，因为伦敦不但有各式各样的机会，而且提供了忘掉过去重新洗牌的可能性。这里互不相识的人聚居在一起，特别是泰晤士河以北，大家都行色匆匆忙于生计，没有闲得无聊的乡下熟人四处传播别人的出身和历史。在文艺复兴时期的伦敦，一个人只要有能力就可能变成完全不同的人，甚至可以像莎士比亚那样从一个近亲都是农民的乡下孩子，最终变成一位腰缠万贯的贵族。

经过了罗马帝国衰落后近千年的闭塞单调，包括伦敦在内的欧洲都市终于为人性的舒展提供了可能的空间。这里不仅有快乐、野心、欲望，也有痛苦、恐惧、黑暗。由于过度拥挤，伦敦污染严重、鼠害成灾、火灾不断、暴动频仍，莎士比亚的戏剧生涯就是在他的环球剧场的大火中结束的，更不用说让伦敦人困扰不已的鼠疫问题也是在莎士比亚去世50年后的一场大火中解决的。不过更大的危险来自政治和宗教，有一种说法认为莎士比亚就是为了逃避沃里克郡日益严峻的迫害天主教徒的行动才来到伦敦的，而与莎士比亚才气相仿的马洛很可能就是因为卷入了某个政治阴谋，在29岁时被刺死在酒店里。另一位大学才子派的剧作家基德也只活到36岁，一说死于贫困，也有人说他因为卷入了反对女王的政治阴谋，以叛国罪被处死。在那个充满疾病、灾难和恐怖的年代，能像莎士比亚这样活到52岁因病去世，在当时已经算是善终了。当然，伊丽莎白女王一世活了70岁，她最深爱的情人莱斯特伯爵也活了56岁，但是她最有名的情人埃塞克斯伯爵却只活了34岁，因政治阴谋被她处决。

莎士比亚在著名的第66首十四行诗中吟道：

> 对这些都倦了，我召唤安息的死亡，——
> 譬如，见到天才注定了做乞丐，
> 空虚的草包穿戴得富丽堂皇，
> 纯洁的盟誓受到了恶意的破坏，
> 高贵的荣誉被可耻地放错了地位，
> 强横的暴徒糟蹋了贞洁的姑娘，
> 邪恶，不法地侮辱了正义的完美，
> 拐腿的权势损伤了民间的健壮，
> 文化，被当局统治得哑口无言，
> 愚蠢（俨如博士）控制着聪明，

　　　　单纯的真理被唤作头脑简单，

　　　　被俘的良善伺候着罪恶将军；

　　如果抛开这首诗一气呵成的韵律和别具深意的结构（对此哈佛大学教授海伦·凡德勒有过细致的分析），仅从内容来看，这些诗句似乎只是泛泛而谈的陈词滥调，是一个愤青的情绪宣泄。但是在莎士比亚的时代，人性中的兽性在人文主义的宣传下从中世纪宗教约束中被释放出来，无所顾忌地发展，以至马基雅维利主义大行其道。对于这样"一个颠倒混乱的时代"，莎士比亚罗列的这些绝非无病呻吟，而是他的深切感受，因为在一个欲望横流的时代里，哈姆雷特的痛苦、李尔王的疯狂、奥赛罗的怀疑、麦克白的野心都不是舞台上的天方夜谭，而是社会的真实写照。这也是为什么莎士比亚会借哈姆雷特之口提出著名的"镜子说"："自有戏剧以来，它的目的始终是反映自然，显示善恶的本来面目，给它的时代看一看它自己演变发展的模型。"莎士比亚的戏剧虽然大多取材于其他的时代和其他的地方，写的却是他身边的现实。

　　那个时候，英国的君主专制还没有站稳脚跟，与王室略有瓜葛的贵族都是王位的潜在威胁者，死于非命的国王依然不在少数，伊丽莎白女王与玛丽女王之间的斗争就到了你死我活的白热化程度。在这种情况下，权谋，而不是道德，一度大行其道，马基雅维利也正是在这个时候登上了历史的舞台。马基雅维利是文艺复兴时期意大利的哲学家和政治家，他的《君主论》中最为人知的，就是主张为了达到目的可以不择手段，因此马基雅维利主义也成为权术和谋略的代名词。不过学术界认为该书在政治思想史上的主要贡献是彻底分割了现实主义与理想主义，在这一点上，马基雅维利的主张与文艺复兴时期作家们回到人性本身其实是一致的，只不过马基雅维利相信人性本恶，并把自己的理论建立在这一基础之上。

因此在文艺复兴的人文主义思潮下，到了莎士比亚的时代，不但人性得到了肯定和张扬，被视为"宇宙的精华，万物的灵长"，而且人性中的欲望、贪婪、丑恶也被一起不加束缚地释放出来，人性在缺少理性束缚的情况下可能走向兽性，也在莎士比亚的时代得到了淋漓尽致的展现。对莎士比亚时代的作家来说，文学的目的已经不是告诉大家人性和人世有多么美好，而是反思人性中到底都有什么，而莎士比亚的答案是悲观的。

二

且不管莎士比亚是否实有其人，也不管莎士比亚是否是英国大文豪培根或者其他贵族，根据一般的看法，莎士比亚是埃文河畔斯特拉福镇一户自耕农之家走出来的天才。关于莎士比亚的早期生活记录不多，最有名的就是他跟妻子的婚姻，因为他的妻子安妮大他八岁，而且是奉子成婚，三年里就有了二女一子，然后莎士比亚就独自去伦敦闯荡了。莎士比亚去世之后又留下了一份非常奇怪的遗嘱，说把他次好的床留给妻子。床在当时确实是一笔比较贵重的财产，但他为什么不把最好的床而是把次好的床留给他的妻子，这让后代人对两人的婚姻有很多猜测，爱尔兰作家乔伊斯就说是安妮把莎士比亚推倒在稞麦地里，两人并无爱情。

莎士比亚初到伦敦时的生活因为缺少记录，至今仍然是谜。他再次出现在历史的视野中时，就已经在伦敦戏剧界有一定声望了，证据之一就是大学才子中的格林在遗嘱中警告大家说："那里有一只用我们的羽毛美化了的傲慢自负的乌鸦，他的'表演者的外表里面裹着一颗老虎的心'，自以为有足够的能力像你们中间最优秀者一样善于衬垫出一行无韵诗；而且他是个什么都干的打杂工，自负地认为是全国唯一的'摇撼舞台者'。"这里的"摇撼舞台者"（Shake-scene）影射的正是莎士比亚（Shakespeare）。

莎士比亚其实并非一个纯为艺术而艺术的人，他头脑灵活，编剧收入只是他的一部分工资，演员收入也是一部分工资，而他的主要财产来源是他作为剧团股东的分成，以及他的各种投资。总之到后来莎士比亚非常富有，给他自己和他的父亲都买了贵族身份。这样，莎士比亚最终从一个普通的农民变成了贵族，这很可能才是莎士比亚最得意的，因为事实上他并没有存心让他的剧本留存后世。一般认为1613年环球剧场着火后，莎士比亚就停止了创作，回乡享福去了。莎士比亚在1616年4月23日病逝，公历同年同月同日塞万提斯病逝，两人的同时辞世被认为宣告了文艺复兴的结束。

莎士比亚活着的时候并没有出版任何作品，不仅因为戏剧只是莎士比亚谋生的手段，更因为当时剧本并不像今天这样重要：那时版权的概念尚未产生，大家也不强调独创性，莎士比亚的不少戏剧也是改写已有的戏剧，其他剧院也会在莎士比亚的戏剧上演时，记下其中的台词，拿来自己演，所以并没有一个明确的剧本意识。莎士比亚去世后，他的两个好朋友约翰·赫明斯和亨利·康德尔出版了莎士比亚剧作的"第一对开本"。其中很多作品之前已经以四开本的形式出版了，但是非常可能是其他人改编、改写或篡改的，因为"第一对开本"斥之为"剽窃和鬼祟的复制品"。由于当时流传的一些莎士比亚剧本是凭借记忆重新写成的，这让莎士比亚的同一个剧本有多个版本，甚至相互矛盾。"第一对开本"可以说是第一次出版的得到公认的版本，被认为保留了莎士比亚的很多戏剧。这个对开本把莎士比亚的戏剧分成了喜剧、历史剧和悲剧三种，现在也基本是按照这样来划分的。

无论从作者还是版本来说，莎士比亚的戏剧都与理想状态相距甚远，为什么在当时和后来却会有如此高的声誉和如此大的影响？现实中人们常存在着误解，认为伟大的作品必定有崇高的源头。事实上，文学的崇高与伦理的善并不能画上等号，把惩恶扬善或者弘扬主流价值作为最终目的的作品，未必是一部优秀的作品，至少莎士比亚的作品曾在很长一段时间被指责违反了"诗的正义"，这一点曾经使得莎士比亚在17世纪被视为不如本·琼生。但是18世纪之后，他笔下人性的自然、真实和深刻使更多的人把他放在其他剧作家之上，长盛不衰。事实上，诗并不应该是正义的仆人，至少现代文学有它自己更深刻的法则，而莎士比亚可以说最早把这个法则充分展示了出来。

不能不承认，莎士比亚创作的时候，并没想着去担起淳风化俗的责任，相反他倒更关心如何让他那个时代的观众感兴趣，通俗地说，就是如何保证上座率。所以莎士比亚的戏剧具有非常强的表演性。今天对莎士比亚的研究，也一般分成作为表演的莎士比亚戏剧和作为剧本的莎士比亚戏剧两个方向，前者被认为满足了庞大的普通观众群的期待，后者被认为满足了知识分子读者的期待。

从作为表演的莎士比亚戏剧来看，莎士比亚的早期剧作主要在环球剧场上演，那里没有布景，而且是露天的，这意味着：

第一，莎士比亚的戏剧需要人物用语言来描绘自己所处的环境，这让人物的语言不可能与日常对话完全相似；第二，由于无法提供夜晚照明，只能在白天演出，让观众在阳光下想象夜晚，效果不会太好，因此早期戏剧的剧情大多发生在白天而不是晚上。当然这种情况随着后来私家剧院的增加逐步改善，比如莎士比亚也拥有股份的黑僧人剧院是有顶有照明的。

环球剧场边上的梯座是有钱人的座位，观众多是贵族，舞台前面则站着大量的民众，因为池座的票很便宜。同时，由于是露天表演，观众的反应全都暴露在众目睽睽之下，也包括莎士比亚自己的视野内，这让他对两个阶层观众的反应都同样敏感。如果演的全部是王公贵族的故事，那么池座里站着的大量普通人会感觉无聊；如果全部是传统喜剧的下层人的搞笑出丑，贵族观众又可能拂袖而去。所以莎士比亚无论在题材、语言还是价值取向上都必须同时满足梯座和池座两类观众，这也解释了莎士比亚的戏剧中为什么大量存在贵族和平民两层空间。比如即便在《哈姆雷特》这样的王室仇杀剧里，既有哈姆雷特王子的哲学语言，又有掘墓人粗俗的插科打诨。对此伏尔泰曾大不以为然，称《哈姆雷特》是"既粗俗又野蛮的剧本"。再如以优美著称的《仲夏夜之梦》，贵族男女的恋爱神话与一群农民的粗俗调笑穿插在一起，仙后竟然狂热地爱上粗野不堪的驴头人。在莎士比亚的戏剧中，大量这类不同的声音被交织在一起，多音杂糅已经突破了传统的戏剧模式，呈现出现代小说的多声部色彩。这种前所未有的丰富博大事实上是一种革命性的突破，很可能源于莎士比亚戏剧表演的特殊环境，以及莎士比亚对观众反应的高度关注。

莎士比亚对演出效果的高度关注还可以从他根据演员来写

剧本这一少有的做法中看出来。当代莎学大家格林布拉特就指出，莎士比亚戏剧里的女性大多年轻、活泼、比较直率、有点儿像小男孩儿，很少有那种愁肠百转、情绪复杂的成熟女性。《哈姆雷特》中的奥菲莉亚也只是悲伤而已，而像拉辛的《费德尔》里思绪细腻多变的女性在莎士比亚戏剧中完全没有。原因很简单：当时的演员都是男性，女性多半由年轻的男性扮演，莎士比亚不认为小男孩可以演好成熟女性的情感变化，于是索性按照小男孩的性格特征来塑造女性。另外，莎士比亚早期戏剧中常有粗俗但乐天的喜剧人物，蹦蹦跳跳、逗乐搞笑，后来这类人物逐渐消失了，小丑们都相对严肃。之所以如此，据说是因为当时莎士比亚剧团里那个最擅长这一形象的演员去世了，当时他深得观众的喜爱，所以莎士比亚也就不再写这类人物了。

三

这也是为什么今天再上演莎士比亚的戏剧却未必能够再现当时的效果，由此也可以看到莎士比亚的创作是与他的时代紧紧结合在一起的。那是一个动荡变换的时代，也是一个不同人群杂集的社会，莎士比亚敏锐地注意到了这一点，他的戏剧不仅与其中的一部分人对话，而且跟各色人群对话。他不是像罗曼·罗兰那样，拥有一个信念并塑造这个信念的英雄，把这个信念传递出去，莎士比亚有着强大的理解力，能够理解各种不同立场的想法，即便在诗的语言中他也能够让不同的立场获得充分的表现力和说服力。拿莎士比亚仅有的两首长诗《维纳斯与阿多尼》和《鲁克丽丝受辱记》来说，《维纳斯与阿多尼》描写维纳斯诱惑美少年阿多尼，要说服他性有多么迷人，然后莎士比亚用极具感染力的语言描写性的魅力，将性的美好和不可抗拒充分表现了出来，赋予性迷人的色彩。几乎同年，莎士比亚又写了《鲁克丽丝受辱记》，在诗中批判罗马暴君昆塔纽斯的纵欲淫荡。昆塔纽斯强奸了自己大臣的妻子鲁克丽丝，鲁克丽丝自杀前把遭遇告诉了家人，于是她的家人率众反抗，推翻了这个王朝。在这首诗中莎士比亚又令人信服地写出性欲的丑恶和贞洁的崇高，让每位读者都觉得贞洁之德是最值得追求的，贪婪的肉欲则丑陋可耻。那么，莎士比亚到底是像薄伽丘那样赞成肉欲，还是像中世纪文学那样赞美贞洁？两首诗的价值截然相反但又都得到莎士比亚令人信服的表现，莎士比亚到底希望读者信奉什么？两首截然对立的长诗不相上下，就像辩论赛双方难分胜负，问题是它们都出自同一位作家之手，显然莎士比亚其实并不在乎肉欲到底是好是坏，他在乎的是文学的表现力是好是坏，很可能他相信无论哪个立场都会得到足够多的读者的支持。

正是莎士比亚的多元和开放的立场使他笔下的人物也显出多重可能性。这也是为什么威尼斯商人夏洛克是典型的反面人物，却由于莎士比亚赋予他有力的辩词，今天的读者通过这个形象认识到了犹太人在那个时代所受到的歧视和不公正待遇，人们开始觉得莎士比亚也在替受压迫的犹太人说话。莎士比亚写下夏洛克的辩词时，真的想到了替犹太人叫屈吗？事实上，用有的莎学者的话说，莎士比亚并不表态。莎士比亚写坏人的时候，能把这个人写得情有可原，写好人的时候，也能写得平易近人。至于孰是孰非，孰好孰坏，莎士比亚有足够的理解力和掌控力超越这个界限，赋予每个人物以其真实的独特性。

莎士比亚不仅可以赋予人物形象和价值判断以多重可能性，

而且在语言上，他也是双关多义的高手，或者更确切地说，是燕卜逊在《含混七型》中所说的含混效果的高手。燕卜逊也正是用莎士比亚的十四行诗开始证明含混是诗歌语言的重要品质的。以莎士比亚十四行诗中著名的"威尔组诗"中的第135首十四行诗为例，其中的"will"中译本大多翻译为"意愿"，但是其实在这短短的十四行里，"will"至少有四种含义：一是意愿；二是肉欲；三是一位叫"威尔"的情人：可能是莎士比亚本人，因为威尔正是他的名字威廉的昵称，也可能是第三代彭布罗克伯爵威廉·赫伯特，一般认为莎士比亚的十四行诗是写给他的；四是性器官。最有趣的是，如果是前三种解释，虽然也会有多义，但是整首诗还是充满高雅的思辨，符合贵族读者对诗歌的欣赏标准的。但是如果用第四个含义去解读，其他很多词语的意义也会相应发生变化，整首诗会变成一首池座观众们熟悉的充满肉体 – 下部语言的淫秽诗。换句话说，莎士比亚让他的十四行诗也同时满足了梯座和池座两个读者群体。而这个词的第四层含义实际上在当时的伦敦土话中较今天常用得多，也即应该被池座读者们所熟悉。

　　莎士比亚的戏剧里同样存在着类似的含混语言，同时指向不同的观众群体。朱生豪先生的中译本优美高雅，深厚的旧学功底让后代译者难以望其项背，但问题也在于翻译得过于高雅，把莎士比亚的戏剧变成了高雅作者写给高雅观众的高雅剧本，而事实上莎士比亚的戏剧中也有大量粗言秽语。莎士比亚戏剧源源不断的生命力正在于它的丰富驳杂，既有悲剧与喜剧的结合，也有高贵与粗俗的共在，仁者见仁、智者见智，没有定论。如果传统的诗歌语言是单纯雅致的，那么莎士比亚的诗歌语言就是多语驳杂的。

因此，莎士比亚的作品绝不是想象中经典作品的高贵、纯洁、优美，实际上他的作品就像《巨人传》或《堂·吉诃德》一样，是多声部的杂糅。无论早期还是晚期，都是如此。一方面，莎士比亚深深扎根于他那个时代，而那是一个各种力量相互斗争的风云变幻的时代；另一方面，莎士比亚对戏剧形式本身实际并没有非常清楚的体裁界限意识，因为那个时候的英国戏剧其实处在起步阶段。他的戏剧被分为历史剧、喜剧和悲剧，但这个划分是他的朋友们在他去世后做的，莎士比亚自己在创作的时候，虽然也会有所侧重，但各个阶段都有不同体裁的戏剧。而且有的剧本，比如说《罗密欧与朱丽叶》，到底是悲剧还是喜剧并不明晰。因为如果是悲剧的话，最后却是两个家族的和解，以积极正面的结尾告终；但如果是喜剧，又不应该有主人公的双双死亡。这样的处理表明莎士比亚未必有严格的文体意识，或者并不愿意被文体所束缚。莎士比亚是凭着自己的才情，凭着自己对社会的理解，凭着他对人生的思考来进行创作的，这让他的创作显示出更大的自由，同时也有着更无所顾虑的思考。莎士比亚的一大过人之处正是他超越一切限制的能力，莎士比亚的不羁显示出，对于莎士比亚来说，没有文体界限，没有道德标杆，只有对人和人生的理解才是文学的最终目的。

四

莎士比亚的戏剧一般分为四个阶段：1590—1594年的早期抒情诗时期，以历史剧为主，但是也有悲剧和喜剧；1594—1600年的历史剧和喜剧时期，此时的历史剧已经从情节剧转向了带有悲剧性或喜剧性的主题，同时这个阶段莎士比亚创作了很多著名的喜剧，即便像《罗密欧与朱丽叶》这样的悲剧也带有喜剧色彩；1601—1607年的悲剧时期，这个时期莎士比亚创作速度放慢，但是最著名的四大悲剧都是在这个阶段完成的。在这个阶段莎士比亚显示出强烈的悲观倾向，即便喜剧也充满了愤世嫉俗的情绪，因此被称为阴沉喜剧；1608—1612年的传奇剧时期，晚期的莎士比亚似乎从神迹中找到了一些希望，虽然他的笔下仍然充满背叛的故事。

事实上莎士比亚的创作也和薄伽丘一样，一开始主要关心的是讲故事：大量的人物，大量的事件，用各种阴谋凶杀来吸引眼球，人物形象的塑造则相对薄弱。莎士比亚的历史剧主要取材于当时的历史学家霍林西德的《英格兰、苏格兰与爱尔兰编年史》和霍尔的《兰开斯特与约克两大显贵家族结合记》，讲英国历史上的红白玫瑰之争等等。但是莎士比亚的历史剧有一个重要特点，就是里面的多数胜利者已经从《荷马史诗》的力量型英雄，变成了使用计谋的权谋型英雄。事实上，莎士比亚对英国历史上的那些胜利者很少赞颂，他笔下的"历史英雄"很多是靠诡计赢得权力的，换句话说，莎士比亚的作品里存在着大量马基雅维利式的人物。这是当时历史的真实写照。当宗教的超验许诺和约束被削弱，欲望因人性的张扬过度膨胀，现实得失似乎更关乎幸福的时候，一旦现实的功利占据了上风，又没有足够的约束来加以限制，马基雅维利式的人物就很有可能大量出现。莎士比亚的历史剧正是要反思那个被称为繁华盛世的伊丽莎白一世时代英国社会中大量充斥的马基雅维利主义者，那些已经抛弃了良心而为所欲为的人。

他这个阶段最有名的作品就是《理查三世》。这是人物刻画比较鲜明，没有被历史事件牵着走的一部早期作品。理查三世就是典型的马基雅维利主义者，他排行老三，当时英国的国王是他的大哥爱德华四世。爱德华四世还有两个儿子，一个女儿。按照英国王位的继承顺序，首先，爱德华四世活得好好的，如果他死了，那么应该由两个儿子依次即位。即便爱德华四世的两个儿子都死了，也应该是二哥即位。因为理查排在老三，只有以上这四个人全部暴亡，才会轮到理查。所以莱辛说人们对《理查三世》的兴趣就在于看他怎么样"为自己的目的而一步步实现自己的计划"，因为这个过程太不可思议了。在莎士比亚笔下，理查的信念就是："良心无非是懦夫们所用的一个名词……铜筋铁骨是我们的良心，刀枪是我们的法令。"也即为了成功可以抛开良心，使用任何手段。理查首先挑拨大哥和二哥之间的矛盾，然后陷害二哥并派人杀死了他，告诉大哥，二哥死于对大哥的失望，结果导致大哥一病不起，最终病逝。理查立刻迎回两个王子，又派人杀了他们。在这个过程中，他爱上了爱德华的妻子安夫人，就在安夫人给丈夫下葬的时候跪下来向安夫人求婚。安夫人斥责他杀了自己的丈夫和公公，愤怒地要打他，理查就说你随便打吧，但我之所以要杀他们就是因为我爱你，想得到你。结果安夫人心软了。他一看到安夫人心软就立刻把戒指给安夫人戴上。但等到他登基之后，却立刻杀死了安夫人，同国王的大女儿结婚，名正言顺地成为国王。

理查三世毫不留情地杀死亲人、杀死爱人、杀死帮他得到王位的手下，并玩弄各种手段，马基雅维利主义的行为原则和后果被莎士比亚清晰地描述了出来。同时马基雅维利式的人物也帮助莎士比亚从塑造英雄转向关注人的欲望。虽然在早期阶段，人物的欲望还主要是马基雅维利式的权力欲，但是随着莎士比亚创作和思考的成熟，他也越来越深入人类的灵魂深处，描写种种让读者战栗的欲望及其表现。

不过，需要指出的是，虽然莎士比亚是不羁的，但这并不意味着解读莎士比亚的时候可以不羁。曾经有人提出理查三世这个人物坚持自己的信念并勇敢地去实现，也应该得到肯定。这里的问题是，对这个人物的理解必须放到莎士比亚的时代中去。莎士比亚之前的时代人性曾得到极度张扬，而到了莎士比亚的时代，随之产生的种种社会问题逐渐暴露，莎士比亚的任务已经不再像薄伽丘那样去解放人性，相反他要去反思为所欲为的人性会造成什么样的后果。所以虽然莎士比亚会超越各种束缚，但同时他也坚守着一些传统的道德原则，并且认为人应该根据这些内心原则自觉地制约自己的行动。格林布拉特在《俗世威尔》中也注意到了这一点，说莎士比亚骨子里还是一个乡村出来的小子。不过正是这种天才与乡村小子之间的矛盾反而造就了莎士比亚戏剧有魅力的张力。人性如何张扬与人如何在社会上生存，两者的矛盾正是莎士比亚多数戏剧最终关注的，所以莎士比亚不可能完全支持一个马基雅维利式的人物，同样也不可能完全为夏洛克辩护。莎士比亚是矛盾的，但文学不同于其他学科的地方正是它能帮助读者看到人生的矛盾之处。

早期另外一个著名的人物塑造就是《亨利四世》中的福斯塔夫。《亨利四世》可以说有两条线索和两个主角，一个是王子哈尔，即后来的亨利五世。这是一个浪子回头的故事。哈尔年轻时整天跟福斯塔夫那群人吃喝玩乐，他的父亲亨利四世深感失望。但是后来亨利四世跟反叛的贵族之间发生了战争，亨利王子立刻展现了他的英勇、无畏和能干，杀死了几乎无人能敌的敌首飞将军。由于亨利四世受重伤去世，亨利五世登基，登基后立刻洗心革面，重用那些过去被他捉弄但正直能干的大臣，有条不紊地执行父亲的治国方略，并与过去的酒肉朋友一刀两断。因此这是一个贵族如何经过考验，达到所应有的理性和高贵的故事。

从浪子变成高贵王子的故事本身就很吸引人，但如果只有这些，莎士比亚可以成为一名优秀的剧作家，但不会成为一名伟大的剧作家。莎士比亚不同于他人之处在于他加入了第二条线索——福斯塔夫。福斯塔夫是文学史上一个非常有名的人物，代表着市民的狡黠，质疑着高贵、等级、严肃这类统治价值。不过这已经是降格了的市民智慧，更显示出市民道德混乱的一面。莎士比亚在写福斯塔夫的时候，把人性中的种种动物性展现得淋漓尽致，比如说福斯塔夫最大的特征就是喜欢吃，所以说他是"人形的大酒桶、充满着怪癖的箱子、塞满着兽性的柜子、水肿的脓包、庞大的酒囊、堆叠着脏腑的衣袋、肚子里填着腊肠的烤牛"。福斯塔夫的第二个特点是好吃懒做又夸夸其谈，好吹牛。福斯塔夫曾率人去抢劫，亨利王子带着一个随从化了装，轻而易举就从他们手里把赃物抢了过来。等福斯塔夫逃回来后，又向亨利王子吹牛说他们勇敢地对战一群人。在他描述的过程中抢他们的人成了一百个，而他自己对抗的人先是2个，然后变成4个，然后变成7个，然后9个，11个……等亨利王子揭穿了真相，福斯塔夫的厚脸皮和机智就显露出来，他赶快说其实早就认出是王子，所以才败退下来，因为王子的英勇是无人能敌的。他也和巴汝奇一样怕死，一上战场就躺在地上装死，然后又把已死的敌人背起来充作自己的战功。总之他把人性中的动物本能和一些人类常有的低级欲望都展示了出来。

不过，福斯塔夫的缺陷大多属于人性中普遍存在的，与为了目的不择手段的马基雅维利主义者有很大不同，不会有意识地伤害别人。他也有从今天的道德看来可以被列入罪恶的一面，就是贪财。亨利王子让福斯塔夫征兵，结果他让各个贵族和乡绅的儿子出钱买替身，然后拿出其中的一小部分，在大街上雇用了一大堆流浪汉，所以他的队伍全都是老弱病残，只有一个人穿着衬衫。这种杂牌军当然一交战就被打得落花流水。但是即便可以被指责为利用职权腐败贪财，他的做法也是以不会对别人造成实质性伤害为底线的，比如他并不会强迫穷人出钱来买不当兵，他雇佣流浪汉也付钱给他们。因此他与马基雅维利主义者有着本质的不同，他呈现的是人性中的弱点而非邪恶，属于未能用理性约束自己的本能欲望，是但丁地狱中前五层的罪。

正由于他只是随性而为，反而在正统话语所提倡的严肃崇高的追求之外，为人性中的本能提供了一个能被常情常理接受的空间。莎士比亚对动物性和兽性之间的度把握得非常到位。跟理查三世相比，福斯塔夫只不过是未能用理性约束住欲望，只是让自己过得快乐，没有任何野心和目的，也不具备生出野心和目的的条件，这使他的社会危害性较小。当亨利五世登基，福斯塔夫有可能借助国王的权势让自己的动物性膨胀为兽性的时候，莎士比亚果断地让亨利五世与福斯塔夫绝交，这同样显示了莎士比亚对人的动物性必须加以控制这一点有着清醒的认识。一个享乐的利己主义者确实有令人喜欢之处，他让每个人都可以放心地暂时释放自己的本能欲望，这也是伊丽莎白女王要求莎士比亚再以福斯塔夫为主人公写一出喜剧的原因。但另一方面，莎士比亚也深知这类动物性中潜含的危险性，尤其当动物性与权力结合在一起的时候，就很可能变成为实现欲望而不在乎手段的新型马基雅维利主义者。伊丽莎白女王同样深知动物性与权力结合的危险，她对待埃塞克斯伯爵的方式，就是当动物性在权力的支撑下有可能演变为兽性时，像亨利五世一样果断地斩断这一可能性。

因此《亨利四世》的两条线索不仅起到了把严肃高贵与卑俗胡闹交织在一起的复调效果，而且两条线索也相互补充并相互制约：福斯塔夫的本能为亨利王子的庄严提供了缓冲，亨利王子的理性为福斯塔夫的任性提供了制约。正是严肃与享乐之间、理性与本能之间、克制与放纵之间的张力，使得《亨利四世》中的福斯塔夫比《温莎的风流娘们》中的福斯塔夫更有艺术魅力，也更为后世津津乐道。所以格林布拉特在《俗世威尔》中也说，那些生活放荡的大学才子们会诧异地发现，被他们视为乡巴佬的莎士比亚"对许多事情都做过深刻思考"，而且"想象力远不像他们的那样囿于常规"。一方面莎士比亚具有超出他人的开放，超越规则的不羁；另一方面莎士比亚又有"某种类似道德保守主义的东西"，坚持人必须对欲望有所克制，"莎士比亚拒绝完全投身于混乱无序的生活"。

五

历史剧显示了莎士比亚对现实社会的尔虞我诈、野心欲望的清醒认识，但早期这些都被归因于马基雅维利式的邪恶人物，而在较后期的四大悲剧中，莎士比亚把对人性的认识推向了前所未有的高度，同时也达到了前所未有的悲剧性。他的高度反映在莎士比亚开始注意到每个人的人性中都包含着毁灭性因素，不仅马基雅维利式的恶人会给他人和社会造成伤害，而且每个人都存在这种可能性。后期的悲剧性也表明莎士比亚在反思人性后越来越悲观，最后甚至走向彻底的绝望。在莎士比亚最后的悲剧《雅典的泰门》中，富有的贵族泰门一开始慷慨大方，无私地帮助所有向他求助的人，为此荡尽了家产。等他没有钱的时候，所有的人都背弃了他。泰门隐居荒野时刨出来一罐金子，却只把金子给那些会毁灭这个社会的人，因为他对人类已经只有厌憎了。可以说，到这出悲剧，莎士比亚对人性的绝望已经达到了弃世的程度。

《哈姆雷特》是他四大悲剧的第一部，也是他四大悲剧中主人公最正面的一部，戏剧冲突虽然已经进入到人性本身，但还是以与外部的冲突为主。而越到后来，莎士比亚的悲剧越深入到人性本身，悲剧的成因也越来越源于主人公人性中的某些因素，而不是外部的原因。或者说，随着对人性的思考日益深入，莎士比亚越来越意识到社会的混乱更是由人自身的缺陷造成的，要理解悲剧和混乱的成因，首先需要更深入地了解人性。

俗话说"一千个读者就有一千个哈姆雷特"，《哈姆雷特》的复杂性一部分来自外部因素和人性因素同时在这个悲剧中起着推动作用，这种过渡性让哈姆雷特很难说是一个受害者还是悲剧的推动者。表面看，整个悲剧是因为哈姆雷特的叔叔杀死了他的父亲娶了他的母亲，是早期的马基雅维利主义者制造的外部悲剧。但问题是虽然他的叔父后来还找了哈姆雷特的同学和奥菲利娅的哥哥来杀他，但这些也可以说是被哈姆雷特所逼。在哈姆雷特刚回国时，新王克劳狄斯并没有什么为恶的打算，也在努力治理着国家。因此虽然他是始作俑者，却不是后面一系列悲剧事件的主要推动者。那么，到底是什么造成了全剧以大多数人的死亡告终？

长久以来人们对《哈姆雷特》争议最多的就是它的"延宕"：

哈姆雷特明明知道是克劳狄斯杀死了父亲，作为王子他也能有很多机会，却为什么迟迟不复仇，反而演戏给国王克劳狄斯看，引起了他的警觉？在好莱坞改编的动画片《狮子王》中，老狮王死去的时候，主人公还是只小狮子，根本无力复仇，必须逃走，等成年后再回来复仇。而莎士比亚笔下的《哈姆雷特》回国的时候已经大学毕业，不但已经成年，而且按照剧中人物对他的评价，是一位聪明、有思想、有能力的王子，也就是说，他的年龄和能力都足以复仇，即便需要一些时间来谋划准备，也无须装疯卖傻。另外，他还有一批朋友跟着他，比如霍拉旭等，是他们告诉他老国王鬼魂的出现的，所以他也不是孤立无援的。简单地说，哈姆雷特是《狮子王》中那个已经成年了的狮子，但他却迟迟不复仇，反而去做小狮子才需要做的掩饰。哈姆雷特的故事其实确有其事，历史上有这样一位丹麦王子，但这位丹麦王子在父亲被杀、叔叔篡位的时候，只有七八岁，既没有能力复仇，他的叔叔也完全可以找任何借口随时把他杀掉，所以这个孩子就装作疯癫，经常傻乎乎地坐在池塘边削树枝，把树枝削成一个个钩子。但其实这个小孩非常有心机，当他长大后，就是用这些钩子钩住国王喝醉酒的侍臣们，放一把火把他们全都烧死，然后再自己跟国王决斗，把国王杀了。这倒是一个惊心动魄的复仇故事，而且其中的装疯也是合情合理的。但莎士比亚笔下的哈姆雷特还有装疯的必要吗？而且他的装疯非但不是去麻痹敌人，反而是把凶杀的情景重演给他叔父看，结果引起叔父的警觉，开始派人监视他，派人去杀他。即便这样他还是没有立刻安排去杀死他的叔父，直到最后他叔父安排了他与奥菲莉亚哥哥的决斗，又准备了毒酒，在剑上涂了毒药，总而言之，即便到了叔父坚决置哈姆雷特于死地的时候，哈姆雷特也没有想去杀他叔父。整个过程中，雷欧提斯死了，他的妈妈喝毒酒死了，然后他才把叔父杀死，最后自己也中了毒剑身亡，造成了几乎大毁灭的结局。他本来可以像《狮子王》的好莱坞故事那样，推翻叔父自己成为国王，同时保护自己的恋人和母亲。而《哈姆雷特》中多数人都因这一事件死掉了，国王、王后、大臣、恋人、同学、朋友，无论好坏，无论是否无辜。这就成了《哈姆雷特》最大的疑团，也就是著名的"延宕"问题。很多评论家都在努力解释这个问题。

《哈姆雷特》写于 1600 到 1604 年之间。当时莎士比亚的戏剧确实很受观众欢迎，否则也不会有那么多盗版出现。但其实那个时候，莎士比亚并没有被尊为高贵的艺术家，而更像现在写流行剧、贺岁片的流行文学作者。到了 17、18 世纪，虽然弥尔顿、伏尔泰、莱辛等都发现了莎士比亚的伟大，但夸赞的主要还是他的艺术表现力。是歌德开始思考哈姆雷特的延宕问题。歌德对此的解释是：哈姆雷特是"一个美丽、纯洁、高贵而道德高尚的人，他没有坚强的精力使他成为英雄，却被一个重担压毁了……每个责任对他都是神圣的，这个责任却太沉重了"。哈姆雷特面对的不仅仅是杀父之仇，而且是丹麦社会的堕落和混乱，作为王子的他要肩负起重整乾坤的重任，这个责任太沉重了。德国浪漫主义作家史雷格尔则称莎士比亚看到的是"在一个极度败坏的世界中，理智所遇到的无比绝望"，是一个高贵的人和一个败坏的世界之间的矛盾。两位德国评论家都肯定了哈姆雷特的高贵，而把悲剧归于外部力量。英国诗人柯尔律治却看到了哈姆雷特自身的问题："由于敏感而犹豫不定，由于思索而拖延，精力全花费在做决定上，反而失去了行动的力量。"屠格涅夫区分了文学史上的两类人：一类是堂·吉诃德式的行动者，为理想而行动，有时不免鲁莽；另一类就是哈姆雷特式的思想者，因不断思索而丧失了行动的力量。这一评价显然受到19世纪浪漫主义思潮的影响。浪漫主义强调的是天才的个人与败坏的世界之间的矛盾，主人公往往是悲剧性的、痛苦的，甚至不具有行动的能力，因为他们是整个社会铁皮屋里孤独的清醒者。到了20世纪，人们开始反思这个问题。其中最为人熟知的是弗洛伊德的杀父娶母说，即哈姆雷特的叔叔所犯下的罪行实际上正是哈姆雷特自己想做的。不过更值得关注的是其他一些不同的看法：德国莎学家鲍尔生评论说，实际上哈姆雷特是"用种种手段去发现别人的弱点、错误、罪恶"，包括奥菲莉亚、他的妈妈以及奥菲莉亚的爸爸波洛涅斯这些并不能算作恶人的人。波洛涅斯顶多就是软弱，哈姆雷特却要指出他们所有人的弱点，然后把奥菲莉亚逼死了，把波洛涅斯杀死了，他的妈妈最后也因他而死。因此哈姆雷特反而是个恶魔，一心"显示自己的卓识，以毁灭世界的美（的幻象）为乐"。英国评论者奈特说哈姆雷特是让"一个犯了罪的很好的人继续去犯罪"。人性有弱点、有缺陷，哈姆雷特却坚持人必须完美，只要有了缺陷就要受到惩罚。他迫使他们没有改过的机会，迫使他们只好继续作恶，所以哈姆雷特实际上用自己的高尚迫使别人无法再成为好人。这是一个不宽容者常有的问题，所以英国诗人艾略特也说哈姆雷特有一种傲世的恶习，"至少有三条无辜的生命死在他手里，另外还加上两条无足轻重的生命，可是他临死时却对自己十分满意"。

这些批判性观点的出现，一方面因为20世纪已不像19世纪那样推崇孤独伟大的天才和崇高的理想人物，因为20世纪初期纳粹的日耳曼血统高贵说及随后的种族大屠杀，让人们对那种不承认人性有弱点和缺陷，坚持用某个高尚理念强迫所有人遵从的做法保持警惕；另一方面，20世纪的评论者也意识到，《哈姆雷特》的悲剧不仅仅是社会的悲剧，更是人性的悲剧，哈姆雷特自身也是悲剧的制造者，和四大悲剧的其他主人公一样，莎士比亚并未想把他塑造为英雄。换句话说，《哈姆雷特》开启了莎士比亚反思普通人性的阶段。

《狮子王》之所以只能成为好莱坞大片，很重要的一点是《狮子王》只是一出复仇剧，好人和坏人界限分明，重点只是如何复仇。莎士比亚完全可以这样写，因为在莎士比亚的时代，塞内加式的血腥悲剧正大行其道。据记载，有人也写过哈姆雷特的故事，故事里也有哈姆雷特父亲的鬼魂，而那个鬼魂一天到晚在舞台上喊"哈姆雷特，报仇啊！哈姆雷特，报仇啊！"，完全是一出复仇剧。

但在莎士比亚的笔下，哈姆雷特真正反复思考的其实并不是如何给父亲复仇，而是"是生存还是毁灭"（to be or not to be）那句独白。早期的戏剧以情节为主，哈姆雷特式的内心独白则暂时把情节抛开，对观众讲出内心的思考。《哈姆雷特》里使用了大量的独白，而且历代评论者对哈姆雷特最感兴趣的就是他的这些内心活动。莎士比亚把戏剧的焦点从外部带进了人的内心。

但这又是一个什么样的内心呢？本来他心中所想可以像狮子王一样，思考敌人有多么邪恶，敌人的力量有多么大，他可以采用什么手段复仇，谁能帮助自己……总之也可以有很多内心思考，这些内心思考应该紧紧扣住为父复仇这个主题。莎士比亚的哈姆雷特却完全不同，听了父亲鬼魂的陈述之后，他接下来的独白是"是生存还是毁灭，这是一个问题"。如果说这还与复仇有一定关系的话，那么哈姆雷特接下来的思绪就一直推演到了人生的选择：

> 当我们摆脱了此垂死之皮囊，
>
> 在死之长眠中会有何梦来临？
>
> 它令我们踌躇，
>
> 使我们心甘情愿地承受长年之灾，
>
> 否则谁肯容忍人间之百般折磨，
>
> 如暴君之政、骄者之傲、失恋之痛、法章之慢、贪官之侮，或庸民之辱，
>
> 假如他能简单的一刀了之？
>
> 还有谁会肯去做牛做马，终生疲于操劳，
>
> 默默地忍受其苦其难，而不远走高飞，飘于渺茫之境，
>
> 倘若他不是因恐惧身后之事而使他犹豫不前？

显然，父亲被杀，母亲改嫁，在哈姆雷特眼里并不是一个偶然事件，不是坏人的偶然作恶，可以通过消灭坏人彻底解决。相反，它是人性的特性，是生存的特点。所以他接下来想的不是他叔叔一个人的罪，而是社会的黑暗和人生的苦难，是莎士比亚在第66首十四行诗中追问过的问题。他思考的并不只是一件事情，而是生命的本质。由此可以看到，莎士比亚已经把哈姆雷特的思考上升到了对世界和存在的终极性思考：生命的意义和死亡的意义。

哈姆雷特的思考方式就是把普通人认为偶然的事情上升到普遍的层面。这是为什么哈姆雷特听说母亲改嫁后，说了一句

非常著名的话："脆弱啊，你的名字就是女人。"而不是更有针对性的"妈妈，你怎么这么脆弱"。他在思考母亲的行为时，直接将其概括成了所有女人的行为。由此也可以解释他为什么指责奥菲莉亚放荡，他说的是"我不知道你们会怎么涂脂抹粉；上帝给了你们一张脸，你们又替自己另外造了一张。你们烟视媚行，淫声浪气，替上帝造下的生物乱取名字，卖弄你们不懂事的风骚"。他在指责的时候逐渐从单数"汝"变成了复数"你们"。这就是哈姆雷特思维的独特之处：把各种偶然事件上升到普遍性的层面。

哈姆雷特的这种思维是一种归纳推理，虽然是过于简化了的归纳推理。归纳推理即"基于对特殊的代表（token）的有限观察，把性质或关系归结到类型；或基于对反复再现的现象的模式（pattern）的有限观察，用公式表达规律"，即由一定数量的个别现象推出一般规律。这一认识论方法是莎士比亚同时代的英国哲学家培根在他的主要著作《新工具》中提出的，并由此逐渐为人所知。虽然没有文献表明培根与莎士比亚有直接交集，但也有人认为培根才是莎士比亚戏剧的真正作者，而且两人同处一个时期，都有较大名气，不可能互不知情。归纳推理也是思想者常用的思考方式，"博士"的拉丁文"Philosophiae Doctor"中的"Philosophiae"一词准确表达了学者的思维与普通人的不同：不是知识量的多寡，而是将对现象的思考上升到哲学的层面。思考一旦上升到哲学层面，现实在眼中就不是偶然的了。所以对哈姆雷特来说，他面临的已经不再是父死母嫁叔叔篡位这一件事，这是狮子王的思维，哈姆雷特的思维是反思整个社会，反思整个人性。

所以哈姆雷特对自己任务的描述不是去复仇，而是"重整乾坤"。屠格涅夫深刻地看到了哈姆雷特的思维方式所具有的思想者的特点，思想者在一件事里还看到更加复杂的人性问题、生命问题。但是，当看到这类本质问题的时候，答案就不是那么简单了。不是说把叔叔杀掉，乾坤就可以重整，相反，人性的缺陷决定了叔叔死后还会有类似的人再出现。同样，就像莎士比亚的第66首十四行诗所思考的，如果世界存在着如此多的不公，生存的意义又在哪里？哈姆雷特所要解决的问题是直到今天都未能解决的，因此也难怪他会丧失行动的能力。这也是为什么今天很多知识分子可以长篇大论却缺少行动的力量。

哈姆雷特思维方式的转变，体现着16世纪欧洲知识分子思维方式的转变，即从人按照神的旨意行动，到人自觉地用上帝的广度思考。可以说哈姆雷特向当时的观众展示了一种刚刚明晰也因此刚被培根概括的思维方式，不是只看眼前，而是看到更具有普遍性的规律。但同时莎士比亚也看到，人开始对偶然现实进行普适性思考之后，也会带来很多问题，甚至会造成悲剧。这是人性中有价值的一面，但也是人性中悲剧性的一面。因此《哈姆雷特》的悲剧不仅仅因为克劳狄斯的罪行，还因为人类进入了一个更加复杂的时代，哈姆雷特不过是一个开始。犹太人很早就相信"人类一思考，上帝就发笑"，思考让人类深刻，但思考也让人的生活更加复杂，增加了更多的未知数，甚至可能像哈姆雷特一样，越来越觉得自己接近了真理，实际却越来越不由自主。

当代莎学家格林布拉特也看到了《哈姆雷特》一剧所具有的心理深度，准确地看到《哈姆雷特》通过"隐去支撑后继的行动的理由、动机或道德原则，便可以大大强化戏剧效果"。不过格林布拉特认为这种强大的戏剧效果来自"不透明效果"。事实上，《哈姆雷特》的无尽魅力并非因为它说不清楚。说不清楚的文学作品很多，大多因之而失败，《哈姆雷特》隐去支撑后继的行动的理由、动机或道德原则后，其效果是把叙述从一件有特殊原因的特殊事件，变成了一件普遍适用的哲学事件。

为什么莎士比亚在这个阶段可以迅速进入到如此的思想深度，格林布拉特认为，一则是因为四年前他的儿子哈姆尼特去世，或者是他创作期间父亲的去世，让他开始思考生命的问题。二则是当时的英国危险四伏。1601年埃塞克斯伯爵被伊丽莎白女王处决的时候，南安普顿伯爵，即莎士比亚的保护人，也牵涉其中，所以莎士比亚也面临着死亡的危险。此外在莎士比亚时代，人们已经对神的存在、上帝的存在有所怀疑，临终葬礼也不再能够带来安慰，所以必须重新思考生命的问题。格林布拉特说，这些内因外因使得莎士比亚开始思考生命、死亡这样的终极问题，从而使思想渐渐进入到哲学的深度。

《哈姆雷特》不是情节剧，它的意义在于对人性的深度思考、对生死的哲学认识，这在当时的文学中尚属少见，使得莎士比亚的思考更加引人注目。《哈姆雷特》叙述上的复调和意义上的抽象向读者提供了丰富的解读可能，从而使哲学家可以见到哲学，恋人可以见到爱情，政客可以见到阴谋，道德家可以见到正义。《哈姆雷特》无论在思想上还是形式上都使戏剧之门向更广大和深刻的维度敞开。

六

接下来的三部悲剧《奥赛罗》、《李尔王》和《麦克白》与《哈姆雷特》相比，分析人性的意图更加明显。三部故事的悲剧结局基本都是由主人公自己的人性因素造成的，剧中的恶人只是起到推波助澜的作用，这让主人公性格中的问题更加放大，直至走向悲剧性的结局。如果说哈姆雷特多少还是被外部力量裹挟着走向死亡，三位主人公人性中恶的程度就越来越大，从而一手制造了自己的悲剧。也正因此，一般认为从莎士比亚开始，悲剧从过去的命运悲剧进入了性格悲剧，造成悲剧性结局的不是外部因素而是人自身的性格。当莎士比亚反观人性的时候，他越来越发现人并非上帝的完美造物，恶也不只是个别人堕落的结果，事实上恶就存在于普通的人性之中，只要环境适宜，就可能把自己和世界都带入悲惨的境地。

莎士比亚对普通人性的批判可以从他在四大悲剧之后的《科利奥兰纳斯》和《雅典的泰门》中更清楚地看出来。如果说在《理查三世》中民众还曾在理查的黄袍加身表演中虽不敢言，至少敢怒，用沉默表示了对善与恶的清醒认识，那么到了《科利奥兰纳斯》和《雅典的泰门》则完全倒过来，大多数人都显示出无知、短见、自私等人性的缺陷，而且他们的这些缺陷不是无关痛痒的小毛病，而是最终导致了英雄科利奥兰纳斯的死亡和泰门的遁世。莎士比亚这里所批判的普通人性虽然与汉娜·阿伦特说的"平庸之恶"在具体内容上并不一样，但是他们都深刻地注意到了普通的人性中存在着恶的成分和为恶的可能，其所造成的伤害有时未必比马基雅维利式的恶人程度更小。至此，莎士比亚对人性的认识无疑从"宇宙的精华、万物的灵长"走向了对人性的批判。

在这样一个转变过程中，奥赛罗的妒忌、李尔王的骄傲、麦克白的野心，都是帮助他一步步拆解人性光环的阶梯。不过在后三部悲剧中，莎士比亚更把他们人性中的缺陷放到特定的环境中，在外部因素的共同催发下，人性中普遍存在的妒忌、骄傲和野心才会充分显示出其狰狞的一面。比如奥赛罗的妒忌一方面是被伊阿古一点点挑拨到极致，但奥赛罗这样一个英雄式的人物之所以会轻信伊阿古的挑拨离间，更是因为奥赛罗是摩尔人。一些研究者根据其中的一些细节认为他很可能是一个黑人[1]，至少与苔丝狄梦娜不是同一个种族。在当时不同种族相对隔离的情况下，黑人将军娶了白人贵族女子，奥赛罗内心也有对自己的不自信和对白人社会的不信任。这些因素分开来不至于让他杀死妻子，但是加在一起，在刺激性的环境下，原本性善的人完全可以做出残忍的事情。

　　明白了人性之后，再要求文学都应该表现"诗的正义"是幼稚的，这或许也是为什么莎士比亚在《李尔王》中让李尔王的三女儿考狄莉娅死去。文学长期被加上了道德的重负，因此观众总是期待好人有好报，坏人受到惩罚。而在《李尔王》中考狄莉娅没有任何错误，真诚、善良、有思想、不计前嫌，总之没有任何应受惩罚的地方，莎士比亚却让她在军队已经胜利，她根本无须死掉的时候死了。塞缪尔·约翰逊就因此批评莎士比亚的戏剧在道德上有问题。当然，"诗的正义"（poetic justice）是1678年才由英国古典主义戏剧批评家托马斯·瑞莫尔在《去年的悲剧》一书中提出的，要求文学应该通过表现善战胜恶，来在观众中提倡合乎道德的行为。用后来的观念批评之前的创作有时代错误之嫌，而且瑞莫尔的文学观念实际狭窄苛严，不足为凭，他就曾斥责莎士比亚的《奥赛罗》只是出"糟

---

[1]　在第三幕第三景（III, 3）中，奥赛罗斥责苔丝狄梦娜的罪像"自己的脸一样黑"。伊阿古也曾告诉勃拉班修"一头老黑羊在跟您的白母羊交尾哩"。

糕的闹剧，索然寡味"。不过莎士比亚同时代的诗人锡德尼在《为诗辩护》中也曾把诗的惩恶扬善作为文学在文明社会中占据一席之地的理由，所以即便当时"诗的正义"这个词没有被明确提出来，类似的文学标准也是被人们默认的。莎士比亚在《李尔王》中断然放弃"诗的正义"，无疑与他对人性越来越悲观的看法有一定关系：如果英雄也会为恶，为什么结局一定正义？

在四大悲剧中，莎士比亚并不从道德伦理的角度来批判人性中的恶，而是从哲学层面来思考人性之恶，以及人性与人生的意义之间的关系。这一尝试让他的《麦克白》从一出简单的阴谋剧上升为一出哲理剧。所以对莎士比亚来说，他关心的并非一个野心家如何受到惩罚，相反，明明麦克白是典型的马基雅维利主义者，杀死自己的国王、杀死无辜者，充满了野心，人神共弃，莎士比亚却让他死之前对人生做出哲理性的总结：

> 人生不过一个行走的影子，一个在舞台上指手画脚的拙劣的伶人，登场片刻，就在无声无息中悄然退下。它是一个愚人所讲的故事，充满着喧哗与骚动，却找不到一点意义。

莎士比亚通过麦克白思考的不仅仅是野心的问题，而且是在败坏的人性中，生命意义的问题。莎士比亚早就超越了道德评判的层面，这让他无论对人性还是人生都有了更深刻的理解。

有趣的是，莎士比亚借以思索人性之罪的三种人性是嫉妒、骄傲和野心，与《神曲》中但丁在森林里迷路时遇到的三个动物，也即但丁认为导致人毁灭的三个主要人性因素——骄傲、贪婪、淫欲，有着异曲同工之妙。李尔王强迫人人都赞美和服从他，无疑出于骄傲；奥赛罗的嫉妒是爱情的嫉妒而不是对成功和名誉的嫉妒，这种嫉妒也可以称为淫欲；麦克白的野心就是对权力和世界的贪婪。这一有趣的巧合既表明莎士比亚和但丁这两位不同时代不同国家的大诗人对人性的相似看法，也表明就像但丁用《神曲》建构起他对生命意义的神学思考一样，莎士比亚用他的悲剧建构起对生命意义的哲学思考：到底是什么在让人生变得充满了喧哗与骚动，却找不到一点意义？不是因为外部的环境太严酷，而是因为人自身。

但丁最后的回答是信仰。要找到人生的意义，必须把天国作为人生的目标，找到具有终极价值的东西。但是在莎士比亚的时代，上帝所能带来的安慰已经越来越小。没有信仰的支撑，莎士比亚的思索只能像《雅典的泰门》中的泰门一样走向极端的厌世和虚无。不过莎士比亚更令人惊奇的是，在第三阶段越来越阴沉的悲剧之后，他却最后转向了传奇剧，人性之恶通过魔法得到神奇的化解。

七

其实早在四大悲剧之前，莎士比亚就在喜剧中充分展示过魔法的力量。在莎士比亚的喜剧和传奇剧中都存在一类"脱离现实的乌托邦"，剧中主人公遇到现实生活中的一些困难，来到小岛、森林等"脱离现实的乌托邦"，这个地方就好像一个魔法世界，主人公带着难以解决的冲突进入，出来时一切问题都烟消云散。

比如在《仲夏夜之梦》中，贵族伊吉斯要求女儿赫米亚嫁给贵族狄米特律斯，否则就要被处死或流放。但是赫米亚有自己的恋人拉山德，于是两人相约逃入森林。赫米亚在逃走之前把计划告诉了好友海丽娜，而海丽娜一直单恋着狄米特律斯，于是把这个计划也告诉了狄米特律斯。狄米特律斯追入森林，海丽娜也随之而入，大家就这样进入了一个脱离现实的乌托邦。如果没有这个"脱离现实的乌托邦"，《仲夏夜之梦》很可能是一个《罗密欧与朱丽叶》式的有情人难成眷属的悲剧故事。但是在这个"脱离现实的乌托邦"中，由于精灵帕克的魔法，赫米亚与拉山德、海丽娜与狄米特律斯双双相爱，爱情的错位得到完美解决，也最终得到了森林之外的现实世界的承认。

莎士比亚为什么用魔法世界来解决现实的矛盾，这点尚待研究，至少在早期的喜剧中，这个魔法世界里有各种人生中快乐的因素：爱的颠倒、误会、巧合、恶作剧、俏皮话、傻瓜、小丑，等等，同时也充满了爱情、浪漫、欢乐。一切人都会单纯地去爱，现实中的矛盾、纷争、怀疑、尔虞我诈等等都不在魔法世界里存在。这既可能是对快乐力量的坚信，也可能是对现实困境的暂时逃避。

事实上莎士比亚的喜剧并不需要观众做严肃深刻的思考，他展示的是基于普遍人性之上的生活的快乐。他让贵族显出普通人的欲望，让普通人的欲望控制在合理的范围之内，读者只需要带着放松的心情去享受生活中那些可以让人发笑的东西。莎士比亚的喜剧为人性中的动物性提供释放的空间，在那样一个紧张的时代，尤其受到各类人群的欢迎。所以法国思想家泰纳说莎士比亚喜剧中的人物"要发笑，并不是因为感到别人可笑，而是因为自己需要笑"。这跟阿里斯托芬乃至莫里哀的喜剧并不一样，后者带有很大的社会批判性，告诉观众这个社会上存在着很多丑陋的东西，并用喜剧把这些丑陋之处表现出来，比如吝啬鬼、伪君子、贵人迷等等。看这类喜剧不仅要笑，更要严肃地思考，反思这个社会中隐藏着哪些弊端，所以后者的笑是冷笑，而非莎士比亚喜剧的欢笑。

莎士比亚明明对人性的丑恶洞若观火，却又能够像早期对待性欲一样，跳出单向思维，相信人性中善和快乐的力量，显示出莎士比亚的多重视角和洞察复杂性的能力。同样，虽然莎士比亚的喜剧世界是一个欢笑的世界，一个不需要思考只要去感受的快乐世界，莎士比亚依然赋予这个世界多重的视角和话语。以《仲夏夜之梦》为例，这出喜剧线索更多，覆盖面更广：第一层是雅典国王和亚马逊女王之间的婚姻，这当然是一次高贵典雅的婚礼，遵循着贵族原则；第二层是那些贵族青年之间的爱情，这些贵族青年就像《亨利四世》中的亨利王子一样，介乎理性与本能、高贵与享乐之间的成长阶段；第三层是仙后和仙王，原则上有着同样高贵的身份，但大概因为不在社会等级之列，反而接近福斯塔夫式的按照本能行事的普通市民；最后还有一群乡巴佬，他们则洋相百出，属于被捉弄的小丑。所以整个社会的不同等级都在这出戏剧中得到粗略呈现，贵族的高雅和底层人的粗鄙、原则与胡闹、悲剧性与喜剧性、幻想与现实不断交织。因此，虽然这是一个让观众暂时忘记现实矛盾的虚构世界，可以说是一碗心灵鸡汤，却是一碗五味杂陈的鸡汤，显示出莎士比亚对世界的复杂多元性的认知和接受。

莎士比亚后期的传奇剧在愤世嫉俗的绝望之后再次回归魔法和"脱离现实的乌托邦"，只不过"乌托邦"外的现实世界比早期喜剧中的更混乱残酷。比如在《暴风雨》开始的时候，弟弟觊觎着哥哥的王位或爵位，仆人幻想着主人的大权，野兽幻想着美女，总之就是叶芝在《第二次来临》中描写的那个人欲横流、颠倒错乱的世界：

> 一切都瓦解了，中心再不能保持，
> 只是一片混乱来到这个世界里，
> 鲜血染红的潮水到处迸发，
> 淹没了那崇拜天真的礼法，
> 最优秀的人失去了一切信念，
> 而最卑鄙的人狂热满心间。

　　但是面对这个被野心包裹、充斥着杀戮和抢夺的时代，在《雅典的泰门》中对人性绝望的莎士比亚却再次制造了一个魔法岛。在魔法的帮助下，所有人，普罗斯比罗的弟弟、国王的弟弟、膳食总管和小丑全都改邪归正，恋人可以相爱，世界恢复了秩序和平静。可惜的是，这个魔法是什么，莎士比亚没有说。或许莎士比亚最终也转向了信仰，转向了超验的世界，又或许魔法只是一种视角，一种不同的心境。

第七讲

群体与自我

——古典主义的困境

17世纪古典主义文学的主题一般认为是责任与情感。责任在17世纪通常被认为是个人对自己所属的国家和家族应承担的义务，强调的是人作为群体的一员应做的事；情感在17世纪的古典文学中则指男女之间的爱情或欲望，更偏重个体的本能要求。在17世纪的文学作品中，主人公常常面临这样的选择：是忠实于自己对恋人的情感，还是忠实于自己作为国家和家族的一员所应尽的义务。这种矛盾在本质上也可以概括为群体与个人的关系问题：人既有独立的个体意识和个体欲望，又作为一种群体性的动物，必须生活在群体之中。文艺复兴时期是人的自我意识和欲望得到张扬的时代，但不加克制的自私自利对群体中其他人的伤害，以及最终对自己的伤害，也越来越得到普遍认识。当个体的欲望与群体的利益发生冲突的时候如何选择，成为17世纪一个突出的问题。

一

到了17世纪，人们越来越认识到人有必要克制自己的个人欲望，因此以"自我克制""常情常理"为主要内容的"理性"

成为文学的主导价值，在法国尤其如此。之所以法国会成为古典主义文学的重镇，是因为在欧洲众多国家中，法国的王权在17世纪得到了最全面有力的发展。1610—1643年，路易十三在位期间，在红衣主教黎塞留的帮助下，法国在"三十年战争"中击溃西班牙海军和陆军主力，打败哈布斯堡王朝，成为新的欧洲霸主。路易十四在位时间72年，被称为"太阳王"，是欧洲历史上在位最久的独立主权君主。他建立了一个君主专制的中央集权王国，把大贵族都集中在凡尔赛宫居住，强化国王在军事、财政和机构中的控制，使法语成为整整两个世纪里整个欧洲外交和上流社会的通用语言。

法国王权在政治、军事和经济领域都得到前所未有的加强的同时，对文学也采取了相应的控制措施：比如给作家薪俸和奖金这一体制，就是从法国这个时期开始的；被后人诟病的书刊审查制度也是在这个时期建立的；此外还通过设立法兰西学院来确立被国家认可和控制的思想权威。法兰西学院的40位院士被称为不朽者，只有一个人去世才会由另外一个人接替，代表着最高的学术标准，这相当于从内部建立起对文化的控制。

王权进入文化领域，必然使文化开始分层，贵族的文化品位被视为高雅的，占据统治地位。同时王权无疑也会要求文学遵守明确的规则，其中被他们视为典范的是古希腊罗马文学，所以这个时代也被称为古典主义。至于像莎士比亚那样给观众呈现一个纷繁复杂的世界，让观众去反省思考，显然是对王权不利的，因此莎士比亚在17世纪并不像今天那样得到推许，相反他的很多戏剧都被根据古典主义的文学原则加以改写，一直到18世纪，欧洲上演的很多都是这种所谓的"改良"版本。

不过，17世纪对古典文学的推崇显然并不是真正出于对古典时代的兴趣。有趣的是，虽然那些"古典法则"在17世纪有着至高无上的地位，但人们阅读的主要是拉丁文的文献而非希腊文的，这种情况到18世纪才开始改变。因此虽然在文学批评方面人们打着亚里士多德的旗号，但贺拉斯才更有影响。这也是为什么被视为古典主义文学评论权威的尼古拉·波瓦洛的《诗的艺术》主要是借鉴贺拉斯的《诗艺》；被作为古典主义戏剧标准的"三一律"号称来自亚里士多德的《诗学》，但其实是来自16世纪意大利学者卡斯特尔维屈罗（Lodovico Castelvetro）所著的《白话本的亚里士多德〈诗学〉》。在这个误读的过程中，并没有人有兴趣或有能力去对照亚里士多德的原文，因为这些规则真正体现的并不是对古希腊真理的追求，而是法国王权统治的需要。

被视为至高无上的戏剧典范的"三一律"要求：

1. 情节统一：一部戏剧应该只有一个故事，支线越少越好；

2. 时间统一：一部戏剧中情节所发生的时间不应超过一天；

3. 地点统一：一部戏剧应该发生在一个地理空间，不应该压缩空间，也不应该在舞台上出现一个以上的地点。

事实上亚里士多德的《诗学》只提出戏剧应该有一个完整的情节，而且他的侧重点更在"完整"而非"一个"上；他也在比较史诗和戏剧时提到过史诗可以有很长的时间段，戏剧如果可能最好控制在一天或略微超出；对于地点则没有论述。因此"三一律"是对亚里士多德的误解，如果阅读原著，或者愿意真正理解亚里士多德的观点，都是可以避免的。问题是古希腊罗马文化早已被17世纪的学者和文人改造成服务于自己的规则观念的垫脚石。

17世纪和18世纪法国都发生过大规模的文学辩论，被称为

"古今之争"。17世纪的崇古派以波瓦洛为代表，坚持文学的美是永恒的，古人给我们树立了典范，今人只应学习和效法；崇今派以贝洛勒为代表，就是童话集《鹅妈妈的故事》的最终作者，提出时代在变化，"真、善、美"的概念也都会发生变化，今天的文学跟古代的一样好，甚至超过了他们。如今这种争论很少被提出来了，但其实不同的主张依然各自潜移默化地指导着相应人群的行动。否认存在着永恒唯一的价值，坚持不同的时期和地区会对"真、善、美"有着不同看法，这更接近今天的多元论立场。这个立场的长处是尊重不同人群的看法，人的独特性乃至个体性更得到承认；坏处是就像莎士比亚已经发现了的，每个人都自行其是，世界有可能最终陷入混乱和无序。古典主义者则可以说正是针对之前的"颠倒混乱的时代"，要用永恒且唯一的"真、善、美"来为世界制定规则，但也因此要求个体必须服从于整体，独特性必须让位于一致性，这正是王权所需要的。

不过古典主义的产生并不仅仅出于政治的需要，政治固然会改变人们的行为，但是缺少哲学深度的观念不可能产生广泛和深远的影响。古典主义的哲学依据是用理性控制人的欲望和行为，这里的理性来自笛卡尔的唯理论，笛卡尔明确提出要以理性而不是信仰和情感作为行动的标准。要对古典主义的核心思想"理性"做出正确的评价，首先需要对笛卡尔的唯理论有所了解。

在笛卡尔之前，欧洲占统治地位的或者是基督教的经院哲学，出发点是权威文本《圣经》，依据的是信仰，内容则是神学；或者是在当时由培根所代表的经验主义，培根在他的主要著作《新工具》中，提出以观察和实验为基础的科学认识理论，这一认识方法后来被称为归纳法。归纳法是当时人们认识世界的主要方式，即先有感受到的经验，然后通过对经验进行适当的归纳，得出概括性的知识。培根就是因观察鸡在雪地里保存的情况，以便总结出冰雪保存食物的知识，结果感染风寒去世的。归纳法目前依然是人们认识世界的重要方式，比如通过观察数列排列的规则，得出数列的公式。归纳法往往与经验主义联系在一起，因为归纳法建立在对感性材料的分析、比较、观察和实验之上。经验主义也坚持，感受到的经验必须经过适当归纳或演绎，才能铸成知识。因此可以更确切地说，在笛卡尔之前，除了建立在神学基础上的经院哲学之外，欧洲对于现实世界的认识主要建立在经验主义和归纳法之上，从观察到的现象归纳出普遍性的结论。当被观察对象的数量不够多时，结论就可能存在偏颇，哈姆雷特的思维方式就是这种，其结论的偏颇和行动的失误也出自这里。

笛卡尔则以其开创的欧陆理性主义哲学开启了西方现代哲学，他也因此被称为西方现代哲学的奠基人。与经验主义相反，笛卡尔主张人应该用理性进行思考，理性比感官的感受更可靠。虽然结论可能与人的经验感觉相悖，但是只要是分析推理得出来的，就具有真实性。这是一种方法论的改变，从总结到分析，从归纳法到演绎法，这是笛卡尔带给现代社会的一种新的思辨体系。

笛卡尔首先是数学家，他是解析几何的创始人，并且通过把数学方法运用于其他领域，建立起逻辑分析和推理。他从数学中发现了4条法则：

1. 绝不承认任何事物为真，对于我完全不怀疑的事物才视为真理；

    2. 必须将每个问题分成若干个简单的部分来处理；

    3. 思想必须从简单到复杂；

    4. 我们应该时常进行彻底的检查，确保没有遗漏任何东西。

这4条规则反对任何不经分析的事物。比如桌子在那里并不能证明它为真，必须将对桌子的认识分成若干简单的部分：色彩、形状、声音、味道，再由这些简单部分推理出存在与主观意识之间的关系，并用这一原则来检查一切可能存在。这不再是一个从现象到规律的归纳过程，而是借助逻辑进行推理分析的过程。当然，这里举的只是一个被简化了的例子，而根据笛卡尔的法则，所有依然存疑的事物都必须继续分析下去。分析到最后，笛卡尔说，只有一个是必须视为真实的，那就是"我在分析"这件事。由此笛卡尔提出了他的那句名言——"我思故我在"。在这样的方法论中，推理/理性（reason）被放到了至高点。从被确认为真的前提中，依靠推理来得出必然为真的结论的方法即为演绎法，而这种把推理/理性作为知识的主要来源和检验依据的主张就被称为唯理论（rationalism），与当时培根所代表的经验论构成认识论上最基本的一对。

不过在建立自己的哲学体系的时候，笛卡尔虽然把"思"作为其哲学的全部出发点，但是这并不够用，于是他把与思共在的"自我"，以及一切像"自我"那样自明的观念都列为真观念，而被他列为真观念的有一开始被怀疑的数学概念和关于外物的数目、形状、运动等的观念，当然还有"上帝"的观念。这些观念被视为绝对的真理，是不可以怀疑的。这样，笛卡尔实际上把观念分为"永远为真的"和"需要怀疑的"两种：天赋观念是毋庸置疑的，只需要相信和遵循；外物刺激造成的感觉则需要怀疑和通过推理来论证。正是笛卡尔认识论中的这一双重标准，或者说信仰与理性的并存，赋予了"理性"一词在之后17世纪和18世纪的文学史上不同的含义。

　　17世纪的社会刚接触笛卡尔的时候，尚未完全明白笛卡尔的思想中包含的质疑理性，而且这种质疑也不是当时的社会所需要的，所以17世纪的人在使用笛卡尔的"理性"时选择了第一部分，即天赋观念是必须相信和遵循的。波瓦洛在《诗的艺术》里为古典主义文学制定原则，他把理性原则放在第一位，提出"要爱理性，让你的一切文章／永远只从理性获得价值和光芒"。这听起来很好，但其实波瓦洛说的理性既不是怀疑，也不是推理演绎，而是贺拉斯的"合式原则"中包含的常情常理和普遍真理；而且在波瓦洛这里，这些常情常理是永恒、普遍、绝对，不容置疑。至于"常情常理"指哪些？实际上就是早已被视为理所当然的一些社会观念，比如悲剧就应该写贵族，贵族应该是高贵的；喜剧就应该写下里巴人，他们只能是粗俗的；国王是绝对的权威，必须得到尊重。总而言之，他把那些被贵族接受的"社会常识"列为理性认识的起点，这与笛卡尔把问题尽可能拆解到凭当时的认识能力无可再拆时才接受为真观念是完全不同的。笛卡尔就像牛顿，用物理原则分析一切运动，但分解到最初的推动力再无法分析，就认为上帝的存在是不证自明的。与牛顿不同的是波瓦洛并没有足够的解析能力把文学分解到极致，而是推至被社会认可的常情常理就停了下来，至于常情常理又是由哪些因素组成，这些因素是真是伪他就无力辨析了，这也是为什么他不能成为真正的哲学家。而且因为波瓦洛认为这些常情常理就是理性，就是一切判断的出发点，所以他不允许对这些观念加以质疑。从这一点说，古典主义是信仰的文学而不是怀疑的文学；是告诉人们应该如何做，而不是让人们去思考为什么这样做；是给人们树立行为准则，而不是让人们对社会和人性加以思考。

波瓦洛也谈人性，那就是他的第二个原则：自然原则。波瓦洛所说的自然原则仍然指的是人之常情，用他的话说"感动人的绝不是人所不信的"。这里同样显示了波瓦洛的不彻底。本来他已经达到了人性层面，但却未能像莎士比亚那样义无反顾地分析人性中包含的各种因素，傲慢也好，妒忌也好，野心也好，虽然残忍但是真实。波瓦洛缺乏莎士比亚这种不羁的勇气，他对人性的解析再次中途而止，止于人之常情，回避那些极端情绪的存在，也不允许它们存在。最后他说的那些人性之常，实际退化为那种类型化人物：比如写阿伽门农就要写他的骄傲和自私，写埃涅阿斯就要写他对神的敬畏之情；比如妒忌的丈夫、荒唐放荡的少年等等。

所以波瓦洛的《诗的艺术》实质上是对唯理论的一种庸俗解释。波瓦洛为什么要做这样的解释？除了抽象推理思辨能力在当时尚不普遍外，一个更直接的原因是他要服务于当时的王权。他必须为王权架构一个既貌似有思想，又能够让大家遵守的体系。他不需要怀疑，只需要相信和服从。当然，从另一个角度看，波瓦洛的理性原则确实在一定程度上起到了用理性来克制文艺复兴时期过度张扬的情感和欲望的作用。

二

这也解释了为什么古典主义的代表剧作家高乃依会挣扎于
服从与质疑之间，挣扎于是接受社会性的常情常理，还是回到
那个思考的自我。不过最后他选择了前者。高乃依出生于一个
与上层社会有密切联系的殷实家庭，毕业后父亲就为他买了两
个身份：鲁昂王家水泽森林事务律师和法国海军部驻鲁昂律师。
衣食无忧，也让高乃依有大量业余时间从事创作，不但第一部
作品就大受欢迎，而且不久就被选入红衣主教黎塞留的"五作
家社"。总之他的生活环境保证了他可以进入社会上层群体，在
这种情况下他创作了《熙德》。

高乃依其实是要用后来被称为"熙德"的男主人公塑造一
个遵循社会常情常理的英雄，并没有想去质疑现存社会。熙德
是贵族罗德里克后来的绰号，他与门当户对的施曼娜相爱，他
们的父亲都是位高权重的朝臣。但是因为他们的父亲有一次在
朝廷上争吵，施曼娜的父亲打了罗德里克父亲一个耳光。这样，
高乃依把罗德里克放入第一个选择难题：是按照家族荣誉的要
求为父报仇，还是忠实于自己对施曼娜的情感放弃报仇？是忠
实于儿子这一家族身份，还是忠实于情人这一个体身份。高乃
依遵循古典主义的群体价值，让罗德里克选择了前者，杀死了
施曼娜的父亲。

这里有一个著名的段落是罗德里克之所以决定去杀施曼娜
的父亲，是他知道如果报仇，势必引起施曼娜的仇恨和愤怒，
但不报仇，同样会引起她的蔑视，无论怎样都会失去施曼娜。
但这里的重点绝对不是今天常见的功利主义算计，掂量哪种做
法能得到最大的好处。《熙德》上演后，法国社会就流传着"整

个巴黎都用熙德的眼光看着施曼娜"。什么眼光呢？即罗德里克相信施曼娜会像其他所有人一样把群体的责任放在个人的情感之上，这是理所当然、毋庸怀疑的价值，是包括施曼娜在内的所有人都会不假思索就去践行的共同信念，这是常情常理。他的选择是服从常情常理，而不是利益算计。

现在轮到施曼娜面临是否复仇的选择了，而施曼娜的选择是《熙德》后来被法兰西学院认为不符合古典主义原则、不符合社会道德的一个重要地方，施曼娜两个选择都不要：既不杀罗德里克，也不要爱情。但本质上她用牺牲自己的群体责任和放弃自己的幸福来保住罗德里克的生命，归根结底选择了情。从这一点说，法兰西学院的指责是有道理的。

罗德里克没有了爱情，非常痛苦，于是投身战场，唯求一死，却屡立战功，被封为"熙德"，即"君主"的意思。他凯旋后，施曼娜再次面临着是否复仇的选择，这次她选择了复仇，许诺嫁给杀掉罗德里克的人。但她得知罗德里克一心求死后又去告诉罗德里克自己爱着他，他必须活下去，然后在以为罗德里克被杀死后又大骂那个与罗德里克决斗的骑士，愿求一死，这一次她在本质上相当于选择了两个都要。罗德里克与施曼娜的矛盾的最终解决，是古典主义的典型解决方式：当个体之情与群体责任产生矛盾的时候，由国王出面解决，因为王权在古典主义中代表着最后的真观念，一切推演都以其为依据。所以国王让罗德里克再次出征，等为国家赢得了足够的胜利之后，施曼娜的家族责任就可以让位于国家责任，就可以嫁给罗德里克了。

一般认为这出戏剧的精彩之处就是一个人在爱和荣誉之间不断做出选择，并看到他们做出既让人尊敬又合情合理的选择。但这里涉及另一个问题——什么是荣誉。《熙德》中第一次提到荣誉，是罗德里克的父亲唐·狄埃格被施曼娜的父亲打了一个耳光，唐·狄埃格说，"眼看我遭到这样的侮辱，眼看我家族的脸上第一次蒙上羞耻"，这让他"满载的荣誉毁于一旦"；当他让罗德里克为他复仇的时候，他的理由是"给我们俩的荣誉都带来致命打击的欺侮"；当罗德里克意识到施曼娜的父亲侮辱了自己的父亲时，他说"我的爱情向我自身的荣誉展开了斗争"；他想过死亡，但是担心"难道就忍受得了西班牙让我身后的名声因我没有保持我家族的光荣而蒙受耻辱"。由这些谈到"荣誉"的地方可以看到，罗德里克内心中斗争的是"父亲与情人，荣誉与爱情"，父亲与荣誉对等，情人与爱情对等。"荣誉"既来自个人的成功，是个人的名声，也可以父子相替，因为归根结底是家族的名声。之所以个人的成就会被认为也是家族的荣誉，显然因为当时的社会更把个人视为其家族的成员，属于这个群体，而不是只作为个人存在。当时的法国是一个与传统中国类似的家族社会，而非现代的个人主义社会，因此虽然表面上《熙德》处理的是荣誉与爱情的矛盾，本质上却是群体与个体之间的矛盾，而这才是法国古典主义真正关注的。最后，表面上看是国王用命令解决了矛盾，本质上却是用比个人和家族都更大的群体——国家解决了矛盾，

因此，这里可以说是为人的属性做了排序，越大的群体越处于优先地位，个人的情感（爱情）让位于家庭的纽带（家仇），家庭的纽带让位于国家的责任（国恨）。国王之所以有最高的权力，并不是因为他是天子，像中国传统社会认为的那样"溥天之下，莫非王土；率土之滨，莫非王臣"，而是因为他代表着最大的群体。为什么越大的群体越拥有优先的地位？在他著名的《英语词典》中，塞缪尔·约翰逊定义了"荣誉"一词的三个含

义：1. "灵魂的高贵、宽宏、蔑视卑鄙的事物"；2. "名誉"、"名声"，这层含义"决定着个体在社会的位置，并决定着他的优先权"；3. 两性关系上所说的荣誉多指"贞洁"、"纯洁"或"忠诚"。根据《熙德》中"荣誉"一词的上下文，这个词在这里主要是指第二层含义，"名誉"，被打耳光而受损的荣誉、因杀敌而得到的荣誉都与品行或贞洁无关，跟名声有关，而约翰逊准确地指出，这个含义与社会地位和权力直接相连。

爱情在《熙德》中主要是个人的，是两个人之间的情感，并未涉及当时婚姻可能包含的家族联姻利益，这体现了情感在君权社会依然包含着个人主义潜能和颠覆性潜能，这也是为什么以后浪漫主义会把情感作为张扬个人主义的大旗。在这种情况下，选择爱情作为荣誉的对立面，固然可能有文学效果的考虑，但更可以看出高乃依对爱情的理解已经超出了时代的通常看法，施曼娜为爱情不顾荣誉，更显示了个人主义的萌芽。因此法兰西学院对《熙德》的批判，并非只是像一般认为的，是黎塞留因为高乃依离开"五作家社"而安排的个人恩怨行为，而是准确看到了《熙德》中潜含的将会颠覆群体观念的个人主义萌芽。

所以这里表面是荣誉与爱情的矛盾，深层却反映了那个时代正面临的群体和个人的关系问题。作为群体的一员，个人应该忠实于自己的群体责任，服从社会规定的常情常理；但是作为个人，就像笛卡尔展示的，应该有自己的批判理性，去怀疑、思考和选择。由于古典主义建立在群体价值之上，提倡的是群体的利益高于个体的利益，高乃依也明白这一点，所以《熙德》塑造的是罗德里克这位把荣誉放在爱情之上的英雄。施曼娜之所以会有更倾向个人的选择，是因为她是女性，高乃依只能把这样不完美的选择放在女性身上，因为女性在当时被认为本身就是有缺陷的。不过《熙德》中最感动观众的，是罗德里克杀死施曼娜的父亲，保全了家族的荣誉之后，到施曼娜面前请她杀死自己。这是高乃依找到的一个非常巧妙的折中办法，让熙德既维护了家族的荣誉，又坚持自己的爱情，即便要为此付出生命的代价。因此罗德里克复仇后的痛不欲生实际上也宣布了个人的感情是个人存在不可缺少的一部分，完全遵从群体的法则其实是违背人性的。

从古典主义立场来说，法兰西学院的批评不无理由，也让高乃依大受打击，以致有三年时间没有再进行创作，最后他决心完全服从古典主义的要求，把群体利益和对群体的服从放在第一位，于是出现了《贺拉斯》，一部不但时间、地点和情节完全符合三一律，而且思想也完全符合古典主义立场的悲剧。但是彻底向社会标准屈服的高乃依，其创造力也随之减弱，此时拉辛出现，有人就怂恿高乃依去跟拉辛竞争，结果高乃依惨败。之后高乃依创作的戏剧的价值就比较有限了。

《贺拉斯》的情节发生在古罗马时代，罗马和它的邻国列尔布长期交战。为了早日结束战争，双方决定各选出三个男性进行决斗。两国的协议非常仁慈，战败国的国民并不会按照当时的习俗成为奴隶，而只需要为战胜国出战，因此受影响的其实只是荣誉。高乃依插入这一协议很值得玩味，因为这样就减轻了后面生命决斗的意义，或者说更突显了高乃依时代或者在古典主义话语中荣誉比生命更大的重要性。这在当时固然可以理解，因为个体生命服务于群体荣誉正是王权所需要的，但从今天的价值立场来看则对个体生命过于冷漠了。

罗马选的是贺拉斯家三兄弟，列尔布选的是居里亚斯三兄弟，贺拉斯的妻子正来自居里亚斯家，妹妹也在跟一位居里亚斯相恋。这样，主人公又被放入爱情、亲情与国家之情的选择之中，而且与《熙德》不同，这次亲情也被放在国家之情的对立面，可以说高乃依放弃了一切与个体有关的情感，要求个人彻底抛弃一切个性，只作为群体的一部分而存在。

高乃依让居里亚斯三兄弟满心怨恨，不愿出征，戏剧中的英雄贺拉斯则没有表现出任何对个人爱情和亲情的偏袒，不但坚定地出战，而且以一人之力杀掉了居里亚斯三兄弟。战胜回来遇到他的妹妹，妹妹因恋人之死诅咒他，他说她是国家的叛徒，把妹妹杀了；他的妻子因为兄弟之死要离开他，贺拉斯也毫不留情地骂了她。一个恋着贺拉斯妹妹的罗马人向国王控告贺拉斯滥杀无辜，高乃依的解决方式也是完全符合古典主义的，即让代表群体的权威出场。一是代表家庭群体的父权：贺拉斯跟妻子争吵时出来的是他的父亲，坚决支持贺拉斯；二是代表国家群体的王权：贺拉斯被告上法庭时出来的是国王，国王也判贺拉斯是国家的英雄，应该享有荣誉。显然，在《贺拉斯》中，高乃依已经用"大义灭亲"这样的情节杜绝了一切个人的情感要求，在《熙德》中视为荣誉的家族纽带也在一定程度上被放弃，在《熙德》中让人感动的个体人性的挣扎则荡然无存。

但是，当一个人高举着群体旗帜，不再承认任何个人感情的时候，他真正完全放弃自我欲望了么？这其实是《贺拉斯》最值得留心的地方。当贺拉斯的妹妹指责他的时候，贺拉斯的回答是："你的情焰从此应该扑灭／占据你灵魂的该是我的战绩／这才是你今后唯一的慰藉。"对此他妹妹的回答是：你是"噬血的猛虎，不许我流泪／要我对他的死表示陶醉／要我把你的功绩捧上天"。当他的妻子对兄弟之死表示悲伤的时候，贺拉斯说的是"仰仗我的道德去克服你的懦弱／分享我的光荣，不辱没我的声望／要给我家门增辉，莫使我脸上无光……以我的行为／当作不可动摇的准则"。贺拉斯的这些话句句提的都是他自己的荣耀，把自己与国家等同，这让人不能不反思那些高谈为了群体必须大义灭亲，高谈为了国家而牺牲个人的人，到底是为了群体还是实际上为了自己。这一点从《贺拉斯》的题词中可以看得更加清楚。1641年《贺拉斯》出版时，高乃依将该剧献给宰相黎塞留，还写了一篇肉麻的献词，说：

> 是您使艺术的目的变得高尚起来。因为它不再像从前我们的导师教导我们的那样，把创作人民喜闻乐见的作品当作自己的目的，……您向我们指出了另一个目的，这就是：使您喜欢，使您高兴……从您的脸上我们看出您喜欢什么，不喜欢什么，从而学会正确地评价什么是好的，什么是坏的。

如果这些话确实是高乃依的真意，那么更可以看出古典主义的群体利益的实质。《贺拉斯》字里行间显示的古典主义的群体说辞中包含着更大的个人野心，掌握权力的人把自己等同于群体，要求别人为群体牺牲其实就是为自己牺牲，群体说辞只是用来掩盖膨胀了的个人权力和欲望，真正的"人民"早已被抛弃。高乃依后期用虚假的概念来否定无法颠覆的人性，这让他的作品变得虚假和单薄。中国文学翻译家王聿蔚也看到了这一点，在1990年上海译文出版社出版的《高乃依戏剧选》的序中说："在高乃依的时代，国王与国家是一致的，捍卫国家利益和保卫王权是一码事。"可惜的是他接下来说："在我们看来，这可以说是高乃依思想的局限，但在当时却是一种进步的思想。"他并没有看到把个体与群体等同中包含的欺骗和权欲膨胀的危险。

三

人既是个体动物也是群体动物。在王权和文学审查制度下，很多作家只能像高乃依一样强调人作为社会成员的一面，抹杀个体的需要。有些人会说环境如此我没有办法，也有人会让自己只看其中合理的一面，但其实办法永远存在，拉辛就是一个找到解决办法的聪明人。

拉辛也写人在荣誉和情感之间的选择，但他塑造了不少有感染力的、在情与义之间挣扎的反面人物，通过对他们的剖析，真实反映了人在个体与群体身份之间的矛盾，这让拉辛的戏剧变得血肉丰满。对那些可能的审查者，拉辛的解释是：

> 爱情的弱点，被认为是真正的弱点。情欲的出现，只是为了要揭露情欲所造成的一切破坏。悲剧中处处都运用这样的色彩来描绘淫邪，使人们明了，使人们憎恨淫邪的丑恶。

通过号称自己写这些"淫邪"只是为了树立反面教材，而且确实让这些"淫邪"人物以悲剧告终，拉辛巧妙地为自己找到了描写人类情欲的理由。但事实上通过把他所谓的反面人物作为主人公，细致分析他们的内心矛盾，拉辛让读者对这类人物产生同情，认识到了人类的情感并不都能用理性压制。

拉辛就这样聪明地打着道德教育的幌子尽情地描写人性，在高乃依向权力屈服，只能写群体之人的时候，拉辛为个体找到了存在的空间。拉辛的代表作之一《安德洛玛克》虽然塑造的也是安德洛玛克这样一个正面形象，但这个女主人公并不是贺拉斯那样为了荣誉大义灭亲的人，她的选择更像《熙德》中的施曼娜，既要保住荣誉，又要保住亲情。安德洛玛克是特洛伊英雄赫克托耳的妻子，当时成了希腊爱庇尔王庇吕斯的女奴。当庇吕斯要求她选择是放弃贞洁嫁给自己还是牺牲孩子性命时，她借助对庇吕斯的了解，设计了嫁给国王庇吕斯但在新婚之夜自杀的计划。安德洛玛克所面临的对丈夫的忠诚和对孩子的爱的选择其实都在家族层面，正面宣传的意义不大，她吸引人之处主要在于解决这一难题时显示出的智慧。剧中真正需要在国家的安危与个人的情欲之间进行选择的是国王庇吕斯。他作为"反面"人物选择了情欲，拉辛却给了他高尚守信的"正面"品德。安德洛玛克之所以能够找到解决办法，正是因为她知道庇吕斯一旦许诺做自己儿子的父亲，就会负责到底。因此虽然庇吕斯为自己的错误选择付出了生命的代价，剧中他的形象却表现出了善恶的复杂性，让观众感到选择情感的人不只是"淫邪"的。当然剧中也有真正"淫邪"的人物，即庇吕斯的未婚妻赫尔尼墨涅和希腊特使奥列斯特，因为他们为了情欲做出疯狂的举动。但即便这样，拉辛也给了他们行动的理由，让他们的行为虽然"淫邪"却可以理解。

写出"淫邪"之人的复杂情感，让他们虽然可恨却也可怜，这方面在《费德尔》中表现得最成功。费德尔是希腊神话中的人物，英雄忒修斯的续弦，但她爱上了忒修斯的长子希波吕托斯。虽然两人没有血缘关系，这一恋情毕竟意味着不忠和不伦。她也努力克制情感，假装厌恶希波吕托斯，把他赶走。在让费德尔表现出自我克制这一美德之后，拉辛再次生动地表现了情欲的不可抗拒。这样，费德尔的"淫邪"与其说是她个人的品德问题，不如说是当时社会对人性的理解出了问题。

　　费德尔听说忒修斯死了之后，在女仆的怂恿下向希波吕托斯表白了爱情，结果被希波吕托斯拒绝，这让她感到羞辱，只求一死。这时候忒修斯安然无恙地回来，恐惧之下费德尔默许女仆向忒修斯诬告希波吕托斯要强奸费德尔。忒修斯的诅咒导致希波吕托斯的死亡，后悔莫及的费德尔向忒修斯坦白了真相，然后自尽。《费德尔》的出色之处在于拉辛把情欲的不可抗拒，以及人在个人情欲与社会规范之间的矛盾写得淋漓尽致。费德尔内心的挣扎越激烈，她所受的伦理煎熬越痛苦，就越显示出个人情感的不可抗拒。所以与其说《费德尔》让人们憎恨淫邪，不如说让人们认识到人性的复杂，不是"理性"能够完全控制和解决的。

第八讲

人类真的是耶胡吗？

——斯威夫特的痛苦

17和18世纪的英国与当时欧洲其他国家的最大不同，是莎士比亚开启了对人性的承认和反思，这让人性在英国被当作分析社会和国家的基础，甚至是建立乌托邦世界的基础。这最终使得18世纪的英国文学与法国那种从理念出发的文学相比，显示出更大的现实性。

一

最早把对人性的理解作为理解人类社会的出发点的，是英国政治哲学家霍布斯。他的《利维坦》中的"利维坦"原为《旧约》中记载的一种怪兽，被他在书中用来比喻强势的国家，因此《利维坦》的目的原本是建立起国家学说，阐述社会结构。但是在欧洲政治史上，这本书被认为第一次用人的自然属性和自然理性说明国家的起源和本质，或者简单地说，霍布斯认为首先要明白人性，才有可能理解国家这一人类群体的结构形式。所以全书分为四部分："论人""论国家""论基督教体系的国家""论黑暗王国"，把"论人"作为他的分析出发点。

与莎士比亚相似，虽然霍布斯对人性不无绝望，但他用一种更客观的视角来看待人，承认人类的自然需求。善和恶不再是评判人类的标准，只是用来解释个体嗜好和欲望的词汇，而且这些嗜好和欲望也不分善恶，都被霍布斯解释为追求或逃离一个对象的倾向。这样，霍布斯把人性与伦理分离，并把"自然人"作为出发点。

自然人性的第一条就是对被杀死的恐惧，因此人会利用一切手段保存自己。此外还有重要的一条是人有各种欲望，而为了用有限的资源满足这些欲望，人与人之间必然会处于战争状态。既害怕死亡，又必须互相杀戮，这两条结合在一起，人只能交出自己的欲望和权力，以便在群体状态下和平相处。要保证和平的群体生存，就需要一个类似社会契约的东西，每个人同意转让一定权利给社会的统治者，而统治者有义务保障他们的安全。现代社会有力量保证契约者生命安全的就是国家。国王是国家权力的代表。这也是为什么臣民必须服从国王，因为他们已经同意让渡自己的权利；这也是为什么国王必须保障契约者的生命安全，因为王权是契约的产物，而不是如让·博丹、雅克－贝尼涅·波舒哀等法国王权理论家试图建立的"君权神授"说。

承认人性的自然需要会更容易看到每个人的善恶复杂性，也不会用宏大的理想来要求人们做出虚假的选择，或者用宏大的价值来掩盖自身的野心和欲望。承认人性未必就会带来混乱，因为人类出于趋利避害的本能，会做出既利己又利他的合理选择。18、19世纪出现的"合理的利己主义"的主张就是建立在对人性的这一看法的基础之上的，主张并相信能够把个人的利益与群体的利益结合起来。典型的"合理的利己主义"文学作品就是俄国作家车尔尼雪夫斯基的长篇小说《怎么办》。小说讲少女薇拉嫁给知识分子罗普霍夫，按照自己的理想创办了缝纫工厂。但后来她与吉尔沙诺夫生出爱情，又不愿意伤害罗普霍夫，日益憔悴。罗普霍夫发现后假装自杀，远赴美国，并在那里遇见了另一位心仪的女性重组家庭。薇拉也与更情投意合的吉尔沙诺夫结了婚。最后两家人住在一起，相处融洽。一个在赫尔岑的《谁之罪》中走向悲剧的三角恋困境就因为罗普霍夫的退出完满解决了。而罗普霍夫选择退出并不是为了他人牺牲自己，而是因为觉得妻子爱上了别人，自己和妻子之间会发生争吵，生活会不幸福，为了自己的幸福就应该放弃这一婚姻。这里的利他不过是利己的自然产物。合理的利己主义相信人可以理性地实现利己利人的双赢效果。当然合理的利己主义由于带有理想主义的成分，并没有产生很大的影响，但是它的出发点是现实的，就是回到人性本身。人本质上不是利他的动物，只有在保证自己幸福的前提下，利他才是可能的。但是合理的利己主义假定人们都会做出利己又利他的理性选择，或者能够认识到利他从长远来说也会利己。当然在这里认为所有人都能做出理性选择，说明合理的利己主义对人性依然缺乏足够的理解。

苏格兰哲学家休谟的《人性论》《人类理解研究》《道德原则研究》等更代表了17和18世纪对人性加以系统和科学的分析的努力。在这之前，英国哲学家洛克也曾试图对人的思想观念进行科学的分析。洛克认为心灵一开始只是一块白板，是经验赋予了心灵之后的观念。因此对洛克来说，理解人性重点是外部的经验以及经验转变为心灵观念的过程。休谟深受洛克的影响，同样坚持一切认识都来源于感官印象，并相应地把知识分为关于观念关系的知识和关于事实的知识。前者属于分析命题，具有确定性和必然性；后者属于综合命题，只有或然性。这里休谟显示出从外部经验和内在理性两个方面同时理解人的精神世界的努力。《人性论》的全称是《人性论：在精神问题中采用实验推理方法的一个尝试》（*A Treatise of Human Nature : Being an Attempt to Introduce the Experimental Method of Reasoning into Moral Subjects*），直接表明了用科学方法分析人类精神世界的意图。在"引论"部分，休谟论证了把牛顿的科学方法用于研究人类心理，建立人性科学的重要性。方法则是通过"收集我们在这一科学领域里的实验，即仔细观察人类的生活，按照他们在日常世界活动中的样子，通过他们在群体中，在事务中，以及在快乐时的行为来理解他们"。全书分三卷，第一卷"论知性"主要说明人的认识能力和界限，以及推理的性质和作用等认识论的内容；第二卷"论情感"主要分析情感的起源、性质和活动；第三卷"论道德"论述了道德的基本原理，并把道德分为"人为的德"和"自然的德"两类。与理性主义不同，休谟认为决定人的行为的是情感而非理性，伦理分析应建立在情感和激情而不是理性之上，因此提出他的名言"理性是，而且仅仅应该是，激情的奴隶"。凡是能够增加人们快乐和利益的，就是善，反之就是恶，因为趋利避害是人的自然本性，也是道德的基础。

由于承认人性，从人性出发而不是从某个抽象的理念出发，甚至也不是从合理的利己主义的理想化理性出发，来理解和评判人类的行为和人类社会，这让文学的表现方式和表现内容也开始发生转变。对于18世纪的文学来说，重要的已经不再是英雄是怎样的，而是人是什么、人性是怎样的。于是开始有了写实小说。写实小说与传统叙述的一个不同，就是它遵循现实规律，把现实作为出发点重新思考道德，思考生命和价值。当然，大多数的18世纪写实小说有一个比较大的缺陷，就是很多作者都是中产阶级。中产阶级的观念相对保守，缺乏哲学家把问题推到极限的勇气。这或许可以解释为什么18世纪的英国写实小说会被认为有太多的说教。此外，当时的写实小说还有一个特点，即虽然中产阶级作家已经接受了情感的重要性，但由于他们缺少正视极端情感的勇气，中产阶级的情感大多是一种温情，有时难免虚假。

二

18世纪写实小说的一个重要主题是伦理问题。从休谟的体系可以看出，对伦理的理解与当时人对自我的认知是分不开的。18世纪文学正好发生在英国扩张殖民地的时代，新大陆的发现不仅仅带来了经济上的繁盛，而且改变了英国人对自己的想象，一些传统的价值观念也由此发生了变化。在《想象的共同体——民族主义的起源与散布》中，本尼迪克特·安德森提出民族是一种想象的政治共同体，是自18世纪起各种政治力量相互作用的结果，尤其是"海外移民出身的官员的朝圣之旅……在垂直上升的方向受到阻拦"后，随着对自我身份的反思，进而提出民族主义要求。这一点在斯威夫特的身上体现得最突出。

斯威夫特的父亲实际上是英格兰南部赫尔福德郡一个小镇的牧师，后来与哥哥一起来爱尔兰寻找发财的机会。斯威夫特出生前他的父亲就去世了，他妈妈生下他后把他留给他的伯父，只身回了英国。斯威夫特大学硕士毕业后来到英格兰，在妈妈的帮助下给威廉·坦普尔爵士当私人秘书，赢得了他的信任，参与了一些重大的政治事件。但接下来非但没有像他希望的那样再向上发展，他反而被送到北爱尔兰安特里姆郡一个偏远的牧师领地，远离政治中心。后来他又回到坦普尔爵士身边，直到坦普尔去世，帮他编撰回忆录。斯威夫特希望更高的职位，却因为坦普尔家人对他的敌意而一无所得。他直接求助国王，却又被派回了爱尔兰，成了米斯郡拉拉克教区的牧师，从都柏林圣帕特里克大教堂领取薪俸。这之后他因《桶的故事》和《书的战争》而渐获文名，与英国诗人亚历山大·蒲柏等建立了长期友谊，并跟他们组成"涂鸦社"（Scriblerus Club）。这期间斯威夫特在政治上也越来越活跃，进入了托利党政权的核心，但是并没有得到期望的职位。辉格党执政后，斯威夫特只能失意地回到爱尔兰，并开始带领爱尔兰人反抗英国的压迫。非常有名的一件事是当时一个英国商人买通了国王的情妇肯德尔公爵夫人，获得了制造半便士铜币的特许状。斯威夫特认为钱币使用了劣质材料，且其中包含着贿赂，于是写了《德莱比尔的信》，在信中把爱尔兰塑造成经济上独立的国家，号召爱尔兰人集体抵制使用这一钱币，最终导致特许状被收回。除此之外，他还号召大家使用爱尔兰的东西，抵制英国货。斯威夫特喜欢写讽刺诗，说反话，比如建议爱尔兰穷人把孩子卖给英国人烧了吃，实际是讽刺英国人对于爱尔兰的敲骨吸髓。总之，不少评论家认为是斯威夫特第一个组织起广泛的爱尔兰团体，代表了爱尔兰民族意识的觉醒。斯威夫特的生平典型体现了安德森所说的18世纪民族主义意识的产生过程。

　　安德森指出的这一过程非常有意思。被压迫民族的民族意识的形成并不是在被压迫民族内部出现的，而是需要与压迫者产生冲突，在回视自己民族时才意识到自己民族的民族品质和民族特性，也才意识到自己民族的独立存在。这种随着离开而获得的回视和反思是18世纪重要的自我认知方式，是由殖民扩张引发的民族碰撞所带来的积极结果。萨义德在《文化与帝国主义》中指出，18世纪英国写实小说中普遍存在着体现殖民意识的"态度与能指结构"。在这些小说中，海外殖民地经常出现，并暗示着冒险和发财，萨义德称之为后殖民话语。不过萨义德没有看到的是，这些海外殖民结构或意象不仅包含着后殖民态度，而且也包含着殖民者或被殖民者对自身的观看、想象和反思。

三

与他者的相遇并不总能带来对自身局限的反省，有时也可能是自我的膨胀和美化，这是文化探险比经济探险更加复杂的地方。文化探险的结果不是唯一的，而是取决于相遇双方的力量对比、文化成熟度、各自的目的、相遇时的环境，等等。但是有一点是一样的，就是文化相遇可以帮助双方更自觉地意识到自身的存在。

笛福笔下的文化相遇就和斯威夫特的有着不同的结果。事实上，笛福跟斯威夫特一样怀有政治野心，但他更加虚荣。他出生在伦敦西部的一个贫民区，不过父亲是一个有钱的动物油脂蜡烛商，也是当时的伦敦屠夫协会成员。他本来叫作福，后来他在自己的名字前加了相当于贵族的姓氏"笛"，好让自己沾上贵族的色彩。笛福还是一个特别聪明的人，没有上过大学，却把政治批评文章写得辛辣诙谐，引起了政府的注意，被判入狱六个月并带枷三天。立枷是一件侮辱人格的事，但笛福聪明地写了《立枷颂》秘密散发，并让亲人和朋友在自己立枷时到场声援，所以别人立枷时被投掷的是鸡蛋、菜叶等污物，投向他的则是鲜花。他也因此深得当时托利党领袖罗伯特·哈利的赏识，开始为政府办事。与此同时，他还创办了《评论》杂志，每周发行，上面的大部分文章都是他的手笔。后来哥伦比亚大学把他的杂志文章结集成册，发现长度相当于25部长篇小说。实际上，期刊随笔的出现也是18世纪文学发展的一大推动因素，斯威夫特、理查逊、菲尔丁、约翰逊等当时的文学大家都办过杂志。笛福的杂志涉及政治、商业、文学、社会风尚等各类问题，尤其是日常生活，这让他开始关心日常生活的方方面面，从更广泛的角度来理解人类生活。他甚至出版过两册《家庭必备修身要义》，而且大受欢迎。

事实上笛福并没有真正出过海，最远就是到欧洲大陆，他的商业贸易也仅至葡萄牙和西班牙，但他却写了一部海外冒险和殖民的小说，准确抓住了当时的主流话语。他的名著《鲁滨逊漂流记》是根据一个名叫亚历山大·塞尔柯克的水手的经历改写的，但是他凭着艺术家的敏锐，准确抓住了当时整个英国因美洲新大陆的发现而激发的冒险情绪，就像虽然他没有经历1665年的伦敦大瘟疫，却在《瘟疫年纪事》中把瘟疫引起的恐慌写得栩栩如生一样。

塞尔柯克是一名苏格兰水手，被船长遗弃在智利海岸一个渺无人烟的荒岛上，独自生活了四年多才被人发现。不过一样幸运的是，他也有一些重要工具：火石枪、火药、铅砂、子弹、刀子、斧子、小锅、《圣经》、烟草、被子、枕头，以及两件衬衣。他没有想到用海水晒盐，也没有像鲁滨逊那样自己种地，而只是打猎为生。他搭了两间简陋的草屋，一间睡觉，一间做饭，没有鲁滨逊的那么齐全。即便这样，四年里他也勉强活了下来，唯一的进步就是跑得比兔子还快。当时报道塞尔柯克的故事的是一份基督教报纸，讲这个故事就是为了告诉读者，生存所需要的东西并不多，重要的是在对上帝的信仰中获得心灵的宁静，因此故事侧重的是在困境中活下来（survive）。鲁滨逊则不一样，他不仅活了下来，而且在工具的帮助下打猎、种植谷物、风干葡萄、做陶器、养羊，还有一只小鹦鹉当宠物，后来甚至有了仆人星期五，从土著手中救出星期五的父亲和一个西班牙水手，在岛上以总督自居，将荒岛变成了他的殖民地，甚至帮助经过的英国船平息了叛乱。鲁滨逊的故事讲述的是征服（conquer）陌生世界的过程，他不仅改造了自然，也改造了当地人，总而言之，荒岛因他的到来而发生了改变。

18世纪时该书的标题非常长，是《约克水手鲁滨逊·克鲁索的生平和离奇惊人的冒险：他一个人在美洲海岸附近的无人小岛住了28年……（靠近奥里诺科河河口；因航船失事漂到岸上，除了他，其他人都死了。还讲述了他最终如何离奇地被海盗解救）》。这个标题把荒岛定位在美洲海岸，因此鲁滨逊并不单纯是一个荒岛余生的故事，还是英国殖民者征服美洲的故事。

1719年版的《鲁滨逊漂流记》的插图里，大陆轮廓与北美洲非常相似，左上角围着篝火拿着棍棒手舞足蹈的小人显然是"野蛮的"印第安人，下方比例更大的划船和围坐的人无疑是来到美洲的英国人。熟悉欧洲宗教画的人会知道，人物比例的大小并不是透视法的结果，这从图中树木的大小不变就可以看出来。人物身材的大小在宗教画中代表着地位的高低，越大越神圣，因此这里可以看出殖民者与土著的等级关系。

其中鲁滨逊的装束在1719年版的插图中与17世纪持火绳枪

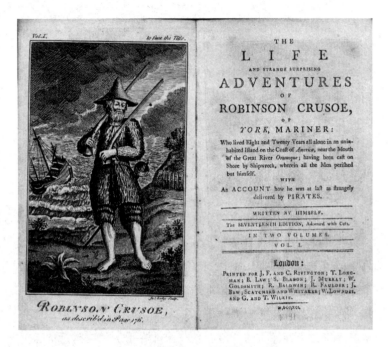

1719年版《鲁滨逊漂流记》中的插图

的英国士兵非常相似。所以《鲁滨逊漂流记》刚被印出来的时候虽然被当作清教徒的道德说教故事，但其精神和细节都已经暗含了英国人对武力征服美洲的想象，这才是《鲁滨逊漂流记》在当时大获成功的真正原因——表达了大英帝国所需要的征服世界的冒险精神、殖民观念，同时也想象了怎样可以成功地征服这个世界。

对于今天的读者来说，《鲁滨逊漂流记》倒更像"野外求生手册"，逼真地想象了各种野外生存可能发生的情况，以及解决方法，让读者获得征服自然界的信心。但是就像笛福对塞尔柯克的现实经历做了非现实的美化一样，他的荒岛求生手册同样充满了非现实的想象。汤姆·汉克斯主演的《荒岛余生》可以说是对鲁滨逊神话的纠正，主人公在荒岛上孤独、艰辛的处境，以及难以解决的困难，更现实地描绘了人类以个体形态面对大自然时的软弱无助。

事实上第一批英国殖民者并没有征服新大陆，虽然他们是一群人，但对于新大陆这片完全陌生的广博大地来说他们的人数还是太少了。在英国殖民历史上有一个至今未解之谜，即"失踪的殖民地"。1584年，艺术家约翰·怀特在沃尔特·罗利爵士的派遣下率领115人在北美洲东海岸的洛亚诺克岛重建殖民地，在此地诞生了怀特的孙女弗吉尼亚·戴尔，她是在殖民地出生的第一个小孩。因为殖民地的恶劣生存条件，随船带来的补给很快就耗尽了，怀特冒险回国求助（因为当时跨越大西洋是一件危机重重的事）。但由于英国和西班牙爆发海战，怀特三年后才得以返回洛亚诺克岛，却发现留下的人都失踪了，也没有留下任何标记表明去处或者遇到的危险。有人说他们被当地的印第安人屠杀了，有人说他们跟印第安人结婚生了孩子，但所有这些都已无从考证。

所以英国人第一次进入殖民地并不是一个成功征服的过程，甚至都说不上是一个存活下来的过程，《鲁滨逊漂流记》完全是一个非历史和非现实的神话。这个神话之所以大获成功，除了满足了当时英国人的殖民幻想外，还通过与新大陆的野蛮文化的对比，塑造了英国殖民者当时需要的自我形象，爱尔兰作家乔伊斯将这一新的自我形象概括为："男性的独立、不自觉的残忍、韧性、缓慢但有效的智慧、性冷漠、算计好的少言寡语。"这些性格成为英国男性的重要自我认识，影响了后面几代人。这些性格其实是在英国殖民的历史背景下为适应新的环境逐渐形成的，具有非常强的实用性，它们帮助后来的殖民者在危险的新大陆环境中存活下来，并最终成为征服者。

乔伊斯没有提到的是，鲁滨逊除了在与异域世界的遭遇中发展起有效的性格特征外，他也对自己有了越来越多的自信，他的自我形象在土著面前被半神化了，"当星期五见到我后就急忙奔跑，跪趴于地，姿态尽显谦卑，甚至将头放于我的脚下"。鲁滨逊越到后来越自信，成功的征服让他把自我想象成英雄。因此《鲁滨逊漂流记》不仅构建起了殖民经历的神话，也构建起了英国人神圣身份的神话。

四

斯威夫特同样敏锐地觉察到了海外殖民地的建立对英国人的自我意识的影响，但是他的爱尔兰人身份，以及比笛福更倒霉的政治遭遇，让他在《格列佛游记》中所做的身份反思没有笛福那样乐观。

《格列佛游记》包括四个部分，格列佛去了多个地方，并非只是大人国和小人国。作为儿童读物的《格列佛游记》常在前两个部分就结束了，叙述也因此更像童话，但是如果把四个部分放在一起，就可以看出斯威夫特思考的是一个与笛福相似的问题：当人面对完全不同的异域世界的时候，人如何获得新的自我认知。只有面对一个完全不同的文化的时候，人才开始意识到自己的民族或种族身份。

《格列佛游记》的全称是《行至世界上若干遥远国度，共四部分，游历者莱缪尔·格列佛，初为外科医生，后为若干海船的船长》，因此这个故事的出发点依然是航行至世界上的其他国家。中文标题翻译为"游记"，似乎只是旅游观光，但英文的"travel to"可以是到达某地后不再离开，因此完全可能暗含着将其变为殖民地的意图。格列佛从船医到船长，从殖民行为的旁观者转变为殖民行为的主导者，即便斯威夫特并无意替英国建立殖民地，在当时普遍情绪的影响下，这本书包含的探险和征服意图还是非常明显的。当然也有人认为斯威夫特是在模仿和讽刺当时在殖民事业刺激下大量出现的"游记"。不管是褒是贬，至少《格列佛游记》并非凭空想象的童话，而是英国殖民扩张的历史产物。而且根据20世纪初美国西北大学教授、著名的斯威夫特专家亚瑟·埃利科特·凯斯（Arthur Ellicott Case）的研究，格列佛所到之处并非传说中的神话国度，而是在亚洲、大洋洲和北美洲的诸海岸，与英国的殖民轨迹相符。凯斯还画了一幅详细的格列佛行迹图。

换句话说，《格列佛游记》想象的是与地球上其他国家的真实接触。书中神话式的人物和细节是包括《西游记》在内早期游记常有的特点，是人类最初接触陌生文化时的扭曲想象，就像明代中国人把西方人传说成红头发、绿眼睛、双腿僵直的怪物一样。

格列佛先被海浪冲到澳大利亚西北部的小人国。小人国不仅身材只有格列佛的十二分之一，关心的也都是鸡毛蒜皮的小事，比如从哪一头先敲碎鸡蛋，就足以导致不同派系的大屠杀和国家之间的战争。出于自己心酸的政治经历，斯威夫特把对无聊的政党之争和宗教之争的讽刺，尤其对辉格党的讽刺也放入对小人国的政治体系的描写之中，这也让斯威夫特在《格列佛游记》初版时为了避免遭到政治迫害而做了一些改动。不过，从总体结构来说，小人国依然代表着斯威夫特对异域世界的想

亚瑟·凯斯1945年出版的
《〈格列佛游记〉四论》中的格列佛行迹图

象，厘厘普人弱小的能力、原始的思维、本能的善恶判断力，都让来自现代文明社会的格列佛有一种优越感，无论体质还是心智上他都高出他们，因此也能游刃有余地影响小人国的生活和政治。18世纪的英国由于率先转入了现代文明的范式，工业社会逐渐成熟，现代思维开始发展，即便在欧洲诸国中也属于经济发达、实力雄厚的国家。因此，英国殖民者来到大洋洲之后，跟当地依然处于原始状态的土著相比，无疑会有高高在上的感觉，对自我的认识也会相应膨胀。所以小人国之中格列佛的巨人形象其实是英国人面对那些原始土著时的自我认识。当然斯威夫特撰写《格列佛游记》的时候，英国人还没有来到澳大利亚定居，但是已经有人在17世纪的时候来过这里。斯威夫特笔下那些为了鞋跟高低大打出手、用跳绳技巧决定社会身份的小人国居民，可以说反映了英国人面对外部世界时，对原始社会的第一印象。与鲁滨逊一样，格列佛对这些土著来说也有如神灵，有着超人的能力。

不过斯威夫特毕竟与笛福不同，作为爱尔兰人在英格兰的挫折让他反思英国文明。因此，虽然跟笛福一样并没有真正远渡重洋，斯威夫特却认识到在以他者为镜时，不仅能看到自己的强大，也有可能借助不同的价值尺度，对自身的文明做出反思。这一次格列佛来到了位于北美洲的大人国。

初到大人国的时候，虽然个子只有布罗卜丁奈格人的十二分之一，格列佛对英国文明却非常骄傲。他向大人国津津乐道地介绍英国的文明，宣传现代武器，反而让大人国人大吃一惊：这么点儿的小东西竟然会这么残忍。大人国国王虽然不完全认可格列佛所描述的英国社会，但是就像高等文明者一样，宽容地听取格列佛洋洋自大的宣传，然后提出自己的问题，再根据回答做出最后的判断。当然，大人国国王的判断代表着斯威夫特对英国政治的深深失望，因此他最后让大人国国王总结说："那些事不过是一大堆阴谋、叛乱、暗杀、大屠杀、革命和流放，是贪婪、党争、虚伪、背信弃义、残暴、愤怒、疯狂、仇恨、嫉妒、淫欲、阴险和野心所能产生的最严重恶果。……你的同胞中，大部分人是大自然从古到今容忍在地面上爬行的小小害虫中最有毒害的一类。"虽然格列佛将大人国国王的判断称为"死板的教条和短浅的目光"，将他们务实的知识称为学术贫乏，但是从第三章斯威夫特对飞岛国那些复杂但无用的知识的批判来看，以及格列佛一开始以为大人国人只是幼稚的天真，到发现其实他们也经历过战乱，目前的政治制度是他们选择的结果，就可以看到斯威夫特的似贬实褒。他对这种朴素开明的政治模式的肯定，也可以从后面称大人国的统治者为"伟大的国王和王后"看出来。格列佛在大人国的经历既是面对高级文明时可能会有的认识过程，又体现了随着与不同文明越来越多的接触，一些英国人学会不只用自己的标准审度他者，而且开始对自身的文明进行反省。萨义德在《东方主义》中没有分析这一反省的过程，西方似乎永远在叙述、分类、阐释和概括东方。但是正如萨义德自己也指出的，被殖民地的反殖民运动离不开殖民地国家中那些反殖民主义者的支持，而这些人的反殖民主义立场来自哪里？至少来自斯威夫特这样具备反思能力和反思可能性的人。正是不同文化之间的比较，帮助了那些具有批判能力的英国人看到了自己的文明存在的问题。

第三部诸岛国游记发生在亚洲东部沿海诸国，其中尤其明确提到了日本。其实第三章是最后撰写的，补充了英国与那些已经成熟的文明接触的可能。其中的飞岛国尤其拥有先进的知识，能操作磁石让岛屿飘浮在空中。通过飞岛国的经历，以及后来在格鲁都追岛召唤历史上的亡灵，斯威夫特思考的已不仅仅是两个文明的碰撞，而是扩展到整个人类历史上的文明，包括哲学、医学、科学、政治等等。但是就像只关心抽象知识的飞岛国一样，在斯威夫特笔下，这些过于成熟的文明所构建的复杂知识或者充满谎言，或者一无用处。比如有一种医术可以让人长生不死，但却导致人老得连脸上痒了都抬不动手挠一下，痛苦无比；再如智者们研究的只是怎样把房子从上往下造，或者怎样从黄瓜中提取阳光。最后连这些人的妻子都无法忍受，宁愿跟仆人跑掉了。总之在第三章中，斯威夫特反思了整个人类文明已建立的文化知识体系。对于这些越来越复杂抽象的文化，斯威夫特认为，如果不能对日常生活有益，就都是空中楼阁，毫无价值。

第四部是斯威夫特第三个完成的，在把英国分别与劣势和优势文明比较后，开始把人类与其他物种对比，那就是慧骃国中的马。在与其他物种对比时，斯威夫特思考的也不再仅仅是文化，而是直抵人性。当他反思人性的时候，他看到的是人类的贪婪、堕落、凶残、野蛮，所以他塑造了耶胡，人性中兽性的一面。这些耶胡常会为了地上的彩色石子（钻石或者宝石）大打出手，对于食物也总想独吞，不分好坏什么都吃，母耶胡则淫荡风骚。在这一部中格列佛也向慧骃们介绍了英国的社会状况，但是与在大人国的介绍不同的是，他对大人国国王说的大多是制度和社会结构，也即从文化的方面来谈，而对慧骃们说得更多的是各种人怎样使用各种卑劣的伎俩来为自己谋利，也即人性。慧骃对耶胡的描述也主要针对它们的品性而非文化。格列佛在跟慧骃相处日久之后，开始"另眼相待人类的行为和感情"。慧骃们听了格列佛对战争的描述后，厌恶地说支配这些耶胡行动的，绝对不是理性，"而只是某种适合于助长我们天生罪恶的品性而已"。总之，斯威夫特对人性持彻底的否定态度，真善美被认为来自理性而非人类本能，这是与休谟不同的地方。斯威夫特只把理性赋予慧骃，根本否认耶胡能具备理性。虽然格列佛自己也表现出了一定的理性，他却借慧骃之口否定人具有理性的可能："它说，要是有这么一个国家，其中只有'耶胡'

才具有理性，毫无疑问它们应该成为统治者，因为理性最终总是战胜野蛮。但是就我们身体的体格，特别是我的体格来论，它认为同样大小的动物再没有比我们这种构造更糟糕的了，日常生活中根本就无法运用理性。"因此等他回到家里，已经无法忍受与人待在一起，整天都在马厩与马同住。

《格列佛游记》绝非一个童话，也不只是对英国的批判，而是斯威夫特在比较中对英国文化的反思，以及进而对整个人类文明与人性的反思，而他最终得出的是一个厌世主义的结论：人性野蛮丑陋，人类文明一无是处。斯威夫特晚景凄凉，死前写了一首《斯威夫特自挽诗》，说自己死后谁最高兴呢？其实不是敌人而是朋友，因为人性可以忍受敌人升官发财，却无法忍受朋友超过自己。这首自挽诗中包含的对人性的绝望更加强烈，因为他彻底否定了人类之间爱的可能性。

那么，斯威夫特对人类文明和人性的看法是过于偏激，还是有一定道理，人类到底是不是耶胡？事实上，这是一个不会有标准答案的问题，就像人类依然无法洞悉自己的大脑和宇宙一样，要让人对自身做出否定就像要人拔着自己的头发把自己提起来。在这个问题上重要的是看作者说话的方式是否有合理之处。

《格列佛游记》是一部著名的讽刺作品（satire）。讽刺作品的特征是通过反讽、戏仿、嘲弄、夸大、并置、对比、类比、双关等手法，寓贬于褒或寓褒于贬，把人类的罪恶、愚蠢、恶习、缺点等夸大到可笑的程度，来提出对个人、群体、政府和社会的批评，其中政治讽刺是讽刺文学的主体。事实上，18世纪辉格党和托利党的两党政治逐渐形成后，英国文学发展起与古代讽刺文学不同的传统，斯威夫特则被认为是这一现代讽刺文学的开创者之一。他所在的"涂鸦社"就是一个明确以讽刺文学为目的的群体，除了斯威夫特和蒲柏外还有约翰·格雷、约翰·阿巴斯诺特、罗伯特·哈雷、托马斯·帕涅尔、波林勃洛克子爵亨利·约翰爵士等，其中最著名的讽刺文学作品当然是斯威夫特的《格列佛游记》和蒲柏的《鬈发劫遇记》。"涂鸦社"的成员虚构了一个博学的傻瓜马丁努斯·涂鸦鲁斯，以此嘲弄当时那些枯燥无聊、卖弄学问、目光狭隘的学者，《格列佛游记》中的诸岛国部分也有这个喜剧人物的影子。

意大利讽刺剧作家达里奥·福对讽刺和揶揄做了区分，指出后者虽然表面看也是在对某个可笑的人物或现象加以嘲弄，但是并不对讽刺对象的本性和本质加以攻击，比如蒲柏的《鬈发劫遇记》用人物的小题大做来讽刺英国上层社会的无聊、愚蠢和虚张声势，但是语气温和善意，以至有学者认为蒲柏对所讽刺的人物其实抱有同情。而斯威夫特的《格列佛游记》则属于辛辣的讽刺而非揶揄，是对讽刺的对象做出颠覆性的攻击。斯威夫特和笛福都被认为是现代新闻讽刺的开创者，都对当时的英国政策和政治行为用反话正说的方式加以攻击，比如斯威夫特建议爱尔兰农民把养不起的孩子卖给富裕的英国人当食物，或者笛福建议对持异议者做出极其严厉的惩罚。前者实际上攻击英国对爱尔兰的敲骨吸髓，后者的目的是提倡宗教和政治上的宽容。这类讽刺大多嘲讽政治、经济或宗教领域中的当权者，起到与权力抗衡的作用，因此一般以揭露和对抗为主，自身很少提供解决方案。

《格列佛游记》的第一和第三部通过夸张到可笑的滑稽变形手法，对政治和学术做了讽刺。由于这一讽刺手法属于文学性的虚构和夸张，因此讽刺者并不需要对自己讽刺内容的现实真实性负责；同时由于被讽刺者也都被替换为非现实的虚构形象，被讽刺者也无法确认具体的针对性，因此这类讽刺往往更针对一般性的价值观念，表达作者自身的价值立场。因此，第一和第三部虽然表达了斯威夫特对当时的政治和文化环境的不满，但正因为没有具体的针对性，也让斯威夫特的否定很容易变为对整个政治和文化的普遍性否定，或者说对政治和文化的总体倾向做出否定。至于讽刺对象的具体成就则不在这类讽刺的考虑范围之内，因此如果比较中肯地说，这类讽刺往往存在以偏概全的缺陷。

第二和第四部的讽刺手法主要以对比为主，让格列佛对英国的政治体制（第二部）和人性（第四部）做出似褒实贬的描述，再通过与大人国和慧骃国的相应情况的对比，以及大人国国王和慧骃国人的评判，对英国现状做出更有针对性的判断。虽然作为一部虚构作品，其作者依然不需要完全对内容的真实性负责，但由于格列佛是以一个可信的叙述者的形象被塑造的，他也在叙述中屡次表明自己尽量做到公正，因此叙述者显然希望读者相信自己叙述的真实性。

如果以第四部为例，看一下斯威夫特对人性的描述就可以对斯威夫特的讽刺有更本质性地认识。这部分既有格列佛的"客观"描述，也包含耶胡这一形象的滑稽变形：

格列佛描述的人性	慧骃描述的耶胡
有理性的动物	性情乖张、倔强、狡猾、恶毒、奸诈、报复心强，身强体壮但性情懦弱、蛮横无理、下贱卑鄙、残忍歹毒
更干净，更顺眼	好坏都不分的食欲、偏爱肮脏污秽
争权夺利以及淫欲、放纵、怨恨、嫉妒	互相之间的仇恨要胜过它们对其他任何动物的仇恨
战争（出于君主的野心或者大臣的腐败）	战争（出于想独占全部）
勇敢／野蛮（战争中的人）	贪婪，喜欢有不同颜色、闪闪发光的石头
（律师）刁滑、奸诈、狂妄自大、厚颜无耻，却还赢得群众的信任，又无知又愚蠢，卑鄙，一切知识和学问的公开敌人	
（裁判团）对公正和公道持有强烈的偏见，年老体弱脾气坏，又懒又随便	
（富人）男人的奢侈无度和女人的虚荣	共享母耶胡，公母耶胡之间也极其无耻残暴
（医生）空想的治疗方法、杀人来证明自己正确	治疗耶胡病是将耶胡自己的屎和尿混到一起

（大臣）哀乐无动于衷，爱恨不明，不同情不动怒；除了对财富、权力和爵位有强烈的欲望外，别的一概不动感情；不说真话，贪污，受制于色衰的荡妇或者自己的亲信仆人	耶胡首领长得比别的耶胡更难看，性情也更刁钻
（大臣的仆人）向主人学习蛮横、说谎和贿赂，靠机巧和无耻一步步往上爬	
（贵族）孩时游手好闲，奢侈豪华；成年鬼混，一身恶病；无钱时娶出身卑贱、脾气乖戾且身体还不好的女人做妻子；古怪、迟钝、无知、任性、荒淫和傲慢	躲进一个角落里躺下来又是嚎叫又是呻吟，一干重活就恢复正常
（普通人）没有生存的依靠，只好讨饭、抢劫、偷窃、欺骗、拉皮条、作伪证、谄媚、教唆、伪造、赌博、说谎、奉承、威吓、搞选举、滥作文、星象占卜、放毒、卖淫、侈谈、诽谤、想入非非以及各种相似的事	女耶胡的淫荡、风骚、苛刻和造谣

从对比可以看到，耶胡是斯威夫特塑造的人的原始形态，代表了人本性之恶，因此对耶胡的塑造是斯威夫特从本源上对人性的否定。至于人类，慧骃也承认格列佛描述的人类确实"碰巧得到了一点儿理性"，但是"我们将造物赋予我们的很少的几种本领弃之不用，原有的欲望倒一直在十分顺利地不断增多，而且似乎还在枉费毕生的精力通过自己的种种发明企图来满足这些欲望"。换句话说，理性非但没有改善人性，相反，反而使人的恶性欲望增强。

至于对略具理性的人类的批判，斯威夫特控诉最多的是那些有权、有钱的上层阶级，甚至直接提出是因为这些人贪得无厌地占用了太多的资源，才让大多数人"没有生存的依靠，只好靠讨饭、抢劫、偷窃、欺骗、拉皮条、作伪证、谄媚、教唆、伪造、赌博、说谎、奉承、威吓、搞选举、滥作文、星象占卜、放毒、卖淫、侈谈、诽谤、想入非非以及各种相似的事来糊口过日子"。由此可见，斯威夫特通过格列佛所做的现实批判其实是针对社会不平等所做的政治批判，而通过耶胡所做的神话批判才是完全针对人性的，这里斯威夫特把社会批判与人性批判混淆在了一起。

直接由社会的问题推出人性的问题，从逻辑上说存在一定问题，当然如果考虑到莎士比亚的第66首十四行诗，叙述者悲观厌世的结论同样是由社会问题引发的，那么就也可以理解了。不过这也反映了当时在逻辑思辨尚不完善的情况下，很多结论可能存在以偏概全的问题，这也是当时依然占主流的归纳法或类比法存在的问题。在这种情况下，这些结论往往不是真假问题，而是立场问题，重要的是叙述者的态度与情绪。而这种态度和情绪随时可能因叙述者主观感受的改变而改变，因此可以称之为情绪判断。情绪判断受叙述者的经历、利益得失、知识和智力能力，乃至当时情况下叙述者的情绪波动的影响。

情绪判断的最大特点是叙述者本人往往站在被否定的对象之外，站在评判者的高地上，缺少自我反省。即便叙述者会做出自我批判的姿态，本质上他还是会与那些被批判者区分开来。比如格列佛会不时因为自己竟然与耶胡而非慧骃相似而自惭，但是文中处处强调他与耶胡的不同，他也因此得到慧骃们的另眼相待。而当格列佛介绍自己的英国同胞时，他也表现出一种优越性，"我认为自己的想法要高过一般人，因为我曾那么长时间同最有德行的'慧骃'在一起交谈，我自有优势"，因此他是其他同类的导师而不是同伴。即便对自己的家人也是如此，"去实践我从'慧骃'那儿学来的那些优秀的道德课程，去教导我自己家里的那几只'耶胡'直到把它们都培养成驯良的动物"。在他回国后对待家人、邻人和他人的态度上，自身的优越感暴露无遗。

甚至在对他人的批判上，他的判断也是不彻底的。比如他与慧骃交谈时，提到"我的主人听我谈到我国的贵族，它倒是说了我一句好话，不过我是不敢当。它说，它敢肯定我是出身于贵族家庭，因为我的模样好，肤色白，身上干净，这几方面都远远超过它们国内所有的'耶胡'"。格列佛后来曾承认自己"出身低微，父母都是普普通通的老百姓"，但是被视为贵族让他不无得意。问题在于，贵族正是他要批判的。他的这一矛盾显示，他对自己所批判的对象并无本质性的认识。这是情绪判断的另一个特点，缺乏认识到问题本质的深刻性，往往用现象代替本质，这也让他们的结论会随现象的变化而变化。

由此可见，斯威夫特在《格列佛游记》中提倡理性、否定情绪，但是他自己却落入了情绪判断，这让他的批判并不彻底。

五

对于人类的情感，20多年后英国作家菲尔丁就有了不同的看法。菲尔丁倒是出身贵族，也很有才气，但从小就不喜欢循规蹈矩，18岁就曾试图劫持他的表妹萨拉·安德鲁，计划失败后只好逃走。第二年又因攻击他父亲的一名仆人被控告。菲尔丁的好友詹姆斯·哈里斯也说他好冲动，常常做出过火的事。菲尔丁早年写了一些颇有影响的戏剧，可惜后来因为新颁布的戏剧检查法，没有剧院愿意上演他的剧本，他只好转而写散文作品。据说即便在写剧本的时候，他依然经常晚上去酒吧喝酒，喝完了连夜写作，天亮才睡。这样不分昼夜的生活让他得了严重的风湿病。

菲尔丁把自己这种率性而为的性格给了他的代表作《弃儿汤姆·琼斯史》的主人公，对当时社会所推崇的理性的道德表率大加挞伐。小说运用对比手法，塑造了两个性格截然相反的人物：主人公汤姆·琼斯，一个在乡绅奥尔华绥的妹妹布利奇特床上发现的弃儿，被认为是女仆和男教师的私生子；另一个是布利奇特的遗腹子布利菲。两个男孩年纪相仿，一起由奥尔华绥抚养，并且都喜欢邻居乡绅的女儿索菲亚。布利菲就是英国社会提倡的那种克制欲望、按照社会规则行事的乖孩子，整天说些关于道德和义务的漂亮话；汤姆则是那种不拘小节的青年，经常不顾门第规则随性而为，更不会文过饰非。菲尔丁并不相信连自己的情绪欲望都不肯承认的人，因此他让布利菲骨子里自私虚伪、冷酷阴险；汤姆则善良诚实，愿意牺牲自己去帮助别人。比如一天索菲亚喜欢树上的一只小鸟，汤姆立刻爬到树上给她抓了下来，索菲亚很高兴，可是布利菲出于妒忌，把小鸟要过来放了。奥尔华绥问布利菲为什么要把索菲亚弄哭，布利菲就说自己是疼惜这只小鸟，所以让它重获自由。结果布利菲反而得到夸奖。

这类事情非常多，比如汤姆在猎场看守人帮助下打死一只鹧鸪，布利菲去告发他们，弄得猎场看守被解雇，一家人生计无着。汤姆在奥尔华绥生病时日夜守护，看到病情好转后喝酒庆祝，布利菲一心希望奥尔华绥早死好继承遗产，却诬告汤姆见奥尔华绥生病喝酒庆祝，导致汤姆最终被赶出家门。总之，汤姆心地善良，却因为受情绪主宰，做出很多被当时的社会道德认为堕落的事，比如受不住诱惑跟贵妇同居，控制不住情绪跟别人打架等。布利菲满嘴理性道德，却处处用心机陷害汤姆。好在索菲亚也坚信善良比守规矩更重要，也好在最后揭露出汤姆也是布利奇特的孩子，布利菲却为了独吞财产把布利奇特临终前写给奥尔华绥的信毁了。于是布利菲被赶走，汤姆既成为继承者又抱得美人归。

在这部小说里，菲尔丁开始重新探讨人性的问题，道德到底基于理性，还是应该承认人的性情与欲望。汤姆的一些行为即便放在今天可能也很难被接受，比如他在爱索菲亚的同时，竟然上了别的女人的床。而在菲尔丁看来，性的诱惑不过是人性的一部分。汤姆身上保留了很多人的本能，或者说动物性的东西，比如说他爱喝酒、不喜欢读书。这是人性的动物本能。但菲尔丁认为每个人的性情里面有一些是根本性的，是它们决定一个人是善还是恶。汤姆虽然在一些细节上不符合社会所赞许的"正派人士"的行为标准，但根本上是善良的，愿意帮助弱者，因此就是善的；布利菲虽然遵守一些表面的道德，比如言行合乎社会礼仪，但本质上却是一个自私自利、冷酷无情的人，因此就是恶的。

张谷若先生在《弃儿汤姆·琼斯史》的译者序中正确地指出："菲尔丁时代，关于人性之实及其发动行为之源，为伦理论家激烈争辩之问题。其争辩之焦点集中于利己及利他之概念。是爱护自己，还是爱护他人，为人类最主要的动机？他们基本上是自我至上，还是泛爱为重？还是这两种质素同时并存其天性中？"从菲尔丁自己的作品看，他显然认为人性有善有恶，主要取决于他最基本的性格是利己还是利他的。

利他这个概念在菲尔丁的时代其实并不存在，最早提出利他主义的是19世纪的哲学家孔德。在人类的进化史上，这种通过减少自己的舒适度来增加他人的舒适度的利他行为虽然一开始就有，但在文明的各个阶段，在不同的个体身上，利他的内涵是不一样的。在大多数的文化中，无论人类还是动物都对跟自己血缘更近的人显出更多的利他主义。哪怕只有微弱的血缘联系，比如同乡甚至同姓，也会让人增加利他行为。一些文化对没有血缘的人会相对更加冷酷自私，这在动物行为学上称为"亲缘选择"。而为了朋友、群体或国家做出自我牺牲则是17世纪文化大力提倡的品格，在动物行为学上称为"利益群体型"利他主义。当利益群体受到外部攻击时，这种利他主义尤其明显，比如受到他国侵略的时候，被侵略国的国民会更愿意为群体做出牺牲。至于18世纪之后逐渐在"社会契约论"基础上建立起来的为了群体和谐而让渡自己的自由的行为，是为了更好的群体生活而牺牲自己一定舒适度的互惠型利他主义。在霍布斯或卢梭看来，"社会契约型"的利他主义是理性选择的结果，是建立在对更长远的以及非直接的回报的认知基础上的利他行为。

至于菲尔丁笔下描写的汤姆·琼斯的利他行为，因为并不指望得到任何回报，甚至他为了帮助猎场看守一家等弱势群体，不惜冒着触犯社会规则的风险，因此他的利他行为比互惠型利他主义更具有利他性。菲尔丁在另一部小说《约瑟·安德鲁传》里也写过这种利他主义。那就是男主人公约瑟·安德鲁路上遇到强盗，被剥光衣服扔到了路边的沟里。在他几乎冻僵的时候，路上驶过一辆马车，车上坐着中产阶级的绅士贵妇，但是没有一个人愿意拿衣服给赤身裸体的安德鲁盖上，相反说他这样赤身裸体有伤风化。只有左驭手虽然嘟嘟囔囔地骂安德鲁，却把自己身上唯一的外衣脱下来给了他，结果车上的乘客又指责左驭手不应该说粗话。菲尔丁还插了一句说，后来左驭手因为偷了一只鸡被绞死了。在一车人中只有左驭手表现出不求回报的利他主义，其他人则更类似法利赛人，把社会规则放在帮助弱者之上，表面的循规蹈矩掩盖的是实质上的自私自利。

因此与亲缘选择型利他主义、利益群体型利他主义，乃至互惠型利他主义都有不同，菲尔丁笔下的利他主义更带有宗教的色彩，汤姆·琼斯利他主义更类似《新约》中的"爱"。集中体现在《马太福音》中的"登山宝训"和《路加福音》中的"平地宝训"里，当然使用的词不是"利他主义"，而是"爱"。这种宗教式的利他主义随着新教伦理的影响力加大而逐渐加大，18世纪以后在欧洲文学中得到越来越多的描写和称赞。比如法国作家雨果的《九三年》中就探讨了朗纳特克侯爵以自己的生命为代价，救出陷于大火之中的三个孩子，这一完全无私的利他主义行为是否应该得到承认。虽然雨果称之为人道主义，但在对他人提供帮助这一点上，这里的人道主义和利他主义是同一个概念。这种宗教式的利他主义在18世纪及其后的作品中不断出现，既与新教伦理逐渐广为接受有关，也与小说读者中女性群体的增加有关。就像当时有人讽刺笛福的，厨房中的女仆同样是他的热切读者。研究显示，女性更容易认可有利他行为的男性，或许是相信这样的男性也会更乐于帮助自己和自己的孩子。这也可以解释为什么汤姆犯下那么多其他的错误，索菲亚依然对他情有独钟，因为他的宗教式利他主义不但让他在女性眼中更有吸引力，而且在道德上也有如天使。

菲尔丁在书中让汤姆的利他主义表现为一种本性，与情感和本能相关，与算计和回报无关。这一看法与动物行为学的研究成果略有不同。现代研究成果显示，人在有他人关注，尤其是这些关注有可能对未来产生影响时，会比无人关注时表现出更多的利他行为。那些知道自己在舆论注视下捐款的人，有时捐款的数额会超过受益人需要的数额，甚至有时为了得到更大的赞誉，会出现竞争式捐款。

动物行为学认为利他行为多少出于理性的权衡，当然并不排除在环境的影响下逐渐内化为一种潜意识的心理机制。不过神经学家乔治·莫尔和乔丹·格拉夫曼在2006年研究发现，当人类从事慈善行为时，大脑皮层中分管社会联系的部分会被激活，而如果只是得到金钱的报酬，被激活的则是大脑中分管食物和性的回路。这意味着利他行为不仅是理性的自觉选择，而且确实植根于人类的大脑之中，因此也是一种本能行为，构成人格的一部分。

正因为相信利他行为是一种人性，菲尔丁不像启蒙思想家那样要求人们去学习宽容、平等、爱，而是视之为天性使然。

因此对菲尔丁来说，重要的不仅是高扬宗教式的利他主义，更重要的是研究人性在不同人的身上会有什么不同的表现，应该怎样对复杂的人性做出正确的判断，怎样把表面的言行与本质的人性区分开来。汤姆与布利菲的冲突与其说是善的人性与恶的人性的斗争，不如说反映着当时社会对人性过于简单和表面的认识，而且正是因为社会不承认人性的复杂多面，才产生了布利菲那样伪善的人。当时的人性观不仅是概念化的，也是等级化的，贵族一般被认为是高贵的，普通民众则是卑俗的。但菲尔丁在作品中改变了这一默认的人格观：布利菲出身贵族却更加自私，而猎场看守、教师、女仆这些普通的平民，可能举止上会有违礼仪，却也有利他精神。因此菲尔丁其实揭示了认识和评判人性时一个非常重要的原则：真实。只有建立在真实基础上的善才是善，否则很可能变成伪善。只有在真实地认识和承认人性的基础上，才可能培养出真正的善。

不过，菲尔丁开启的情感与利他主义之间的联系到后来却逐渐变质为多愁善感（sentimentalism），在18世纪下半叶的感伤主义文学中表现得尤其突出。这一文学流派用感情代替理性作为生活的最高准则，歌颂那些善良、同情和忘我无私的人，描写对人类苦难的同情和怜悯。但问题是该流派的大多数作家缺乏菲尔丁对真正的利他主义与伪善的辨别力，缺乏菲尔丁对人性的直接拷问用表面代替本质，因此比如在麦肯基的《多情男子》里，利他主义蜕变为看到苍蝇掉到水里淹死也会痛哭流涕。因此英国作家王尔德曾经一针见血地指出，多愁善感的人在乎的其实不是他人的受难，而是沾沾自喜于自己有同情他人的能力，骨子里不是利他而是自恋。

斯特恩的《感伤旅行》作为感伤主义文学的代表作，被认为是对敏感同情之情的赞美，主人公也被认为以斯特恩自己为原型。但是其中对多愁善感的主人公的同情心的描写几近讽刺。比如叙述者跟别人辩论时因为觉得自己有温情，从而觉得自己更高大，"由于与人为善，我高了一英寸"。然后他说："要是我是法国国王，我叫道——一个孤儿要求我发还他父亲的皮箱，这是多好的时机！"对自己的利他行为的这一想象让他感到非常快乐，"一条条动脉都一起愉快地搏动着"。正在这时，一名方济各会的穷修士走进屋来，白发苍苍、礼貌谦和，为他的修道院募捐。而主人公的态度立刻发生了180度转变，他决定一个子都不给，并开始批评那个穷修士说，你本来就该粗布衣服、粗茶淡饭，我的钱应该给成千上万受苦受难的人，而不是你们这些靠别人的劳动混日子的人。其实如果他连来找他的方济各会的修士都舍不得捐助，就更不可能主动去救助他口里那成千上万受苦受难的人了。但是因为他像布利菲一样对自己的吝啬自私做出了冠冕堂皇的理性解释，所以他丝毫不会反思自己行为的本质。

多愁善感者的利他主义只停留在想象中，与汤姆那种本能的付诸实践的利他主义有着本质的不同，前者所自诩的温情和高尚是那种把同情与利他主义简单等同的结果。利他主义有着复杂的动因，本能和算计混杂，需要细致的辨析。人类既不是耶胡也不是天使，重要的是认识到人性的复杂，以及人性在社会作用下可能会发生的变化，小说随着其体裁的日益成熟，也越来越把探索复杂的人性作为自己的重要主题。

第九讲

被扭曲的莱布尼茨

——启蒙文学中的哲学漫画

　　18世纪的法国启蒙运动思想家同样高举理性的旗帜，要求用理性重新检验所有的旧制度、旧传统、旧道德，最终走向了反王权、反贵族、反教会的法国大革命。虽然法国大革命在欧洲各国反法同盟的镇压下失败了，法国也恢复了君主制，但法国和欧洲社会的许多思想观念都已经发生了不可逆转的变化，对政治社会观念的影响尤其难以估量。在中国，启蒙思想直接影响了"五四新文化运动"，当时所谓的"德先生"和"赛先生"就来自启蒙运动所宣扬的"民主"和"科学"。启蒙思想也影响了中国的现代文学，启蒙运动思想家的主要作品在中国都早有译本，他们的作品也曾被中国作家和思想家所广泛模仿。因此完全可以说，理解启蒙运动是理解现代中国文化的一把钥匙。不过对于今天的读者来说，需要进一步思考的已经不仅是启蒙运动传播了什么思想，还包括这些思想以什么样的方式影响了中国。

　　在《科学革命的结构》中，针对一般所认为的思想的演进是事实和理论的逐渐累积和逐步推进，托马斯·库恩提出历史上有些阶段是"断裂"的，新的概念词汇和知识模式（即范式）从变动的情境和可能性中发展出来，彻底取代之前的范式。而且新旧范式之间无法通约，旧的范式无论如何补充修订，都无法再解决新出现的问题。因为范式转变不仅是理论的改变，而且从问题到方法，再到术语都发生了彻底的改变。两者无法比较孰优孰劣，只是人类的文明进入了不同的阶段。为什么中国几千年的文明最终却无法对抗欧洲几百年的发展，一个重要原因就是工业革命之后，欧洲的社会模式、思维模式、科学模式都进入了现代的范式，中国的范式却始终未变。一旦范式改变，根本无法争论新旧范式孰优孰劣，只能随历史一起改变，否则很可能被无情地取代。启蒙运动是社会思想观念上的范式转变，它所提倡的民主、自由、平等、宽容等彻底改变了社会的结构模式，而这一社会思想的新范式，就是建立在哲学的新范式——理性基础之上的。

笛卡尔给现代社会带来的理性不仅是一种观念，也是一种认识方法，即从经验主义的归纳法向理性主义的演绎法的转变。在启蒙运动之前，古典理性主义的主要思想家是笛卡尔、斯宾诺莎和莱布尼茨。笛卡尔得到大多数启蒙思想家的承认，他们接受了笛卡尔的许多价值观念，有些哲学家则按照洛克的方式来接受笛卡尔的思想遗产。斯宾诺莎到18世纪后期才从德国开始被欧洲思想家逐步接受，在法国启蒙运动中并没有得到足够的重视，伏尔泰曾说他的学说是"建立在对形而上学极大的滥用之上"的。这里最值得一谈的是莱布尼茨，因为伏尔泰专门写了一部小说《老实人》来讽刺莱布尼茨，以至于后人在评价莱布尼茨的时候，总会把他视为一个媚俗的庸俗哲学家。

一

"邦葛罗斯讲授形而上学、神学、宇宙论、虚无主义，他以令人惊奇的方式证明，没有无因之果，在众多可能的世界当中的这个最好的世界上，仁慈的男爵大人的宫殿是所有宫殿中最美的。'已经证明，'他说，'事物不可能被创造成另一副样子。既然一切都是为了某一个目的而创造的，一切必然用于最好的目的。要记住，鼻子是为戴眼镜而做成的，所以，我们才有眼镜。腿显然是为穿鞋而安排的，于是，我们才有了鞋袜。石头的创造是为了让人们开采它用来建造宫殿，因而仁慈的大人才有了美妙的宫殿……谁要说一切皆善简直是胡扯，应该说是尽善尽美才对'。"

这段话被认为是《老实人》中"一切皆善"说的集中表述，"一切皆善"说则被认为来自莱布尼茨的"前定和谐"说，即"上帝所创造的这一世界是一切可能的世界中最好的"。

在《老实人》中，伏尔泰用哲理小说这一形式对莱布尼茨的主张做了夸张的嘲弄。男主人公憨第德从小寄居在男爵家里，老师是邦葛罗斯，邦葛罗斯相信一切皆善。然而在这个至善至美的世界里，憨第德却有着最不完美的遭遇：他爱上了男爵的女儿居内贡小姐，却被赶了出去；一路上乘船船翻，走路地震，被骗到军队里遭到毒打，又差点被异端裁判所当作异教徒烧死，总之遇见各种不幸。他身边的人也是如此：邦葛罗斯被绑在柱子上烤，还染上性病，掉了半截鼻子；居内贡沦为洗衣妇，丑陋粗鄙，少了半个屁股。他路上遇到的人，没有一个家庭不希望把别的家庭斩草除根，没有一个城市不希望邻近的城市毁灭，上百万编号列队的杀人犯在欧洲纵横驰骋，干着烧杀劫掠的勾当。此外，小说中还穿插了很多人的经历，从国王、公主到学者、妓女，几乎没有一个人躲得过种种灾难，没有人不抱怨自己的命运。最后老实人得出了"地球上满目疮痍，到处是灾祸"的结论。邦葛罗斯也承认人生充满悲惨，只是因为不便出尔反尔才坚持自己的说法。

在这样的叙述过程中，伏尔泰插入了很多对当时社会的批判，所以很长一段时间这部作品被当作批判社会的檄文。比如人们会引用其中对邦葛罗斯的性病来源的描写来证明社会的普遍腐败：

> 他是从侍女巴该德那里染上的，巴该德的病是一个芳济会神甫送的，神甫的病得之于一个老伯爵夫人，老伯爵夫人得之于一个骑兵上尉，骑兵上尉得之于一个侯爵夫人，侯爵夫人得之于一个侍从，侍从得之于一个耶稣会神甫，耶稣会神甫当修士的时候，直接得之于哥伦布的一个同伴。

这一性病"家谱"曾被认为"真实地揭露了贵族上流社会淫乱的内幕，集中地概括出没落阶级的丑恶本质"。

且不说这一社会批判对今天的读者还有多少意义，这种漫画式的批判决定了书中的社会描写连作为历史资料的价值都很小。至于启蒙运动所宣传的平等、自由、宽容等思想，虽然依然有价值，也依然没有完全实现。此外当时这些概念所出现的语境和包含的内容对于今天来说已经不具有深刻的针对性了，今天的平等、自由、宽容需要针对今天的社会情境被重新定义。对今天的读者来说，阅读启蒙文学更重要的应是通过辨析当时的语境和表述方式，来厘清这些思想的出发点和实质，从而对自己在这一文化传统的影响下视为理所当然的东西做出反思。伏尔泰对莱布尼茨的批判正是理解启蒙运动的"理性"基础的最好切入点。

要判断伏尔泰对莱布尼茨的漫画式批判的真正含义，首先需要离开伏尔泰的立场，对莱布尼茨有更客观的理解。伏尔泰笔下的莱布尼茨给人的印象是顽固守旧、愚蠢媚俗的老古董，但实际上莱布尼茨不仅聪明过人，而且是一位极具创新和革新精神的哲学家、数学家，是历史上少见的通才。罗素认为莱布尼茨是一个"千古绝伦的大智者"，奠定了我们今天的微积分、数理逻辑，甚至现在计算机所用的二进制也被认为是他最早提出的。

虽然被称为17世纪的亚里士多德，但与亚里士多德不同的是，莱布尼茨把符号的作用推到极致，称符号逻辑为"普适文字"。莱布尼茨发明了很多符号运算方法，提出运动、时间等种种物理现象最终都可以被分解为简单要素之间的计算关系。虽然对于微积分到底是由莱布尼茨还是由牛顿提出的仍有争议，但现在的普遍看法是莱布尼茨的相关作品的发表要早于牛顿，只是由于莱布尼茨相信上帝，对自己的推理不够肯定，所以没有对外宣传他的思想。后来伏尔泰将牛顿介绍到法国，让牛顿的影响最终超过莱布尼茨。因此虽然牛顿被认为是微积分的发明者。但是实际上最早提出的是莱布尼茨。

此外如拓扑学，虽然最早系统提出拓扑空间概念的不是莱布尼茨，但是莱布尼茨提出的"位置的几何学"（geometria situs）和"位相分析"（analysis situs）的说法奠定了拓扑学的基础。还有一种看法认为莱布尼茨奠定了计算机二进制的基础。莱布尼茨在给若阿基姆·布韦的信中写道："第一天的伊始是 1，也就是上帝。第二天的伊始是 2，……到了第七天，一切都有了。所以，这最后的一天也是最完美的。因为，此时世间的一切都已经被创造出来了。因此它被写作'7'，也就是'111'（二进制中的111等于十进制的7），而且不包含0。只有当我们仅仅用0和1来表达这个数字时，才能理解，为什么第七天才最完美，为什么7是神圣的数字。特别值得注意的是它的特征与三位一体的关联。"有人论述称莱布尼茨的二进制想法来自《易经》，但是莱布尼茨提出二进制的时候还没有看到《易经》，所以他完全是从自己的宗教信仰出发发明了二进制。二进制现在彻底改变了人类的生活。

此外还有数理逻辑，也称符号逻辑。莱布尼茨相信所有人类行动的价值判断都可以用数理逻辑的真伪命题等进行拆分，拆分之后就可以对自己的行为做出客观的评判。所以莱布尼茨说，原先我们认为价值是无法争论的，比如平等不平等是观念的问题，无所谓孰真孰伪，但是用数理逻辑是可以解决的。当然里面有一些推理失于机械，因为人性和动因的复杂无法拆分穷尽。事实上，莱布尼茨也深知这一点，因此他区分了矛盾律和充足理由律两种逻辑规则。矛盾律是关于推理的规则，非真即伪；充足理由律是关于事实的规则，事实无法分析穷尽，似乎只是一个偶然事件。但是与萨特由此得出"存在是荒诞的"不同，莱布尼茨的推论是，最后的理由只能在上帝那里找到。

正是从这里，莱布尼茨最终推出了被伏尔泰嘲笑的"前定和谐"理论。莱布尼茨的"前定和谐"建立在他的哲学认识论之上，这种认识论影响了如今在英语世界占主流的分析哲学。莱布尼茨所做的是把所有事物说成A是B，如果这个B还可以分，则A不是实体，只有当B不可以再分的时候，这个A才是实体。比如，如果说桌子是玻璃面和木头组成的，那么桌子还不是实体，因为玻璃和木头还可以再分。必须一直拆分到不可分割、完全封闭的实体 A。莱布尼茨说，我们的世界最终将拆成单子。这个单子，就像莱布尼茨的二进制一样，完全可以视为今天所说的原子或粒子的前身，而莱布尼茨的时代还没有这样的物理思想。

这样，单子应该不能够再分割；其次单子应该自成体系，不受其他单子影响。但另一方面，世界又是由这些单子组成的，可以相互和谐地存在。这样就遇到一个问题：谁让这些相互独立的单子相互和谐？莱布尼茨相信上帝在创造世界的时候就让每个单子有这样的结合，每个单子既遵循自身的规律发展变化，同时又和谐地与其他所有单子保持协调。所以这个世界应该是一切可能世界中最好的一个。

莱布尼茨并非对现代社会的苦难无所察觉，但他的逻辑推演让他不能不接受这个世界最完美。因为按照他的推理，既然这个世界是神创造的，而神是绝对的善，所以神造出的这个世界应当是完美的。那么为什么在这样一个绝对完美的世界里，神要听任人类的始祖去吃智慧树上的苹果呢？莱布尼茨指出，因为神赋予了人类一个更加崇高的品质，即自由意志。如果人类有自由意志，同时又被给予一个完全无罪的世界，那么自由意志就毫无意义。所以为了保证人类的自由意志可以正常使用，就要允许人类去犯错，而犯错后去纠正错误的过程，就是人类的自由意志得以运用的体现。所以这个世界是一切可能世界中最好的一个，但并不等于每件事都尽善尽美。

由此可见，莱布尼茨的理论并不是一个陈腐愚蠢的老古董的媚俗之词，相反，他对世界有着超过他的那个时代的惊人深刻的理解，开启了当代世界的很多可能领域。他唯一的问题，就是在最后一步，像牛顿一样，归为上帝之手。虽然最终的结论是错误的，但其推演过程中却包含着超出常人的智慧。而且，事实上，莱布尼茨对启蒙运动也有直接的贡献，他曾提出2500本书的书目作为启蒙的入门读物。当时的大学图书馆因为受神学院传统及组织结构的影响，普遍存在缺书和缺书目的问题，而哥廷根大学图书馆因为受到莱布尼茨的启蒙想法的影响，较快建成为涵盖广泛的图书馆。

伏尔泰批判莱布尼茨的乐观主义的时候，并没有去追溯莱布尼茨这句话的来龙去脉，也没有去细析莱布尼茨的思考语境，而是从自己的立场出发，根据简单的个人经验，断章取义地加以批判，并通过夸张漫画手法将其进一步变得看起来更加荒谬。事实上伏尔泰并非对莱布尼茨一无所知。1733年与夏特莱侯爵夫人相恋后，伏尔泰曾将笛卡尔、莱布尼茨和牛顿的科学思想介绍给侯爵夫人，并出版了《牛顿哲学原理》，首次将牛顿的理论介绍给还没有高等数学基础的读者。侯爵夫人自己也出版过《物理学研究》，翻译了牛顿的《自然哲学的数学原理》，并发现了物体的动能与其速率的平方成正比。可惜的是，伏尔泰的现代科学修养较弱，侯爵夫人又更钟情于牛顿的理论，这让他们没有对莱布尼茨做更深入的了解。伏尔泰在《老实人》中的批评与其说是哲学的，不如说是典型的政治攻击。

二

莱布尼茨1716年去世，《老实人》创作于1759年，其间相距半个世纪。一般来说，《老实人》那种充满火药味的辛辣夸张的政治讽刺很少会出现在针对半个世纪前的异见者的批评上，叙述者作为当事人处于正发生的冲突时才会如此激烈而不留情面。作家罗四鸰在《伏尔泰的无厘头》中非常巧妙地发现了当

时发生的几件事情之间的联系，由此可以看到的是，《老实人》
直接攻击的未必是莱布尼茨，而非常可能是当时的卢梭。

罗四鸰列举了这样几件事：

1. 1710年，莱布尼茨出版《神义论》，证明"现存的世界
是上帝所能创造的最好的世界"。

2. 1733—1734年，蒲柏用长诗《论人》对《神义论》进
行阐释："最后一句'存在的都是对的'成为莱布尼茨'乐观主
义'最经典的阐释。"

3. 1755年11月1日，葡萄牙首都里斯本发生相当于里氏
9级的大地震，并引发大海啸，继而城内大火，里斯本在瞬间
毁灭。

4. 1756年，伏尔泰写下《里斯本的灾难》和《自然法》
两首长诗，"点名质疑了莱布尼茨和蒲柏"。

5. 同年，卢梭"写下《论神意志书》回答伏尔泰，并把书
简寄给伏尔泰本人。此时的卢梭，刚刚写完《论人类不平等的
起源与基础》，并开始与有恩于他的'百科全书派'交恶"。

6. 1759年，伏尔泰出版《老实人》，"再次对莱布尼茨的'乐
观主义'进行冷嘲热讽"。

在这六件事里，虽然里斯本的大火是引起伏尔泰批评莱布
尼茨的起点，卢梭与伏尔泰的交恶却显然是《老实人》一书的
重要诱因。罗四鸰提到卢梭《论人类不平等的起源与基础》，这
本书可以说是卢梭与法国启蒙运动的"百科全书派"交恶的开
始。卢梭的成名源于一篇在1749年法国第戎学院的有奖征文，
征文主题是问科学与艺术的发展是否有助于淳风化俗，卢梭的
《论科学与艺术》大获全胜。在这篇文章中卢梭提出了以后被称
为"卢梭主义"的主张。

在《论科学与艺术》里，卢梭开始推崇自然的价值。古典

主义认为人需要教化，需要文明。古典主义绘画里的小孩子往往穿得跟成年的绅士淑女一样，因为文明就是要克制人的动物本性。卢梭则开始提倡自然，认为文明和科学实际上造成人类的虚伪，使得人与人之间再也没有友谊和信任，因此卢梭主张回归大自然和人的自然状态。卢梭是西方文明史上第一个把自然与文明对立，同时又高举自然旗帜的人。1753年第戎学院再次征文，这次征文的题目是问人类不平等的起源是什么，人类的不平等是否被自然法则所允许。卢梭又写了《论人类不平等的起源和基础》一文，再次强调自然与文明对立的观点。他说人类社会分三个阶段，原始的时候大家都一样，然后有一个人把一块地圈起来说这是我的，头脑简单的人相信了，那么这时候就有了富人和穷人。第二个阶段里，富人为了保护自己的利益，设置了政府和军队，这样就出现了强者和弱者。第三个阶段里，强者为了要维护自己的世袭利益，建立了君主专制，于是就出现了主人和奴隶。于是不平等就出现了。所以卢梭说实际上都是因为文明、国家、政权，才会有不平等。

但是伏尔泰看了之后嘲笑卢梭说："还没有人想要把我们描绘成野兽而运用过这么多的智力，当别人阅读您的作品时，心里就会产生一种想趴在地上爬行的渴望。但是，不幸得很，我已经六十多岁了，已经忘了这种走法，而现在再学，我感到不可能了。"当然这次卢梭也没有获奖。

伏尔泰确实在《里斯本的灾难》中质疑莱布尼茨的"乐观主义"，但语气是客观的磋商，对莱布尼茨不无尊敬，甚至能够看出莱布尼茨的犹豫：

世界为每一个成员叹息，

233

一切生命都为痛苦和死亡而诞生。

对这一片可怕的混乱您会说：

个别的痛苦造就了全体的幸福！

什么幸福！正当您这位终有一死的可怜人

用发抖的声音大喊："一切都好！"

世界相信了您，但您的心，

却一百次地驳斥您头脑的幻觉……

那个无边无际的上苍做出了什么判决？

沉默：命运之书不为我们开启。

人是自己的陌生人；

他不知自己来自何处，去往何方。

　　事实上，这首诗更是伏尔泰对自己过去的乐观主义的反思，与《老实人》的尖刻丑化完全不同。那么为什么会有《老实人》中风格的大变，无疑与卢梭的《论神意志书》有关。不过，其实不只如此，因为伏尔泰不至于三年后还对卢梭的辩驳耿耿于怀，三年了依然愤愤不平。事实是，这段时间卢梭一直与伏尔泰针锋相对。1758年他发表了《致达朗贝尔论演剧书》，反对达朗贝尔在日内瓦上演戏剧的主张。他这里反对的不仅是达朗贝尔，因为这个主意其实是伏尔泰的，达朗贝尔在狄德罗编的《百科全书》的"日内瓦"词条中说伏尔泰在日内瓦人中享受极高的尊敬，并把伏尔泰描绘为当时欧洲启蒙运动思想家的领袖。这解释了为什么卢梭要说"有关戏剧的论说不过是一个幌子，启蒙哲人的真正意图在于用启蒙的观点来改造日内瓦的政治生活"，他真正针对的是伏尔泰。

　　不能不承认，卢梭虽然有深刻的思想，却不是一个心胸宽广的人，对所有批评他的人都会睚眦必报。卢梭悲惨的晚年与他的性格不无关系。伏尔泰对卢梭的《论人类不平等的起源和基础》的批评导致卢梭处处与伏尔泰唱反调，最终激怒了伏尔泰。伏尔泰非常深刻地看到卢梭的所有思想都有一个共同的出发点，即人之初性本善，一切错误都是社会造成的。无论是卢梭对自然的推崇、对文明的批判，还是他的天性教育理论和社会契约论，前提都是自然人性是善的。而卢梭的这一看法，实际出自他的宗教观，即当时在社会上占主流的"神义论"。

卢梭虽然在政治、教育、文学、音乐、情感等方面都有着超出那个时代的先锋立场，但在宗教上，与当时法国知识分子中越来越占主流的自然神论相比是保守的。自然神论相信上帝是世界的创造者，但之后就不再参与世界的运行了，卢梭则坚信创造世界的上帝是善的，恶只是后天社会的影响。这也是为什么卢梭会在《爱弥儿》中提倡尊重人类天性的教育，以及赋予大自然的美以一种灵魂的深度。

对于上帝的至善、全知、全能与罪恶普遍存在之间的矛盾对立虽然早有各种解释，但正是莱布尼茨在《神义论：关于上帝美善、人类自由和罪恶起源的论文》中最早明确地对它进行过解释，即一切皆善。不能不承认，卢梭对莱布尼茨思想的哲学起源并不清楚，倒是他的宗教思想更接近伏尔泰在《老实人》中漫画式的顽固的邦葛罗斯。

由此可见，启蒙运动的思想有一部分起于不同立场之争，理解启蒙思想必须了解启蒙思想家们之间的恩怨与争执，才能真正看清各种主张的真正出发点和意图，也才能看清各种主张是一种政治立场还是真正的哲学思想。此外，同样需要留意的是，启蒙思想家是如何论证自己的主张、驳斥对手的观点的。

三

启蒙运动一般以1750年为界，分成两个阶段。前一个阶段主要以孟德斯鸠和早期的伏尔泰为代表，提倡政治改良。中国的康有为、梁启超时期与之有些类似。

1751年，一个书商请狄德罗编写一部百科全书，狄德罗任主编，达朗贝尔任副主编，法国文化界的很多名流都参加了编写工作，如伏尔泰、孟德斯鸠、爱尔维修、霍尔巴哈等。原则上百科全书是一部知识性的词典，把相关知识整理归纳即可，但是狄德罗把他的《百科全书，或科学、艺术、手工艺大词典》变成了一个政治宣传的阵地。比如说在"幸福"这个词条下会有"道德可以与宗教无关，而宗教则常常和伤风败俗联系在一起"，又如在"权威"条目下有"任何人都不拥有指挥别人的天赋权力"，"不是国家从属于君主，而是君主从属于国家"。本来应该是客观科学的条目被加上了类似的政治论断，难怪他的《百科全书》出版后立刻引起了法国政府的惊慌和查禁，编辑者中有人被关进监狱，有人被迫流亡。《百科全书》的出版实际上动摇了法国既有的社会观念，起到一种反对传统思想的作用。

必须承认，启蒙运动的文学价值并不很高，其真正意义就好像中国的"五四运动"，带来了一场观念的革命，过去被认为理所当然的立场突然遭到断然否定，对社会的震动是巨大的。由于启蒙文学的目的是用文学来宣传政治思想，所以理解人性的复杂和社会的复杂这些常见的文学主题都不是他们的目的，他们的目的是把自己的政治思想通过喜闻乐见的讲故事方式传播给大家，所以他们的小说也被称为哲理小说，主要是表现作家关于政治、法律、道德、文学方面的启蒙观点。

　　在这些启蒙文学中，狄德罗的《宿命论者雅克和他的主人》表述了与《老实人》类似的主题，只不过没有提莱布尼茨。就像标题显示的，这部小说主要通过一个叫雅克的仆人与他的主人漫游的经历，来讽刺雅克的宿命论。雅克的主要观点就是他的口头禅"一切都是上天安排好的"。他声称天上有一个大卷轴，手指写下了每个人的一切，所以无论好坏都是早就决定了的。但是因为在现实中雅克其实只拿这一信念作为自己行动的借口，其实并不是消极被动的，因此也有人提出雅克本质上并不是宿命论者（fatalist），而是决定论者（determinist），前者认为人对未来发生的事情毫无影响力，对于将来常持放弃认命的态度；后者相信人的行动能够对未来产生影响，只不过人的行动本身也处于一系列因果链之中。虽然类似决定论的主张早在古希腊就有，但是在欧洲，决定论常常与牛顿的物理学联系在一起，因为根据牛顿的物理学定律，整个世界都按照一系列确定的规则运行着，而牛顿相信是上帝之手推动并维持着宇宙的运动。与此同时，莱布尼茨则被牛顿派指责为宿命论者，因为在莱布尼茨这里，一切都是"前定和谐的"，宇宙只是遵照美妙的前定秩序从一部分物质过渡到另一部分物质而已，人的行为对未来没有任何影响。两派之间的微妙差异，在当年莱布尼茨与牛顿派的英国教士克拉克之间的论战信札中有比较清晰的表现。

　　当然，在今天看来，两人对上帝在宇宙运行中的角色的看法上的微妙差别实在毫无意义，但这或许能够解释为什么推崇牛顿的法国启蒙思想家们会把实际上决定论的雅克称为宿命论者，因为他们要批判的不是牛顿，而是莱布尼茨。

　　不过虽然批评莱布尼茨，《宿命论者雅克和他的主人》却只抓住莱布尼茨的结论大做文章，对莱布尼茨结论的出发点和论证方式并不关心，甚至简单地丑化歪曲。莱布尼茨的结论是通过演绎法推演出来的，作为古典理性主义的三位代表人之一，他显然更认同理论的思辨推理而非经验的证明。但是雅克在说服他的主人接受宿命论的时候，采用的却是粗糙的经验证明，甚至连经验主义所要求的归纳法都没有。比如主人睡觉时被人偷了马，雅克就以此证明上天写好了主人在等雅克时会睡觉并且马被偷掉；雅克自己撞在门框上受伤，也同样证明了这是上天写好了的。这可以说是一种粗浅朴素的经验主义，类似于指着一张桌子证明世界是物质的。演绎法的不同则在于，要证明这张桌子的存在，就必须有足够的推理，比如虽然看到了桌子在那里，但是是如何判断出桌子在那里的？而狄德罗在对莱布尼茨的乐观主义加以讽刺性再现的时候，却用普通人都能理解的直觉经验替换了莱布尼茨的哲学性思辨推理。显然狄德罗的这种方法普通读者更能理解和接受，因此对莱布尼茨的杀伤力更大，但实际上却歪曲了笛卡尔、斯宾诺莎和莱布尼茨所开启的现代哲学。这样，与伏尔泰一样，狄德罗对莱布尼茨的批判实际离开了不同思想之间深层次的理解和交锋，把批判变成了简单的歪曲和经验性的口号。这正是启蒙运动最薄弱的地方。启蒙运动宣传平等、自由、科学、民主等思想，但这些观念是通过论断性的宣传和虚构的故事来传播的，缺少真正客观深入的推理。这让狄德罗的批评同样更类似政治批判，而非哲学层面的理性对话。

　　但其实狄德罗是一个非常深刻的思想家，这突出体现在《拉摩的侄儿》中。《拉摩的侄儿》是一部奇特的对话体作品，写的是"我"与当时一位非常有名的音乐家拉摩的侄儿的对话。"我"不断在街上遇到拉摩的侄儿，而他的境况也经常变化，有时飞黄腾达、志得意满，有时穷困潦倒、沮丧抱怨。之所以如此，主要因为拉摩的侄儿借助拉摩的声望出入上层社会，但又因为不是贵族，只能仰人鼻息。当他低三下四、任人作践的时候，虽然可以得到好处，却对自己心怀鄙视；当他的坦率耿直占了上风、唾骂上层社会之时，又会被赶出来，流落街头。"我"在他不同的生活处境中碰到他，他的思想就会迥然不同。他对自己作为食客和小丑不得不卑躬屈膝、阿谀逢迎的处境非常清醒，骂自己是"一个极端的无赖、一个骗子、一个贪食者"，是"不识羞耻的""懒惰的""可怜虫"。但另一方面，他又不想摆脱这种方式，认为只有道德上的无耻才能使他在这个社会上有立足之地。在他身上，"才智与愚蠢，高雅与庸俗，疯狂与沉静，正确思想与错误思想，卑鄙低劣与光明磊落奇怪地融为一体"，恩格斯因此称这部作品为"辩证法的杰作"。

黑格尔很早就注意到了《拉摩的侄儿》中主人公的特殊人格，一种支离破碎的矛盾状态：

> 意识到自己的支离破碎状态并把这种支离破碎状态表露出来的意识，是对于现有的存在以及对整个的错综杂乱状况和对于自己本身的一种刻薄的嘲笑；同时它是这整个的错综杂乱状况的还可以辨认得出的反响。

过去的主人公大多有一种主导性格，比如哈姆雷特是犹豫的，奥赛罗是妒忌的，李尔王是骄傲的，麦克白是野心勃勃的，但拉摩的侄儿除了用"矛盾"来概括，很难有一种主导的正面或负面的性格：对自己的飞黄腾达他会加以嘲笑，对自己的不同流合污他又悔恨沮丧，他没有自己明确的价值立场。不过最主要的不是这个矛盾的人格本身有多么深刻，而是狄德罗注意到了这种矛盾人格的存在。黑格尔同样认识到这样一种矛盾人物的出现在现代文学史上的意义，他正是黑格尔的辩证法理论的社会写照。因为从封建社会进入资本主义社会，改变的不仅是经济结构，社会力量也从过去的单一王权向多种社会力量之间的博弈转变，在思想和价值立场上也不再是过去的完整单一，而是不同思想的相互斗争。中国作家王朔八十年代的作品与《拉摩的侄儿》在精神上有相通之处，周星驰电影中的无厘头精神也是这种矛盾性的一种更豁达的态度。当然，与拉摩的侄儿相比，周星驰所扮演的角色对自己的矛盾性更能坦然接受，少了拉摩的侄儿的痛苦和深沉。王朔作品刚刚出现的时候，带来与传统作品所教授的"真善美"完全不同的看待社会和人生的方式，在社会上产生很大的震动。《拉摩的侄儿》同样触动了传统的善恶观念，带来对复杂性的现代理解。作为文学史上第一位准确抓住了这一新的社会思想状态的作品，《拉摩的侄儿》在表现方式上的零散破碎也在所难免，但其认识的敏锐和思想的深刻也不容否定。

很多研究认为，狄德罗塑造这个形象是为了批判当时的王权、教会和上层社会。但是就如拉摩的侄儿自己所说："虽然我现在告诉你他们这么多乌七八糟的事情，虽然我批判他们，要是我处在他们的社会地位，我肯定也过他们这样的生活。"拉摩的侄儿承认自己并不是不想过上层社会的那种生活，只是没有机会罢了。也就是说，现在的问题并不只是上层社会那些人造成的，换了拉摩的侄儿这些下层人同样如此。因此后来拉摩的侄儿说："在自然界，一切的种类互相吞噬。在社会中，各种力量的人互相吞噬。"社会上不管上层还是下层，食利阶层还是劳动阶层，都会相互吞噬，这意味着与其说《拉摩的侄儿》是对社会的批判，还不如说是对人性的反思。启蒙运动的主要目的是进行社会变革，狄德罗却在《拉摩的侄儿》中看到最终的问题不是社会问题，而是人性问题，并且看到了人性的复杂。在狄德罗之前，菲尔丁看到了人性的复杂，狄德罗则进一步看到了人性的矛盾和支离破碎，没有绝对的好人，也没有绝对的坏人，人会在不同的时刻和不同的环境下做出不同的选择。

此外，狄德罗通过拉摩的侄儿的经历，推出一切种类相互吞噬，各种地位的人相互吞噬，这就像哈姆雷特从母亲的改嫁推出女人都软弱一样，是在做经验主义的归纳。但是，正如他自己也意识到的，现代社会已经是一个含混矛盾、不断变化的社会，归纳法在这样的现实面前的缺陷已经暴露了出来。当狄德罗依然用归纳法概括他要表现的矛盾复杂的社会和人性的时候，他的方法和对象必然会冲突，无法得到一个统一的结论。所以在他的对话体里，就像黑格尔已经注意到的，不光人性是支离破碎的，他的观念、立场、理论以及认识事物的方式都在不断地变化着，也都是支离破碎的。这是狄德罗的困境，但也是启蒙运动主流思想家们共同面临的困境。

四

法国传记家莫洛亚曾说过，正如17世纪是路易十四的世纪，18世纪是伏尔泰的世纪。伏尔泰确实深远地影响了当时的法国社会，就好像梁启超影响了中国一样。路易十四建立起强大的君主专制，伏尔泰则把自由、理性、宽容的启蒙思想教给了民众。因此难怪1778年当伏尔泰从瑞士回到阔别29年的巴黎时，受到了巴黎人的夹道欢迎。同年他在巴黎逝世后，他的灵柩车上写着这样一句话："他教会我们热爱自由"。应该说，伏尔泰在政治史上所起的重要推动作用是不容忽视的。

有趣的是，美国文学理论家韦勒克在他的《近代文学批评史》中这样评价伏尔泰："他憎恨社会上的不平等，不容异端、蒙昧主义、不讲理性，正如他藐视诗歌中他认为是粗俗低级、暴力荒唐的东西一样。宗教上的怀疑主义，甚至政治上的激进主义跟文学上的保守主义并非势不两立，在历史上也从来就不是如此。"韦勒克在这里说的是，伏尔泰一方面在政治上宣传进步的启蒙思想，另一方面在文学上又非常保守。虽然他介绍莎士比亚，却认为莎士比亚的文学品位很差。韦勒克认为伏尔泰在政治和文学上的矛盾是一种常见现象。但矛盾从来都不是无因而生的，韦勒克将矛盾视为常情，从而错失了更深入地分析伏尔泰乃至整个启蒙运动的机会，那就是启蒙运动的思想革命的方式。

学者陆建德在他的一篇题为《〈革命军〉的风格》的文章中，对类似的文体有过一针见血的分析。在这篇文章中，陆建德借清末维新派人士蒋智由的说法，区分了"冷的文章"与"热的文章"。冷的文章"其虑也周，其条理也密，读之使人疑、使人断、使人智慧"，而热的文章"其刺激也强，其兴奋也易，读之使人哀、使人怒、使人勇敢"。换句话说，冷的文章就是侧重对问题本身的分析思考，强调周密的推理，作用是启发读者的批判性逻辑分析能力，最终开启读者的智慧；热的文章则是那些情绪激昂，能使读者冲动的文章，这种文章并不重视问题的真伪，重要的是将自己的立场旗帜鲜明地表现出来，越偏激，越简单夸张，就越容易激发读者的极端情绪，让读者能够在激动中勇于行动。莱布尼茨也提到过两种命题。一种是必然命题，就是用逻辑可以推演出来的命题；还有一种是偶然命题，是断言型的命题。莱布尼茨说只有用逻辑推演出来的命题才是真正的命题。冷的文章和热的文章的论断方式说起来就是莱布尼茨所说的两种命题，前者建立在逻辑基础之上，后者建立在论断之上。

《革命军》以激烈的情绪为诉求，以论断为主，是一篇典型的热的文章。拿"革命"这个词来说，邹容在《革命军》中的定义是：

> 革命者，天演之公例也。革命者，世界之公理也。革命者，争存争亡过渡时代之要义也。革命者，顺呼天而应乎人也。革命者，去腐败而存良善也。革命者，由野蛮而进文明者也。革命者，除奴隶而为主人者也。

这与狄德罗的《百科全书》中的名词解释有异曲同工之处，即用自己的评价来代替客观的分析，整个定义是论断性的，而非逻辑分析推理的。而且叙述采用排比句，制造出激昂的情绪。但是这种定义就像陆建德所说的，"所有这些排比句循环往复，并无逻辑上的推进，它们都是一厢情愿的对革命的评价，没有一句堪称革命的定义"。对于革命是谁对谁的革命，革命中包含着哪些思想，推动革命的社会背景是什么，定义中的天演是什么，是什么样的世界，什么样的时代，什么样的天和人，什么样的腐败和良善，为什么革命能起到定义中所说的作用，凡此种种都没有进行分析。这个定义却暗示读者如果不革命就是野蛮人，如果不革命就是奴隶。不管革命是什么，总而言之要去革命。这就像鲁迅笔下的阿 Q 听说革命了就想去革命，结果在稀里糊涂中送命一样。在这种论断性和情绪性叙述的影响下，理性会被感性所取代。伏尔泰的《老实人》虽然使用的不是论断性的议论，但其中漫画性的情节不是写实的和分析的，而是论断的和判断的；其中的夸张手法不是客观冷静的，而是情绪煽动性的。因此伏尔泰用文学形象追求的是与邹容用论文所追求的一样的效果，都可以说是热的文章。这种热的文章也是启蒙文学主要使用的叙述方式。

邹容虽然谈的是中国问题，但那时正是启蒙思想影响中国的时代，卢梭的《民约论》中译本由上海同文书局1902年出版（1898年出过节译本），孟德斯鸠的《万法精理》也于同年出版。陆建德认为，邹容虽然只知两位法国哲人皮毛，但他无疑常在报刊时文中读到他们的名字和主张，而且邹容尤其偏爱卢梭。不仅邹容，中国后来的五四新文化运动都深受法国启蒙运动的影响，陈独秀在《〈新青年〉罪案之答辩书》一文中说，"西洋人因为拥护德、赛两先生，闹了多少事，流了多少血"，即其后的法国大革命，而陈独秀旗帜鲜明地论断说，"就是断头流血，我们都不推辞"，也是典型的热的文章。

由此可以看到，哲学上的理性主义代表人物莱布尼茨被高扬理性的启蒙运动用热的文章骂得狗血淋头，显然政治上的理性与哲学上的理性其实是两个概念。或者也可能是，启蒙文学跟古典主义文学一样，高举理性的旗帜，却未能真正理解理性的含义，因此他们实际所做的依然是情绪的宣传，可以唤醒民众采取行动，却未必能启迪民众理性思考。这也是为什么在其影响下爆发的法国大革命最终变成狂热的派系屠杀。法国大革命后期的行动里更多的是狂热冲动，不分青红皂白，显然不是理性主义应有的冷的文章，而是这种革命的热的文章。

当然，不光现在的社会理论家，莎士比亚在启蒙运动之前就已经认识到，鼓动民众真正需要的不是冷的文章而是热的文章。这就像奥巴马在竞选演讲中不断重复"yes, we can"一样，对于政治行动来说，重要的不是思考为什么"我们能做到"，重要的是亮出自己的立场，用不断的重复激起民众的情绪，让他们接受同样的立场。热的文章是论断式的，也是鼓动群体民众的方式，在摧毁敌对的力量时尤其有效，可以用共同的敌人唤起群体的仇恨情绪。但是这种热的文章对于经济建设却非常危险，因为其中缺乏对现实问题的冷静客观的思考。启蒙思想家也正是在这样的热的文章中，错失了莱布尼茨思想中的真正理性。

第十讲

精神的力量有多大

——走向大我的歌德

　　18世纪的德国与英国和法国相比经济非常落后，因为它还没有形成自己的民族国家。它的各个城市基本上都是小公国，各自为政，所以整个德意志的经济、政治、文化都是四分五裂的。虽然马丁·路德的归正宗已经被承认为可接受的信仰，但是德意志诸国的宗教依然"教随国定"，并未统一，这导致了17世纪自科隆战争至三十年战争的一系列宗教战争，对德意志地区造成严重的破坏。在三十年战争期间，德意志总人口减少近30%，有一些地区甚至达到80%。到了18世纪，德意志诸国在英法的带动下开始了启蒙运动，但影响并不是很大，多半同时受古典主义的影响。

　　但正由于落后沉闷的状况，德意志地区在18世纪后半期，就像中国爆发的"五四运动"一样，出现了一批年轻人对保守平庸的现实做出激烈的反抗。这一被称为浪漫主义先驱的狂飙突进运动有着跟它的精神和情形都非常贴切的名字，这个名字来自克林格的歌剧《狂飙突进》（1776）。该剧虽然背景是美国独立战争，但作者对其中人物的情绪、个人主义和主观意识都给予了充满激情的表达，跟当时占上风的理性主义截然相反。因此虽然具有狂飙突进精神的作品在这之前就已经出现，但正是在此之后，德意志的艺术家们才意识到一种新的美学的形成。

"狂飙突进"有一种摧枯拉朽的力量，同时形象地传递出这个运动的两个特点：反叛与短暂。这个时期出现了一大批青年作家，代表作品有歌德的《铁手骑士葛茨·冯·贝利欣根》《少年维特的烦恼》《普罗米修斯》，席勒的《强盗》《阴谋与爱情》，瓦格纳的《杀婴儿的母亲》，棱茨的《家庭教师》，莫里茨的《安东·赖泽尔》，海因泽的《阿丁哲罗和幸福岛》，等等。狂飙突进运动从1770年到1785年持续了将近二十年，然后其中的大部分作家都转向了古典主义或理性主义，但是狂飙突进运动的思想和风格则进一步发展为19世纪的浪漫主义运动。

狂飙突进运动的精神核心就是卢梭所说的自我、情感、大自然，因此把自我和个性解放放在第一位。在这之前，自我的价值还只是卢梭的一个信念，狂飙突进运动则明确提出，个性和个人情感是个人能力得以充分发挥的前提，而这种能力可以使个人取得高出社会普通人的成就，从而成为天才。所以这个时期也被称为"天才时期"。天才被认为能够想他人之未想，能够对他人产生影响，可以改变历史的进程，因此与平庸的群体相比有着更大的价值。这一立场后来在尼采那里得到了哲学性的概括，即强力意志或权力意志（der Wille zur Macht）。强力意志追求的是使生命超越自身的潜在力量，表现出生命的永不停息的本性，因此尼采称之为永不枯竭的生命意志。只有天才的个人，遵从个性，摆脱社会观念的束缚，忠实于自己的情感，才能有强力意志，也才能获得超越现有一切的创造力。强力意志对理性提出挑战，把理性对个性和情感的约束视为一种社会束缚。但天才毕竟只是少数，因此这也是一个以少数对抗多数、以个体对抗群体的哲学立场。

　　早在克林格的《狂飙突进》之前，歌德在1774年出版的《少年维特的烦恼》就已经在社会上产生了巨大的影响，仅仅一年德语本就重印了7次，当年就出现了法语译本，该译本据说拿破仑读了7遍，此后荷兰语、英语、意大利语和俄语的译本相继出现。虽然之前歌德也出版了被视为狂飙突进运动代表作的剧本《铁手骑士葛茨·冯·贝利欣根》和诗歌《普罗米修斯》，但是《少年维特的烦恼》则成了青年自我觉醒的必读书。主人公的蓝外衣、黄裤子、黄马甲也成为当时的着装时尚；青年们甚至纷纷模仿维特的自杀，自杀的时候口袋里揣着一本《少年维特的烦恼》。正是因为《少年维特的烦恼》给歌德带来的巨大声誉，歌德得到魏玛公国的邀请，一直做到魏玛公国的枢密顾问。我国"五四"时期郭沫若翻译了《少年维特的烦恼》，前面附有一首小诗："青年男子谁个不善钟情，妙龄女子谁个不善怀春，这是我们人性中的至圣至神。"这本书和这首诗在当时的中国都产生了非常大的影响。

　　《少年维特的烦恼》是日记体，也没有多少情节：一位叫维特的青年无法忍受市民社会的生活，来到W城。在乡间看到一位叫绿蒂的少女，她在母亲去世后照顾着8个弟弟妹妹。维特爱上了她的纯朴、善良，尤其是母性，然而绿蒂已经订婚，未婚夫阿尔伯特其实也是一个优秀的人：第一，认真工作，努力赚钱，完全能够供养绿蒂和她的弟弟妹妹，而维特未必能做到；第二，心胸开阔，知道维特追求绿蒂，还对维特一直很好，劝维特应该做点实事。绿蒂对维特也有好感，但也离不开阿尔伯特。维特感受到绿蒂的纠结，曾去大使馆做过公务员，但过了一段时间就辞职了，觉得自己实在无法与那帮庸人在一起过循规蹈矩的生活。最后维特在苦恼中开枪自杀。

当时有位作家叫尼可莱，觉得维特不应该有这样的结局，就写了一部《少年维特的欢乐》，写维特开枪自杀之前就有一位医生意识到了维特的精神状态，把枪里边的子弹换成了鸡血。所以维特朝自己的脑袋开枪，只是喷了一脸的鸡血。绿蒂也看到了维特的爱情，离开了阿尔伯特，两个人幸福地生活在一起。

对于维特活下来这件事歌德怎么看？歌德在他的自传《诗与真》中给尼可莱的《少年维特的欢乐》又写了个续集：维特虽然活了下来，但是鸡血射入眼中导致双目失明。瞎了之后的维特虽然和绿蒂生活在一起，可是看不到绿蒂的美，活得很不快乐。绿蒂嫁给了维特，生活也不像阿尔伯特能做到的那样有保障，也郁郁寡欢。

歌德为什么要写这样一个续？实际上这个问题的核心依然是：歌德为什么要让维特自杀？与此相关还有一个问题：绿蒂到底应该爱谁？是爱维特——一个整天待在恋人身边，不去工作，但一直说爱你的人；还是爱阿尔伯特——一个努力赚钱养家，不会经常陪在身边，但是可以提供踏实的生活的人？在调查中，当下的很多女性都选择了阿尔伯特。

那么，阿尔伯特有什么问题？维特在《少年维特的烦恼》中也说其实这个人也不错，但是让维特无法忍受的就是他太四平八稳。他不让自己有任何言辞过激，有任何不够正确、有失中庸的地方，说话总是要有修订、限制和补充，维特认为这样最后弄得什么意思也不剩。"眼下阿尔伯特正是越讲话越长"，结果维特忍无可忍，拿枪对准了自己的太阳穴。虽然这次不是真的自杀，可是为什么阿尔伯特只不过说了一些话，维特就做出这样激烈的举动？事实上，维特和阿尔伯特所代表的是两种格格不入、截然相对的价值立场。维特代表的是狂飙突进运动或者说卢梭所推崇的个人天才，要求绝对的自由，不堪忍受任何束缚，包括思想上的四平八稳的束缚。阿尔伯特则代表市民社会，克制个性，不让自己有任何超出社会常情常理的地方。因此让维特无法忍受的不是阿尔伯特说的内容本身，而是阿尔伯特的说话方式中潜含的价值立场。

因为是日记体，所以歌德借维特之口对这种市民价值做过很多评价：

> 对于成法定则，人们尽可以讲许多好话，正如对于市民社会，也可以致这样那样的颂词一般。诚然，一个按成法培养的画家，决不至于绘出乏味的作品，就像一个奉法惟谨的小康市民，决不至于成为一个讨厌的邻居或者大恶棍；但是，另一方面，所有的清规戒律，不管你怎么讲，统统都会破坏我们对自然的真实感受、真实表现！

市民社会的问题不是恶，而是缺乏激情和创造力。

曾经有一个故事，讲一个富裕的股票经纪人，事业顺利，妻子儿女都过着体面的中产阶级生活，经常一起出入商业酒会、社交场所，但是这个人到了四十多岁，再也无法忍受这种循规蹈矩的生活，于是离家出走，抛弃一切，来到一个海岛上过着穷困潦倒的生活，只做自己喜爱的绘画，甚至因麻风病而失明，但是留下了大量的画作。这是英国作家毛姆的《月亮与六便士》里的故事，但这个故事的原型就是高更。在现代艺术史上，高更、塞尚、梵高是现代绘画的三大奠基人，没有他们，就没有现代艺术。高更早年面临着与维特类似的选择：要不要为了安稳的生活把自己变成一个普通市民？就像维特说的，市民社会确实有它的好处，不会有什么大恶，甚至可以达到和谐，但是在年轻的歌德看来，如果一个自然人变成了一个社会人，他的创造力，他的独特的天才——尼采所说的强力意志——就会丧失，从而丧失的是一些能够真正改变社会的东西。就像高更如果选择了继续做股票经纪人，他和家人可以安饱终老，但是那些伟大的作品也就不会有了。

对于爱情，维特同样说过：

> 一个青年倾心于一个姑娘，整天都厮守在她身边，耗尽了全部精力和财产，只为时时刻刻向她表示，他对她是一片至诚啊。谁知却出来个庸人，出来个小官僚什么的，对他讲："我说小伙子呀！恋爱嘛是人之常情，不过你也必须跟常人似的，爱得有个分寸。喏，把你的时间分配分配，一部分用于工作，休息的时候才去陪爱人。好好计算一下你的财产吧，除去生活必需的，剩下来我不反对你拿去买件礼物送她，不过也别太经常，在她过生日或命名日时送送就够了。"——他要听了这忠告，便又多了一位有为青年，我本人都乐于向任何一位侯爵举荐他，让他充任侯爵的僚属；可是他的爱情呢，也就完了，倘使他是个艺术家，他的艺术也完了。

当然，什么是爱情，这是一个复杂的问题，不过至少在创作《少年维特的烦恼》的歌德眼中，爱情需要激情。如果激情不在，爱情也就不在了。那么为什么今天很多人会选择阿尔伯特？是这个时代过于务实了吗？实际上这里依然涉及人的个体性与群体性的问题。经过了17世纪古典主义和18世纪启蒙运动对群体道德的强调后，卢梭开启了一个新的艺术、个性、创造力爆发的时代，对爱情的理解是与自我的张扬结合在一起的，因此对爱情也更强调其不可控的激情。相反，经历了世界大战，20世纪更注重社会的安定和谐，总体上强调人的社会性，所以人的社会品质常被放在个人的创造力之上。

真正让维特烦恼的，或者说《少年维特的烦恼》真正追问的，并不是维特与绿蒂的爱情，这个爱情只不过是歌德为他的思想找到的一个具象，真正把维特推向自杀的，是在市民的爱情观和价值观背后存在的意识形态立场。尼可莱以为维特的烦恼可以通过维特和绿蒂的婚姻得到解决，显示了他对《少年维特的烦恼》的理解的肤浅表面，也难怪歌德要再用新的续集做出讽刺。

《少年维特的烦恼》之所以在当时和在"五四"时期的中国有巨大的感染力，正因为它写出了在社会群体价值要求下的个体因自我意识的觉醒而面临的烦恼，而且这是一次力量悬殊的个体对抗群体的斗争，个体难免感到孤独和绝望。这种孤独和绝望感，席勒也在《强盗》中做过深刻的表现。

二

《强盗》上演时，席勒正在德国符腾堡公爵创办的军事学校接受严格的军事教育。这所军事学校曾被诗人舒巴特称为"奴隶养成所"，席勒也是被强迫去那里学习的。据说1782年《强盗》在曼海姆剧院上演时，整个剧院都陷入了疯狂，人们挥手、跺脚、声嘶力竭地欢呼，不相识的人也相互拥抱。但是公爵说席勒擅自离开，把他关进了禁闭所，并且禁止他以后进行戏剧创作。这时席勒也面临着一个选择：按照社会权力的要求循规蹈矩；还是反抗社会，坚持艺术创作。席勒最终趁公爵宴饮之际逃到达尔堡男爵的属地，后来多亏一位同学的妈妈收留他，解决了他的食宿，他才得以写出《阴谋与爱情》。

在席勒的作品中，虽然《阴谋与爱情》在中国的影响更大，但是《强盗》所涉及问题的广度和深度其实比《阴谋与爱情》更大。《强盗》写了穆尔伯爵的两个儿子，长子卡尔才华横溢却不肯循规蹈矩，经常捉弄别人，反抗古板平庸的社会。弟弟弗朗茨表面恪守道德，内心却阴险狠毒，为了夺得家产，挑拨爸爸和哥哥的关系，让卡尔在绝望中加入了一群强盗；然后伪造卡尔的死讯，让父亲急火攻心晕死过去；之后假办父亲的丧礼，把父亲关在荒野中的地牢；花言巧语追求卡尔的未婚妻阿玛利亚，但被阿玛利亚识破拒绝。卡尔很快成为强盗的头领，劫富济贫，却并不快乐，因为他同样不能被强盗们理解。他们为救伙伴曾经烧了一座城市，可是卡尔发现真正被烧死的不是坏人，而是一些老弱病残。《强盗》中有大段情节描写卡尔的孤独与忧郁，经常独自徘徊在荒野。卡尔路过家乡时发现并救出了父亲，知道真相后带领强盗攻打家乡，弗朗茨最终自杀。阿玛利亚找到卡尔，希望和卡尔开始新的生活，但是强盗们不同意。卡尔无奈下杀死了阿玛利亚并去官府投案自首。

《强盗》的许多情节看起来缺乏逻辑，比如卡尔的悲剧到底是谁造成的？如果像《阴谋与爱情》一样是代表家族权力的父亲，但父子之间的矛盾其实只是误会，后来也彼此谅解了；如果说是弟弟弗朗茨，但卡尔并不恨弟弟，最后也原谅了他，而且弟弟也死了；如果说是强盗们造成的，强盗们其实也只是要求卡尔不要抛弃他们，之前的种种都不是强盗们所为。从情节逻辑看，正像俄国哲学家别林斯基所说的，"《强盗》中，没有生活的真实，却有感情的真实；状态是虚伪的，情势是不自然的，但感情是真实的，思想是深刻的。这出剧中没有现实，没有戏剧，却有无穷的诗"。《强盗》并不符合现实的逻辑，也没有戏剧所要求的激烈冲突，为什么上演时却引起如此大的轰动？该剧的价值正如别林斯基所说的，《强盗》的真正冲突是在感情和思想层面。对此席勒曾说要理解卡尔的整个精神，庸人的眼光太短浅；要窥测它的伟大，庸人的思想太琐碎；要发现它的优点，庸人的揣想怀有恶意。在这里，席勒是把卡尔与庸人相对的，因此与《少年维特的烦恼》一样，卡尔的烦恼是一个天才面对市民社会和市民观念所感到的痛苦。

这出戏剧从表面看只是一个真性情的兄长与一个伪善的弟弟之间的矛盾，这是英国18世纪文学的常见内容，而这类文学最后都会真相大白，坏兄弟受到惩罚，好兄长如愿以偿，因此是一个伦理主题。但是席勒不同，他没有给卡尔安排一个最终被社会理解和接受，娶妻生子，生活幸福的"善有善报、恶有恶报"的结局，相反，他让卡尔走向了悲剧。因为席勒非常清楚，卡尔的矛盾不是善恶之间的矛盾，他的敌人就是传统的社会和价值本身，回到社会才是他的毁灭。

不过，《强盗》中的卡尔比维特显示出更多的品格，即与自我相连的自由。维特也表达了对循规蹈矩的生活无法忍受，但是因为歌德把他放在一个诗情画意的田园环境中，面对的是纯洁的恋人，所以他的反社会的自由不羁的一面并没有得到充分展示。相反，席勒让卡尔表现出了更大的反社会的自由，在学校里不愿意循规蹈矩，捉弄别人；在社会上不肯安顿，宁愿选择在林中游荡的强盗世界；在强盗里也不愿意服从强盗的规则，更愿意独来独往。事实上婚姻也未必是他愿意做的选择，他甚至可能就是俄罗斯诗人莱蒙托夫笔下那个造成恋人死亡的"当代英雄"的雏形。总之，卡尔的放荡不羁显示出天才人物对自由的绝对坚持。自由也是狂飙突进运动以及之后浪漫主义的核心思想，所谓"生命诚可贵，爱情价更高。若为自由故，两者皆可抛"。

可以说卡尔标志着西方思想的范式已经发生了改变。理性是对过去的总结，自由则是一个新的概念。过去的文学一般处理的是善恶、爱情、伦理、荣誉等问题，现在自我和自由将成为西方思想的核心观念。

但什么是自由？寻欢作乐、随心所欲是一种自由，但只是一种浅薄的自由，随时可能因为陷入困境而失去，因为人必须生活在群体之中。人在群体中可以享受多大的个人自由，这才是自由的关键，这也是卢梭所说的"人生而自由，但却无往不在枷锁之中"的关键：作为群体的一员，必须在一定程度上让渡自己的自由。问题是，让渡到哪一步？

霍布斯的《利维坦》就曾试图回答这个问题。霍布斯的信念是"人之初，性本恶"。人在一处就要互相争抢，要想让人和平地活着，必须要有一个权威，压服个人，让他按照理性行动，在霍布斯看来，这个权威就是国家。另外一位英国启蒙哲学家洛克认为只要资源能够得到保证，人是可以和平相处的。所以洛克主张允许人保有自己的自然状态，这意味着人可以享有一定的自由。但是为了保证个人的财产、自由、民主、平等等权利，洛克提出必须要有一个建立在社会契约基础之上的政府。所以洛克主张宪政民主，政府不是为了压服个人，而是为了保证个人的自然状态。虽然两人的结论是一样的，即必须有一个群体来保证个人的安全，但霍布斯主张个人的自由本性必须被控制，而洛克则相反，强调国家必须保证个人享有一定的自由。

文学史上，浪漫主义的自由思想常被追溯到卢梭，但实际上，卢梭，甚至整个启蒙运动的思想都受到之前和当时英国思想的很大影响。不过卢梭的自由理论确实为现代自由观念奠定了重要的基础。

卢梭认为，人作为个体的标志就是他的自由。"放弃自由，就是放弃人的资格，就是摒弃人的权利，甚至摒弃人的义务……这种放弃与人的天性格格不入。"但卢梭又主张生活在社会中，需要服从一定的规则，接受一种符合秩序的生活，不能完全任性而为。比如卢梭的《新爱洛依丝》里朱丽叶虽然爱着她的老师，但她认为自己无权伤害父亲和丈夫，所以必须克制自己的感情，服从社会的规则。

这样，卢梭的理论中就出现了一对张力：一方面是个人的绝对自由；另一方面是社会的理性和规则。正是这对张力导致了卢梭提出"人生而自由，但却无往不在枷锁之中"的矛盾表述。据说当年卢梭面对这一矛盾的时候曾经非常痛苦，直到一天他散步时突然豁然开朗，觉得一下子把这个难题解决了，非常愉快。他提出来的解决办法是：如果每个人都按照社会的规则做，实际上就得到了自己的个人自由。这是什么意思呢？打个比方说，你以为喝酒是个人的自由，但根据卢梭的理论，这不是自由，因为喝酒会伤害身体，最终带来的疾病或贫困会使你失去行动的自由。相反，按照社会的规定避免酗酒才能真正获得个人的自由。只有明白什么样的生活是理性的，按照这个正确的社会规则来做，你才会获得真正的自由。最后卢梭得到的结论是：只有那些不仅想要某些事物，而且知道什么东西会满足自己的人才是真正自由的。由此类推，如果社会是按照正确规则建立起来的，个人就应该服从这个社会。由此可以推出的结论是，个人的意志与理性社会的意志本质上是一致的。

所以卢梭认为，只要人类按照理性行事，就能实现合理的目的，而且大家的合理目的是一样的。这是卢梭与当代社会观的一个关键不同：当代社会承认一个社会可以有好几个合理的目的，不同群体的目的并不一样，但启蒙运动时期人们没有这种多元的立场，他们相信唯一且永恒的真、善、美。因此只要这个社会有理性，就肯定会追求这唯一的"真、善、美"；只要一群人有理性，他们就能形成同一种意志，卢梭说这个意志是"公意"。这个"公意"也就是今天的民主社会视为终极标准的"民意"，所谓民意调查就是认为民意可以代表个人对幸福的真正理解。

但这里有一个问题：洛克的社会契约强调保有个人的自然状态，人是自愿结成一个群体去追求自己的幸福的。但到了卢梭那里，个体一定要服从整体，因为整体比个体更聪明、更理性，更代表着真正的自由。这样在卢梭这里实际上就有了一个真正自由的自我（合乎公意的）和一个虚假自由的自我（只要不符合公意的观念就是虚假的）。让一个人获得自由就是强迫他以理性的方式按照公意行事。但是不可能所有人一起协商达成公意，公意是由其中选出来的代表来表达和维护的。因此公意说到最后，就是只有一些（少数的）人才明白怎么样做是合理的，民众应该服从那群少数智者的意见。但是这里面存在着一个危险，这个危险后来由英国哲学家以赛亚·伯林做了比较详细的梳理。以赛亚·伯林注意到，很多群体运动，包括启蒙运动，都打着让个人获得自由的旗号，强迫个人遵从启蒙者的教导。因为个人被认为是无知的，而启蒙者是理性的，所以到最后，自由已经变成了不让个体自由的理由，这样的一种自由带来的其实是强权。

以赛亚·伯林的最大贡献是在全面梳理"自由"这个概念的基础上区别了两种自由。一种叫积极自由。积极自由就是卢梭的自由观所代表的，每个人都必须争取自由，为了自由牺牲个人的生命、爱情，乃至一切个性都在所不惜。而让一个人获得自由就是强迫他以理性的方式行事，服从"公意"，因此实际上从个人的角度来说，所谓的积极其实是消极的。当然积极自由有它的一定道理，人生活在群体之中，一定程度上必须按理性行事，必须让渡一定的个人自由。但是以赛亚·伯林说，这个让渡必须有一个限度，作为个人必须要保有一些最基本的东西，比如生命、爱情、个人财产、一些个人的选择和权利。所以真正合理的社会应该是保护个人的这些最基本的东西不受侵犯，国家也没有权力来侵犯个人的这些东西，任何民意的代表都不应该以"为大家好"的理由侵犯个人的这些东西。以赛亚·伯林称这样的自由为消极自由。以赛亚·伯林看到了，实际上最终社会需要在自然人和社会人之间达到平衡，即自然人有所让步，社会也要对自然人有所让步，专制国家则不允许自然人的存在。

这样，回到席勒的《强盗》，可以看到席勒已经意识到了个人的自由与社会的义务之间的矛盾。以赛亚·伯林毕竟是20世纪的人，他可以通过历史看到卢梭的自由观念会演变成什么样的专制，但席勒只生活在"自由"和"自我"刚刚形成的阶段，他看到了自我和社会之间必然存在的张力，并为此而痛苦。因此，一方面他高扬卡尔的自由，另一方面他又想把他塑造为优秀的儿子和丈夫。但事实上，卡尔渴望的自由是不受社会约束的自由，即便他真正继承了伯爵的财产，也未必会老老实实地承担他的责任；就算他结了婚，也未必能成为一个养家糊口的好丈夫。总之，席勒在当时感到了个人的自由要求与生活在社会中必须考虑爱人、亲人等群体这两者之间的矛盾，这是席勒那个时代的思想无法解决的，所以他的主人公也陷入了极大的痛苦之中。但这也正是席勒最深刻的地方，他并没有把这个矛盾简化成一个爱情问题或者伦理问题或者善恶问题，因为这样实际上把真正的问题给消解了。席勒不肯让步，不给卡尔任何可以用爱情或财产来解决这个矛盾的机会，从而将个人自由与群体责任之间的矛盾推到绝境，最后只能以悲剧告终。卡尔选择了一个在观众看来不可思议、不合常情常理的做法，但这也正是《强盗》比《阴谋与爱情》更深刻的地方，因为《阴谋与爱情》把这一矛盾消解成了普通观众能够理解的阶级矛盾和父权问题。

三

虽然看到了新的社会范式的出现，歌德和席勒却选择了一条与英国不同的出路。英国思想家在意识到个人的自由之后，一方面强调个人的自由，即洛克所说的个人的自然状态；另一方面也要跟社会达成和谐，所以建立起了一套宪政体系，在个人和社会之间达成某种平衡。德国那个时候还没有形成一个成熟的社会，无法发展出自己的思想体系，于是歌德和席勒转向古希腊罗马，试图从古典文化中找到解决之路。这就是德国文学史上的古典文学时期。

德国的古典文学时期与法国的古典主义是不一样的。古典文学时期只有十年，参加者也只有歌德和席勒，他们创作的题材并未严格地使用古希腊罗马的题材，很多都取自德国的现实。此外古典主义的三一律、王权等法则也都不在德国古典文学时期的考虑范围之内。之所以称为"古典"，是因为歌德和席勒后来推崇"高贵的单纯和静穆的伟大"这一古典精神，以此来解决狂飙突进时期个人的痛苦和绝望。

"高贵的单纯和静穆的伟大"其实不是来自古希腊罗马文化，而是18世纪德国考古学家和艺术学家温克尔曼对古希腊艺术的评价，他的德语原话是"edle Einfalt und stille Größe"，在这里他把带有崇高宏伟感的"高贵"和"伟大"与带有简朴纯净感的"单纯"和"静穆"放在一起并相互修饰，用包含悖论的表述来表达将狂飙突进的激情与古典主义的理性相结合的目的。歌德和席勒相信只有两者结合所带来的精神强度才是古典文化的精髓，并且也是解决感性与理性、个人与群体的矛盾，达到和谐的精神状态的途径。

这种古典精神在席勒那里得到了理论上的阐述，《审美教育书简》的一个核心观点就是：人既有感性冲动，也就是人的自然状态；又受到理性意志的限制，也就是人的群体状态。随着对人性理解的深入，18世纪的思想家们已经意识到了人性的分裂，但是古希腊思想家如亚里士多德则强调感性和理性的调和，柏拉图在《斐多篇》中谈到的"灵魂马车"也是希望代表着头脑的御车人能够同时驾驭"爱好荣誉，谦逊和节制"的理性驯良马和"不规矩而又骄横"的激情顽劣马。受此影响，席勒也相信感性和理性能够达到和谐统一，这种和谐统一就被称为"第三冲动"。席勒认为第三冲动存在于审美之中或者游戏之中。在游戏的时候，人的理性目的追求与他的感情愿望、快乐欲望是能够合二为一的，此时人才进入一种"自由心境"（freie Stimmung）。在这种心境中感性和理性同时活动而彼此抵消，心绪既不受物质的制约，也不受道德的强制。这就是为什么会有席勒那句被不断篡改的名言：只有在游戏中，人才是自由的。席勒的"游戏"是要达到感性和理性的结合，进入一种自由的心境。在这种状态下，人可以真正地知道自己要什么，并且能够自愿地按照自己的"知道"去行动。

席勒的《论朴素的诗和感伤的诗》虽然被认为预言了浪漫主义文学和现实主义文学，实际上依然是这种和谐观的体现。席勒认为当下的文学是感伤的诗，感伤是因为现代人离古代太远，回不到古代的和谐状态，所以处在感伤、焦虑、痛苦之中，于是就有了狂飙突进文学的孤独和绝望。席勒认为如果能够回到过去，即回到人的朴素状态，就能够达到感性和理性的和谐一致。出于这一目的，席勒创作了一些文学作品，但他的作品在这方面表达得并不是很好，相反是歌德创作了一系列古典时期的代表性文学作品。

四

　　歌德出身贵族之家，父亲是法兰克福市的参议员。歌德从小接受了自然科学、音乐、绘画等多方面的教育，他的母亲又非常喜欢艺术、文学，歌德认为他在家庭的影响下，理性和感性都很强。歌德后来把自己的经历写成自传《诗与真》，这是自传中少有的既不以自我标榜也不以自我解释或自我忏悔为目的的自传。《诗与真》就和歌德的其他文学作品一样，始终在追问和探索着生命的意义，因此这部自传既是他对自己的思想历程的梳理，更是他对人生的思考的延续。当然歌德的这一人生探索在他的代表作《浮士德》中得到了更深刻的展示。《浮士德》并不是一部塑造人物或分析人性的作品，浮士德的形象如何，是否丰满并非这部作品的关键，与《诗与真》一样，歌德关心的是人生的意义在哪里。

　　18世纪的一部分作家侧重剖析人性，比如斯威夫特和拉辛，认为只有理解了人性才能明白人生的意义。还有一部分相信重要的是找到正确的人生方向，并且朝着这个方向不懈努力，歌德就是这样的作家，他一生都在追问着意义。维特对阿尔伯特的反感并不是针对他的人性，而是针对他的人生取向。虽然总的来说，18世纪的英国作家比较偏重前者，而法国和德国作家比较偏重后者，但是并不是所有作家都如此。比如有"约翰逊时代"之称的英国作家塞缪尔·约翰逊就写过小说《拉塞勒斯》，让主人公阿比西尼亚王子拉塞勒斯四处去询问什么才是幸福。一开始他从一群年轻人那里找到"青春的快乐"，却发现只不过是粗鄙的声色之乐；他去哲人那里寻找用理性克制激情、理智地规划人生的方法，却发现这个哲人因女儿去世根本克制不了自己的痛苦；他去田园生活中寻找淳朴诗意，却发现乡下充满了愚昧、贫困、卑劣和嫉妒；他去隐士那里寻找宁静，隐士却告诉他孤独者的生活只有悲惨可言；他去埃及王宫寻找心满意足，结果国王刚被废黜，废黜他的人也被其他人杀死了；他的妹妹去普通老百姓家寻找日常生活，却发现老百姓家里吵吵闹闹、鸡犬不宁；他还去拜访了一位学识渊博的天文学家，这个学者却疯狂得以为自己在招风唤雨。他们遇到一位老人，老人已对身外之事丧失了兴趣。最后拉塞勒斯转了一圈还是回去当他的阿比西尼亚王子去了。由此可见，约翰逊对人生是否有一个一劳永逸的完美方向是持怀疑态度的。

狂飙突进时代的年轻歌德至少知道自己不想要什么，也有一个朦胧的方向，就是让自我得到最大的展现，而不只是在社会上找到一处安身立命之所。但是魏玛共和国的经历一方面让他认识到人与社会不可分割的联系，另一方面十年里创作激情的沉寂也让他思考人如何才能在介入社会的同时，保持自身的创造力。社会与自我之间的矛盾无疑给歌德造成了极大的困扰，这让他在魏玛共和国的第十个年头悄然离开，去意大利寻找精神的养分，而古希腊罗马艺术中包含的感性与理性、个人与社会的和谐，让他恢复了创造力，并在创作中探索如何达到人的完美。《浮士德》既是他对自己的思想发展历程的描述，也是对人生方向的探索。

浮士德实际是德国16世纪民间传说中的一个人物，这些民间传说也主要是用来进行宗教宣传的，因此故事的侧重点一般不是浮士德跟魔鬼签约后如何丰富了见识或获得了超人的能力，而是侧重描写他被魔鬼索命的恐怖，以此告诫人们如果把灵魂交给魔鬼会受到怎样恐怖的惩罚。但是这个故事后来被莎士比亚同时代的剧作家马洛改写了，浮士德也变成了一个文艺复兴时期典型的渴望了解世界的人。在这之后，其他人也写过一些关于浮士德的故事，其中影响最大的就是歌德的《浮士德》和托马斯·曼的《浮士德博士》。

谈到歌德的《浮士德》，人们常问的是浮士德为什么永远不肯停息？为什么他打赌失败还能上天堂？歌德为什么要让浮士德死于虚假的幻觉之中？所有这些问题的答案都涉及歌德的人生观。

浮士德一出场就已经是一位白发苍苍的学者，一直在书斋里苦读，对于"统一宇宙的核心"已经有所分辨，"能够观察一切活力和种源"，掌握了天上和地下的知识，觉得自己有如神灵，因此用魔法唤来精灵，谁知精灵们却对他不屑一顾。浮士德由此认识到纯粹的精神升华并无法解决尘世扰攘所带来的困扰，人类的命运困境不可能通过逃避到形而上的世界来解决："我像虫蚁在尘土中钻营，/以尘土为粮而苟延生命，/遭到行人的践踏即葬身尘埃。/数百架破书砌成的高墙，/使我局促其间，还能不尘垢遍体？"这是歌德对学术的看法，他始终反对脱离生活的知识，坚持"生命之树常青"，因此创作也一直都围绕着对人生意义的思考。

于是魔鬼梅菲斯特出现。他先带浮士德去了酒馆，年轻人在那里寻欢作乐、男欢女爱、酗酒聊天。这也是歌德莱比锡时期生活的写照。而浮士德现在觉得这种生活实在太堕落、太粗俗了，最后连梅菲斯特都忍受不了青年们的醉酒状态和无止境的寻欢作乐。显然在歌德看来，简单的声色欲望并不能给人带来真正的尊重和幸福。

之后梅菲斯特给浮士德喝下魔药，让他变成了青年，于是浮士德进入了爱情生活阶段，对应着歌德的狂飙突进时期。浮士德爱上了一位叫甘泪卿的少女，但她的哥哥反对他们相恋，浮士德在决斗中把她的哥哥杀了；甘泪卿为了溜出来跟浮士德幽会，给她妈妈喝了过量安眠药，妈妈也死了。歌德在这里思考的是，如果完全按照个人的欲望，也就是说个人生活完全受激情支配，结果会怎么样。此时，显然歌德已经不同于为爱不顾一切的少年维特，已经认识到人生活在社会关系之中，放弃理性只能给自己带来不幸。

甘泪卿因杀人罪被判处死刑，她自己也陷入深深的悔恨之中。这期间梅菲斯特带着浮士德参加了魔鬼的瓦尔普吉斯之夜。瓦尔普吉斯之夜是整个《浮士德》中最放纵的片段，而且实际上原稿比现在的还淫秽。瓦尔普吉斯之夜是流行于中欧和北欧的一个传统的春季庆祝活动，于每年的4月30日到5月1日的晚上举办篝火晚会。不过瓦尔普吉斯之夜在德国又被称为"魔女之夜"，因为传说这一夜女巫们会汇聚于德国中部最高的布洛肯山上。《浮士德》描写的就是女巫们在山上跟魔鬼交欢，是人的动物性的完全释放。整个场面混乱且不堪入目，魔鬼与女巫随便交配，完全顺从自己的动物本能。歌德把瓦尔普吉斯之夜插在甘泪卿的故事中间，显然是对激情和自然状态的反思，动物性走向极端只能带来堕落和混乱。浮士德逃离瓦尔普吉斯之夜，想从监狱中救出甘泪卿，但她自愿领受死亡，圣母过来把她接入了天堂，于是爱情阶段结束，歌德也对自己狂飙突进阶段的生活观画上了句号。不过，虽然他此时已经不再赞成完全的激情，但依然对这一选择心怀尊重，这可以从甘泪卿得以进入天堂中看出来。

之后浮士德进入宫廷，开始了政治生活阶段，对应着歌德的魏玛时期。这一段歌德写得非常表面，只写了一次宫廷的假面舞会，大臣们都戴着面具。魔鬼梅菲斯特在地上撒了一把金钱，结果本来还高贵矜持的男女立刻暴露了贪婪的本性，趴在地上争抢。皇帝也受梅菲斯特蛊惑，一心想发横财，让浮士德到地下去找金子。整个叙述对皇帝和群臣们的描绘都流于表面，带有脸谱化和丑化的特点，跟一般政治讽刺作品中的老生常谈并无二致。但是如果考虑到歌德确实花了十年投身于政治生活之中，一直做到枢密顾问，修筑公路、创办剧院、裁减军队，做了很多实际工作，其对政治生活的理解应该远比这个宫廷假面舞会复杂。那么为什么歌德只把他生命中这么重要的一段简化为一场假面舞会，只揭露政治人物骨子里的贪婪？或许歌德觉得不便直接涉及当时的政治人物，更可能的是歌德对政治生活持完全否定的态度，不认为这里有什么值得去详加描述的东西。

之后到了歌德意大利之行的古典时期阶段，在《浮士德》中浮士德追随助手瓦格纳造的"人中人"来到古希腊，不但见到了古希腊神话中描绘的各式各样的神灵和怪兽，而且遇到了美女海伦，与她共同生活在诗情画意的洞穴中，并生下一子欧福良。这里的场景被称为古典的瓦尔普吉斯之夜，表现了美的纷繁杂沓。浮士德本来在美中感到了满足，但是随着欧福良夭折，海伦也悲伤地离去，浮士德再次回到现实。显然歌德这里考虑的是审美生活能否像席勒在《审美教育书简》中所说的，使人获得真正的自由。欧福良不断向高处跳跃显然代表着他对自由的追求，而他的坠落夭折则表明，歌德虽然喜爱审美世界，但依然认为审美生活离具体的现实太遥远了，最终会跌回现实且不堪一击。浮士德与海伦的短暂生活同样表明纯粹的艺术并不能为现实提供一个稳定的立足点。

五

浮士德这个时候已经老了，也有了自己的一块封地，于是决定填海造田，开疆拓土，改造世界。这个阶段对应的其实是歌德在古典文学时期的小说"威廉·迈斯特系列"中描绘的人生理想。"威廉·迈斯特系列"包括《威廉·迈斯特的学习时代》和《威廉·迈斯特的漫游时代》，这两部小说都被认为是成长教育小说，描写主人公成长过程中在世界和社会上的经历和感受，大多表现主人公对人生意义的探索。威廉·迈斯特一开始的时候还带有狂飙突进时期的天才的影子，喜欢艺术，厌恶家族的商业生意，因此出现了艺术家的追求跟小市民的生活之间的矛盾。有一段时间迈斯特跟一个剧团中的女演员一起生活，还生下了一个私生子。后来女演员抛弃了他，迈斯特回到了父亲身边从事商业活动。一次处理业务的路上又碰到一个剧团，唤醒了他的艺术家欲望，于是加入剧团四处流浪。在流浪的过程中，迈斯特遇到了一些影响他的人，有小姑娘迷娘，有帮他接触到莎士比亚的少校，等等，不过最重要的是一个叫作罗塔利奥的贵族。罗塔利奥不满足于自己的一方小天地，希望在广阔的世界开阔眼界、增长智识，并为社会做贡献。他把自己的财产分给农庄的农民，跟朋友们组织了一个"塔社"，帮助迷失方向而心地善良的人们走上正路，带着大家一起改造社会。威廉·迈斯特在罗塔利奥的引导下逐渐改变了自己的人生观，加入了塔社。

《威廉·迈斯特的漫游时代》讲迈斯特带着塔社的社会改造计划四处漫游，其间去了一个教育区，教育区代表着歌德的教育理念：第一，人的成长最重要的是成为一个身心全面发展的和谐的人；第二，每个人都应该学会一门手工技术，不仅可以养活自己，也可以帮助社会；第三，要培养集体情感，学会爱也学会舍弃，愿意用自己的技艺为集体谋福利。威廉·迈斯特也将自己改造成了外科医生，然后跟朋友们一起去了新世界，在那里建立了一个新的家园。

这个故事反映了歌德后期对人生的看法，从维特到迈斯特的转变，实际上是一个从小我向大我的转变，或者从自然的人向社会的人的转变。在这个转变的过程中歌德认识到，人只有在服务社会的时候才能够找到真正的幸福。只有认识到自己是社会的一分子，让整个社会达到和谐，个人才能过上幸福的生活。但是这里我们可以看到，歌德最后实际上走向了群体理性，认为个人必须把自己让渡给社会，在社会的改造中获得个人的幸福，为此甚至可以放弃自己的情感，比如说威廉·迈斯特最后放弃了对艺术的追求。为什么需要如此，因为在歌德看来，作为社会的一员必须对社会的其他人有用，社会的认可可以带给个人幸福感。由此可见，在这里，实用的目的超过了个人的快乐需求。这种牺牲小我成就大我的人生观也曾经很长时间被社会普遍接受，所谓的个人是螺丝钉或者春蚕，都是提倡把个人的幸福融入整个社会的幸福之中，将自我让渡给社会。

浮士德永不满足的个人探索最终在社会群体的改造中获得了满足，听到大家填海造田的声音，浮士德第一次也是唯一一次说出了"生活啊，你停一下吧"。而根据魔鬼和上帝的打赌，只要浮士德对生活满足了，他的灵魂就属于魔鬼，因为上帝认为浮士德是一个不断追求的人，永远不会满足。但是当魔鬼来领取浮士德的灵魂时，歌德却安排圣母下来救了他。对这一结局歌德的回答是，"谁肯不倦地奋斗，我们就使他得救"。浮士德满足的是创造性生活，实际上依然是在不断地奋斗，"人必须每天每日去争取生活与自由，才配有自由与生活的享受"，因此他满足的正是永不满足，所以本质上依然是上帝赌胜了。

但是这里歌德放置了一个让后人迷惑、他自己也并没有解释清楚的矛盾。本来这个创造性的事业应该是歌德的理想，可是：第一，在填海造田的时候，歌德偏偏安排了一对老夫妇不愿意被拆迁。魔鬼把他们的房子烧了，老夫妇死于火中。第二，所谓的填海造田其实是魔鬼们在挖浮士德的坟墓，浮士德当时已经年老眼瞎，听到挖土的声音以为是在填海造田。这样就出现一个问题：为什么歌德要在最反讽的事情里让浮士德获得满足？之前那么多可能的生活浮士德都不满足，相反在这个最具有欺骗性、最不应该得到满足的时候，浮士德却满足了。

虽然歌德没有明确说过，但很可能在写《浮士德》的时候，他已经认识到他在"威廉·迈斯特系列"里找到的"大我人生"本质上存在的矛盾之处，这个矛盾就在于人的个性与人的社会性之间的矛盾。"威廉·迈斯特系列"里塔社的群体生活更接近卢梭的那种积极的自由，愚昧的个人应该在智者领导下接受群体的改造，自觉地让自己的生活与这个社会认为有价值的生活融为一体。但是，社会上总会有人像那对老夫妇一样，不愿意被改造，不愿意融入群体生活，那么他们的个人财产乃至生命就可以被剥夺吗？歌德出于艺术家的敏感，认识到了这一人生观中包含的矛盾性和欺骗性，并把这一怀疑直觉地化为魔鬼们的欺骗行为。所以歌德在这里放入了他的不和谐音。或许歌德也意识到了，人类可能永远找不到自然人和社会人之间的和谐状态，换句话说，生命永远没有一个完美的答案。

　　歌德并没有明确地说出这些悖论，他甚至不一定能够说得出来，因为当时这一矛盾还没有得到充分的历史呈现。但是作为艺术家，他有着高度的艺术直感，能够像很多艺术家一样先于他的时代和社会，看到一些别人尚未看到的东西，并用包含着歧义的形象捕捉住这一认识。艺术家很少能够把自己的直觉概括成明晰的理论，这是文学评论家应该做的事情。事实上，文学理论应该后于文学，成为先驱艺术家和普通读者之间的桥梁，而不是去领导和规范艺术家的创作。

　　《浮士德》其实与约翰逊的《拉塞勒斯》一样，是一次失败的人生意义的追问，因为或许这本身就不可能有答案。而《浮士德》最有价值的地方，也是歌德深刻的地方，即他最后的答案其实是动态的。上帝和圣母肯定的不是集体创造，而是不断努力，不断行动。至于朝着什么目标努力和行动，歌德并没有给出答案，因为他通过悖论把可能的唯一答案给消解了。所以《浮士德》把《圣经》中的"太初有道"，变成了"太初有为"，重要的不是"道"，也不是沿着哪条道路走，重要的是"为"，是不断地前进。一切生活，一切自我，无论小我还是大我，无论快乐还是风险，所有这些都处于一个不断变化的过程之中，有的只是不断的探索，并没有终极答案。真正被歌德肯定的是让自我进入更高远更丰富的境界，这里的自我既不是单纯的个体的我，也不是单纯的社会的我，而是一个精神上可以容纳历史、宇宙、社会于一身的"大我"。不是个体让渡给社会，而是个体通过与群体的结合，把更大的世界容纳入自我之中。这是一个动态的过程，永不停息。在停滞的个体之我和社会之我之间维持平衡则往往会走向失败，这也是为什么在《浮士德》中魔鬼代表的是停滞。

第十一讲

仰望星空

——雪莱的宇宙意识

一提到浪漫主义，或许就会想到李白、郭沫若、拜伦、雪莱，在音乐上就会想到贝多芬、巴赫、肖邦、柴可夫斯基。18 世纪后半叶到 19 世纪上半叶的浪漫主义文学运动的主要特征就是从主观世界出发，表现自我、情感和大自然，常用想象和夸张的手法来塑造形象，这与之前的古典主义和启蒙运动对理性的强调是不一样的。所以浪漫主义诗人会非常强调感情、神秘、直觉、宗教信仰在对世界的认识上的重要性，他们认为这比理性更能认清世界。

与此同时，浪漫主义诗人与大自然有更多的亲近感，更注重关注和理解大自然，因为大自然在很多浪漫主义诗人的眼中是人类的起源，包含着神秘的力量和讯息。值得指出的是，在浪漫主义之前，比如在古典主义时期，西方话语中的自然指的往往是园林，而不是今天的自然界。因此过去人们所欣赏的自然大都是加工修饰过的，服从黄金比例和左右对称等人为审美原则，植被也是按照人类喜好修剪过的，山水也是人工制造的假山喷泉。但是在卢梭之后，不加人为修饰的自然进入人们的审美视野，人与自然的关系也发生了变化，并对整个西方文化思想都产生了影响。影响之一就是开始重新思考人和自然的关系，并且进一步扩大到人和宇宙的关系。因此，在那些大家已经熟悉的主题之外，浪漫主义文学还包含着一个长期未得到重视的新视野：对宇宙的思考。

文化运动喜欢从古代寻找源头，浪漫主义将自己的源头追溯到了中世纪。除了神秘、宗教和超越理性的认识方式之外，中世纪的哥特式建筑也对文学产生了直接和间接的影响。直接的如哥特小说中阴森荒凉、鬼魂出没的城堡，间接的则来自哥特建筑的重要特点——高耸笔直地指向天空的尖塔、穹隆、立柱或其他建筑形式。哥特建筑的这种艺术形式本身就包含着对天空的追求，中世纪时传递的是对天堂的渴望，浪漫主义时期则表达了对宇宙的关注。这一点之前的研究注意不够，而这一点不仅对理解浪漫主义，而且对理解当代日益兴盛的科幻文学也有很大的帮助。

一

18世纪后期，英国就已经出现了感伤主义、哥特小说、墓园诗派等包含着浪漫主义的感伤、神秘、恐怖、死亡、孤独等审美因素的创作。不过正式的浪漫主义文学运动是从华兹华斯、柯尔律治开始的。华兹华斯、柯尔律治和骚塞构成了英国文学史上的湖畔诗派。他们以前也曾被称为消极浪漫主义诗人，在中国遭到批判。在中国得到广泛宣扬和推崇的拜伦、雪莱等人则被称为积极浪漫主义诗人。这里的消极和积极的主要区分标准就是他们对法国大革命的态度：消极浪漫主义诗人基本上持批判、反对的立场；积极浪漫主义诗人则是赞扬和支持的。事实上，这里的分歧主要是政治上的，与诗意无关。在新批评的诗评标准下，拜伦在20世纪的诗名已经有所下降，华兹华斯则得到越来越多的关注。

华兹华斯、柯尔律治和骚塞的诗歌风格并不相同，把他们放到一起主要是华兹华斯后来有一段时间跟妹妹住在英格兰西北部的湖区，后来柯尔律治也搬到附近与他们同住，两人在1795—1798年合作写了《抒情歌谣集》。骚塞其实以写散文为主，将他放入一是因为他也住在湖区附近，二是因为他和柯尔律治是连襟。他们三人因此被《爱丁堡评论》放在一起称作"湖畔诗人"，多少带有贬义。在这三人中，骚塞今天已经很少被人提及了，既因为骚塞政治节操不好，也因为他没有代表性的诗作，倒是拜伦曾在《审判的幻景》里对骚塞破口大骂，让人们还会提起他。

其实华兹华斯在剑桥大学读书期间，对法国大革命还是持支持态度的。但后来法国大革命转向血腥杀戮，他也改变了自己的立场。华兹华斯后来得到一位同学的赠款和一位英国贵族欠他父亲的钱，这让他可以摆脱世俗的羁累，带着妹妹去湖区的温德米尔小镇，开始了他创作中的伟大的十年。在这十年中，华兹华斯创作了大量后来久享盛誉的诗歌。在《抒情歌谣集》序言中，他还提出了浪漫主义对诗歌的重要定义：诗是强烈感情的自然流露。至此，前两个世纪所批判的感情正式成为诗歌的主要品质。

华兹华斯的诗歌以亲近自然著称。他不认为世俗的生活和城市文明是人类的正常生活状态，相反认为人们起早赶晚，"收入支出浪费着我们的才能……蝇营狗苟使我们舍弃了自己的性灵！"在《我们太为世俗所累》中，他希望回到浩瀚的大海边，到颐神的草地中去，实际上就是回到大自然中去。值得注意的是，在这里他选择了大海，没有选择溪流，因为与溪流相比，大海超出人的控制，因此体现出华兹华斯对超出人类力量的大自然的钦慕。而且他认为人类的性灵只能到大自然中去寻找，这里潜含的意思是人来自大自然，属于大自然，并且人类的心灵与大自然相通。

事实上，华兹华斯的自然并不要人类去主动寻找，然后往自然之上加上人类想象出来的含义，他的自然往往有着超出人类力量的广度和力度，在人类毫无准备的情况下征服人类。这与那些对花伤春对月伤情，让自然成为人类情绪承载物的感伤诗不同，华兹华斯的诗歌已经显示出让人类融入大自然的愿望。华兹华斯的名诗《咏水仙》同样来自大自然突然带来的心灵震撼。据华兹华斯的妹妹记载，一天华兹华斯和妹妹在戈巴罗公园另一边的树林里沿着道路散步，一开始看到湖边有一些水仙，以为是种子被冲到岸边后偶然长在那里的几株，然后越往前走越看到大片的水仙群，和公路一样宽，连绵不绝，如繁星灿烂。而且它们一起随风摇摆、旋转，似乎翩翩起舞，并与被风吹动的湖面一起欢笑。与妹妹的记录略有出入的是，《咏水仙》始于诗人孤独的飘荡，然后偶然遭遇一大群水仙，也即作为巨大群体的大自然，而且这个群体有着和谐的律动。在风的吹拂下，原本作为个体的水仙都在一致地律动，从而传递出和谐、快乐的自然精神。自然界可以按照统一的规则运动，这曾经让牛顿深感震惊，并相信了上帝的存在。华兹华斯从中感受到的则是：大自然有自己的旋律，有自己的灵魂，而且大自然的各个部分相互交流，相互联系。这让孤独的诗人找到了他所属的群体，或者说找到了心灵的联系和沟通之所。因此华兹华斯说，即便以后一人独处，知道与大自然的息息相通也能带给他足够的安慰，"它们常在心灵中闪现 / 那是孤独之中的福祉 / 于是我的心便涨满幸福 / 和水仙一同翩翩起舞"。这种幸福并不只是因为水仙们的快乐可以带给他足够的感染，更重要的是他在水仙那里找到了心灵的呼应和陪伴。水仙们的快乐并不仅仅是一种情绪，如果用华兹华斯后来在《丁登寺赋》中的话说："这时，和谐的力量，欣悦之深沉的力量 / 让我们的眼睛逐渐变得安宁 / 我们能够看清事物内在的生命"。水仙的快乐是事物内部统一和谐的自然精神的体现。

华兹华斯的《丁登寺赋》更直接地描绘了他与宇宙的呼应。这是英国文学史上的著名长诗之一，描写他在1798年再次路过怀河河畔，看到已经荒废颓圮的丁登寺，其实已是一座废墟，坐落在山坡之间。华兹华斯说他停在路边，望下去，一下子被静穆的群山中宏伟的修道院废墟所震撼，于是刚离开丁登寺，诗句就已经在他脑海中涌现，回到布里斯托尔就已经基本成型了。

丁登寺虽然已经荒废，周围却也有农舍和田园，但华兹华斯对这些人类的活动提及不多，这让他为什么回避人类的活动成为后代研究者讨论的一个话题。而且，既然回避人类的活动，为什么又以修道院命名全诗，而不是纯粹的自然山水？为什么不是一座真正的修道院，而是修道院的废墟？确实，从诗歌中描述的景色可以看出，华兹华斯的重点不在这座修道院，而在于他看到的整个自然环境：巍峨的山崖、荒野的风景、宁静的天空、森林中的怀河。他在诗里面谈到山水连接天空的那一份宁静，就像他说的，大海和天际都属于对人类来说宏伟广大的自然。

在宏大的自然中，"我们的肉躯停止了呼吸 / 甚至人类的血

液也凝滞不动 / 我们的身体进入安眠状态 / 并且变成一个鲜活的灵魂",这是他为什么避开人类活动的重要原因,他要发现的是人内在的"性灵"与大自然的呼应,而不是人类的理性、意志对自然界施加的改造。中世纪的丁登寺废墟依然看得见哥特建筑向上的线条,看得到人类与苍穹相连接的努力。废墟避开了人类的现实功利活动,却蕴含着人类古老但深藏的精神追求,正象征着华兹华斯所追求的抛弃世俗的蝇营狗苟,也象征着更古老的与宇宙呼应的人类灵魂,或者用诗中的话说,"内在生命"。

因此接下来他对这种内在生命做了深刻的哲学描述,让他感动的不是优美的风景,也不是人类的历史,而是一种宇宙的力量,以及人在其中与宇宙产生的共鸣:

因为我已懂得如何看待大自然,再不似
少不更事的青年;而是经常听到
人生宁静而忧郁的乐曲,
优雅,悦耳,却富有净化
和克制的力量。我感觉到
有什么在以崇高的思想之喜悦
让我心动;一种升华的意念,
深深地融入某种东西,
仿佛正栖居于落日的余晖
浩瀚的海洋和清新的空气,
蔚蓝色的天空和人类的心灵:
一种动力,一种精神,推动着
思想的主体和思想的客体

穿过宇宙万物，不停地运行。

此时，华兹华斯已经发现了自我的意念与宇宙的动力和宇宙的精神的融合，此时，华兹华斯终于找到了一种外在于人类理性的精神，一种宇宙的规律。正如站在泰山之巅，让人震撼的并不仅仅是泰山之美，更是环视群峰时感受到的一种超越人类控制力和认识力的崇高感。在这种情况下，人类才能感受到宇宙的力量和宇宙的精神，然后才能感受到人的生命律动与宇宙的生命律动的应和。一旦感受到人的生命就是宇宙生命的一部分，诗人就能从宇宙的永恒运作中感受生命的无限和生命的宁静，心灵由此得以超越世俗的"蝇营狗苟"，而这正是浪漫主义所要寻找的人生价值。浪漫主义的这种宇宙意识是关注伦理道德、社会关系、权力斗争的17、18世纪的欧洲文化所欠缺的。当然，这也是浪漫主义诗人被歌德在《浮士德》中比喻为欧福良，不断跃向高空，最终坠地而亡的原因。浪漫主义的人生追求往往不在此世，有的甚至也不在宗教的天国和来世，比如英国的浪漫主义诗人雪莱就把目光放到了更宏大的宇宙。

值得一提的是，华兹华斯自己就写过星际穿越的内容。有人认为最早的科幻小说是雪莱的妻子玛丽·雪莱的《弗兰肯斯坦》，但是华兹华斯在长诗《彼得·贝尔》（*Peter Bell*）的序言里，就描述了"我"怎样乘坐飞船在地球之外飞行：

> 巨蟹、天蝎和金牛——
> 我们在其中祈祷；
> 穿过红头发的火星族，
> 他们全身伤痕密布；

这样的同伴让人厌恶！

土星上的小镇早已腐烂，
悲伤的幽灵将其占满；——
昴宿星座试图亲吻彼此
却隔着无限的深渊，
带着欢乐我航行在他们之间。

欢快的水星笑声回响，
伟大的木星盛满清凉；
但这所有的一切，
比起我们粟米一样的小小地球
又算得了什么？

终于返回地球，亲爱的绿色地球：——
哪怕历经所有时代，
我自己的世界
依然最可爱。
我的心在家中从未离开。

华兹华斯在诗里描绘了火星人，头发是红色的，而且全身伤痕密布。当然华兹华斯的想象还比较原始，被称为科幻文学三巨头之一的海因莱因就根据火星上遍布的甲烷，想象火星人浑身散发着恶臭，一发火就可能自燃。不过这首诗显示出华兹华斯的视野已经超越了地球上的自然界，转向更寥廓的宇宙，并且已经有了对星空的想象。

　　当然毕竟华兹华斯的诗歌创作开始较早，受之前文化的影响较大，对现实的关注更多，所以他的作品中对星空的描写并不多。这也是他为什么说要返回"亲爱的绿色地球"。之后整首诗都不再写星空了，开始讲人事和现实社会。但是，作为浪漫主义文学中较早关注到人与大自然的精神纽带的诗人，应该说是华兹华斯开启了这一仰望星空的可能性。

二

　　雪莱也出生于贵族之家，父亲是国会议员，而且他的父亲是个坚定的实用主义者，认为存在的就是合理的。雪莱的性格却与他的父亲完全不同：首先是反抗成规、个性倔强，认定了的事情就毫不屈服，比如在伊顿公学读书时拒绝按照传统替年长的学生服务；第二是赞成社会变革，试图推翻和改变既有的社会规则和制度，包括阶级压迫、国王和家长的专制统治、没有爱情的婚姻等等，长诗《麦布女王》《伊斯兰的起义》和戏剧《钦契》等都对此有明确的表现；第三，在宗教上坚持无神论。18岁在牛津大学读书时，他就写了小册子《无神论的必然性》，不但拿到书店公开出售，还要送给英国所有的主教和各院校的学监。这不仅让他被学校开除，他的父亲也断绝了给他的经济支持，后来多亏他的几个妹妹把零花钱给他，才得以维持生计。

　　当时随着自然科学的发展和启蒙运动的宣传，人们的宗教信仰逐渐发生动摇，不过大多数人依然选择了自然神论，即相信上帝创造了宇宙及其规则，只是此后就不再干预这个世界的运行了，但是对自然界的观察仍然足以显示上帝的存在。无神论的出现较晚，已知的第一个彻底否认神祇存在的无神论者是

18世纪早期的神父让·梅叶（Jean Meslier）。雪莱论证上帝不存在依据的是当时的自然科学知识以及人的认识过程。不过这个小册子已经找不到了，但可以在他的《麦布女王》的注释中找到主要思想。在这首长诗中，雪莱认为自然界确实存在着一种灵性，但是他不像自然神论者那样将其解释为上帝的存在，而是称之为"自然精神"（Spirit of Nature）。雪莱在诗中对这一自然精神给予了高度的赞颂：

> 自然精神！你啊
>
> 生息无已的无穷万物的生命；
>
> 那些强大星球的灵魂
>
> 它们永恒不变的轨迹隐现在天渊深邃的寂静之中；
>
> 最渺小之物的灵魂，
>
> 它的生命之息
>
> 只是苍白的四月阳光

这个自然精神不仅是大至宇宙星体、小至微尘生物的灵魂，也是人生命的律动：

> 汝纯洁流溢而出的精髓
>
> 也同样在每个人心深处颤动。
>
> 那里汝至为正直
>
> 汝之权能无可置疑；
>
> 您才是法官，在汝之决断下
>
> 人类短暂脆弱的权威
>
> 有如随意飘散的

微风，毫无力量；
汝之裁断君临于
人类的公正之行
就像上帝君临于人类之上！

在这里，雪莱把自然精神与上帝类比，从而也就取代了上帝，成为宇宙最高的力量和主宰，既无处不在，又把人类与宇宙中的万物联系在了一起。这也意味着理解自然也就是理解人类。与华兹华斯相比，雪莱明确地把自然的范围从地球上的自然界扩展到了整个宇宙。如果说之前的田园诗人还在环顾四周，那么雪莱就已经开始仰望星空了。他更加超越时代的是，他不是用人类的规律和认识来理解宇宙，把人类的主观意识加在宇宙之上，相反他指出，在宇宙中，"物质、空间和时间／在那些星空大厦中都失去了作用"。换句话说，由于得以抬头望向星空，领悟到宇宙的巨大和强大，雪莱先于他的时代放弃了传统的人文主义世界观，认识到人并不是上帝最钟爱的造物，钟爱到要派自己唯一的儿子来为人类赎罪。人只是宇宙的巨大灵魂中的一部分，从宇宙中诞生，最终也将回归并融入宇宙的巨大体系中去。

认识到人类的渺小和力量的有限并不会像有些人担心的，"如果宇宙那么的大，我们又渺小而易逝，这不就意味着我们存在的本质不重要了吗？"事实上真正会改变的，是人类看待自己的视角会更加廓大公允。就好像中国人曾自视为世界的中心，四周是夷狄，皇帝应享受万国来朝的尊崇。知道中国只是世界上上百个国家之一，并没有让中国人质疑自己存在的价值，但是确实改变了中国人对自己的看法与对待世界其他国家和地区的态度。认识到人类属于宇宙的一部分，处于宇宙万物生生不息的运行之中，浪漫主义诗人获得的是一种崇高感和对人生更豁达的领悟。

雪莱的宇宙观主要来自被称为"恒星天文学之父"的英国天文学家弗里德里希·威廉·赫歇尔爵士。赫歇尔制作了400多支望远镜，这些望远镜帮助他发现了很多行星和恒星，英国皇家天文学会会徽就是他制作的一台最大最著名的反射望远镜。通过研究恒星的自行，赫歇尔首先发现太阳系正在宇宙中移动，他还研究过银河的结构，提出银河呈圆盘状。有趣的是，赫歇尔也是一位音乐家，创作过多部交响乐作品。可以说，18世纪末19世纪初天文学对宇宙的发现影响了浪漫主义诗人的宇宙意识和对人类的重新理解，而且这一宇宙意识之所以会始于浪漫主义诗人，与他们对自然的关注无疑有重要关系。此外，不能不承认，与夏多布里昂等基督教浪漫主义诗人相比，雪莱的无神论更有助于他跳出传统的基督教天堂观，以一种全新的角度来理解人与宇宙的关系。从这一点说，第一部科幻小说《弗兰肯斯坦》出自雪莱的妻子玛丽·雪莱之手也就不奇怪了，因为正是浪漫主义诗人的新的宇宙视野为现代科幻文学奠定了美学基础。

雪莱与玛丽私奔后，离开英国来到了意大利，在这里度过了他短暂生命的最后五年。据记载，他和玛丽在一起的日子，很多时候就是早上带着纸笔和干粮出去，到他为自己寻找到的僻静的树林、山洞或湖边，坐在树干或石头上写作，一直到晚上玛丽找他吃晚饭才回家。他的生活可以说就在大自然中，很少在家里伏案写作。他尤其喜欢大海，常扬帆海上，躺在小艇里，他的很多作品都是在小艇里创作的。这段时间，他写出了一系列最著名的诗歌，比如《西风颂》《云颂》《普罗米修斯》等等。

雪莱也写过一部重要的文艺理论著作，叫作《诗辩》。这本书的出发点主要是驳斥皮科克写的《诗的四个时期》。皮科克认为诗在现代社会已经丧失了它的作用，雪莱则指出诗"表达永恒真理中的生命形象"，诗是"最美最善的思想在最美最善的时刻"的呈现。从雪莱对诗的定义可以看到，与华兹华斯认为诗是人类情感的自然流露，依然以人为中心不同，雪莱认为：第一，诗是用生命形象来表达永恒的真理；第二，诗是最美最善的思想。也就是说，雪莱认为诗所追求的不是当下的现实，也不是感觉，而是一种永恒的价值，具有终极性的东西。正是由于把诗视为对永恒和终极的价值的追求，他的许多自然诗表现出更博大的视野，甚至可以说超越了人类的视野。因此法国传记作家莫洛亚在自己著名的《雪莱传》中把雪莱比喻为精灵爱丽尔——一种自然灵魂。

雪莱的诗虽然大多写狂放不羁的大自然，但在格律上其实极其工整。比如《西风颂》用的是《神曲》的三联韵，五章每章都包含四个押 ABA、BCB、CDC、DED 韵的三行联句，和一个押 EE 韵的双行句，此外每行都是抑扬格五音步。但另一方面，这首诗的内容却是狂野、磅礴、既毁灭又创造、不受人类控制的雄浑的大自然力量。把这样不羁的大自然力量放入极其工整的韵律形式之中，正体现了当时人们惊叹的宇宙观：千变万化的宇宙却遵循着整齐规则的物理定律。同时，三联韵是但丁在《神曲》中最早使用的，因此往往与但丁在《神曲》中建构的神圣的宗教世界相连。使用三联韵意味着与但丁在《神曲》中建构一个宗教的宇宙相似，雪莱也试图在这里建构他的自然宇宙精神，这在他看来与上帝一样神圣崇高。

　　《西风颂》在中国最为读者所熟悉的"如果冬天来了，春天还会远吗？"常被用来比喻人类的政治世界：虽然目前腐朽的政治压得人喘不过气来，但这正是黎明前的黑暗，新的政治秩序不久就会建立。但是如果阅读全诗就可以看到，雪莱并没有想写一首政治诗，他已经完全融入了森林和秋风，渴望宇宙的韵律在自己的身上奏响：

　　　　像你以森林演奏，请也以我为琴，
　　　　哪怕我的叶片也像森林的一样凋谢！
　　　　你那非凡和谐的慷慨激越之情，

　　　　定能从森林和我同奏出深沉的秋乐，
　　　　悲怆却又甘洌。但愿你勇猛的精灵
　　　　竟是我的魂魄，我能成为剽悍的你！

　　　　请把我枯萎的思绪播送宇宙，
　　　　就像你驱遣落叶催促新的生命，
　　　　请凭借我这韵文写就的符咒，

　　　　就像从未灭的余烬飏出炉灰和火星，
　　　　把我的话语传遍天地间万户千家，
　　　　通过我的嘴唇，向沉睡未醒的人境，

　　　　让预言的号角奏鸣！哦，风啊，
　　　　如果冬天来了，春天还会远吗？

这里西风奏响的旋律就好像庄子在《齐物论》里说的"天籁","天籁"可以在万物上弹奏，西风也以万物为琴。不过雪莱在这里最想表达的是让自己融入宇宙之中，让自己跟着宇宙的灵魂一起律动。在这种情况下，只要宇宙的精神在运行，个人的死亡就并不意味着终结，因为会有新的生命到来。宇宙有它的循环规律，人类的死亡、万物的死亡，更确切地说从伦理角度理解的死亡对雪莱来说都不重要，重要的是融入宇宙的旋律之中，在旧生命的离去和新生命的到来中，与宇宙一起走向无限和永恒。

如果说华兹华斯凭借直觉感受到了身边自然世界所具有的精神和动力，被其中潜含的魅力所感动的同时，还在诗中留下了太多人类主宰大自然的成分的话，雪莱的《西风颂》《云颂》则显示了"宁肯使自己具体的个性消泯"的对大自然的拥抱。西风的磅礴强力和云的任性不羁都已经超越了人类伦理价值观念的束缚，它们只按照宇宙的自然规律运行。《西风颂》和《云颂》的魅力正在于雪莱对宇宙的聆听和移情，让自己与宇宙相应和的愿望。

三

雪莱曾在《麦布女王》的注释中说："宇宙本没有客观的善或恶可言；所谓善恶，无非指的是我们根据我们自己为人处世的态度，把这两个形容词加于客观事物而已。"这也体现出宇宙视角对雪莱的伦理观念的影响。保罗·约翰逊在《知识分子》一书中对雪莱大加挞伐，说他实际上对身边的人冷酷自私。约翰逊的主要依据一是雪莱追求玛丽的时候，已经结婚，并有了一个孩子。目前一般接受的解释是，雪莱的妻子是他妹妹的同学，一个小旅店店主的女儿，因为她来信称自己在家中受父亲虐待，雪莱就出于侠义之心跟她私奔结婚。雪莱结婚之后又遇到了玛丽，两人相爱私奔。但他的妻子那个时候已经有了孩子，最后跳楼自尽了。这使得整个社会都开始攻击雪莱，法院也判决取消雪莱抚养孩子的资格。约翰逊的另一个依据是1822年7月8日，雪莱和两位熟人乘船渡海返回，途中遇到风暴，三人无一幸免。有人说是因为在风暴中雪莱拒绝救助，才导致三人遇难，而且其中有一个十多岁的孩子。

如果从伦理上判断这两件事的是非，可能永远争议不完。但是如果换一个角度，看一下雪莱当时的思想，或许会有不同的理解。从《西风颂》可以看到，对于雪莱这样的诗人，他们对生命的理解确实不是普通的伦理观和长寿观所能接受的。雪莱面对风暴的感觉，很可能像《少年 Pi 的奇幻漂流》里少年面对暴风雨时，最终感受到宇宙力量后获得的顿悟。"请也以我为琴"，这是雪莱所追求的宇宙的韵律，个人的生命能否与宇宙的运行同步才是他在意的。这种看法里确实有与人文主义不一致的价值取向，就像《道德经》中说"天地不仁，以万物为刍狗；圣人不仁，以百姓为刍狗"曾让很多人对其中的非人文主义价值立场感到不安一样。但《道德经》确实揭示了宇宙之道，宇宙确实不是以人为中心的。宇宙意识将改变人与自然的关系，从让自然为人服务，到人顺应自然，这中间必然会有人本与天本之间的博弈与协和，也会有某些时刻的失调。作为一个仰望星空的先行者，雪莱有时确实未能也无暇顾及他人的得失。

《云颂》中同样有超越了人文主义的宇宙意识：

我挥动冰雹的连枷，

把绿色的原野捶打成银装素裹；

再用雨水把冰雪消融，

我哄然大笑从雷声中走过。

云一开始为焦渴的鲜花带来清新的甘霖，为绿叶披上淡淡的凉荫，此时的作为还可以说是善的，但到此处，以及到后来，比如"我筛落雪花，洒遍下界的峰岭山峦／巨松因惊恐而呻吟呼唤"，云就完全是个狂野任性的孩子，爱怎么样就怎么样，对他人的幸福并不关心。庄稼是否会受损，植物是否会受伤，根本不是他在乎的。他甚至不在乎他的舵手——闪电——在雨水中消融，也不在乎拆毁自己空虚的坟冢。当月亮踩破他的篷帐薄顶的时候，云反而"哈哈笑着看"。无论对他人还是对自己，云的态度都已经无法用人类伦理中的善恶来判断了。但这也是雪莱的过人之处，他开始真正明白了宇宙，也真正捕捉到了宇宙灵魂的强大、不羁、永恒。以人为中心来理解宇宙是行不通的，雪莱也在对宇宙精神的感悟中超越了生死得失。

雪莱不但自己在诗中达到了与宇宙的共鸣，而且也深知济慈在这方面取得的成就。因此，雪莱不但在济慈被众人责难时为他辩护，与他通信，并且在济慈去世后写下了著名的《阿多尼》，称济慈之死是：

他已与自然合为一体：在她所有的

音乐里，从那雷霆的呻吟直到夜晚

甜蜜的鸟鸣，都可以听到他的声息；

在黑暗中，明光里，从草木到石迹，

到处都可以感觉和意识到他的存在，

在自然力运动着的地方扩展着自己

雪莱这里用"托体同山阿"来描绘济慈的去世绝非只是心理安慰，《阿多尼》的精华之处更在于雪莱逐渐从失友的悲痛中、从人类的死亡中渐渐领悟了人与自然的关系，全诗后半部从挽歌升华到对宇宙的感悟，并在感悟中达成对宇宙的移情：

用你热切的灵魂拥抱悬空的大地；

像从一个圆心投射出精神的光辉，

越过一切星球，直到浩大的威力

充满那虚空的圆周，再退缩回来，

直到我们日日夜夜的一个点之内

雪莱此处表达的宇宙观以及与宇宙同一的想法已经超出了之前文学所专注的人类社会的党同伐异或爱恨生死，将对生命的理解上升到大自然和宇宙万物的层面，与人类之外的宇宙达到了共鸣。

《阿多尼》既是雪莱对济慈的纪念，也是对自己的宇宙观的集中阐释。在这首长诗中他先描述了不同人对济慈之死感到的哀恸，包括曾经嘲笑过济慈的拜伦。济慈由于出身于马厩主家庭，且职业是相对卑微的药剂师，所以以刚开始创作诗歌时备受英国诗歌界的嘲讽。当时的《黑林杂志》和《评论季刊》甚至直接对济慈说，他成为一个挨饿的药剂师也要比成为"一个挨饿的诗人"更明智，劝济慈还是回去守着自己的药罐。有一种说法认为正是这些评论对济慈的健康产生了毁灭性的影响。但此时雪莱却力排众议，对济慈非常推崇，雪莱的孩子在回忆录中也都对济慈敬重有加。

之所以如此，是因为他们的诗的精神中有共通之处。雪莱在描写了济慈之死引发的哀恸之后，开始反思济慈的死。这时雪莱说，济慈实际并未死亡，或者更确切地说并未完全寂灭。因为人类的死亡其实是融入自然之中，然后存在于自然的所有音乐里面，也就是人变成了宇宙天籁的一部分，宇宙力量的一部分。死后人的灵魂从他的肉体中出来，再融入宇宙中去，此时人类存在于自然之中，而不只是存在于人类社会。

接下来雪莱开始谈他在《麦布女王》中提到过的宇宙精神（Spirit of the Universe）。在雪莱看来，这一宇宙精神具有塑形的力量，可以使万事万物获得自身的形状。但是，它又能够在它的美和它的全能中燃烧，然后再让万事万物回到天堂之光中。所以生命的实际过程是：我们的存在只不过是宇宙精神先固化成的一部分，最后又会回到宇宙精神中去，因此死亡不过是一场短暂下滑的迷雾，遮住了前面的永恒光明。当一个人的高迈的思想可以把心提到它的肉体巢穴之上的时候，这个人就获得了解脱。也就是在这里，雪莱开始提到万物与宇宙的统一，与庄子《齐物论》中的万物同一有相似之处。

最后他说，我们的灵魂是：

> 像从一个圆心投射出精神的光辉，
> 越过一切星球，直到浩大的威力
> 充满那虚空的圆周，再退缩回来，
> 直到我们日日夜夜的一个点之内。

　　雪莱在这里描写了宇宙的某一个点，这个点不断扩大，充满虚空，最后再退缩回来。这有些类似现代物理学的奇点理论，宇宙从一个点开始，不断扩大，到最后宇宙会坍塌，再退缩回这个点之内。当然雪莱不可能知道奇点理论，但至少可以肯定，雪莱在努力理解宇宙之道是什么，比如说有宇宙精神，有一个点不断地扩大，有自身强大的力量，有一种绝对的美，等等。雪莱努力理解宇宙，也是在努力探索人的价值和生命的意义。他的观点与道家的有相近之处，即万物都存在于宇宙之道，人和所有的生命都按照宇宙之道运行。

　　在浪漫主义诗人中，雪莱的关注点真正转向了宇宙精神，这个精神是超越人类之上的。雪莱已经从文艺复兴时期人是宇宙的精华、万物的灵长这种人文主义，转向宇宙精神本身，而且认为人需要融入这一宇宙精神。所以在《致云雀》中他会希望永远不断地向上，不断地"向上，再向高处飞翔"，而且是"从天堂或天堂的临近／以酣畅淋漓的乐音"。这已经不是尘世的云雀，而是仰望星空的雪莱自己，或者就像哥特建筑，笔直地向天空伸展，在对天空的追求中进入一个更宏大的世界。

四

　　雪莱很早就看到济慈的诗歌中同样包含着对星空的仰望。济慈未完成的《海伯利安》和《海伯利安的陨落》如今越来越得到英美评论界的关注，其研究已经远远超过了对他未完成的长诗《安迪密恩》的研究，一个重要原因就是这两首长诗中包含着济慈的宇宙精神。

　　济慈家有肺结核的家族史，当时的肺结核就相当于今天的癌症，患者基本上被宣判了死刑。济慈曾悉心照顾罹患肺结核的弟弟，亲眼看着他死在自己的怀里，然后他自己也患上了肺结核。这个经历虽然残酷，但对济慈理解生命很有帮助，因为对一个濒死的人来说，尘世的功名利禄已经毫无意义，所以这个时候济慈的思考转向了生命的终极问题：生命是什么？世界是什么？人是什么？在这样的状态下，济慈创作了很多优秀的诗歌，今天西方文学界对济慈的评价已经超过了拜伦。

济慈的核心思想就是他最有名的"美即是真，真即是美"，这让济慈成为19世纪末唯美主义的"为艺术而艺术"的先驱。济慈的这句话出自《希腊古瓮颂》。古希腊很多艺术都保留在陶瓮上，济慈这首诗就描写了一只古瓮上画的田园生活：神追求着逃避的少女，青年在树下，风笛在吹奏，还有献祭的小牛。而且更重要的是，通过绘制在陶瓮上，所有这些都永远不变，超越时空，达向了永恒，于是济慈感叹道：

> 等暮年使这一世代都凋落，
> 只有你如旧；在另外的一些
> 忧伤中，你会抚慰后人说：
> "美即是真，真即是美"，这就包括
> 你们所知道、和该知道的一切。

虽然对"美即是真，真即是美"这句话有许多不同的理解，从诗的上下文看，济慈这里依然在主张通过感官获得的审美认识可以达向永恒，获得能知道和应知道的一切，理性在这里并不重要。他四个月后创作的《秋颂》在描写秋天时同样侧重感官体验：有视觉如"珠球"，有味觉如"甜核"，有嗅觉如"罂粟花香"，有听觉如"蟋蟀在歌唱"，有触觉如蜜蜂的"粘巢"，通过感官的各个方面详细传递出了秋天的魅力。这样一首并没有深刻哲理的诗之所以会如此有名，一个原因就是济慈用前所未有的细腻写出了通感，帮助人们从各个角度真正认识了秋天。不过，玛格丽特·舍伍德注意到这首诗"完美表达了面对地球运行时产生的原始情感和模糊思绪"，斯图亚特·斯帕瑞也注意到《秋颂》的成功在于接受了内在于我们经历的一种秩序——四季的自然节奏"。虽然还没有明确的词汇来概括《秋颂》的这一地球运行的内在节奏，这些批评者都看到了《秋颂》描写的绝不仅仅是人类的四季劳作，其魅力更来自诗歌的韵律与外部自然世界的韵律的应和，人的生命的旋律与自然世界的韵律之间的应和。

不过济慈的感觉主义发展得最完善的是他的《夜莺颂》，济慈在这首诗中最终完成了今天我们已经熟悉的"通感"，也称"联觉"。诗中有嗅觉和视觉的通感，如"温馨的黑夜"（embalmed darkness）；有听觉和味觉的通感，如醉饮夜莺的歌声；有视觉、味觉和听觉的通感，如用"花卉和乡间绿地的味道"来比喻夜莺的歌声，总之这首赞美夜莺鸣唱的诗歌动用了各种感觉。中学课本讲到朱自清的《荷塘月色》时，都会提到通感这一艺术手法，但只把它看作一种修辞手段，目的是更好地表现外部世界。比如韦勒克和沃伦在《文学理论》里也只是把通感视为"把两种或两种以上感官的感觉和知觉联结在一起……在更多情况下联觉乃是一种文学上的技巧，一种隐喻性的转化形式，即以具有文学风格的表达方式表现出对生活的抽象的审美态度"。如果这样来理解济慈，那么他只不过又发明了一种新巧的艺术表现方式而已。不过，今天人们对通感的理解已经渐渐从一种美学修辞手段转变为一种隐喻性的认识和思维过程，"通感的哲学基础就是自然界普遍相通的原理"，不只是艺术技巧，也是认识方式。同样，今天人们对济慈的认识也从仅仅是抒写感觉的高手，到认识到他的艺术手法中包含着认识论的哲思。对济慈这一看法的转变很大程度上得益于对济慈的书信的解读，在这些书信中，济慈显示出他的诗歌并不仅仅是"为艺术而艺术"，而是包含着对生命和世界的深刻思考，尤其他那些涉及"消极能力"（negative capability）和"同情"（empathy）的论述，已经成为美学理论的基本原理。

消极能力用济慈自己的话说是"人能够处于不确定、神秘、疑虑之中，而非不可抗拒地追求事实和理性"。对此韦勒克和沃伦有一个精辟的判断，即这意味着诗人"对世界采取开放的态度，宁肯使自己具体的个性消泯"。或者说，消极能力指的正是雪莱式的承认宇宙精神的至高无上和无所不包，不是让世界服从于人类的科学理性，而是让人类感受宇宙的存在并融入这种存在之中。

济慈的感官通感并不仅仅是对人的感官能力的发现，其中同样包含着济慈对人与自然世界、人与宇宙的关系的理解。感官的通感正是感受万物的"同情"能力。从济慈的其他信件可以看出，让济慈获得对世界的同情能力的，正是他自己的病痛和即将到来的死亡，这让他超越了对人在社会群体中的位置的关注，开始思考生命在宇宙中的位置，从形而上的角度来思考人的灵魂和人格的存在等问题。他把世界称为"锻造灵魂的幽谷"，他这里的世界指的并不是人类社会，而是自然、宇宙；他的消极能力所描绘的人存在于迷雾之中，承受着"神秘之重荷"，表达的也正是人面对自然宇宙时，感觉到自己既不再是主宰者也不再洞察一切时的困惑。在谈到这个问题时，济慈举的例子正是华兹华斯的《丁登寺赋》，认为这首诗捕捉到了这种感觉。

在文学上，波德莱尔的《应和》（*Correspondences*）一诗曾经对宇宙中的这些"同情"做过精彩地描述：

> 自然是座宇宙，那里活的柱子
> 有时候说出了模模糊糊的话音，
> 人从那里过，穿越象征的森林，
> 森林用熟识的目光将他注视。
>
> 如同悠长的回声遥遥地汇合
> 在一个混沌深邃的统一体中
> 广大浩漫好像黑夜连着光明——
> 芳香、色彩和声音全在互相应和。

《应和》的最后一段被认为描绘了各种感官之间的"通感"。郭宏安先生在其翻译的波德莱尔的《恶之花》译者序中更精辟地指出，事实上这是波德莱尔对人类生存的本体论论述，他相信在"我们的世界"之后存在着另一个更真实的世界，诗人的目的就是读懂这"另一个世界"。而所谓"读懂"，"就是洞见世界的整体性和世界的相似性，而这种'整体性'和'相似性'的表现是自然中的万物之间、自然与人之间、人与人之间、人的各种感官之间、各种艺术形式之间有着隐秘的、内在的、应和的关系，而这种关系是发生在一个统一体之中的"。华兹华斯看到水仙的时候，感动的其实也是意识到宇宙既是一个有着精神和灵魂的统一体，其间万物又有着内在的应和关系。同样，济慈不但意识到了宇宙的统一，也找到了表现这个统一的办法，那就是通过通感、联觉，通过与万物的同情，来找到跟宇宙之间的应和。

济慈未完成的长诗之一《安迪密恩》表现出异常丰富的想象力，写的是主人公安迪密恩爱上月亮女神辛西娅，但因为月亮女神又是贞洁女神，所以辛西娅离他而去。安迪密恩上天入海，遇到充满异域风情的印度女郎，最后发现这位女郎就是辛西娅。该诗最瑰丽的是对天上和海底的描写，不仅有辽阔的视域，而且有奇诡的意象，极大地丰富了人类认识的空间。雪莱就深受这首诗的启发，写了长诗《伊斯兰的起义》。济慈还有一首未完成的长诗叫《海伯利安》。海伯利安是泰坦巨神，后来被宙斯所代表的第三代神族推翻，《海伯利安》写的就是那代泰坦巨神随着太阳神阿波罗的到来都丧失了行动的能力，只有海伯利安还有力量，但他内心已经放弃了，觉得自己无法跟阿波罗对抗，因为第三代神太美了，他们是美的象征。后来，济慈又写过《海伯利安的陨落》，写"我"努力寻找泰坦众神。在"我"的游历过程中加入了很多对知识和真理的思考。

今天西方学术界对《安迪密恩》的评价之所以不如《海伯利安》高，是因为安迪密恩的内容相对世俗，仍然写传统的爱情主题和对爱人的寻找。《海伯利安》虽然只完成了开始部分，却已经能够看到其中有一种超出世俗的宇宙精神，包含着从宇宙的角度对生命的思考，主题更具现代性。对于安迪密恩在古希腊神话中的身份，目前尚无统一的说法，但都肯定他与月亮有关，因为关于他的传说主要就是他寻找月亮女神的故事。所以一位古罗马自然哲学家提出，安迪密恩应该是人类历史上第一个观察月亮轨迹的人。海伯利安在希腊神话中是泰坦众神中第一个了解日月星辰运行规律的神，也是日神和月神的父亲，实际上是早期的光明之神，或者说是阿波罗神之前的日神。从济慈对神话人物的选择上可以看到，他选择的是日神和月神，实际上代表着与人类生存相关的宇宙星体。安迪密恩和海伯利安在古希腊神话中都是抬头观察星辰规律的人，可以说是最早仰望星空的人。因此即便《安迪密恩》写的是寻找爱人，济慈的关注点也已经不再是尘世的爱，而是星空之爱了。

至此可以看到，这些浪漫主义诗人的视野已经从城市转向了更广阔的世界，他们不仅平视社会，而且开始仰望星空，这让他们思考的问题和看问题的视角都发生了转变。中国古代虽然有大量的自然诗，但这些诗大多是寄情山水，用人类的情感理解自然。只有张若虚的《春江花月夜》努力把握宇宙的精神，"春江潮水连海平，海上明月共潮生"达到了少有的宏大境界。用从下到上的辽阔视野，把注意力融入宇宙之中后，张若虚同样开始思考人的生死是什么，并开始把人的存在与自然的流动和循环往复融合在一起。但张若虚毕竟是传统诗人，一旦使用了花、月、江这样的传统意象，就很难不回到诗歌传统中的"相思""爱情"上。《春江花月夜》也未能免俗，在对命运做了形而上的超验思考之后，又回到了中国传统诗歌的"思念""分离"的主题。

雪莱和济慈之后，法国诗人瓦雷利的《海滨墓园》也把对生死的思考与宇宙的运行联系在一起，揭示出生命与宇宙之间的应和。《海滨墓园》的思考更加抽象思辨，相当哲学化了。可以说在浪漫主义之后，西方诗歌对生命和宇宙的理解又进入了一个新的哲学层面。

第十二讲

务实的爱情是堕落还是明智

——从夏多布里昂到福楼拜

在很多人眼里法国人非常浪漫，尤其在爱情上，这一点从法国文学就可以看出来。19世纪的英国文学对人和自然的关系非常感兴趣，19世纪的德国文学对现实和艺术的关系非常感兴趣，19世纪的俄国文学对社会阶级和社会问题非常感兴趣，而19世纪的法国文学则对爱情非常感兴趣。仅法国的浪漫主义代表作家中就出了两对恋人，一对是斯太尔夫人和贡斯当，一对是乔治·桑和缪塞。两对作家都用小说写过自己的爱情，这也算是法国文学的一大特色吧。

爱情见仁见智，非常难谈。古罗马就有奥维德的《爱的艺术》，不过这本书不是研究情感的本质，而是一本爱情操作手册，由大量的具体操作细节组成，比如爱上一位腼腆的少女该怎么办？爱上一位有夫之妇又该怎么办？如果女性喜欢使小性子该怎么办？女性追求男性又该怎么办？但即便奥维德考虑得如此周详，也无法覆盖爱情的各种可能性。

当代比较有名的则是福柯的《性史》。这本书正相反，不是教人如何去爱，而是梳理性观念的历史变化。福柯认为，随着社会的控制越来越严密，对性的想象和有关性的话语也受到更严格但也更隐秘的控制。今天的爱情至上，或者对肉体的欣赏，看起来是爱情的经典模式，但用《性史》的研究结果来看，其实不过是好莱坞电影或当代流行小说传播的话语，现实的爱情未必如此。每个时代的爱情观都会受到自己时代的文化或者叙述的影响，性与权力和话语是紧密结合在一起的。

一

法国19世纪文学里的爱情观念，同样也随着社会的变化而呈现出变化的过程。

1801年夏多布里昂出版了一部名为《阿达拉》的短篇小说，标志着法国文学进入了浪漫主义。但实际上《阿达拉》及后来出版的《勒内》都出自他的一部论述基督教的理论著作《基督教真谛》。浪漫主义除了推崇自我、情感、大自然，还偏好神秘性和宗教性，而这正是夏多布里昂理解爱情的出发点。夏多布里昂有一个核心信念，即除了神秘之外没有美和伟大，也就是说要感受美和伟大，必须从神秘中获得，而神秘感则集中体现在各民族的宗教之中。夏多布里昂提出，人出生后，灵魂来自天堂，但肉体落到了尘世，因此生活在尘世中的人类会对天堂有一种可望而不可即的仰慕。正因为人类对崇高、神秘之美有着遥不可及的仰慕，同时又因为无法企及而失落惆怅，因此人就永远处于忧郁之中。在夏多布里昂看来，文学就是要写出对永恒之美而不是短暂的尘世之美的追求，以及与之相伴的永恒的忧郁，因为永恒的忧郁是人类对自己在这个世界的存在的思考。

虽然夏多布里昂认为尘世之爱并不能满足人类内心的渴望，但爱情作为对美和崇高的仰慕，体现了尘世中人类灵魂对天国的追求，因此爱情在夏多布里昂的笔下更表现出远离柴米油盐、收入支出等世俗生活的梦幻优雅的一面。但同时，由于对天国的渴望必定无法圆满，因此这种灵魂之爱也必然徒劳无功，只能与忧郁相伴，并以悲剧结束。不过《阿达拉》和《勒内》也正因为这种脱俗、超逸、神秘、忧郁的爱情，开启了法国19世纪爱情叙述的浪漫一页。

由于侧重灵魂和内心的感受，《阿达拉》和《勒内》的情节都很简单。前者说一个印第安部落的首领夏克达斯爱上敌对部落首领的女儿阿达拉，两人逃入森林。虽然阿达拉也爱勒内，却陷入不可言说的忧郁之中，并最终在婚礼前夜服下了毒药。阿达拉临死前告诉夏克达斯，她的生父是基督徒卢比兹（卢比兹也收留过夏克达斯），母亲怕女儿嫁给野蛮人，让她从小发下毒誓保持贞洁。现在她不可救药地爱上了夏克达斯，眼看誓言将破，只能自杀。《勒内》的主人公是听夏克达斯讲故事的法国青年，他自收到一封信后就郁郁不乐。原来他和姐姐相依为命并彼此相爱，姐姐为了逃避这一感情，进了修道院，他则远赴印第安部落，郁郁寡欢。收到的这封信是说她姐姐在救助病人的时候去世了，修道院对他姐姐给予了很高的赞誉。

由此可见，夏多布里昂利用基督教和异教徒之间通婚的问题，以及姐弟恋这样的伦理问题，为他笔下的爱情提供了忧郁的现实理由。但事实上夏多布里昂对这些现实问题并未做详细描述，因为异教和伦理都不是他所关心的。两部小说的重心都放在人物的尘世之爱与天堂之爱的矛盾之中。阿达拉的贞洁誓言看似出于防止与异教徒通婚，但夏克达斯已经皈依基督教，他们也将由基督教的神父主持基督教的婚礼。书中实际上对这些现实问题语焉不详，却用大量篇幅描写阿达拉神秘的悲伤。

阿达拉的贞洁誓言之所以在变化了的条件下依然必须用生命去坚守，更因为它与勒内姐姐的出家誓言相似，都是一种献身上帝的誓言，是对天国的追求和许诺。基督教誓言代表的是天堂之爱，因此夏多布里昂笔下的人物真正纠结的，是天国之爱与尘世之爱的矛盾，并最终都选择了前者。在夏多布里昂看来，人类的尘世之爱只是天堂之爱的堕落，并不会真正把人引向幸福。或者说，人类只能永远痛苦地处于天堂与尘世的矛盾之中，忧郁则让人超然于俗世的满足，赋予了俗世之爱更属灵的色彩。

二

斯太尔夫人的闺名是热尔曼纳·内克，父亲是法国路易十六时期的财政大臣。她出嫁前就以才智见称，闻名法国文学界。20岁嫁给瑞典驻法国大使斯太尔男爵后，更经常在家里召开沙龙，聚集了大量自由主义的贵族，成为当时法国著名的沙龙女主人之一。斯太尔夫人无论在文学创作还是文学理论方面都有杰出的贡献，她的理论著作《论文学》和《德意志论》提出用历史比较法代替古典主义原则，强调从社会环境出发来考察文学，为后来的现实主义文学批评奠定了基础。贡斯当则出生在一个兼具瑞士和法国血统的家庭，22岁时与一位德国女子结婚，后来分居，其间结识了斯太尔夫人，之后就一直追随在斯太尔夫人身边，跟随她来到巴黎，加入法国国籍，在法国大革命的时候坚定地站在斯太尔夫人一边，与她一起流亡欧洲其他国家。1816年回到法国后投身政治，当选为众议员、议长，发表了好几部政治论著，因此在法国历史上既是文学家，又是政治家，被视为近代自由主义的奠基者之一。

斯太尔夫人和贡斯当都以他们的爱情为蓝本写了小说，斯太尔夫人写的《柯丽娜或意大利》是女性文学的先驱之一，写出了女性的职业追求与传统性别观念之间的冲突；贡斯党的《阿道尔夫》是心理分析小说的先驱之一，突破过去主要通过书信体来表达内心情绪和思想的做法，把深刻细致的内心描写与流畅的小说叙述成功地结合在了一起。

《柯丽娜或意大利》虽然以斯太尔夫人和贡斯当的爱情故事为蓝本，但做了一些变动，女主人公变成意大利歌唱家，男主人公则变成了苏格兰贵族。女主人公柯丽娜像斯太尔夫人一样事业有成，既是诗人，又是歌唱家，在社会上抛头露面，深得意大利人的爱戴。男主人公奥斯华尔德偶遇柯丽娜后被她的光彩和美丽所吸引，但受英国社会认为女性不应抛头露面的传统看法的影响，对自己的爱情犹豫不决。柯丽娜带他游历意大利，在意大利热情开放的文化氛围下，奥斯华尔德终于接受了事业型的女性，跟她订了婚。但回到英国后，在英国社会的影响下，奥斯华尔德转向父亲去世前给他订下的未婚妻，一位行为举止完全符合英国伦理道德的端庄娴静的女性，认为这才是男人的理想妻子。柯丽娜最终死在奥斯华尔德的怀中。

根据女权理论，传统文学中的女性要么是为丈夫和家庭牺牲一切的天使，要么是追求自己的欲望不惜毁掉家庭的魔鬼，斯太尔夫人则塑造了一个跟过去不一样的既非圣女又非魔鬼的现代女性，有自己的事业和思想，与男性平等地在社会上交往，同时也追求爱情和家庭幸福。正是这一新的两性关系让奥斯华尔德不知所措，犹豫动摇，最终造成了悲剧。斯太尔夫人自己作为一个现代女性，敢于在理论思辨这一传统上被视为属于男性的领域发表见解并出版著作，无疑更能敏锐地意识到在新的社会结构中，女性角色的转变将给男女两性关系带来微妙而深远的改变。因此虽然柯丽娜的结局不是斯太尔夫人自己的结局，但也包含了她自己作为事业型女性在男性社会中感到的压力。

贡斯当作为这一新的两性角色中的男性一方，则用《阿道尔夫》细致描绘了男性对这一新关系感到的矛盾和犹豫。虽然《阿道尔夫》一般被视为与17世纪的法国小说《克莱夫王妃》一起奠定了现代心理分析小说的基础，但其实《阿道尔夫》也在文学史上第一次写出了男性面对与自己一样强大的恋人时的矛盾心理，这一点在文学史上的意义尚未得到足够的重视。

事实上贡斯当在政治上颇有成就，总体声望甚至超过斯太尔夫人，他们完全可以成为比翼齐飞的榜样。但是在那个时代，事业上比翼齐飞的女性并不是男性能够欣然接受的。《阿道尔夫》的同名主人公从勾引到爱上 P 伯爵的情妇爱蕾诺尔还只是常见的爱情桥段，小说真正的独到之处是两人冲破重重阻力在一起后，阿道尔夫在社会声誉和男性骄傲之下感到的矛盾和所做的挣扎。父亲的失望和社会的非议让他愧疚，觉得自己为爱蕾诺尔牺牲了前途也满心怨气。但他又不忍心伤害爱蕾诺尔，这让两个人的关系变得很尴尬，经常相互指责，脾气越来越不好。后来爱蕾诺尔在波兰继承了一份财产，阿道尔夫发现自己从爱蕾诺尔的保护者变成了依附者，更是生出离开之心。再加上周围人的非议，父亲朋友的介入，爱蕾诺尔最终在痛苦中死去，阿道尔夫却发现没有了爱雷诺尔，自由也寂然无味。

阿道尔夫作为一个追随在成功女性身边的恋人感到的不安，正是贡斯当自己的写照。追随斯太尔夫人确实对他的事业有所影响，这从他在斯泰尔夫人去世后在政治领域的蒸蒸日上就可以看出来。虽然贡斯当在一定程度上把困境归咎于斯太尔夫人的已婚身份，斯太尔夫人和贡斯当笔下的爱情遇到的问题是一样的，就是男女力量相当，甚至女强男弱的爱情会受到社会上传统观念的冲击。即便主人公愿意选择爱情，随着时间的推移，人作为社会的动物，他们的情感也无法抵抗社会价值观念的影响。两人的作品都反映出，爱情是一个漫长的过程，并非简单的是非选择，也不只是两人之事，还涉及双方的事业和家庭。只要生活在社会中，外界的影响就会潜移默化地改变恋爱双方的心态。因此与夏多布里昂对爱情的浪漫看法不同，斯太尔夫人和贡斯当作为有着亲身经历的当事人，同时两人在性格上又都比较入世务实，他们对爱情的思考更加现实，也更关注爱情的社会性一面。无论《柯丽娜或意大利》还是《阿道尔夫》里面的爱情，冲突和痛苦的主要根源最终都不是恋人之间的矛盾，而是社会的影响和压力。斯太尔夫人和贡斯当在爱情问题上的真正贡献，在于揭示了新的爱情模式与传统的社会观念之间的冲突。

三

第二对恋人是乔治·桑和缪塞。乔治·桑的恋人有好几个，其中最有名的就是音乐家肖邦，但只有乔治·桑和缪塞相互记录了他们的恋情。乔治·桑出生于巴黎一个贵族家庭，父亲是拿破仑手下的高级军官，但妈妈只是一个跑龙套的舞女。所以父亲去世后，四岁的她就一直跟着祖母在乡村长大，这让她后来描写农村风光和人情的田园小说也非常成功。不过这里更值得一提的是乔治·桑的女权思想。乔治·桑18岁的时候跟一个男爵结了婚，但男爵希望的是传统的妻子，乔治·桑却是有自己追求的新女性，后来两人分居，乔治·桑带着一子一女来到巴黎，靠写作来获得人身和精神上的自由。在这个时期，为了表明自己与男性的同等地位，乔治·桑穿上了长裤和男装，嘴里还叼着烟斗，是在正式场合第一个穿长裤而不是裙子的女性。与此同时，乔治·桑与巴黎的文人艺术圈交往密切，并在他们的帮助下开始写作。当时女性写作的很少，就算写了也大多使用男性的名字，不愿意让人知道。乔治·桑的本名其实是露西·奥朱尔·杜邦，乔治·桑也是她取的一个男性化笔名。但是她的抛头露面让人们知道了她的写作行为，当时一些比较保守的文艺界人士就讽刺她说"一个女人不应该写东西，而应该生孩子"。因此可以说无论在家庭生活还是事业追求上，乔治·桑都表现出鲜明的新女性特点。乔治·桑不但勇敢，而且性格也稳重平和，自控力极强。据说她可以在跟一群朋友聊天的时候，突然有了灵感，就立刻拿起笔写作，周围的喧闹根本影响不了她。写完她继续跟大家谈笑风生，好像没有停止过一样。所以龚古尔兄弟把她的思绪比喻成一只水龙头，随时开关。

乔治·桑与缪塞相恋后，两个人一起去欧洲旅游，缪塞重病发烧，乔治·桑却跟缪塞的医生相恋，把缪塞丢下跟医生走掉了。缪塞病好后回到巴黎，还是过了一段时间才跟乔治·桑分手。不过缪塞去世后，大家都指责缪塞之死与乔治·桑有关，于是乔治·桑写了一本书，标题是《她和他》。书中缪塞被写成虽然天资聪颖，却纵情声色的浪子，她自己则贤惠温柔，对恋人处处包容迁就。当然，缪塞可能确实是一个敏感的率性而为的人，因为在他自己的半自传性小说《一个世纪儿的忏悔》里，男主人公就是一个任性猜疑、激情之下无所不用其极的人。但是《她和他》的出版激怒了缪塞的弟弟，他又写了一本书叫《他和她》进行反击。两部小说的文学成就都不高，而且因为里面的偏见，也影响了这两部小说内容的真实性和深度。

不过最吊诡的是，乔治·桑是那个时代特类旁出的女性，她塑造的女性却相当传统，尤其在她记录她和缪塞爱情故事的《她和他》里，男女主人公的关系与其说像恋人，不如说像母子，女主人公就是典型的圣母型女性。当然不只女性，乔治·桑笔下的正面人物有些过于理想化：丈夫在妻子去世后还无私地照顾岳父岳母，女性无怨无悔地照顾并不深爱的男性。人性中自私丑恶的一面都被掩盖了，也回避了因为现实压力可能出现的问题。考虑到缪塞在《一个世纪儿的忏悔》中流露的巨大痛苦，以及他的英年早逝，乔治·桑把两人的关系写得如此理想化，多少反映了她的观念化行为和书写对那些更加复杂多变的情感的忽视。

与乔治·桑相比，缪塞确实过于情绪化，属于那种有着丰富充溢的感情、纤细敏感的气质、自我放任的性格和薄弱的意志力的天才。他九岁时就凭诗歌获奖，十七八岁就以优秀年轻诗人的身份加入了雨果著名的第二文社。在那里，他比雨果小8岁，比维尼小13岁，比拉玛丁小了将近20岁，而且他的艺术成就在当时就很高了，已经用他构思别致的诗和剧本在浪漫主义文学运动中奠定了早熟天才的地位。不过缪塞虽然在音乐和艺术上都有天赋，却都因为缺乏意志力未能坚持下去。他也学过法律，后来改学医，可以第一次上解剖课就当场晕倒。在人格上他确实没有乔治·桑成熟稳健，但在艺术上缪塞却更有艺术家的一往直前的勇气和独立不羁的激情。

在创作上他也跟乔治·桑完全不同，属于那种激情型的作家。用他自己的话说：一旦灵感降临，他就会如泰山压顶一般浑身战栗，"比迷恋仙女的童仆更如痴如醉"；他坐到桌前开始落笔时常感到绝望，几乎想把笔扔掉；他的写作仿佛是在永恒痛苦中翻滚、呻吟。美国作家托马斯·沃尔夫曾在《一部小说的故事》中描写过这种在痛苦中分娩的写作过程。

缪塞笔下的人物也都是这样的浪子，比如他的长诗《洛拉》写一个玩世不恭、率性而为的贵族青年，对每个人每件事都嗤之以鼻，用诗中的话说，"再也没有一个亚当的子孙对人民和国王怀着比洛拉更高的轻蔑的了"。他在父母去世后继承了一笔财产，他将其装入3个口袋，每个口袋可以维持他一年的生活。在这3年里，他日日纵情享乐，跟各种各样的妓女鬼混，毫不掩盖自己3年后自杀的打算。就在第三年的时候，年仅19岁的洛拉遇到了15岁的妓女玛丽蓉，彼此相爱。可他还是吞下了毒药，只留下最后一吻。这是典型的缪塞式浪子，率性而为，不愿意受到任何束缚，也不为未来考虑和做准备。

他在《一个世纪儿的忏悔》中，也把自己塑造成类似的形象。小说的主人公沃达夫年仅20岁，天天纸醉金迷、自暴自弃。与青年寡居的皮埃松夫人的爱情也因为他的敏感多疑给两个人都造成了伤害。这个皮埃松夫人就是以乔治·桑为原型塑造的。在缪塞笔下，皮埃松夫人容貌美丽、举止端庄、开朗乐观，善良厚道，是一个理性的健全的人，深受邻里敬重，被称为"乡村的玫瑰"。可是在他喜怒无常的感情的折磨下，皮埃松夫人日渐憔悴，乡间也充满流言蜚语。最后两个人远赴异国他乡时却发现其实皮埃松夫人早与史密特相恋，只是爱怜沃达夫，才跟他远走天涯。于是沃达夫悄悄离开了。

书中沃达夫无法摆脱、无以名状的苦恼感受被称为"世纪病"，即丧失了包括爱情在内的一切信仰，怀疑一切、没有任何追求。"怀疑导致冷漠，冷漠导致麻木，麻木冷漠的精神状态使他们纵情声色。"这是缪塞对自己笔下的主人公的书写，也是文学界对当时一批类似人物的概括。事实上，世纪病被认为概括了当时现实社会中一批青年的精神状态，可以解释为《少年维特的烦恼》里的维特和《强盗》中的卡尔的痛苦状态的延续，是个人主义与社会规训之间的冲突。不过这里更重要的是，《一个世纪儿的忏悔》反映了在一个信仰缺失的时代，爱情同样可能受到冲击。即便两个人坠入爱河，要维持长久的爱情，不但需要合适的现实环境，同样需要双方的信任和信念。乔治·桑在《他和她》中把问题归于缪塞的性格，缪塞则在《一个世纪儿的忏悔》中看到了现代爱情面临的信任缺失的问题。尼采说"上帝死了"，事实上随着上帝死去的，还有很多传统的信念，这里也包括爱情。缪塞以艺术家的敏感，深刻感受到简单朴素的信念在新的社会生活模式下已经分崩离析，辩证法的时代已经来临。在日益复杂的社会生活中，皮埃松夫人所象征的单纯的爱情不但不堪一击，而且就如缪塞已经通过皮埃松夫人与史密特不为人知的爱情隐约意识到的，传统文学中的单纯爱情其实并不真实。就像乔治·桑把自己塑造成圣母，其实却给情人们造成伤害一样，在复杂的现实面前真正需要的是直面现实的勇气，而不是逃避现实的美化爱情。

四

当然，爱情中的理想主义永远存在，但这与美化爱情和现实是两码事，前者是即便遍地荆棘也坚持理想，后者是无视现实的自欺和欺人。雨果就塑造了大量理想主义的爱情人物，如

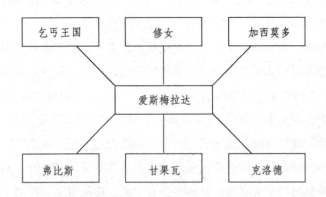

《巴黎圣母院》围绕女主人公塑造出了两组人物形象：
无私奉献的人与自私的人

《海上劳工》中为赢得恋人克服难以想象的困难，最后却成全恋
人自愿死去的吉利亚特；《巴黎圣母院》中丑陋得不可能成为恋
人，却为所恋之人勇敢地付出一切的加西莫多。他们代表了雨
果心目中爱的理想境界：爱是无私的奉献。不仅两性爱情如此，
雨果的所有作品都包含着这一价值原则，他也不遗余力地通过
文学形象来宣传这一价值。这种超出了恋人关系的无私奉献，
甚至突破了阶级和善恶界限的无私帮助，雨果称之为"人道主
义"。在《九三年》中他提出："在绝对正确的革命之上，还有
绝对正确的人道主义"，把对他人的无私同情和帮助放在了毋庸
置疑的绝对高度。

当然，作为引导社会道德的载体，文学有必要塑造理想的
人物形象，但是人性的复杂决定了不是所有人都会按照理想来
行动。奉献的恋人固然让人心仪，但现实中这样的人毕竟凤毛
麟角。因此表现不同人在同一个问题上的不同做法，对文学来

说其实更加必要。雨果的《巴黎圣母院》更有意义的，是他用不同品格之人对待爱情的不同态度构筑起来的立体的法国社会。

《巴黎圣母院》的众多人物可以说围绕着女主人公爱斯梅拉达构成了自私自利和无私奉献两组各三种人：

（一）自私自利：

爱斯梅拉达爱慕的军官弗比斯只是一个金玉其外、败絮其中的浪荡子，到处寻欢作乐，并不打算忠实于任何恋人，因此他与百合花的关系只能称为婚约，而非爱情，这种婚姻在当时的法国是常态，或者说个人的价值从群体中独立出来之前一直是常态。在封建社会里，婚姻是家族的事情，两情相悦并不是爱情的基础，门当户对才是。因此从他那个时代来看，弗比斯的做法也没有什么特殊之处，他只是随波逐流地按照社会认可的方式行动而已。不过如果用雨果的爱情标准来衡量，弗比斯并不爱任何人，他在乎的只是自己在寻欢作乐中获得的满足。

看似为爱斯梅拉达疯狂的巴黎圣母院神父克洛德之所以被雨果描绘成一个魔鬼似的人物，甚至让他像魔鬼一样在密室里炼制药水，因为他的情欲与雨果所推许的无私奉献正好相反。他是不顾对方意愿自私地占有，如果占有不了就自私地毁掉。所以虽然他在欲望的强烈程度上似乎超过了他人，他的欲望的实质在雨果看来非但不是爱，而且正是爱的反面。从克洛德的情况也可以看到，爱情在雨果这里依然是心灵的而非生理的，今天已经被承认的生理性情欲在雨果看来只是魔鬼式行为。

诗人甘果瓦本应代表着因追求精神世界而更加神圣的艺术家，更何况他生命危险时是爱斯梅拉达救了他，甚至为了救他与他结成名义上的夫妻，他却为了一只羊就把爱斯梅拉达出卖了；乞丐们奋不顾身去救爱斯梅拉达的时候他也跑掉了。他体现了艺术家软弱和精致的利己主义的一面，本质上与弗比斯和克洛德一样，都是自私的人。

（二）无私奉献

与有一定社会地位的男性相对的是那些被社会抛弃的人。一个是乞丐王国的乞丐们，他们位于社会最底层，却可以为了救爱斯梅拉达跟军队对抗。另一个是修女，知道爱斯梅拉达是她的女儿后，就表现出不顾性命保护孩子的母爱。当然这里最主要的人是加西莫多。加西莫多的高尚在于他只求所爱之人的幸福，为此无怨无悔地付出。他最后抱着爱斯梅拉达死去固然感人，但更感人的是他明知道弗比斯是情敌，还替爱斯梅拉达去叫他。被弗比斯拒绝后，他不是趁机说弗比斯的坏话，而是告诉爱斯梅拉达自己没有找到。宁肯自己被骂也不愿意让所爱之人伤心。这种只求对方幸福快乐，可以牺牲自己的一切，并不想着占有的爱，在雨果看来才是真正的爱。

当然，这种爱有些不现实，却始终是文学中爱情的理想境界。莎士比亚在《威尼斯商人》中也给女主人公鲍西亚的求婚者设置了金、银、铅三个盒子：金盒子上写的是"谁选择了我，将要得到众人所希求的东西"；银盒子上写的是"谁选择了我，将要得到他所应得的东西"；铅盒子上写的是"谁选择了我，必须准备把他所有的一切作为牺牲"。最终选择铅盒子的巴萨尼奥赢得了鲍西亚。莎士比亚对此未做解释，只让巴萨尼奥因为铅盒子质朴的外表做了这个选择。但是盒子上的话其实代表着对理想爱情的定义：必须准备为了爱人付出自己的一切。

五

雨果笔下的爱情可以称为爱情中的理想主义。雨果之后，法国文学便逐渐转向现实主义，在爱情上也更多表现浪漫与现实的张力，即对爱情的美好期待与社会现实和人性现实之间的张力。不过具体的情况更加复杂，因为除了理想和现实，性或者说本能也开始在爱情的舞台上登场，这让爱情叙述变得尤其剪不断理还乱。

或许由于爱情主题这一阶段在法国文学中的凸显，司汤达专门写了一本研究爱情的书——《十九世纪的爱情》，书中除了分析恋爱的不同阶段，恋爱中可能出现的一见倾心、羞耻、自尊、妒忌等各种情绪，以及不同国家的不同爱情生活外，他还总体上把爱情分成了四种：激情爱、欣赏爱、肉体爱和虚荣爱。此外在《红与黑》中，司汤达又把爱情分成心坎里的爱和脑袋里的爱。由此可见，司汤达已经注意到了生理因素在爱情中所起的作用。不过，其实《红与黑》中更有价值的，是司汤达看到了爱情在商业社会新出现的向上爬机会中，开始扮演重要角色，并被这一角色所改变。

《红与黑》在中国非常有名，一度把对《红与黑》的研究也称为"红学"，文革后路遥在《人生》中也塑造了类似的人物高加林，一个农民的儿子，也是试图通过追求地位比他高的女性向上爬。《红与黑》中的"红"与"黑"到底指什么，至今仍有争议。一种较被认可的说法是"黑"指的是成为修士，因为从中世纪起，只有修道院不分出身，能够为优秀者提供较高的社会地位。"红"则是法国军服的红色，代表着通过军衔跻身上流社会的可能性。在18世纪及之前的法国，出身决定一切，贵族身份是世袭的，商人再富有也进不了上层社会，社会固化程度比封建时代的中国严重得多，这也是为什么伏尔泰等启蒙思想家非常推崇中国的科举制度，因为科举制度为下层的优秀知识分子提供了进入上层社会的上升渠道，这种渠道在过去的法国并不存在。但是拿破仑时代这一点发生了改变，即可以通过军功改变身份。拿破仑的父亲后来虽然被法国国王承认为贵族，但他的科西嘉岛出身让他常被正宗的法国人嘲笑。拿破仑在军校学习时他的考官就嘲笑他说"他的数学很好，历史和地理也不错……能做一个很好的水手"。而拿破仑却完全靠军功当上了法兰西的皇帝。在拿破仑的榜样下，通过参军升入上层社会已经成为身份较低的青年的希望之路。司汤达从小就非常崇拜拿破仑。拿破仑通过雾月政变成了法兰西第一执政后，司汤达就参了军，参加了拿破仑发动的很多战役，其中最值得一提的是随拿破仑远征俄国。当时法国远征军遇到大雪，补给跟不上。司汤达担任其中一支军团的军需官。在大多数团队的补给彻底断供的时候，司汤达负责的军需仓库却至少可以支撑整个军队三天。在征集军需款的时候别人很难征齐，司汤达却总能超征。拿破仑失败后，司汤达知道他不会在军队中有任何前途了，才开始转向写作。但是在他的心中，拿破仑始终是他的英雄。这不仅因为拿破仑的时代是一个行动的时代，而且拿破仑也开启了向上爬的可能性。

　　当然，从深层社会结构来看，这个向上爬的渠道并不完全是拿破仑打开的。随着商业社会结构的日益成熟，金钱必然逐渐取代出身，成为人们判断一个人的社会地位的依据。在司汤达之后，巴尔扎克就不无悲哀地记录了法国在19世纪发生的贵族式微，商人日益占据上风的过程。随着商业社会带来的上升渠道的开启，向上爬也在19世纪成为欧洲文学的重要主题。在阶层固化被资本流动取代后，一个普通人如何能够爬进上层社会，成了社会普遍关心的问题。

司汤达的贝尔主义就是在拿破仑榜样的激励之下，把浪漫主义的激情、自我、反抗融合在一起，试图凭借激情、能力和勇气改变自己命运的向上爬精神，用司汤达的话说，"伟大的热情能够战胜一切……一个人只要强烈地、坚持不懈地追求，他就能达到目的"。当然，司汤达也完全明白，"社会好像一根竹竿，分成若干节，一个人的伟大事业就是爬上比他自己的阶级更高的阶级去，而上面那个阶级则利用一切力量阻止他爬上去"。因此虽然向上爬的可能性出现了，但在当时似乎只有红与黑两条从底层通向上层的通道，即军队和修道院。然而这两条通道其实也是一个漫长艰辛的旅程。虽然拿破仑说"不想当元帅的士兵不是好士兵"，但是能当上元帅的士兵毕竟凤毛麟角，更何况这条通道在拿破仑被推翻之后也非常困难了。至于修道院这条路，司汤达在《红与黑》中做了非常详细的描述，其中的钩心斗角、明枪暗箭比战场更加复杂，不是高傲的于连或司汤达能够俯就的。但是，既然向上爬的野心已被激发，贝尔主义者就不会轻言放弃，因此司汤达的《红与黑》绝不仅仅是爱情小说，更重要的是揭示了另外一条向上爬的捷径：通过与更高阶层的人结婚。

因此《红与黑》的一个吸引力就是描写了出身卑微的男主人公于连·索黑尔如何通过征服地位比他高的女性，跻身法国上流社会。当然反过来同样如此，女性也可以通过嫁给地位更高的男性来实现华丽升级。因此在《红与黑》中，至少在前半部，爱情在于连眼里并不只是爱情，更是一步步不懈的征服，是对自己勇气的考验，也是逐步克服自卑的过程。这样一种向上爬并且征服社会的行为，与之前浪漫主义者孤独地跟社会对抗是完全不一样的。跟社会对抗只要坚持自己的信念，反对这个社会就可以了，即便结局常常是死亡。但是进入社会却是一个艰难复杂的过程，有时必须去做一些不想做的事情，必须放下高傲去卑躬屈膝。在这个过程中，内心可能会有极大的波动。《红与黑》最吸引人的地方就是它把这一波动，于连的自尊和自卑、雄心和野心、良心和厚颜，对自我的坚守和向社会让步之间的各种变化——写得非常细致，而且所有这些都是建立在爱情故事之上的。

其中一个著名片段就是于连一开始追求市长夫人德·莱纳夫人时，经过一系列的决心、焦虑、自卑、怯懦、惊惧、激动、不顾一切，最终握住了市长夫人的手。这在当时的等级社会里是大逆不道的，当年少年维特只不过出现在贵族的聚会中就成了全城流言蜚语的目标。在于连这里，追求比自己地位高的女性一开始只是一次克服自卑、显示勇气的考验，"要让这只手在他碰到时不抽回去"就可以证明自己有征服上层社会女性的能力。超越自己的阶层是向上爬的主要目标。于连去市长家做家教的时候，看重的就是是否跟他们同桌吃饭，因为他不愿意像仆人一样到厨房去吃。因此不让德·莱纳夫人在被他碰到的时候缩回去，是他是否有能力越界的标志，跟爱情无关，爱情在这里只是他向上爬的手段。

但问题是，这里毕竟也涉及男性和女性之间的越界，因此于连在征服过程中的情绪波动既有阶层越界所包含的自卑和自尊，也有爱情越界所包含的焦虑和狂喜，两种相似的情感被司汤达混在了一起，难以区分。但也正因为两者的相似，也让爱情和向上爬很容易结伴出现，成为向上爬的自然通道。同样因为两者的相似，也使得两者混在一起后容易相互转化。这也是为什么虽然于连并不认为自己爱德·莱纳夫人，却在小说的结尾发现自己深爱着她。

事实上，爱情和向上爬的结合在19世纪的文学中非常突出，被不少作家描写，女性向上爬人物中最著名的是英国作家萨克雷笔下的蓓基·夏泼。不过在这个问题上，这一阶段的法国文学作品尤其多。爱情与野心在这个阶段混杂在一起，爱情既为向上爬的野心提供阶梯，也用人性为防止野心蜕变为马基雅维利主义提供了一定的防护堤，因为这些向上爬的人物有时会为了爱情放弃一些有利机会，但这一"失败"却为他们保留了灵魂上的净土。在于连被处决前，正是与德·莱纳夫人之间的爱情给了他对抗社会的勇气。这也是为什么司汤达在讲述于连的向上爬故事时，又会不厌其烦地去分析于连对德·莱纳夫人的爱和对德·拉·木尔小姐的爱有什么不同，并且区分了心坎里的爱和脑袋里的爱。在司汤达笔下，于连的野心和爱情到最后也无法分清了，这让《红与黑》既是一部向上爬的社会小说，又是一部描绘不同的爱情感受的爱情小说。当爱情难以区分地与向上爬的社会目的交织在一起时，这事实上意味着爱情在现代商业社会将越来越复杂，爱情的内涵将发生改变：在过去娶妻生子的物种延续功能、完善灵魂的追求理想功能、联姻的强化家族力量功能中，将加入改善个人社会地位的社会功能。虽然爱情的社会功能在过去的家族联姻中早已存在，但是19世纪是把个人的生物、精神和社会追求都结合进个人的爱情之中，这也让爱情承载了太多的目的，也更容易出现矛盾冲突。

六

巴尔扎克也非常崇拜拿破仑，他的书房里有一个小型的拿破仑像，在塑像边上他写道："他用宝剑未能完成的大业，我将用笔杆来完成"。不过与司汤达相比，巴尔扎克的一生不但更体现出向上爬的决心，而且更务实，因此对商业社会的爱情，他也有更加现实的看法。

巴尔扎克出生在商人家庭，他父亲一心让他学习商业或法律，但巴尔扎克执意写作，并最终说服了家人给他两年时间来证明自己具有写作的才能。虽然他的第一部五幕体悲剧《克伦威尔》并不成功，但这没有让巴尔扎克放弃，只是让他明白自己不适合写戏剧，于是专心于小说。巴尔扎克一开始写的都是通俗小说，而且跟人合作，并不署自己的名字，写了差不多四十多部，实际上都没成功。巴尔扎克也曾经尝试做点其他事，比如兴办印刷厂，经营铸造业，还为此向妈妈借过一大笔钱，而这笔钱他到死都没还。

巴尔扎克属于工作狂，工作能力也非常强，30多岁时，仅用6年时间就写了40多部小说。基本上傍晚6：30起床，修改文稿，然后开始新的写作，从8点工作到凌晨4点。白天偶尔睡睡觉，继续修改晚上写下的稿子。晚上为了写作大量地吃东西，住在令人难以忍受的楼房里。而且他很虚荣，赚钱后经常请客吃饭，购买艺术品。他还在巴黎郊外买下了一块地，改建成别墅。这个乡间别墅被认为是一次错误的投资，因为需要大量的费用不断维护，这就迫使他不得不继续拼命写作。所以直至生命后期，他也要每天写作15到16个小时，弄得众病缠身。在一封给友人的信中巴尔扎克哀叹："最可怕、最难以令人相信的事落在我身上！我一文不名，受到为我服务过的人的追逐；我只来得及满足催逼最紧的人。眼看每天要工作18小时。"虽然一生辛苦，但他对贵族身份充满了渴望，曾经申请成为贵族却没有找到途径。最后为了能够跟乌克兰的一位女贵族寡妇结婚，在赶往乌克兰的过程中犯了支气管炎、视力和心脏都出了问题。1850年举行婚礼后5个月就在巴黎病逝了。

　　巴尔扎克的入世取向让他对法国社会有更加深刻的认识，也正因为他的思想和脉搏与这个社会的追求是一致的，所以他能准确把握住爱情观念在这个时代发生的深刻变化。几乎从创作初期，巴尔扎克就把对人生的理解与商业社会的经济观念结合在了一起，比如在《正直人法典》中他就提出"生活可被看成穷人和富人之间的一场持久的斗争"，经济将成为巴尔扎克观察社会和理解爱情的主要切入点。

　　以巴尔扎克著名的爱情挽歌《欧也妮·葛朗台》为例，这是巴尔扎克早期作品中传统的爱情观念在商业社会面前被无情地粉碎的典型例子。欧也妮的父亲老葛朗台是文学史上著名的四大吝啬鬼之一。不过如果我们比较一下之前莫里哀笔下的吝啬鬼阿巴贡，就可以看出巴尔扎克对19世纪法国商业社会的不同认识。阿巴贡有一坛金子，他的保存办法是把它埋到地下，然后一直担心被别人偷走，疑神疑鬼，弄出一系列喜剧性的情节。金子失而复得他就很开心，同意了种种原先他不同意的事情，总之保住现有的财产不减少是传统的吝啬鬼的本质。葛朗台也有几桶金子，他也会把它们藏在楼梯下面的密室里，他最大的快乐也是把玩金子。但葛朗台是一个现代资本家，并不只把钱放在那里。看到发财的机会时他会毫不犹豫地把心爱的金子拿出去投资，高价卖出再低价收购。他看中了一个庄园，就立刻把钱拿出去买下，种上干草，获得丰厚的回报。他还会买债券这种当时相当新的商业投资产品。葛朗台爱财，但绝不守财。他有清晰的投资意识，而且对现代经济运作模式非常了解。在债券刚刚出现的时候投资债券是需要商业的眼光和勇气的。说葛朗台是吝啬鬼，只是他不愿意在不能赢利的方面花钱，比如吃饭娱乐。他用乌鸦做汤的细节常被用来证明他的吝啬，但实际上这与现代资本家用最小的成本取得最大的收益在本质上是一样的，他已经绝非传统意义上的吝啬鬼。

从这一角度再看《欧也妮·葛朗台》里的爱情，即欧也妮与表哥查理的爱情。欧也妮依然坚持理想的爱情观，不在乎得失只看重两情相悦。问题是现代社会出现了爱和向上爬的交织，查理为了向上爬最终抛弃了欧也妮。巴尔扎克对现代商业社会里的爱情很悲观：虽然他依然塑造了欧也妮这样纯洁的恋人，但他认为在金钱面前，大多数爱情不堪一击。更悲惨的是，欧也妮周围的所有人都陷入金钱欲望之中，可以说用对金钱的追求代替了其他的人生追求。欧也妮身边也有一批追求者，但其实都不是爱她，而是爱她的钱。后来欧也妮为了清净，嫁给了一个审判所所长，条件是不许丈夫碰自己，而她的丈夫为了金钱却同意了这种畸形的无性婚姻。葛朗台的社会与阿巴贡的社会是不同的：在阿巴贡的世界里，只有阿巴贡唯利是图，其他人全都相信爱情、正义，整个生活是积极向上的，出问题的只是阿巴贡一人；而在葛朗台的世界里，整个社会都笼罩在金钱的阴影里，人们心甘情愿地让金钱支配自己的情感和生命。

在这样的社会里，纯洁如欧也妮和她的妈妈同样不能幸免。她们虽然不追求金钱，但她们的生命在这样的社会里变得灰暗乏味，缺少生机。她们在葛朗台的强迫下天天吃面包、酒和水果，当然还有乌鸦汤；欧也妮和妈妈也都没有产生过追求更加丰富的或更有激情的生活的想法。查理表哥的出现是欧也妮生命中的唯一亮点和追求，之后欧也妮无趣地生活在金钱的阴影之下。她的生命是枯萎的，作为老姑娘度过一生，没有任何幸福可言。这是巴尔扎克对金钱社会的看法：在这个社会里，不管态度如何，没有人能不被金钱影响。生命会被金钱改变，爱情同样逃不过。

事实上，不光爱情，人与人的感情都在金钱的影响下发生了变化。在之前的中篇小说《高布赛克》中，高利贷者高布赛克并不是邪恶的人，只是他已经把商业交易跟情感、善恶完全剥离。故事也主要讲他在从事高利贷业务时的冷血无情，他并不会贪图别人的东西，但也不会因为情感而放弃商业原则。这就是商业社会的新的道德原则。在《高老头》中，高老头像欧也妮一样保留了传统的温情，一生都为两个女儿付出。两个女儿却不断地向他要钱，最后把他的养老金都榨干，死的时候连丧葬费都没有。《高老头》写的就是传统的爱在金钱欲望下的脆弱。他的女儿们在金钱下成长起来，传统的家庭观念和亲情观念越来越淡薄。他们习惯于用钱来衡量一切，包括人与人之间的关系。在这个故事里巴尔扎克放了一个新的商业社会伦理的代言人，那就是伏脱冷。他相继在《高老头》、《幻灭》和《烟花女荣辱记》里登场，通过一针见血地揭示商业社会的行为法则，来改造拉斯蒂涅、吕西安这些还抱着传统道德观念的年轻人。用他的话说，"人生就是这么回事。跟厨房一样腥臭。要捞油水不能怕弄脏手，只消事后洗干净"。在他的教育下，拉斯蒂涅脱胎换骨，跻身上层贵族权力层，吕西安则因未能完全放弃感情而失败。但是巴尔扎克给了伏脱冷相当高尚的结局，表明他自己对伏脱冷的观点和做法的认可。

拉斯蒂涅一开始在《高老头》里是一个单纯善良的大学生，从乡下来巴黎求学，投靠贵族表姐。虽然与高老头非亲非故，他却出于同情出钱给高老头下葬，甚至写下几千块钱的借条替高老头的大女儿还债，而那时每个月一千五百法郎的生活费对拉斯蒂涅来说都捉襟见肘。他的表姐鲍赛昂子爵夫人也告诉他人和人之间的关系就是利用与被利用的功利关系，只有抛开温情才能爬到欲望的最高峰。不过鲍赛昂子爵夫人自己倒不是这么行事的，也正因此她不得不黯然离开巴黎。巴尔扎克在作品中为一批鲍赛昂子爵夫人这样的贵族写下了挽歌。在他的心目中，传统道德与旧式贵族一起式微了，取而代之的是纽沁根那样唯利是图、冷酷无情的新兴商人。纽沁根为了操纵股票，不惜让妻子做拉斯蒂涅的情人、制造假消息、榨取朋友和熟人，婚姻和感情都成了利益权谋的工具。

事实上到了后期，巴尔扎克的作品中虽然还会有理想化的人物坚持理想化的道德，但是大多数爱情都堕落为肉欲与金钱阴谋的结合。在《贝姨》中心怀叵测的女性出于夺财夺势的目的勾引一个又一个男性做情人，男性则克制不住肉欲，抛弃善良忠贞的妻子和和睦的家庭。此时巴尔扎克笔下的男女关系已经暗含了自然主义文学中将大量表现的人的难以自制的生理性情欲。

七

自然主义的代表作家左拉常被与巴尔扎克相提并论，成为19世纪社会批判文学的领军人物。但两人在对人性的看法上有着本质的不同。巴尔扎克从经济利益和社会关系的角度来分析人的行为,左拉则受达尔文的进化论和当时的病理解剖学的影响,虽然也关注社会关系,却更强调人的生理因素,尤其从癫狂、酗酒和肉欲这些生物欲望来解释人的行为。哪怕是写英雄,左拉依然会将其写成一个生物性的人。比如《萌芽》中,左拉塑造了一个叫马赫的老矿工,代表着矿工群里的正面英雄形象。但写马赫一家早晨生活的时候,他依然会写一家人"挤在一起,正张着大嘴酣睡。尽管外面很冷,屋内污浊的空气中却充满一股强烈的热气,这是最典型的集体宿舍里的那种热乎乎的、令人窒息的人的气味"。然后闹钟响起,长女卡特琳在困倦中起来,软绵绵的还没清醒,从被窝里伸出双腿,打着哈欠,把火柴点燃,伸了个懒腰,灰色的眼睛里面还忍着瞌睡的泪水,头发全都散乱地披在额头和脖子上。卡特琳是小说男主人公爱慕的对象,在过去的文学中肯定以理想的美丽形象出场,左拉却不遗余力地表现卡特琳像每个普通人一样的生物状况。然后父亲马赫听到闹钟醒来骂孩子,之后又发出鼾声;孩子们争吵打架,小婴儿哭,马赫的妻子抱怨家里没饭。一片乱糟糟的普通生活场景,生理性大于英雄光环。

左拉其实也很关注社会,也想和巴尔扎克一样表现法国各个社会阶层,所以他也像巴尔扎克的"人间喜剧"一样,用作品组成了一个大的群体:"卢贡-马卡尔家族",囊括了这个家族不同的人在不同的群体里的不同故事,有议员、商人、职员、报馆经理、修士、医生、军人、农民、艺术家、工人、革命者、妓女……,通过不同的人把法国社会的不同层面展现出来。但是与巴尔扎克不同的是,左拉对"卢贡-马卡尔家族"中不同人物行为原因的理解更侧重生理角度,用他的话说他要写的是

"一个第三时代的家族的自然史和社会史"，这里的自然史就是从生理角度来解释这个家族的命运。左拉让这个家族的祖母年轻时嫁过两个丈夫，所以是复姓"卢贡－马卡尔"。祖母有精神疾病，而与其姘居的马卡尔则是一个酗酒者，这样家族遗传里就包含了精神病和酒鬼两个倾向。在左拉看来，精神病的遗传既可能导致后代出现精神病人，也可能造就伟大的艺术家，所以卢贡－马卡尔家族里也画家和教士。酒精中毒则会造成无法克制的嗜血狂，还有肉欲，因此这个家族中也产生了杀人犯和妓女。虽然这一家族的人也努力向上爬，周围的社会也是一个向上爬的社会，可是在他们这样做的过程中，他们会受自己的生理问题和精神问题的很大影响。

比如左拉在《黛莱丝·拉甘》里写了黛莱丝·拉甘和情人洛朗杀掉了黛莱丝的丈夫。可是与之前的同类作品不同的是，左拉说他们之所以会走到这一步，是因为受到情欲的影响，无法控制自己的欲望，"我正是要在这两个动物身上，一步步地追索肉欲、本能的压力，以及由于神经发作而来的脑系统紊乱所发生的不声不响的作用"。这种无法控制的生理欲望之前雨果在《巴黎圣母院》中的克洛德形象上触及过，但也将其妖魔化了。承认人的动物欲望无法完全被理性控制，这是随着自然科学的发展才逐渐被人们接受的。正是因为杀人是生理欲望支配下的被动行为，黛莱丝和洛朗在理智重新占据上风后都十分痛苦，最后选择了一起自杀。左拉把他们的情欲当作生理问题来理解，并把自己的小说称作"可观察分析的小说"，或者说"实验的小说"。他说他要做的事情就是把受遗传影响的人放到某个环境里，观察他会有什么样的反应。

比如说《萌芽》中的男主人公艾蒂安其实继承了卢贡－马

卡尔家族中的嗜血因素，来矿区前就忍不住杀掉了一个妓女，只因为看到她的胸脯后无法忍受嗜血的欲望。他知道自己的问题，也努力要用理性来控制，但是生理欲望有时会冲破理性的制约。艾蒂安爱卡特琳，却会忍不住肉欲与其他女性发生关系。卡特琳也会控制不住肉体的吸引与沙瓦尔同居，与传统文学中的神圣女性完全不同。左拉甚至写矿工们爆发起义后，因为矿场主不肯妥协，工人们既没有吃的，又无事可做，陷入了肉体的折磨，就越来越难以控制自己，出现了大量的性交行为。艾蒂安与卡特琳最后的结合也是矿井塌方后，艾蒂安、卡特琳和沙瓦尔都埋在了矿井中，被困地下一个星期。在饥饿和绝望之中，艾蒂安最终无法控制自己的嗜血欲，杀掉了沙瓦尔，与卡特琳发生了肉体行为。

艾蒂安的成长过程也有向上爬，他通过领导工人运动最终成了共产国际的干部，不过在左拉这里，政治领域的向上爬并没有与爱情交织在一起。把生理的肉欲与向上爬的野心结合在一起的是莫泊桑。莫泊桑的《漂亮朋友》的男主人公杜洛瓦就是这类现代男性的典型，凭借自己英俊的外表，利用上层社会女性对他的好感，通过成为她们的情人甚至丈夫，帮助自己进入越来越高的社会阶层。在这个过程中，他会为了向上爬将曾有的情欲踩在脚下，比如为了利用福雷斯蒂尔夫人玛德莱娜与政要的关系飞黄腾达，忍受她的不贞娶她为妻；一旦觉得报社老板的女儿苏珊更加富有也更能帮助他高升后，又抛弃早与自己有染的苏珊的母亲，抓住玛德莱娜与外交部部长的私通逼其离婚，并诱拐苏珊，通过这一婚姻真正迈入上流社会。在这里，通过男女关系和婚姻向上爬已经成为杜洛瓦自觉明确的选择，性与向上爬至此已经理所当然地结合在了一起。不过《漂亮朋友》的不同之处，是杜洛瓦与情人之间的关系里也掺杂了大量的性欲成分，比如杜洛瓦对他的情人们也有强烈的性欲，甚至为了与妓女厮混，拿出原本借来梳妆打扮好找工作的钱；也会在性欲的驱使下一直与对他的向上爬帮助不大的马雷尔夫人幽会。只不过越到后来他越能让野心控制住性欲，把性彻底变成了向上爬的工具。

<h1 style="text-align:center">八</h1>

在不同的历史阶段，人们对爱情也有着不同的看法。从性到情到责任到工具到本能，对两性关系的理解就像福柯在《性史》中勾勒的，受到每个时代的话语的塑造和规训。不过至少有一点可以肯定的是，现实中的爱情并不是夏多布里昂心中超凡脱俗的永恒之善，它同样是话语和权力的产物。从这一点说，用"情爱"来称呼或许更加贴切，毕竟人们在"爱情"这个词上加入了太多理想的东西。19世纪随着经济和科学的发展，社会力量变得更加复杂，金钱、地位、生理、心理等因素都交织在一起，使得19世纪的情爱也变得尤其错综难辨。福楼拜敏锐地认识到在多重力量的作用下，情爱也成了一个权力场，最终将让爱情发生质变。

福楼拜的作品虽然不多，但成就极高，如果说巴尔扎克是19世纪文学的集大成者，福楼拜就是20世纪文学的开启者，可以说20世纪的现代主义文学深受福楼拜的影响。福楼拜不仅准确地把握了当时的思想潮流，也在一定程度上看到了未来的发展方向。

　　福楼拜的父亲是法国鲁昂市市立医院的院长。医生世家的经历与文学创作的职业相结合，不但让福楼拜对笔下的人物有一种科学的态度，而且在爱情问题上，他也能把生理、心理和社会更准确地结合在一起，既不完全无视，也不过分夸大性欲在两性关系中的影响力。

　　福楼拜自己终身未娶，而且毫不掩盖自己与妓女和男妓们的往来，甚至将这些写到作品中。他也怀疑自己染上了性病，有人认为他58岁就病故是因为梅毒导致的并发症，还有人说他是不堪梅毒之扰自杀的。另一方面，福楼拜早年在巴黎学法律，求学期间与雨果相识。因为他有癫痫病，无法从事事务性工作，后来便专心创作，这使得福楼拜对人的理解既有科学的客观性，也有着文学的情感深度。两性关系在福楼拜笔下不再只是情欲，而成为多种力量共同作用的场所，因此难怪当代法国哲学家布尔迪厄会用福楼拜的作品论证自己的场域理论，虽然这个场域指的主要是不同社会力量之间的博弈，但是将文学意象视为不同力量共同作用的产物，准确把握住了福楼拜作品的多元空间。

　　福楼拜最有名气的作品是《包法利夫人》，虽然未必是他最优秀的作品，但是因为其中对19世纪爱情观念的变化有一针见血地把握，从而广为人知。女主人公爱玛的偷情一部分确实出于性欲，故事中有不少细节描写爱玛在性方面的饥渴，比如她在赖昂的房间里一会儿用赖昂的梳子梳头发，一会儿用牙齿咬他的烟斗柄，用书中的话说："只要能有一次心满意足的幽会，她就是牺牲一切，也在所不惜了。"显然在爱玛这里性欲成了人生的主宰。不过爱玛的性欲却不只是简单的肉欲。当她因欠债去找公证人借钱，公证人用性行为做交换时，即便处于绝境，爱玛依然厌恶地拒绝了。

因为爱玛的出轨还有一个更令人同情的原因，那就是在精神上对浪漫和高雅生活的向往。在小说的开头，福楼拜特意描写了包法利夫人在基督教学校读书时，读的是夏多布里昂的作品。夏多布里昂的著作虽然题为《基督教真谛》，但可以想见吸引爱玛的其实是里面浪漫的爱情故事，而且正是其中超越俗世的爱情观让爱玛对普通的乡村生活产生了厌倦，向往着夏多布里昂笔下的激情、神秘、浪漫等一切幻想性的东西。也正是对爱的非现实的想象影响了包法利夫人对现实的正确认识，最终导致了她的悲剧。

爱尔兰作家詹姆斯·乔伊斯年轻时非常崇拜福楼拜，后来在《尤利西斯》第十二章中也模仿《包法利夫人》，描写了一位充满浪漫幻想的少女格蒂把自己想象为姣美的公主，把海滩上的陌生男人布卢姆想象为白马王子，用肢体动作诱惑他。最后，乔伊斯也跟福楼拜一样无情地揭开了幻想与现实之间的差距，他让格蒂实际上只是一个瘸子，而她幻想中的白马王子不过是一个丧失了性能力的老男人，并且在她的诱惑下手淫自慰。乔伊斯在这一章特意用了当时女性杂志爱用的浮夸美饰的文体，当从格蒂的角度用这样的文体写出格蒂的意识流时，就把造成格蒂不现实的人生观的原因指向了那些美化现实的叙述。

福楼拜同样如此。他之所以要把爱玛描写为夏多布里昂的浪漫爱情故事的粉丝，同时也是浪漫爱情故事的受害者，正是希望揭示所谓的"爱情"在当代社会中残酷、现实的一面。与乔伊斯后来所做的一样，他也是要揭露出那些不切实际的爱情故事对年轻女性的误导。她们用幻想去理解和要求现实，结果在现实中碰壁，乃至像包法利夫人那样走向绝路。因此《包法利夫人》不仅仅是帮助女性认清现实，更是以爱情为切入点揭示现代社会的功利性。如果说在夏多布里昂的时代，还有衣食无忧、名利世袭的贵族可以抛开功利来追求浪漫，到了福楼拜的商业和中产阶级时代，金钱影响着生活的方方面面，即便是贵族也不得不考虑经济上的得失。因此《包法利夫人》中的爱情不过是一个聚焦点，折射出时代和社会的各种力量。此时依然虚幻地用理想去回应周围的现实，在福楼拜看来，是造成包法利夫人悲剧的重要原因。

包法利夫人的那些情人在她为他们慷慨付出，欠下大量债务，走投无路向他们借钱时，最终都暴露出唯利是图的本性，她周围的邻居也无不如此，甚至落井下石。整个社会看似温情脉脉，其实与巴尔扎克笔下的《欧也妮·葛朗台》里的灰色世界毫无二致。在书中真正还没让金钱淹没了情感的反而是包法利夫人看不起的包法利先生，他不但毫无保留地支持妻子的一切，而且在包法利夫人自杀后心碎而死。但正是这样一个真正忠于感情的人，在包法利夫人眼中却因为"不会游泳，不会比剑，不会放枪"、缺少浪漫而被认为平庸无聊，认为他"谈吐象人行道一样平板，见解庸俗，如同来往行人一般衣着寻常，激不起情绪，也激不起笑或者梦想"。包法利夫人这里拒绝的不仅是普通平实的爱情，也是在拒绝终将以普通平实的面貌呈现的中产阶级社会，而福楼拜正是要以医生般的冷静客观，让读者看到中产阶级社会的普通平实，并且改变视角，看到这一现实的美丑混杂的复杂性。

也正因此，福楼拜在《包法利夫人》中放入了一个精彩而冷酷的片段，现在常被视为"双声部"叙述的典型片段。如果从爱情的角度来看，这也是福楼拜对当代爱情中浪漫与现实混杂的绝妙呈现。

这时，罗多夫带着包法利夫人上了镇公所的二楼，走进了"会议厅"，里面没有人，他就说："在这里瞧热闹舒服多了，"他在摆着国王半身像的椭圆桌边搬了三个凳子，放在一个窗前，于是他们并肩坐着。

主席台上正在互相推让，不断地交头接耳，低声商量。最后，州议员先生站了起来，这时大家才知道他姓略万，于是你一言，我一语，这个姓氏就在群众中传开了。他核对了一下几页讲稿，眼睛凑在纸上，开口讲道：

……

罗多夫不听这一套，只管和包法利夫人谈梦，谈预感，谈磁力。

演说家却在回顾社会的萌芽时期，描写洪荒时代，人住在树林深处，吃橡栗过日子。后来，人又脱掉兽皮，穿上布衣，耕田犁地，种植葡萄，这是不是进步？这种发现是不是利多弊少？德罗泽雷先生自己提出了这个问题。

罗多夫却由磁力渐渐地谈到了亲和力。而当主席先生列举罗马执政官犁田，罗马皇帝种菜，中国皇帝立春播种的时候，年轻的罗多夫却向年轻的少妇解释：这些吸引力所以无法抗拒，是因为前生有缘。

"因此，我们，"他说，"我们为什么会相识？这是什么机会造成的，这就好像两条河，原来距离很远，却流到一处来了，我们各自的天性，使我们互相接近了。"

他握住她的手；她没有缩回去。

"耕种普通奖！"主席发奖了。

"比方说，刚才我到你家里……"

"奖给坎康普瓦的比泽先生。"

"难道我晓得能陪你出来吗？"

"七十法郎！"

"多少回我想走开。但我还是跟着你，一直和你待在一起。"

"肥料奖。"

"就像我今天晚上，明天，以后，一辈子都和你待在一起一样！"

"奖给阿格伊的卡龙先生金质奖章一枚！"

"因为我和别人在一起，从来没有这样全身都着了迷。"

"奖给吉夫里·圣马丁的班先生！"

"所以我呀，我会永远记得你。"

"他养了一头美利奴羊……"

"但是你会忘了我的，就像忘了一个影子。"

"奖给母院的贝洛先生……"

"不会吧！对不对？我在你的心上，在你的生活中，总还留下了一点东西吧？"

"良种猪奖两名：勒埃里塞先生和居朗布先生平分六十法郎！"

罗罗多夫捏住她的手，感到手是暖洋洋、颤巍巍的，好像一只给人捉住了的斑鸠，还想飞走；但是，不知道她是要抽出手来，还是对他的紧握作出反应，她的手指做了一个动作；他却叫了起来：

"啊！谢谢！你不拒绝我！你真好！你明白我是你的！让我看看你，让我好好看看你！"

窗外吹来一阵风，把桌毯都吹皱了，而在下面广场上，乡下女人的大帽子也掀了起来，好像迎风展翅的白蝴蝶一样。

"利用油料植物的渣子饼，"主席继续说。他赶快说下去：

"粪便肥料，——种植亚麻——排水渠道，——长期租约，——雇佣劳动。"

罗多夫不再说话。他们互相瞅着。两个人都欲火中烧，嘴唇发干，哆哆嗦嗦；软绵绵地，不用力气，他们的手指就捏得难分难解了。

"萨塞托·拉·盖里耶的卡特琳·尼凯丝·伊利沙白·勒鲁，在同一农场劳动服务五十四年，奖给银质奖章一枚——价值二十五法郎！"

"卡特琳·勒鲁，到哪里去了？"州议员重复问了几遍。

她没有走出来领奖，只听见有人悄悄说：

"去呀！"

"不去，"

"往左边走！"

"不要害怕！"

"啊！她多么傻！"

"她到底来了没有？"杜瓦施喊道。

"来了！……就在这里！"

"那叫她到前面来呀！"

于是一个矮小的老婆子走到主席台前。她的神情畏畏缩缩，穿着皱成一团的破衣烂衫，显得更加干瘪。她脚上穿一双木底皮面大套鞋，腰间系一条蓝色大围裙。她的一张瘦脸，戴上一顶没有镶边的小风帽，看来皱纹比干了的斑皮苹果还多；从红色短上衣的袖子里伸出两只疙里疙瘩的手。谷仓里的灰尘、洗衣服的碱水和羊毛的油脂使她手上起了一层发裂的硬皮，虽然用清水洗过，后来也是脏的；手张开的时候太多，结果合也合不拢，仿佛在低声下气地说明她吃过多少苦。她脸上的表情像修道院的修女一样刻板。哀怨、感动，都软化不了她暗淡的眼光。她和牲口待在一起的时间太多，自己也变得和牲口一样哑口无言，心平气和，她这是第一次在这样一大堆人当中，看见旗呀，鼓呀，穿黑礼服的大人先生，州议员的十字勋章，她心里给吓唬住了，一动不动，也不知道该往前走，还是该往后逃，既不明白大伙儿为什么推她，也不明白评判委员为什么对她微笑，吃了半个世纪的苦。她现在就这样站在笑逐颜开的老爷们面前。

这里描写的是包法利夫人婚后跟第一个情人罗多夫偷情的开始，即包法利夫人开启人生的浪漫之旅的时刻。对比一下《简·爱》中简的浪漫之旅的开始就可以看到福楼拜强大的现实感。《简·爱》中简是在风雨里行走时恰巧被罗切斯特的马撞伤，被他抱回家——一个英雄救美的浪漫故事，这也是为什么《简·爱》无法摆脱传统叙述的影子。再看看福楼拜的处理。首先，他让两人的相遇发生在农展会。农展会是小镇每年举行农业产品展览并进行表彰的大会，因此是一个相当普通、务实，乃至平庸、卑微的现实背景。这个时候罗多夫已经准备勾引包法利夫人了，所以把她带到了二楼。福楼拜的高明之处，在于让二楼的恋爱场景，与楼下世俗得不能再世俗的农会场景一次次交织。引文中用楷体标出的是二楼发生的事情，宋体字是一楼发生的事情。福楼拜并没有把浪漫和现实两个场景分开，也很少用文字来说明场景的转换。他让两个场景就这样直接交织在一起，就好像今天电影中的蒙太奇镜头。楼下大家交头接耳，说着国王啊、收成啊这类务实的话；楼上包法利夫人和罗多夫"靠后坐一点"准备开始谈情说爱。然后偏偏就在这个时候，在他们调情的时候，下面务实的声音插进来。罗多夫谈灵魂、磁力、梦……楼下的声音谈耕种、肥料、羊……在传统的描写中，浪漫的细节会集中突出，渲染出激情和幻想，福楼拜却无情地把现实细节插进去，不断地提醒读者，现实是不浪漫的，甚至是无聊、单调、平庸的。

不过在最后，福楼拜以医生的冷静，把镜头全部让给一个获奖的矮小老太婆，一个吃了半个世纪的苦，被日常生活摧垮的农村妇女。这是现实中的农村妻子，福楼拜用她来暗示如果包法利夫人安心做一个农村女性的话，很可能无法逃脱同样的结局。虽然作为医生的妻子，包法利夫人的身体情况可能会好一些，但可能同样畏畏缩缩、哑口无言并迷信愚昧。这样的悲惨人生被与包法利夫人的悲剧爱情并置在一起，福楼拜并没有去评判孰优孰劣。事实上，梦想和现实在《包法利夫人》中构成了一对张力，也构成包法利夫人命运中既可叹又可悲的地方。

包法利夫人的故事其实取自真实事件，包法利医生的原型正是福楼拜父亲的学生，他的续弦与人通奸，最后自杀。一开始正如福楼拜自己说的，他是要写出包法利夫人的错误，或者说就像塞万提斯用《堂·吉诃德》批判骑士文学一样，福楼拜一开始的出发点是批判浪漫主义文学，这也是为什么他特意点出爱玛阅读的是夏多布里昂的作品。但是写到最后，就像托尔斯泰写《安娜·卡列尼娜》，一开始想批判安娜对丈夫和孩子的背叛，最后当安娜在火车前自杀，他却伤心得哭倒在草堆上一样，福楼拜写完《包法利夫人》后，对包法利夫人深感同情。爱玛不能认清现实、不肯接受现实固然是悲剧的起因，但如果她接受了现实，结局其实也将像那位获奖的农村老太婆一样可悲。由此可见，面对越来越庸俗化的现实，福楼拜的感情同样是矛盾的，这是一个不能不正视的现实，但同时也是一个让人不愿意接受的现实。因此包法利夫人的死与其说罪有应得，不如说是一个渴望浪漫的人在一个务实的时代的悲剧。

到了《情感教育》，福楼拜更写出了现代社会中爱情必然归于平淡这一无可避免的结局。小说的标题为"L'éducation sentimentale"，以"教育"为题表明福楼拜正是想描绘爱情在现代社会中趋于平淡平常的成熟过程。主人公弗雷德里克·莫罗也确实从追求艺术和浪漫开始，终于平淡的生活。与平淡松散的现实呼应，《情感教育》的叙述也非常松散，缺少传统小说的戏剧性冲突。但是缺少戏剧性（dramatic）正代表着福楼拜对现代生活的看法：这是一个缺少激情和浪漫的时代，仍然用戏剧化的叙述来表现现实，无疑会陷入包法利夫人和少女格蒂的困境。

年轻的男主人公爱上了有夫之妇，按照传统的爱情叙述应该有故事发生，在福楼拜这里却如现实中一样平淡，什么都没有，连《漂亮朋友》中的偷情都没有。两个人彼此克制，并且受到经济、政治等各种社会集团和社会力量的影响。阿尔努夫人虽然对弗雷德里克有感情，但必须考虑自己的现实身份以及周围的权利斗争。莫罗同样如此，并因此被评论者指责为懦弱、被动，但这其实是现代社会里更现实的反应。平淡的结局只能说是社会力量共同作用的结果。通过《情感教育》福楼拜要写出的是务实的社会里激情已经不再是爱情的决定性因素，甚至只是包法利夫人式的自我欺骗。现代中产阶级更会在理智与情感之间，在各种社会力量之间，为浪漫与现实找到一个弱化但平衡的爱情形态。

第十三讲

道德带给人的是什么
——哈代的现代痛苦

维多利亚时代是伊丽莎白时代之后英国历史上的又一个繁荣时代。1815年，英国击败拿破仑法兰西第一帝国，一跃成为世界第一强国。一直到1914年第一次世界大战这一百年，被称为"不列颠治世"，是英国工业大规模发展、科学突飞猛进的时期，传统的社会观念也受到变化了的生活方式的冲击，并给英国19世纪文学带来了不同的社会认识，同时也带来了新的痛苦和烦恼。

一

狄更斯是19世纪英国作家中最早离开乡村生活转向描写工业化城市的作家之一，他在作品中思考着商业价值对人与人的关系和人的思想观念的影响。透过他的作品，可以较为深入地理解维多利亚时代新出现的社会生活和社会问题。

狄更斯之所以能够走在其他作家之前，一个重要原因是他自己从小就生活在工厂劳工中间，因此对这一新的社会阶层有直接深切的理解。他的父亲是英国海军出纳部门的职员，但问题是生了八个孩子，还经常搬家，结果越搬越穷，最后欠下大笔债务，被关进了监狱。当时英国的监狱倒相当人性化，男人被关进监狱后，妻子可以带着无法自立的孩子一起住进去，所以狄更斯的妈妈带着他的弟妹们也住进监狱。但当时狄更斯已经12岁，超过了监狱接收的年龄，只能租住在贫穷的家庭。为了付租金并帮家里解决经济问题，狄更斯12岁就辍学到鞋油厂做童工。当时的工厂工作不仅强度大、环境恶劣，而且报酬低。狄更斯曾经写他饿得难以忍受，只能在街上狂走。在他的笔下，鞋油厂的环境肮脏压抑：

> 鞋油厂……是一座疯狂、摇摇欲坠的老房子，当然临河，实际上老鼠成灾。房间装着护墙板，地板和楼梯腐烂，地窖里灰色的大老鼠蜂拥而下，它们尖叫和扒地的声音一天到晚传到上面，这一肮脏朽败的地方依然活灵活现地浮现在我的眼前，仿佛我又回到了那里。

这样的工厂环境在当时非常普遍，与传统英国文学中乡村的田园诗意的生活截然不同。这一经历也在小狄更斯的心底造成了颠覆性的震撼，让他在别人只看到工业化带来的繁荣和机会的时候，能够一眼看透背后的丑陋和冷酷。

狄更斯一开始创作的《匹克威克外传》还没有完全抓住当时英国社会的这一特点，仍然延续着传统英国文学中中产阶级的温情和喜剧传统。但是到了《雾都孤儿》，狄更斯就对孤儿院和小偷世界这些城市边缘群体的悲惨生活做出了令人震撼的描写，虽然故事中的一些中产阶级依然是传统的温情人物，善良得不真实。

THE CRITERION COLLECTION

David Lean's

oliver twist

1948年版《雾都孤儿》电影海报

1948年版《雾都孤儿》剧照

　　这张奥利弗·退斯特拿着粥碗要粥的照片出自孤儿院中最著名的片段，被认为象征着无产阶级的反抗。孤儿们因为每天吃到的是只有几粒米的稀饭，饥饿难耐，于是决定抽签选一个人去抗议，奥利弗不幸抽到。第二天吃完第一碗稀粥之后，所有小孩都看着他，他只好硬着头皮走上去说："我还要一碗。"这句话引起整个孤儿院的震动，奥利弗被当作罪大恶极的坏孩子卖到棺材铺当学徒，受尽欺凌。好容易逃出来后又不幸落入了小偷团伙。

　　《雾都孤儿》的小偷中虽然有心狠手辣的坏蛋，但狄更斯却写出了当时小偷的悲惨生活。在狄更斯之前，小偷们都被写得十恶不赦，不劳而获且锦衣玉食，狄更斯笔下的小偷则被压在社会的最底层，住的房子肮脏破旧，偷到钱包的机会并不多，很多只是手帕。当时人们还在手帕上缝上自己的名字，所以他们还得把名字拆掉，洗净后再卖。而且更重要的是他们满心恐惧，因为当时小偷是要上绞刑架的，所以狄更斯在书中说"他们老是怀着鬼胎潜行在最肮脏的生活小道上，心中充满对未来的恐惧，无论他们转向哪一面，前景望到底，只有黑漆漆、阴森森的绞架"。狄更斯也写了一些善良的小偷，奥利弗·退斯特获救就是因为一个善良的女小偷用生命救了他。

爱尔兰诗人谢默斯·希尼曾经说过，文学就是朝天平上轻的那一端加上砝码。也就是说，现代文学应该做的已经不是替社会已承认的英雄歌功颂德，或者对社会所摒弃的人再大加挞伐。文学是给那些被忽视的人一个砝码，使他们获得重量。站在道德的高度指责罪恶很容易，但要替小偷说话，替同性恋者说话，替那些被社会伦理所唾弃的人说话，需要更大的包容心。不过这里更重要的还不是狄更斯自己的伦理高度，而是他客观地、不带任何偏见地对刚刚进入文学视野的工业社会各阶层做了尽可能真实的表现，虽然有些地方他依然无法避免英国传统文学的漫画式人物，但他所留下来的文学描写为后人了解当时工业社会各阶层的生活境况和内心感受提供了重要参照。

如果说《雾都孤儿》中的中产阶级依然以传统的温情面目出现，狄更斯很快就开始注意到中产阶级与商业社会金钱之间的密切关系。狄更斯不但看到了金钱对中产阶级人际关系的重要影响，而且也揭露了他们在金钱影响下的伪善。针对商业社会的金钱价值，狄更斯大力强调伦理和爱的作用，所以他的小说一般都有两条线索：一条是那些受金钱观支配的人；另一条是按照良心做事的善良的人，他们可能失去飞黄腾达的机会，却可以获得内心的幸福和他人的喜爱。而且，狄更斯一般都会安排一个好人有好报的结尾。

　　狄更斯把商业社会的善与不被金钱影响和无欲无求联系在一起，在他看来，只要追求金钱，就会对自身产生不良的影响。在这个问题上，应该承认，狄更斯的出发点依然是传统农业社会的轻商价值观，但是他对金钱对人的影响还是有着深刻认识的。像《马丁·瞿述伟》中为了财产明争暗斗的亲戚，打着慈善和慈悲招牌的裴斯匿夫、赤裸裸且穷凶极恶的约那斯·瞿述伟，这些都是传统的为富不仁的形象。虽然狄更斯准确看到了现代社会用慈善掩盖贪婪这一特色，但他塑造的这些人物依然没有离开过去的类型化窠臼。不过，狄更斯在《董贝父子》中塑造的大资本家董贝的形象，则达到了之前少有的社会深度。

　　董贝先生是英国伦敦一个从事批发、零售和出口业务的公司老板，拥有巨大的财富，也因此变得极为高傲。这不是古代贵族由出身带来的高傲，而是现代商业社会由金钱带来的高傲，因为在商业社会，金钱可以"使人们畏惧、尊敬、奉承和羡慕我们，并使我们在所有人们的眼中看来权势显赫、荣耀光彩"。因此他对一切事物的判断都根据可能带来的利润，感情在他看来完全是多余的。小说开始时，他盼望已久的儿子小保罗出世了，他感到高兴只是因为儿子是他公司的继承人，在公司利润中将扮演重要角色。他并不关心孩子的情感需求，因此小保罗从他那里得不到父爱。至于他的女儿弗洛伦斯，因为"在公司的声望与尊严的资本中……只不过是一枚不能用来投资的劣币"，所以长期遭到他的冷落。他与雇员之间也只有冰冷的金钱关系，他们为他工作，他付钱，他并不想与雇员有任何感情瓜葛，就像他对小保罗的奶妈说的，"在我们这个交易中，您根本不需要爱上我的孩子，我的孩子也不需要爱上您……当您离开这里的时候，您就结束了这纯粹是买与卖、雇佣与辞退的交易关系"。

　　但是正因为他把一切关系都变成金钱关系，所以身边的人
纷纷离开了他：小保罗不爱他，很早就夭折；他的续弦与他的
经理离家私奔；他的女儿被他赶走；他的公司职员在他破产时
抛弃了他……与他这种金钱关系相对的是他女儿弗洛伦斯所坚
持的真情。弗洛伦斯的爱吸引了包括小保罗在内的各种人聚集
在她身边，无私地相互帮助，比如董贝的续弦伊迪斯、火车烧
炉工图德尔一家、卡特尔船长、奶妈等等。董贝先生的公司破
产后，感情的真正价值显示出来。被他忽视但始终爱着他的女
儿弗洛伦斯来到他的身边，用爱为他重建了幸福世界。

　　董贝先生的价值观在这部小说中似乎只是特例，但其实把
人与人的关系变成可以用金钱衡量的雇佣关系和交换关系，这
是商业社会的典型运行模式。雇员按时计酬，选择薪酬更高的
老板；邻里关系日渐淡漠，没有交易不相往来；大家族被小家
庭所取代，原先需要相互帮助的日常困难都可以雇人解决；甚
至婚前协议日益增多，离婚财产分割后夫妻就成为路人……事
实上，从今天的商业社会行为规则来看，董贝要求儿子的奶妈
完成雇佣关系后就离开，不与雇主建立感情联系，完全是正常
的；董贝不与他的下属建立更密切的私人关系，而是用工资和
奖金来酬报雇员的付出，在今天看来也是正常的。董贝代表的
其实是狄更斯看到的商业社会与传统社会的不同，只是狄更斯
并不认可这种新的价值观念和社会关系。

　　随着资本主义的发展，金钱逐渐成为商业社会的主要动
力，人与人之间的关系也越来越建立在实用价值观上。董贝其
实是商业社会的先驱者，追求利益的最大化。事实上，在狄更
斯之前，英国经济学家边沁就已经提出了效益主义伦理观

（Utilitarianism，以前一般被译为功利主义）。效益主义判断行为善恶的基本准则就是"达到最大善"（即"最大效益"），即此行为所涉及的每个个体之苦乐感觉的总和达到最大化。这完全是一种商业性的算计做法。20世纪70年代福特汽车发现产品有致命缺陷，但改装汽车的费用会超过可能出现的伤亡事故的赔偿额的一倍多，根据效益主义的计算伦理问题的方式，福特汽车的主管们选择了不去改装。当然，效益主义与个人生命价值之间的矛盾如今已得到广泛认识，但是在19世纪，效益主义仍然有很大影响，因为它符合商业社会的利益计算做法。狄更斯从对个体生命和幸福的重视出发，在《董贝父子》中用人与人之间的情感来对这种效益主义的价值观加以纠正，让董贝先生最终认识到情感而非效益对于生命更重要。

但实际上狄更斯越到后期，对爱和情感的力量越悲观，其后期作品对社会的荒诞和个人在社会体制面前的无能为力的揭示，已经与后来的卡夫卡不相上下了。而在卡夫卡的时代，现代资本社会已经基本发展成熟，其对个人的影响和改变已经彰显出来，狄更斯却是在现代社会形成之初就深刻地认识到了这一危险，并且看到了后来法国学者福柯用不同著作所描绘的现代社会体制中的权力网络，以及个人主体性在其中的丧失。卡夫卡的《变形记》《审判》《城堡》等都表现了在现代社会中，个人根本无法摆脱整个社会的利益体系、法律机构、官僚机构的控制，在《变形记》中即便家人之间的感情也被利益网络所塑造。现代人就如福柯说的，是处于话语权力网络中的一个被动的位置，自以为有自己的思想和选择，其实无不受社会话语的规训。而这个问题，狄更斯在《荒凉山庄》和《小杜丽》中早已有深刻的表现。

《荒凉山庄》讲的是一对青年恋人打官司要求继承自己的财产，其对现代司法体系的表现非常像卡夫卡的《审判》。《审判》中主人公约瑟夫·K一觉醒来，家中就有两个人宣告他被捕了，隐喻的就是现代人随时都可能莫名其妙地陷入现代司法体系之中。这个体系深入到日常生活的方方面面，就像法庭会在公寓的顶楼出现一样，而且根本无法摆脱。最后K不想理睬法院传票了，因为他发现所有人的工作和生活都会被无休无止的法庭审判拖垮，结果在一个月黑风高之夜，两个人把他从家里带到采石场，将一把刀插入他的心脏。K最后的一句话是：像一条狗似的。卡夫卡这里描写了个体在现代社会如何彻底丧失了尊严和对自我的主宰。《荒凉山庄》描写的同样是这一点。

在《荒凉山庄》中，理查德和婀达作为詹狄士告詹狄士（Jarndyce v Jarndyce）诉讼案的受监护人，希望通过打官司拿到自己的遗产，这是他们家族一代代人所做的。他们本来都可以有自己的事业，却把希望都寄托在赢得财产上，终生一事无成。理查德和婀达同样如此。理查德出场时充满朝气，但是因为等待这笔财产荒废了光阴，最后虽然官司打赢了，他的所得却都不得不用来支付诉讼费，结果理查德在悲痛中死去。小说的另一个女主人公埃斯特实际上是男爵夫人的私生女，一位律师不依不饶查明了真相，却导致男爵夫人被迫离家出走，死于一场暴风雪。埃斯特刚找到妈妈却成了孤儿，而她私生女的身份也让她失去了以前的社会地位。一家人被不必要的法律真相毁掉。法律是现代资本社会运行的基础，但狄更斯和卡夫卡一样深刻地看到，法律也是现代社会所建立的庞大规训网络，在这个机制里，所有人的生活、思想和命运都会受其支配。理查德以为是在追求自己的权利，其实却慢慢被这个体系消磨了生机；埃斯特的出生之谜大白于天下似乎是法律的胜利，却让无论肇事者还是受害者都丧失了幸福。之所以如此，结合狄更斯再早一些的作品可以看到，原因在于日益制度化、程序化和无处不在的现代社会体系剥夺了个人的情感和主动性。

当然，与卡夫卡相比，狄更斯还保留了一定的浪漫。在卡夫卡那里，个人在现代社会没有任何逃离的可能，而狄更斯还有《双城记》里那类爱情至上的人，狄更斯依然在他的故事里留下了"爱"的希望。不管怎样，狄更斯以较为现实和深刻的眼光揭示了现代英国社会的本质，并且注意到整个社会已经高度分化，下层生活穷困悲惨，上层同样被金钱所控制，传统的情感与现代的价值之间出现了断裂和冲突。

二

在狄更斯之前和之后，简·奥斯丁、勃朗特姐妹、萨克雷都描写了爱情，无论他们笔下的爱情多么纯洁崇高，深层都潜含着金钱这一现代社会的价值。

简·奥斯丁的《理智与情感》《傲慢与偏见》《爱玛》等都有让读者心动的浪漫爱情故事，虽然她更被褒扬的是对英国中产阶级的描写，但是如果抽走其中的爱情故事，奥斯丁的小说未必会有那么大的吸引力。此外，虽然奥斯丁的女主人公被视为具有独立思想和个性的现代女性，但其实她们最后总是嫁给身份更高，并且能给她们经济保障的男性。奥斯丁故事的灰姑娘模式让她的小说很长一段时间被视为普通的言情小说，也成为众多女性喜爱的作品。

简·奥斯丁笔下的人物考虑的其实并不只是爱情，甚至像

《爱玛》的主人公爱玛那样出身村中的首富之家，她为朋友哈丽特安排婚姻的时候也坚持要为对方寻找社会地位比较高的配偶，她自己选择的也是与她门当户对的奈特利先生，虽然对方年龄稍大。奥斯丁从来没有浪漫地尝试劳伦斯笔下那种富有的女主人公与贫穷的下层劳动者的爱情故事。男性可以选择地位稍低的女性，但双方也不会差距悬殊，所以奈特利先生虽然鼓励社会地位低下的哈丽特忠实于自己的情感，他也只会选择与他门当户对的爱玛，而支持哈丽特接受与她门当户对的佃户马丁的求婚。

　　奥斯丁以深刻地揭露了英国社会的门第和金钱观念而著称，但其实这些门第和金钱观念也已内化为了奥斯丁自己的价值立场，成为她笔下的爱情游戏中所有人默认的自觉选择。无论是《理智与情感》还是《傲慢与偏见》，故事中的爱情并非是表面看起来的情感对财产的胜利，比如宾利先生对简的爱情受到阻挠，达西的姨妈凯瑟琳夫人强迫伊丽莎白拒绝达西，原因都是双方财产的差距，而男女主人公最终似乎都不顾财产遵循了情感。但是如果把他们的爱情放在故事所有人物的婚姻的大背景下，就会发现真相并不是这么简单。奥斯丁笔下确实也有男性赤裸裸地根据女性陪嫁的多少来决定自己的选择，但这些主要是那些地位较低的男性，这类男性在简·奥斯丁笔下一般被丑化为反面人物，比如伊丽莎白的表兄柯林斯先生，或者诱拐了丽迪亚的韦克翰，而理想的男性主人公则大多位于小说的权力场的顶层，因此能够接受地位和财产较自己略低的女性。但这里的关键是"略低"，男女主人公必须属于同一个阶层。奥斯丁笔下从来不会出现真正动摇社会既定等级秩序的人，也就是说，奥斯丁笔下人物的情感与他们的利益本质上是一致的。

《理智与情感》的男配角爱德华·费华士倒是地位略低，被家人期望娶一个有钱有势的妻子，而爱德华之所以仍然可以成为正面主人公，是因为他并没有向上爬的野心。书中埃莉诺和玛丽安姐妹因为父亲去世，经济日益下滑，身份岌岌可危，最后之所以能成功嫁给心仪的绅士，除了个人的魅力外，还因为她们无论从出身还是当时的经济状况来说，都仍属于食利的乡绅阶层，并未沦落为不得不靠工作养活自己的劳动者。她们离开诺兰前有几十个仆人，后来虽然不得不遣散一大部分，但是仍然能够保留两个，而且依然要给离开的仆人准备礼物，以显示她们更高的身份。这也是为什么《傲慢与偏见》中伊丽莎白的表兄柯林斯询问晚餐出自哪位表妹之手时，贝内特太太气愤地指出她们仍能雇得起仆人。是否拥有仆人是她们是否还属于乡绅阶层的重要标志，而嫁给同一阶层乃至更高阶层中有经济保障的丈夫，是当时很多英国中产阶级女性避免下滑的唯一出路。

不过，当时英国的乡绅阶层已经面临解体的危险，其中的女性作为这一阶层中的弱势者最早面临着下滑的危机，女性嫁给同阶层的有钱人，或者财力有限的男性迎娶嫁妆丰厚的女性是他们挽救下滑趋势的主要办法。奥斯丁虽然对当时乡绅阶层面临的经济冲击有较敏锐的意识，但是她并没有像狄更斯那样直视这个问题，而是用教养、聪明、善良、得体等伦理品质取代了经济上的真正博弈，胜出的女主人公往往是符合理想的中产阶级行为原则的女性。

当然，奥斯丁与狄更斯不同的人生经历决定了两人不同的视野和价值取向。当时的中产阶级女性实际上只有两条出路：要么嫁人，依附于丈夫的财产；要么作为老姑娘，通过做家庭教师养活自己，或者运气比较好的话，寄居在亲戚家中。奥斯丁自己就是选择了寄居在亲戚家中。其他职业或者被认为不属于女性，或者只能由下层女性来承担，比如女仆或者工厂女工。这是为什么奥斯丁表面上写灰姑娘的故事，细节却包含大量财产和地位的考虑。在《理智与情感》的开篇中，埃莉诺和玛丽安的父亲去世，她们的母亲没有生男孩，财产只能留给父亲前妻的儿子。因此她们必须搬出熟悉的住宅，并且靠同父异母哥哥愿意分给她们的菲薄遗产度日。因为按照当时的英国法律，所有财产只能由男性继承，即使没有儿子，也要给侄子，而不能给女儿。《傲慢与偏见》中的贝内特一家面临同样的问题。简·奥斯丁的祖母也是因为去世后财产全部由哥哥继承，而这位亲哥哥却拒绝给她任何钱，她只好离开家，完全靠做家教和学校的女教务员，独自养活了六个孩子。

在这样的生存背景下，女性在什么场合应该做出什么样的反应，吸引怎样的配偶，全都需要精打细算。在缺少丰厚陪嫁的情况下，举止得体、广受称赞是她们在婚姻市场上的主要资本，这也是为什么奥斯丁对女主人公的得体和聪明非常看重，因为这不仅是她们身份的标志，也是她们维持身份的基础。不过另一方面，奥斯丁的故事之所以还能给读者浪漫的感觉，是因为奥斯丁并没有让自己和自己笔下的人物完全向现实让步。她在给侄女芳妮的信中写道："如果不是真正喜欢他，就不要接受他。与没有感情的婚姻相比，任何事情都更值得，或者更能忍受。"奥斯丁自己也是这么做的。她曾经喜欢过一位男性，两人也互相钦慕，但就像她小说中的不少男主人公一样，对方因为她穷困孤苦的家庭背景离开了她。她的一个朋友安排她与自己即将继承财产的弟弟结婚，当时奥斯丁的母亲和姐姐完全依赖奥斯丁出嫁可能获得的财产。一开始奥斯丁也同意并订了婚，结果在订婚的第二天，奥斯丁就取消了这份婚约，因为她认为自己不爱他。她宁肯当老姑娘，终身写作，所以奥斯丁一生未嫁。因此奥斯丁自己的选择还是把感情放在门第之上，书中女主人公的选择也都把两情相悦放在突出位置，并抨击其他出于门第考虑出嫁的女性，虽然最终也会理解并原谅她们。

只是奥斯丁的女主人公最终都会爱上能给她们带来生活保障的男性，这个男性无论一开始显得如何不好，比如为人傲慢、年纪太大或者不够活泼，都会在后面被发现真诚体贴等优秀品质，而女主人公一开始迷恋的财产较少的男性，最终也都会因为种种原因暴露出卑劣的本质。这一转变其实是奥斯丁设置的，代表的是她自己的价值观，即她把感情选择与财产考虑自觉地合二为一，她的主人公也会在潜意识中自动修正自己的感情，从而无须经历奥斯丁自己在现实中的情感与财产的两难抉择。

但其实一些细节暴露了主人公的情感导向与财产考虑之间的联系。《傲慢与偏见》中伊丽莎白拒绝达西之后，只能寄居在叔叔家，以后很可能成为亲戚家一个卑微的食客。在跟着叔叔们参观达西家时，她才真正看到达西是多么富有，达西家的壁画、雕塑、钢琴和城堡都让她的情感起了波动。这时她偶然撞见达西，感到无比羞愧，夺路而逃，被达西追上，此时伊丽莎白对达西的态度也从当初的冷嘲和拒绝，变成了害羞和亲近。这是书中她情感的一个重要转折点。虽然奥斯丁说是达西兄妹对伊丽莎白和她叔叔的热情让伊丽莎白认识到达西并不是像她以为的那么傲慢，但小说在这个关键转折点上对达西财产的描述，潜在地流露了奥斯丁在安排男女主人公的情感关系时对财产的考虑。因此就像有的评论者指出的："处身在这样一个严峻、要求苛刻且往往带有敌意的世界上，女主人公该怎样通过婚姻来获得个人幸福呢？奥斯丁的告诫是应该用理智来控制情感。"事实上，奥斯丁的主人公并非为了情感不顾一切，至少奥斯丁让他们都学会了理智地考虑财产在情感中扮演的角色，自觉地把情感好恶与财产多寡结合为一体。

不只简·奥斯丁如此，夏洛蒂·勃朗特为人称道的《简·爱》其实包含着同样的价值立场，只不过更加缺少简·奥斯丁对贵族男主人公的品德部分的铺垫，直接赋予有钱的罗切斯特道德的光环，立刻成为爱慕的对象，这也是为什么一些后代评论者会质疑罗切斯特是否值得简去爱，质疑罗切斯特对待前妻的态度。简·奥斯丁和夏洛蒂·勃朗特赋予贵族男主人公道德和魅力的光环，实际上体现了当时普遍存在的商业社会中中产阶级的道德理念。这些男主人公形象就和当下不少中国流行作品中的"霸道总裁"一样，潜含着对财富的羡慕和用财富取代传统美德的取向。这种道德理念反映到爱情叙述上，就是自觉地把有钱的配偶等同于高尚的配偶。这其中固然有自欺欺人的因素，但也是整个社会话语共同默认的价值取向。对19世纪英国文学中的财富、道德与爱情之间关系的理解，不仅能够更深刻地理解维多利亚时代的爱情观，而且能够更清晰地看出维多利亚时代社会道德的实质。

这里直接颠覆这种财富、道德、爱情三位一体观的倒是艾米莉·勃朗特。艾米莉·勃朗特一生只写过一部小说，但是这部小说已足以让她留名文学史，那就是《呼啸山庄》。《呼啸山庄》人物众多，线索复杂，最主要的是两对人物的爱情：第一代的凯瑟琳·欧肖与希斯克利夫；第二代的凯瑟琳·林敦与哈里顿·欧肖。且不谈两对人的爱情如何，值得注意的是两代人的爱情所表现出的不同的道德取向。

希斯克利夫是被呼啸山庄的老主人公欧肖收留的野孩子，有人通过细节分析出希斯克利夫可能是一个黑人。老欧肖去世后，希斯克利夫被老欧肖的儿子亨德莱·欧肖当作奴仆使用，不但属于下层人，而且举止粗野，性情冲动。但艾米莉·勃朗特大胆地让他与老欧肖的女儿凯瑟琳·欧肖相爱，虽然两人都没有挑明。不过凯瑟琳·欧肖最终还是受制于财富、道德、爱情三位一体的社会观，嫁给了临近的画眉山庄的少爷埃德加·林敦。希斯克利夫在凯瑟琳出嫁后消失了三年，回来后采取了一系列报复行动：诱使亨德莱·欧肖堕落早逝，买下呼啸山庄；把亨德莱·欧肖的儿子哈里顿·欧肖养成了像他年轻时一样的小野人；诱拐了埃德加·林敦的妹妹伊丽莎白·林敦，最终伊丽莎白·林敦不堪他的折磨死去，留下儿子希斯克利夫·林敦；强迫凯瑟琳·欧肖和埃德加·林敦的女儿凯瑟琳·林敦嫁给希斯克利夫·林敦。这期间凯瑟琳·欧肖和埃德加·林敦相继去世，两处山庄都落入希斯克利夫的控制之下。不过最终的结局是凯瑟琳·林敦克服了自己对哈里顿·欧肖的反感，在爱的启蒙下哈里顿·欧肖也变得文明。最后希斯克利夫死去，呼啸山庄和画眉山庄由一对相爱的、文明的恋人做了主人。

《呼啸山庄》出版后遭到英国评论界的一致批判，认为这部作品不道德。夏洛蒂·勃朗特替妹妹解围，也只是道歉说她太小不懂事，而没有对其中的思想加以辩护。《呼啸山庄》的大多数内容其实是由呼啸山庄的女仆奈莉叙述的，而奈莉的道德观也是画眉山庄埃德加·林敦等当时英国"文明社会"普遍接受的道德标准。在奈莉的叙述中，希斯克利夫有如恶魔，凯瑟琳·欧肖过于任性，她赞美的是凯瑟琳·林敦那类文雅、善良、宽容、乐于助人的圣母型女性。但问题是，后代评论者注意到，虽然凯瑟琳·林敦身上的利他主义是现代社会叙述中的最高品德，无论凯瑟琳·林敦出于同情嫁给希斯克利夫·林敦，还是她克服自己的阶级偏见爱上哈里顿·欧肖，其实都是传统的圣母型女性的做法。但当时英国真正中产阶层的行为方式却如奈莉和埃德加·林敦一样，是自私懦弱的，因为当伊丽莎白·林敦被希斯克利夫诱拐、凯瑟琳·林敦被骗婚时，他们作为知情的亲人却都选择了明哲保身。艾米莉·勃朗特认为文明社会的最大问题是培养了人的自私、冷漠。埃德加·林敦看到妹妹被希斯克利夫拐走后走投无路，出于亲情应该出手相救，但由于在当时的社会眼里，一个私奔的女人是大逆不道的，应被社会唾弃，于是他也随波逐流，听任自己的妹妹死掉。希斯克利夫·林敦是由伊丽莎白·林敦在文明社会中抚养长大的，却变成了一个自私、冷漠的人，为了自己能活下去不惜牺牲凯瑟琳·林敦的自由。自私是艾米莉·勃朗特对现代文明的最大批评。

希斯克利夫的行为虽然很多地方违背传统道德，但是他与凯瑟琳·欧肖的爱却超乎理性算计，用凯瑟琳·欧肖的话说，"我对林敦的爱像是树林中的叶子：我完全晓得，在冬天改变树木的时候，时光便会改变叶子。我对希斯克利夫的爱恰似下面的恒久不变的岩石，虽然看起来它给你的愉快并不多，可是这点愉快却是必需的。奈莉，我就是希斯克利夫！他永远永远地在我心里"。艾米莉·勃朗特写《呼啸山庄》是在1847年，要早于左拉。实际上她在福楼拜和左拉之前，就已经认识到了爱情超出理性的一面，并且肯定和赞扬这种强烈的感情。艾米莉·勃朗特的爱情观体现的是现代爱情观：激情高于理性。虽然激情不会被社会所接受，甚至主人公会碍于社会观念不敢选择激情，但激情却永远是生命中最有价值、最值得珍惜，并且伴随一生的感受。这也是故事中最震撼读者之处：就像虽然凯瑟琳·欧肖在现实生活中最终嫁给艾德加·林敦这样一个代表着社会地位、礼仪，乃至温情的典型英国绅士，但她终生爱着希斯克利夫，死后灵魂依然在荒野中等着希斯克利夫。

这里更重要的是对希斯克利夫的伦理判断。与埃德加·林敦相比，希斯克利夫缺乏现代社会所赞扬的利他主义，只以自己的爱恨为行为准则。这是文明社会中的自然人性，野蛮但真实。艾米莉·勃朗特并没有把希斯克利夫塑造成完美的恋人，就像她同样不认为奈莉和埃德加·林敦无可指责一样。这个世界就是有着不同优缺点，也有着不同欲望和爱恨的人之间的挣扎、折磨和沟通，这就是人生，这正是艾米莉·勃朗特的深刻的现实性的体现。但问题是，奈莉所代表的英国社会并不认为自己也有问题，并对别的行为方式缺乏理解，从而显示出常被后人诟病的英国人的傲慢自大和偏狭自私。19世纪的英国作家将对这个问题做出一次又一次的反思。

艾米莉·勃朗特明白当时英国社会总体上的中产阶级特点，认识到社会道德把门第、等级和得体放在最重要的位置，用表面代替本质，回避真正的人性，把自我让位给社会规则。艾米莉·勃朗特则坚持人性中有本能的、深刻的、激情的、生命的成分，而不是只有理性务实。这些成分可能有悖社会标准，却有必要去正视和理解。这也是她让笔下造成悲剧的希斯克利夫依然让人同情，让恋人为之守候的重要原因。当然，艾米莉·勃朗特用奈莉作为叙述者，表明她完全知道当时英国更普遍存在的是中产阶级小心谨慎的庸常世界。而更可贵的是，她依然能够透过中产阶级的理解力，描写出人性深处被礼仪压抑了的欲望，并给它们表现和存在的空间。

《呼啸山庄》的最独特之处是书中两种价值观念复杂、微妙但更加现实的冲突，而且更独特的，是艾米莉·勃朗特对这两种价值都赋予了存在的理由和意义。她既没有让希斯克利夫变成魔鬼，又让凯瑟琳·林敦的利他主义得到血肉丰满的呈现。在叙述上，她也在现代小说家们之前，就使用了多重叙述和有缺陷的叙述，用小说多声部的开放空间来容纳她的多元伦理视野。

三

毫不掩饰地揭示英国社会中婚姻与金钱的联系的是萨克雷，他非常清楚英国社会已经进入了一个金钱和市场的社会，他对由此而生的社会心态用了"势利者"（Snob）这个词来形容，并专门写了一部短篇小说集《势利者集》，让这个词成了现代社会的一个常用词汇。

Snob 的词源至今不详，有人认为这个词直到19世纪20年代才开始出现，也有人认为它来自拉丁文 sine nobilitate（非贵族），还有人认为是18世纪贵族用来形容不肯赊账给自己的小酒馆店主的，他们之所以被称为势利者是因为他们只认金钱不认人。现代社会对"势利者"的定义是那些用一个人的社会身份来判断这个人的价值的人。不过，如果只是根据社会身份来判断人的价值的话，封建时期的贵族社会应该有更多的势利者，这个词也不会等到18或19世纪才流行，因为以前人的贵贱是完全取决于社会身份的。事实上，很多情况下，现代社会的势利者都把金钱的多少作为判断事物优劣的标准，比如根据对方服装或者座驾来判断一个人是否需要尊重，或者"宁肯在宝马车上哭，也不愿在自行车上笑"的爱情观。虽然在英国，势利问题常会跟贵族身份纠缠在一起，但正像有些人指出的，这个词在19世纪更多地被用来形容粗俗招摇的暴发户，20世纪后更指那些热衷于地位和财富，向上攀附、向下踩踏的虚荣之人。

因此"势利"是现代商业社会的产物，一开始用来指那些不是贵族但有钱去装贵族的人，而萨克雷的深刻在于看到了整个现代英国社会，包括贵族，都已经在商业体系的影响下变成了势利者。他在《势利者集》中谈到英国社会的岛国傲慢性："我觉得整个英国社会都沾染了可诅咒的对金钱的迷信。我们所有的人，从下到上，一面是卑躬屈节、低三下四、阿谀奉承，另一面则是骄傲自大、恃强凌弱。"在这里萨克雷一针见血地指出，英国社会所谓的"傲慢"并不是真正的一以贯之的性格上的傲慢，而是欺下媚上、恃强凌弱的势利，而其势利的真正标准是金钱，因此说白了就是嫌贫爱富。在萨克雷笔下，整个英国社会都沾染了对金钱的奴性，从贵族到普通人都是一方面对有钱人卑躬屈膝，一方面对贫穷者傲慢自大。

不过，英国没有像法国大革命那样彻底推翻贵族的历史，贵族传统在社会各层面依然比较稳固，这带来的是社会的伦理评判力量依然比较强大。一方面走在工业革命的前列，社会结构在商业和金钱的影响下慢慢发生着变化；另一方面依然要维持传统的伦理体系和道德优势。两者共同作用的结果，便是一种实际上建立在金钱价值之上，但又穿着道德外衣的维多利亚社会的伦理观。这种伦理观表面看在道德上更加严格，更加拘泥于细节和礼仪，更加拒绝变通，本质上则是嫌贫爱富的势利。这也是为什么维多利亚时代的伦理虽然很严格，却频频遭到当时英国作家的批判，因为这种伦理观本身是矛盾的，也因此是虚伪的，不敢正视真实的人性，只拘泥于外在的评价。对于这种既装腔作势又试图始终站在道德制高点上的伦理，萨克雷的"势利"定义可谓一针见血："那些卑鄙地赞扬卑鄙的事物的人就叫作势利小人。"之所以是卑鄙地赞扬卑鄙的事物，是因为这种人用伦理的高尚外衣去美化有钱有势的人，既是欺人，也是自欺。

萨克雷自己后来其实也变成了一个势利者，足见这一社会价值观对人潜移默化的影响力。萨克雷早年父母双亡，虽然父亲作为东印度公司的职员给他留下了一大笔遗产，在亲戚的抚养下也受到了不错的教育，但是在势利的社会里萨克雷早年备受冷眼，这也是为什么他能够对英国社会的势利本质有如此深切的体会。但在因《名利场》成名后，萨克雷开始热衷于上层社会的社交活动，甚至因此放弃写作，这也导致他后期作品的价值都远不如《名利场》。

在《名利场》中，萨克雷塑造了一个利用婚姻向上爬的女性。女主角蓓基·夏泼机灵漂亮，却出身卑微贫苦，因此尝尽了势利的老师和同学们的冷眼，于是决心通过嫁给有钱人实现向上爬的目的。她先勾引富有的同学爱米丽亚·赛特笠的胖哥哥乔斯，失败后利用到皮特·克劳莱男爵家当家庭教师的机会，勾引克劳莱男爵的儿子罗登与她秘密结婚，以为可以借此得到其富有亲戚克劳莱小姐的遗产，不想克劳莱小姐所谓的对真爱的支持其实是假装高尚，骨子里势利自私，剥夺了他们的继承权。但蓓基和罗登打着克劳莱小姐的名号在巴黎招摇撞骗，回到英国后，虽然有了孩子，蓓基依然通过勾引斯丹恩勋爵跻身上流社会。这一私情被罗登发现后，蓓基一度身败名裂，四处流浪，但是后来通过勾引甚至可能谋害爱米丽亚的哥哥乔斯，过上了体面富裕的晚年生活。

除了通过蓓基揭示出婚姻在现代商业社会中具有的获得财富和向上爬的功能外，书中众多人物组成的五光十色的英国社会也把当时的势利风气表现得入木三分。萨克雷把此部小说命名为 *Vanity Fair*，把"Vanity"一词所包含的"虚荣""自以为是"这种虚假的道德自大，与"Fair"一词所包含的"市场""集市"这种金钱交易结合在一起，非常准确地抓住了势利的英国社会中表面的道德与骨子里的趋利的结合。

比如在斯丹恩勋爵事件后，大家都摒弃蓓基，表面看在道德上完全正确，但是萨克雷通过描写原本同情蓓基的罗登哥哥在知道蓓基的卑贱出身后，如何态度上出现一百八十度转变，道出了真正的原因：

> 不久，威纳姆来见过从男爵。他把蓓基太太的身世淋漓尽致地叙述了一番，使女王的克劳莱选区的代表 [指蓓基的大伯] 大吃一惊。关于她的身世，威纳姆什么都知道：她的父亲是什么人，她的母亲在哪一年在歌剧院当舞女，她从前干过什么事，她在结婚以后的行为怎样。我知道这些话大半是和她利害不同的人恶意中伤，编出来的谎话，这里不必再说。这样，她的大伯，这位乡下绅士，本来那么偏心向着她的，现在也对她完全不相信了。

事实上罗登只是发现蓓基与斯丹恩勋爵一起晚餐，蓓基是否真正出轨尚未有确切证据，而且这件事里的另一位主角斯丹恩勋爵毫发无损，被社会唾弃的只是蓓基一人。之所以如此，正是这里反映出来的，蓓基卑微贫穷的出身才是大家冷酷地斥责和抛弃她的真正原因。在萨克雷的笔下，英国各个阶层充满了这样的势利做派，贵族同样如此。比如克劳莱小姐口口声声众生平等、感情至上，但当蓓基·夏泼真的要越界进入她的阶层，她立刻就暴露出势利的本相。

此外《名利场》中同样值得一提的，是萨克雷通过爱米丽亚的故事对传统的道德观加以质疑。爱米丽亚几乎是传统社会的圣母型女子的典范：善良、充满同情心、不势利、忠贞、愿意为了爱人而牺牲。萨克雷也安排了书中唯一一个完全正面的人物——都宾上校一生爱着她，无私地守护着她，最终也得到了爱米丽亚的回报。但是萨克雷却埋下了与传统看法不同的一笔，写都宾真正得到爱米丽亚后，却发现其实与爱米丽亚在一起的生活并不像他想象的那么充满情趣，因为正像他离开爱米丽亚时所说的：

> 我知道你的感情有多深多浅。你能够忠心地抱着回忆不放，把幻想当无价之宝，可是对于我的深情却无动于衷，不能拿相称的感情来报答我。如果换了一个慷慨大量的女人，我一定已经赢得了她的心了。你配不上我贡献给你的爱情。我一向也知道我一辈子费尽心力想要得到的宝贝物儿不值什么。我知道我是个傻瓜，也是一脑袋痴心妄想，为了你的浅薄、残缺不全的爱情，甘心把我的热诚、我的忠心，全部献出来。现在我不跟你再讲价钱，我自愿放弃了。我并不怪你，你心地不坏，并且已经尽了你的力。可是你够不上——

你够不上我给你的爱情。

　　事实上，爱米丽亚一直自私地利用着都宾对她的爱，而且她那循规蹈矩的生活平淡寡味，未必能给丈夫带来激情和魅力，这或许也是为什么她的丈夫乔治·奥斯本会离开她追求蓓基的原因。而且更成对照的是，罗登·克劳莱因为与蓓基的婚姻失去了继承遗产的机会，却因为蓓基带给他的丰富多彩的婚后生活而无怨无悔。都宾和罗登婚后的不同感受的对照，体现出萨克雷对维多利亚社会道德能否给人带来幸福深感怀疑，爱米丽亚的自私也正是英国作家一直批判的中产阶级骨子里的自私。因此就像萨克雷质疑英国道德中的金钱本质一样，他也质疑英国道德的真正价值。在一个人性越来越得到承认的时代，维多利亚社会却提倡那种压抑和放弃自己本性的道德，在萨克雷看来同样是一种势利。

四

　　正是有感于在这样一个功利时代里道德观念的变化，以及在这个不同观念交替混杂的环境下个体经常陷入的困境，哈代写下了他的"性格和环境小说"。不过哈代并没有像狄更斯那样直接描写现代城市，而是将大多数小说都设置在他虚构的一个叫威塞克斯的地方，这个地方几乎可以根据他的不同小说勾画出地图和历史。类似的虚构整体空间在文学史上还有威廉·福克纳的约克纳帕塔法，与威塞克斯一样都是乡村，从而使作品呈现出强烈的地域色彩。哈代的威塞克斯以他的家乡多塞特郡为原型，多塞特郡是一个偏僻的非都市郡，充满典型的英国乡村风光，也保留了深厚的英国传统，历史上维京海盗对英国发动的最早进攻就发生在这里。正是在这里，传统与现代的交锋更加尖锐，但也更能反映多数英国地区的情况，毕竟乡村文化在英国仍然有广泛的根基。

哈代将自己的小说分成三类：一类被称为"性格和环境小说"，基本上他的成名小说都来自这一部分；第二类被称为"浪漫和传奇"，相当于通俗小说；还有一类被称为"机巧小说"，一般被视为哈代的失败之作。后两类的成就都不是很高，"性格和环境小说"的最大价值在于小说中包含的厚重的历史感和悲剧感。悲剧感除了来自书中直接暗示的命运外，正如"性格和环境"这个名字所显示的，还来自人物自身的道德观与周围环境的道德观之间的矛盾。

以《德伯家的苔丝》为例，该小说的副标题是"一个纯洁的女人"，但是女主人公苔丝从社会观念来看根本无法被称为"纯洁"。苔丝所属的德伯家据神父说是一个有着贵族身份的古老家族，但她的父母其实是小贩，没有钱，混吃混喝，听了神父的话就派17岁的苔丝去邻乡一个也叫德伯的家族去认亲，结果被该家23岁的儿子亚雷诱奸。虽然亚雷家有钱有势，苔丝考虑的却不是金钱，而是厌恶亚雷的道德败坏。后来她怀孕生子也不告诉亚雷，不过孩子出生不久就死了。

苔丝的妈妈并不在意苔丝的痛苦，她在意的是苔丝没有借机让亚雷娶了自己。苔丝则从传统的道德观出发，认为自己有罪：

> 她都把自己看成是一个罪恶的化身，被人侵犯了清白的领域。所有的时候，她一直要在没有不同的地

方区分出不同来。她自己感到矛盾的地方，其实十分和谐。她被动地破坏了的只是一条已经被人接受了的社会律条，而不是为环境所认同的社会律条，可是她却把自己想象成这个环境中的一个不伦不类的人。

这里所说的"已经被人接受了的社会律条"和"为环境所认同的社会律条"指的其实是传统的道德伦理与商业社会中更务实的社会伦理。苔丝坚持传统的道德观，自认为有罪，但周围的人其实并不太在意她失身这件事，反而把她视为"一个胜利归来的卓越征服者"，因为她高攀上了有钱人。

后来苔丝离开家乡到农场去打工，在那里遇到了神父的儿子安玑·克莱，两人相爱。苔丝经过内心的反复挣扎之后接受了安玑的求婚，并在新婚之夜把自己与亚雷的这段经历告诉了安玑，却未能得到他的谅解。安玑离开苔丝远走南美洲，苔丝克服种种困难在农场打工等着安玑。由于一直没有安玑的音信，为了养活母亲和弟妹，走投无路之下苔丝最终接受了又来纠缠她的亚雷。两人同居时安玑终于谅解她来找她，绝望中的苔丝怪亚雷再次剥夺了她与安玑在一起的机会，杀死了亚雷，自己也被处死。

一个未婚先孕、与人同居的女人，一个杀人犯，却被哈代称为"纯洁"，这里的"纯洁"显然指的不是苔丝肉体上的纯洁，而是她内心的传统道德感。且不说伪装成宗教人士、满口道德的亚雷在本质上自私邪恶，苔丝的妈妈更代表着商业社会中那些用功利取代了道德感的大众：对于苔丝的失身，苔丝的妈妈关心的不是亚雷的善恶，反倒责怪苔丝没有嫁给有钱的亚雷；苔丝爱上安玑后，写信问妈妈是否要把这段经历告诉安玑，她妈妈却劝她千万保守秘密，说"许多女人——有些世界上最高贵的女人——一生中也曾有过不幸；为什么她们就可以不声不响，而你却要宣扬出去呢？没有一个女孩子会是这样傻的，尤其是事情已经过去这样久了，况且本来就不是你的错"。事实上，苔丝在接受安玑前也试探过其他人的态度，他们也都认为根本就不用告诉恋人自己以前的经历，哪怕是已经结过婚这样的事，用书中的话说，"一个女人讲述自己的历史的问题——这是她背负的最沉重的十字架——但在别人看来只不过是一种笑料。这简直就像嘲笑圣徒殉教一样"。

苔丝与她妈妈的重要差别，就在于是否还在心中相信并坚守道德，而不是只关心社会的评价。以苔丝的妈妈为代表的大众社会，在哈代看来实际上已经丧失了道德感，他们在意的只是对自己得失的影响。而现代社会这种务实的功利主义在哈代看来才是堕落，表面看起来无可指责，实际上已经丧失了道德自律。跟他们相比，苔丝时时用道德来反思自己，这让她活得比周围人沉重得多。"她从信中看出来，即使最深重的事情压在德伯太太那富有弹性的精神上，也会轻松得不着痕迹。她母亲对生活的理解，和她对生活的理解是不相同的。对她母亲来说，她萦绕在心头的那件往事，只不过是一件烟消云散的偶然事件。"换句话说，对她妈妈来说，没有利害影响的事就不是事，道德只是一件可以随时脱下和穿上的外衣。

与这种缺乏真正善恶感的社会道德相比，苔丝"判断事物的传统标准"让她选择了一条更艰难的生活道路，也最终走向了悲剧。事实上，哈代笔下的主人公很多都像苔丝一样背负着传统道德的十字架，因此活得异常沉重。但是从"一个纯洁的女人"这个副标题可以看出，哈代更认同这种价值观。善与恶

第十三讲 道德带给人的是什么

363

的评判标准不应该是现实的得失，甚至也不是实际做了什么，而是是否还相信并坚持内心的道德，或者说，良心。在是否向安玑坦白自己失身一事上，尤其显示了苔丝在良心和实利之间的道德选择。她的道德是直接对良心负责的道德，而不是做给别人看的道德。如果说英国的社会道德正在越来越变得表面循规蹈矩，骨子里势利务实，苔丝却仍在坚持良心的善，正是在这个意义上，她是"纯洁"的。

当然，哈代在不少细节中都暗示苔丝的悲剧与神秘的命运有关，因此《苔丝》不只是一部社会伦理小说。对于哈代小说中的命运，研究者已经有很多论述，比如安玑和苔丝在故事开头的五朔节舞蹈时就见过，两人的擦肩而过预示了两人无果的爱情；两人结婚时公鸡上篱笆、住在苔丝家挂着阴森画像的老宅里，都预示了两人的悲剧结局；苔丝杀人后与安玑逃亡，躺在巨石阵的石头上，阳光照下来，正像古代献祭的场景，从而把苔丝的死亡与女性古老的悲惨命运联系在一起。总之，哈代把时代的伦理问题与历史的重复放在一起，制造了对现代生活的独特认识。表面看，前者关注当代的变化，后者建立在历史的不变之上，构成了悖论，但是美国解构主义哲学家希利斯·米勒深刻地看出了哈代作品中的重复与传统作品中的历史重复的不同。

地域小说常常强调重复，因为要写出几代人命运的延续感，重复最能制造历史循环的效果，比如《百年孤独》会通过前人的命运来暗示后人的命运。哈代的作品中也充满重复，比如颜色的重复、地点的重复等等，重复带来了跨越时空的命运感。但是希利斯·米勒区分了当代的重复与传统的重复在本质上的不同，他举的一个例子就是哈代的作品。

在一篇题为《两种重复》的文章中，他用哈代作品中的重复为解构主义做了定义。他指出，哈代不断暗示人物的行为是历史的重复，比如《卡斯特桥市长》中亨查德回来之后坐在石头上，以为就是当年的石头，因此感觉历史又一次重演。但是米勒指出，其实这个地方并不是当年之地，是亨查德弄错了，看似相同实则不同。由此米勒区分了两种重复，一种是柏拉图所说的重复，也就是传统的原型重复观，比如古希腊神话中俄狄浦斯两个儿子的相互残杀其实是重复祖先们的相互残杀。在命运观被普遍接受的时代，人类历史被认为是一次次圆形的循环，后代的生活以前人的生活为原型。但是米勒说，在尼采时代之后，人类的重复已经变成差异之上的重复，表面上人类在重复过去，本质上却截然不同。就像亨查德以为回到了当初的场所，但这个场所其实根本不是离去时的场所；就像上海的新天地，表面上恢复了历史的原貌，实际上已经是新的世界。

这两种重复其实代表着两种世界观。前者认为世界是同一的，有着共同的规律；后者认为世界是差异的，各不相同。"柏拉图的重复建立在牢固的原型模式之上，重复不会使其改变……另一种，尼采式的重复假设了一个建立在差异之上的世界。"当然米勒的论述更加复杂，他通过圣诞节装礼物的袜子既是袜子又是礼物，既不是袜子又不是礼物，并利用礼物的英文"present"又是"在场"之意，袜子内部必须空无／不在场（absent）才能有礼物／在场（present），来论证文学作品的"异质性"：

> 取代简单的"不是／就是"结构，解构主义试图建立一种话语，既不说"不是／就是"，也不说"既是

/ 又是"，甚至也不说"既不是 / 又不是"，但与此同时，也不完全抛弃这些逻辑。"解构"一词本身就意味着颠覆"结构 / 解构"这一对立中的"不是 / 就是"逻辑。

因此，虽然哈代作品中的现代性和传统性看似矛盾，但是用米勒对现代作品的异质性的阐述来看，建立在同一性基础上的重复与建立在差异基础上的重复是共存的，"任何一种重复都不可避免地唤出另一种重复，作为它的影子伴侣。无法拥有一个而没有另一个，尽管每个都在颠覆另一个"。哈代作品的魅力正在于写出了现代伦理与传统伦理的既共存又相互颠覆。

当然这只是米勒在20世纪对哈代做出的阐释，哈代作为19世纪的作家，不可能想得这么复杂。从小说里的描述看，哈代想用的更可能是柏拉图的重复，他相信苔丝的命运是在重演历史上的悲剧。但另一方面，哈代又生活在一个正在转向现代文明的社会，艺术家的直觉又让他意识到，他的人物将陷入的是一个差异的世界，一个矛盾混乱的世界。表面看苔丝的悲剧是由命运造成的，但这个悲剧又是一个人在面临一个全新的时代时感到的茫然困惑。正是这种多重性使哈代的作品让后代的分析者感到迷茫，实际上也是哈代笔下的人物感到迷茫的原因：在这个变化了的世界里，传统的道德何去何从？事实上，哈代并不能接受异质的、多元的道德社会，对于坚持单一道德观的哈代来说，生活在杂乱的价值世界里只能是一场悲剧。

所以哈代会说："在这个星球上没有为高级的幸福生存提供任何物质。"在这里他区分了两种生存：高级的幸福生存和这个星球的现实生存。这两种生存从哈代的作品来看，前者正是苔丝这类追求灵魂完善的主人公的生存，后者则是日益混乱复杂的现代英国社会。哈代强烈的传统感让他无法轻易接受现代社会更务实的伦理观，但商业社会的冲击又正慢慢从城市渗透到乡村。传统与现代道德既相互唤起又相互颠覆，这一矛盾性在哈代的笔下就表现为坚持传统伦理的主人公在现代社会中遭遇的痛苦和悲剧命运。这在哈代的另一部代表作《无名的裘德》中表现得更加明显。

《无名的裘德》的主人公裘德本来是一个出身贫寒的乡下人，却一直追求精神的东西。她的表妹淑更像一个不食人间烟火的纯精神性人物，不会做家务，工作也是做基督圣像。两个人都将自己对纯粹的精神、情感和道德的坚守放在现实得失之上，甚至为了不让婚姻破坏爱情而保持同居。但也正是他们的这一追求不被社会理解，一次次造成轩然大波，最终导致了孩子们的死亡和两个人悲惨的结局。相比之下，裘德的妻子阿拉贝娜用假怀孕骗婚，在美洲再找有钱的丈夫时也毫不担心重婚的罪行，丈夫死后又把裘德灌醉跟他复婚。这样一个完全只按功利原则行事的人却因为没心没肺而活得自在滋润。裘德和淑的爱情悲剧正像哈代说的，"在这个星球上没有为高级的幸福生存提供任何物质"，裘德和淑所追求的正是"高级的幸福生存"，这在哈代的作品中包括强烈的道德感、宗教感，以及热切的精神追求，跟周围那些唯利务实的人形成截然对比。裘德和淑如果能够对自己过去的已婚经历毫不在意，对未来婚姻生活的质量也毫不在意，就完全可能像裘德的妻子阿拉贝娜那样活得自由自在。阿拉贝娜其实犯了重婚罪，尚未与裘德离婚就又在美洲与别人结婚，只是她不告诉别人，就不会有人追究，她也就可以开开心心地活着。在这个重婚行为里她还犯下了欺骗罪，但是她对自己的错误毫不在意。这一务实态度与苔丝的母亲如出一辙，与裘德和淑的强烈道德感形成鲜明对照。

哈代认为现代社会越来越多这样务实的人，在功利价值观下只看结果，不在乎手段。不过问题是，这些功利务实的人却并不因此就敢立场鲜明地抛开伦理，相反更可能用表面的细节来约束旁人，掩盖自己的道德缺失。而且正因为失去了对道德本质的理解力，现代英国人才越紧紧抱住外在的社会规则，丧失了变化的能力，也就越偏狭和苛刻，因此也就与苔丝那类内心真正纯洁的人距离越大。那些坚守内在道德的人，面对现代商业社会的价值观念和生活方式时，实际上无法适应，两种价值观必然冲突，冲突必然带来悲剧。

这是哈代对维多利亚时代拘谨的社会伦理的看法：表面看循规蹈矩，其实已经丧失了灵魂和良心，只拘泥于表面的礼仪，同时却冷酷地伤害那些真正坚守良心的人。这种表面精致的伦理，骨子里却是势利和冷漠，在这样的社会里没有真正追求精神的人的立足之地。如果说巴尔扎克描写了金钱的社会如何毁掉了纯真的爱情，那么哈代就描写了金钱社会的务实价值观如何毁掉了坚守灵魂和良心的人。巴尔扎克从经济层面，哈代从伦理层面，对现代社会做出了悲观的结论。现代社会是一个降格了的环境，理想在这样的社会里只会感到痛苦。

哈代拒绝从传统的单一道德转向现代的异质道德，反映为他笔下人物的悲剧可以说是时代错位的悲剧。虽然理智地说，认识和接受时代的变化才是明智的选择，但是哈代的主人公拒绝这个时代的道德降格，倒有一种悲剧的崇高。

第十四讲

毁灭与创造

——浮士德博士的悲歌

对生命意义和对精神价值的探索是德国文学的一大特点。德国文学从18世纪末开始出现的大量成长教育小说，就是通过记述主人公在成长过程中对世界上的种种事情的感受、理解和研究，描写他精神的成长历程以及对生命意义的探索。在歌德的"威廉·迈斯特系列"之后，著名的成长教育小说有凯勒的《绿衣亨利》、黑塞的《彼得·卡门青》、托马斯·曼的《魔山》、罗曼·罗兰的《约翰·克利斯朵夫》，等等。多数的成长小说都相信主人公通过一步步的探索，通过与环境发生作用，会朝向更高和更积极的目标发展，在这个过程中会建构起自己的理性的价值观，甚至对整个民族的民族精神和民族性格产生影响。

一

德国成长小说里的主人公常常在群体生活和社会劳动里找到自己的精神目标，比如歌德的《浮士德》中，浮士德一开始只是追求个人的快乐和爱情、个人的政治抱负和审美需求，但是最后走向了填海造田，改造社会的群体生活。凯勒的《绿衣亨利》里，亨利一开始想做画家，发现自己没有绘画天赋后，就用心去做社会服务。不过黑塞的《彼得·卡门青》的结局却有所不同，一开始彼得·卡门青努力地想融入社会，但是在社会上遇到的各种各样的人表面上服务社会，骨子里却只追求个人利益。彼得最后回到家乡开了一个小酒馆，只想得到内心的平静。

不过大多数情况下，德国成长教育小说中的人物最终选择的都是进入到群体之中。人作为一种群体性和个体性兼具的生物，哪一个方面更重要？奥威尔在《一九八四》中描写了群体利益高度压制个性需求后可能带来的可怕后果。受这类作品的影响，很长一段时间，个人让渡给群体被视为一件恐怖的事。但是孰是孰非可能并不如此简单。比如科幻文学是对未来世界的推想和预言，而有趣的是，科幻文学三大家之一的阿西莫夫认为人类发展到最后，会把个体变成群体的一部分。在他的小说里，未来会出现完全仰赖科技发展的世界（第一帝国）和完全仰赖精神发展的世界（第二帝国），但是阿西莫夫认为这两个发展方向都有问题。最后主人公进入了一个叫盖亚的星球，在那个星球上，人和所有存在，包括石头、树木、各种生物，以及其他人的意识都是连在一起的，而连在一起就意味着群体中的任何一个受伤，自己也会感到伤痛，这让个体对其他个体的痛苦都感同身受，喜怒哀乐最终组成了一个整体，也就消除了彼此伤害的可能。阿西莫夫让主人公最后选择了盖亚世界。在丹·西蒙斯的"海伯利安三部曲"中，虽然人发展到后来会适应宇宙生活进化出翅膀，但最高级的人实际上是一种有移情能力的人，这种人可以跟宇宙产生共鸣，从而跟万物都有联系，这种联系使他可以跨越时空，靠意念移动物体。同时因为他和万物的感情都连在一起，所以他也不会伤害万物，伤害宇宙。

因此，很多西方科幻作家对人类未来的预言非但不是走向个人主义，反而是人类最好的未来是以群体的状态存在。

但是在19世纪，德国文化中其实存在着两种截然不同的精神传统：一种是歌德在古典文学时期所开创的大我传统，主张个人为社会服务；一种是狂飙突进运动开创的天才个人传统，把现实理解为由平庸的小市民组成，循规蹈矩，务实但缺乏创造力和精神追求，是个人应该反抗和摆脱的。

德国的浪漫主义文学很多都表现出天才的主人公与小市民们组成的社会之间的矛盾。比如霍夫曼的《金罐》中，穷大学生安泽穆斯就面临着两条道路：一方是房东的女儿弗洛妮，她希望他成为宫廷顾问，一面是绿蛇塞佩蒂娜，她代表着梦想和艺术王国。精神的和天才的世界因为脱离世俗，无法用现实事物来表现，因此在德国文学中往往用某种象征，比如这里的绿蛇，或者诺瓦利斯的《亨利希·封·奥夫特尔丁根》中著名的"蓝色花"。

总之，德国文学的浪漫主义传统把精神与现实、个人与社会、天才与庸人对立起来，并且把前者置于更高的位置。由此也就能够理解为什么德国哲学家尼采会提出"超人"思想，这一思想是由整个德国文化传统作为背景的。德国戏剧家霍普特曼同样在《沉钟》中描写了天才艺术家与平庸的社会之间的冲突。铸钟师海因里希在山上的仙女和山下的妻子之间挣扎，既无法摆脱山下的现实责任，又无法放弃对山上精神世界的追求，最后在绝望中自杀。不过，与19世纪初的浪漫主义文学思潮相比，一个世纪后的德国作家越来越意识到群体的重要性。比如霍普特曼就在他的《群鼠》中深刻揭示了个人命运与群体命运之间的共生关系。

《群鼠》发生在一间寄宿公寓，鲍丽娜未婚先孕又被抛弃，准备自杀。房东约恩太太和丈夫正好为没有孩子而苦恼，约恩先生甚至去了美洲打工。因此约恩太太帮助鲍丽娜生下孩子后，给她了很大一笔钱买下来，谎称自己的，约恩先生也高兴地回来，重新开始生活。但后来鲍丽娜在贫民收容院院长的鼓动下坚持要回这个孩子，约恩太太的弟弟在送一个调包了的死婴时失手打死了鲍丽娜。真相暴露，约恩先生再次离家出走，约恩太太上吊自尽。另一条线索是楼上的剧院经理哈森罗伊特一家，哈森罗伊特的女儿瓦尔布尔爱上了大学生施皮塔，一开始遭到哈森罗伊特的反对，但当哈森罗伊特有望升迁董事长时，在愉快的心境下答应了两人的来往。然而随着楼下的丑闻爆发，哈森罗伊特也失去了升迁的机会。虽然霍普特曼没有写他们的结局，但是可以猜出哈森罗伊特受到打击，必然会否定瓦尔布尔与施皮塔的爱情，因此也将是一个悲剧。

那么《群鼠》要问的，也是霍普特曼一直在追问的是，悲剧因何而起？是阶级矛盾？显然不是，楼上和楼下虽然分属中产阶级和劳工阶层，但相处融洽。约恩太太作为有产者，对那些穷困的下层人也并不存在剥削，比如她完全可以用更卑鄙的手法把鲍丽娜赶走，抢走她的孩子，却把鲍丽娜照顾得很好，还给了她一大笔钱。是约恩太太的错？但约恩太太并非邪恶之徒，她只是想要一个孩子，而且没有她的话，鲍丽娜早就自杀了。而且就像约恩太太跟鲍丽娜说过的，如果是鲍丽娜自己带着孩子生活，这个孩子早就死了，因为鲍丽娜的经济状况根本养不活这个孩子。那么是鲍丽娜的错？作为一个妈妈，她只是想要回她的孩子，合情合理。是约恩先生的错？约恩先生没有因无子而打骂妻子，也没有找情人，只是心情苦闷，不想待在家里而已。是约恩太太弟弟的错？他只是偶然失手，并无恶意，而且他在剧中的分量很小，霍普特曼显然并未将他视为整个悲剧的主要原因。

如果没有人是邪恶的，悲剧因何而生？霍普特曼的深刻寓意在标题里显示出来："群鼠"。他在戏剧里借约恩先生对这栋房子的描述，来影射整个柏林，乃至整个人类社会："这儿的一切都烂了，一切都被蛀虫蛀空了，被老鼠啃光了，一切都在摇晃，每时每刻都可能彻底倒塌！"换句话说，人类共同组成的社会就是一个大奶酪，里面住着一群老鼠。老鼠在奶酪里的时候，只看到自己眼前的奶酪，所以不断地吃，不断挖洞，并不想去伤害别人，抢占别人的奶酪，但是等到洞足够多足够大了，奶酪就崩溃了，奶酪崩溃时也会把里面的老鼠压死。所以霍普特曼真正拷问的是人性：在现代社会，每个人都只关心自己的得失欲望，只看到自己眼前的一点儿空间，虽然每个人都不是坏的，每个人的自私却足以使整个社会坍塌。而实际上人是群体性的，个人的命运会受到群体命运的影响，如果整个社会垮掉，没有个人能够逃脱。就像17世纪的英国诗人约翰·邓恩的一段布道演说所说的：

> 没有一个人是一个小岛，能完全独立；每个人都
> 是大陆的一块，是整体的一部分：如果一块泥土被海
> 水冲走，欧洲就随之变小，就和一条海岬给冲走一样，
> 就和你朋友的领地、你自己的领地给冲走一样。任何
> 人的死亡都使我缩减，因为我是人类的一部分。因此
> 绝不要去问丧钟为谁而鸣；它就是为你而鸣。

《群鼠》中的公寓就是对这个世界的隐喻，里面的住户都只想着自己的需要，不去理解和关心别人的需求，悲剧可以说是他们共同造成的。即便像楼上的剧院经理一家，似乎与楼下没有什么关系，但是当下面的悲剧爆发的时候，他们的幸福也同样不保。在这里，霍普特曼显然转向了人的群体性，即人类组成一个共同体，所有人的幸福都丝丝相连。

二

虽然霍普特曼在艺术的探索中逐渐改变了自己对个人与群体关系的看法，但是这个问题依然是19世纪末20世纪初的德国作家思考的核心问题：人可以像传统农业社会那样自给自足，还是像现代工业社会那样必须群体协作？人可以独自生产某一产品，还是不得不接受变成流水线上的一个部分的命运？这在19世纪末20世纪初的社会转型过程中是一个突出的问题，这个问题卓别林在《摩登时代》中有相当形象的表现。

托马斯·曼出生在德国一个大商人家庭，他的父亲一心要把他的曼氏商号转给两个儿子亨利希·曼和托马斯·曼。可惜受他们有着巴西血统的妈妈影响，兄弟俩都喜欢幻想，一心从文，所以他爸爸去世前不得不变卖了曼氏商号，留下了足够的财富让家人不用为生计发愁。托马斯·曼继承遗产之后，没上大学，做些社会工作增加经验，去慕尼黑工业大学旁听，并且开始写作。

托马斯·曼弃商从文，固然与他的性格有关，但也因为他跟歌德笔下一开始喜爱戏剧拒绝从商的威廉·迈斯特一样，将精神与物质、个人追求与社会责任、天才与庸俗视为两个对立的世界，并且坚持选择前者。托马斯·曼早期的短篇小说集《矮个子先生弗里德曼》就是表现这两个世界之间的冲突。其中与众不同的，是在这些短篇小说中，所有内心追求精神世界的主人公基本上都有生理问题，如个子矮、生肺病或者瘸腿，似乎对精神空间的渴望必然会影响物质空间的完满。与小说集同名的短篇《矮个子先生弗里德曼》中，矮个子先生弗里德曼表面上过着简单有序的伊壁鸠鲁式生活，物质生活足以使他满足，但在内心中，他一直渴望着充满激情的生活。在小说结尾，雷令夫妇的到来让他认识到自己苦心维持的"伊壁鸠鲁主义者"式的生活只是欺骗。另一部较长的中篇《特里斯丹》中，主人公特里斯丹生有肺病，到医院疗养，爱上了一个商人的美丽妻子。商人到医院来看望妻子时，特里斯丹写信给商人，说他的妻子嫁给他相当于鲜花插在牛粪上，只有像自己这样爱艺术的人才懂得美。不过同时他也承认自己没有办法给商人的妻子物质上的安宁。

认为精神的追求会带来身体上的疾病，似乎中外皆然，正是林黛玉的蹙眉和病弱衬托出她非世俗的美和灵魂上与周围世界的不同，"多愁多病的身"也是中国戏曲中书生的脸谱化形象。法国诗人波德莱尔在《信天翁》中对精神世界的追求与现实功利世界的成功之间的矛盾有过形象的描述：

> 水手们常常是为了开心取乐，
> 捉住信天翁，这些海上的飞禽
> 它们懒懒地追寻陪伴着旅客，
> 而船是在苦涩的深渊上滑进。

一当水手们将其放在甲板上，
这些青天之王既笨拙又羞惭，
就可怜地垂下了雪白的翅膀，
仿佛两只桨拖在它们的身边。

这有翼的旅行者多么地萎靡！
往日何其健美，而今丑陋可笑！
有的水手用烟斗戏弄它的嘴，
有的又跛着脚学这些残废的鸟！

诗人啊，就好像这位云中君，
出没于暴风雨，敢把弓手笑看；
一旦落地，就被嘘声围得紧紧，
长翅大翼，反而使它步履艰难。

在这里波德莱尔把诗人比喻成信天翁。信天翁翅膀很大，在空中翱翔时优雅矫健，也善于飞行，不畏风雨，但正因为翅膀太大，落下来的时候翅膀会变得笨重，影响走路。波德莱尔在诗中明确指出，艺术家也是如此，他强大的精神力量使他在超验的世界里获得无限自由，但在现实生活中，他的精神追求反而会使他无法与平庸的现实融洽相处，灵魂世界里的那些优秀品质反而会成为庸人嘲笑他们的理由。

这正是托马斯·曼作品中一个贯穿始终的主题，即身患疾病的主人公面对平庸务实的现实生活，挣扎于生存与毁灭之间。《浮士德博士》中阿德里安的梅毒已经不仅仅是先天疾病，而且是主人公为了创作出伟大的艺术作品，有意跟魔鬼做的交换。

美国学者德博拉·海登在《天才、狂人的梅毒之谜》中用大量材料论证了历史上贝多芬、舒伯特、林肯、福楼拜、梵高、尼采、希特勒等众多天才或狂人都是梅毒患者。海登认为正是梅毒带来的极度痛苦和狂喜赋予了他们创造力。这似乎也印证了法国作家左拉的看法。在左拉的笔下，"卢贡－马卡尔家族"深受酗酒和精神疾病的影响，正是这两种介乎生理和精神之间的疾病，在家族一些成员的身上变成精神创造力。梅毒虽然主要是生理的，但也常与艺术家的不受束缚和随性不羁联系在一起，因此也被赋予了独特的艺术功能。

其实不只托马斯·曼有如此看法，当时现代西方文学和艺术界普遍持有类似的看法，也因此被称作颓废派。颓废派被认为来自波德莱尔，尤其是魏尔兰在1886年创办的《颓废者》杂志，此外也受到之前哥特小说的影响。颓废派最重要的主题就是艺术与普通现实生活之间的对立，这也是后来为什么会出现唯美主义，主张为艺术而艺术。颓废派坚持艺术要获得生命就必须摆脱现实功利的要求和现实伦理的束缚，其潜在的观点是艺术家只有进入绝对自由的境界，甚至需要否定理性，才可能获得超凡脱俗的创造力。艺术或精神世界总被认为与健康、务实、功利、成就等相矛盾，在这种情况下，疾病得到推崇，因为疾病与务实是分开的。因此颓废派艺术家会表现一些病态的东西，比如肉体或精神上的疾病、死亡、恐惧，与社会上的功成名就格格不入。波德莱尔很骄傲地使用"颓废"这个词，代表着他们对中产阶级所强调的健康务实的对抗。

有一种说法认为，颓废派之所以会产生，原因就是中产阶级社会的逐渐形成。与贵族不同，中产阶级受着现实生活的制约，必须务实。正因为商业社会中充斥着平庸、务实、追求俗世的中产阶级，所以一批艺术家对此展开反抗，故意以波希米亚人或流浪汉自居。本雅明笔下的"资本主义时期的抒情诗人"的代表就是波德莱尔。由此也就可以理解为什么是本雅明，一个德国学者，来写法国诗人的生存境况，因为这个问题在德国当时的作品中表现得最为突出。在这一思潮的影响下，艺术家被与波希米亚联系在一起：着装一定要与众不同乃至奇形怪状，发型要惊世骇俗，总而言之要与中产阶级的价值观念相悖，似乎只有这样才有创造力。但是本雅明在《资本主义时期的抒情诗人》一书的结尾部分，理性而忧郁地击碎了以波德莱尔为代表的现代艺术家精神，指出现代艺术家一方面高傲不屑地走在大街上，另一方面却用眼角瞟着艺术经纪人，想着把自己的艺术品卖出去。实际上本雅明看到了现代艺术与社会现实之间的关系的复杂性：波西米亚的艺术家从来没有绝对地拒绝社会，他们依然需要大众市场，依然希望在世俗社会取得成功。所以本雅明认为，绝对的波希米亚精神是不存在的。本雅明的这一看法对理解托马斯·曼笔下的艺术家也很有帮助。

三

托马斯·曼获得诺贝尔文学奖的作品是《布登勃洛克一家》，被称作德国的《红楼梦》。之所以被称作"《红楼梦》"，一是因为小说写了一个家族四代人的命运；二是因为写家族命运的同时，该书还像《红楼梦》一样细致描绘了很多风俗传统，比如家具、服装、宴会、节庆等大量的文化内容；三是人物的情绪也像《红楼梦》一样客观克制，让人物自己表现自己，不去直接为人物划分善恶。同样，与《红楼梦》一样，托马斯·曼正是通过家族的命运来反观整个德国和欧洲的文化变迁。不过，在这些层面之外，托马斯曼还放入了自己的一贯主题，即艺术与现实的冲突。

小说的人物群可以分为四代，虽然以第三代为主。第一代布登勃洛克家族的祖先是一个谷物商人，在普法战争中主要靠努力和运气发了财，成立了布登勃洛克公司。第二代小约翰育有两子一女，并希望能够通过子女的联姻来振兴家族商业，因为新兴的唯利是图的商人开始出现，在商业竞争中不择手段，布登勃洛克公司的生意已经开始受到威胁。第三代中的女儿安东妮像王熙凤一样一心振兴家族，但她第一次出嫁为了财产牺牲爱情，婚后却发现丈夫反而是骗她的嫁妆。丈夫因欠债被关到监狱里时，安东妮面对是拿家族的钱来救丈夫还是置丈夫于不顾，结果她选择了后者，离了婚。第二次结婚的丈夫是一个不求上进的人，婚后就卖掉公司吃利息混日子，所以她一生感觉很失落。长子托马斯同样为了振兴家族，放弃爱情娶了嫁妆丰厚的妻子，努力经营，甚至当了市议员。但是幼子克里斯蒂安不求上进，酗酒嫖妓，早早分走了一大笔家产，加上托马斯面对更加唯利是图的现代商人哈根施特罗姆的威胁，又在经商时坚守道德原则，反而生意越来越惨淡，于是托马斯把希望寄托在儿子汉诺身上。可是第四代汉诺从小体弱多病，喜欢音乐，对商业毫无兴趣，而且年轻时就夭折了。最后布登勃洛克的生意被哈根施特罗姆买断。

与《红楼梦》一样，《布登勃洛克一家》写的是一个家族的没落，但托马斯·曼却没有在故事中放入太多的悲剧感，反而让家族不断式微的同时，主人公的精神追求却不断提高。第一代布登勃洛克基本上没有什么精神追求，忙碌于物质收入；但是第二代布登勃洛克开始醉心宗教；第三代布登勃洛克则倾心于哲学这一离现实生活更远的精神领域；第四代的追求是所有艺术形式中最纯粹、现实因素最弱的音乐。托马斯·曼实际上在这里埋下了另一条隐线，即有了足够的经济保障之后，人对精神上的追求会越来越高，也会离现实考虑越来越远。宗教依然关心很多现实的伦理问题，哲学已经是抽象的思辨了，到了音乐，尤其是无歌词甚至无标题的音乐，情感完全存在于乐曲本身的音乐元素之中，诉诸的也是与具体现实事件无关的情感。托马斯·曼虽然不无哀伤地描写一个家族的没落，里面却夹杂着自豪感，比如汉诺的音乐爱好虽然带来了家族商业的彻底败落，但叙述中却流露出宁愿整个商业毁掉也要精神不断发展的自豪。在《布登勃洛克一家》中，物质的由盛而衰与精神的日益精纯构成两条线索，托马斯·曼认为这两条线不能同时发展，必然是背道而驰的。越是追求精神的时候，对现实的关注和在现实中的收益就会越少。

但是到了《魔山》，托马斯·曼却开始质疑这一完全脱离现实的精神选择，在书中他用疾病隐喻精神，用山上的疗养院来隐喻高出现实的精神世界，并开始反思这一世界的意义和价值。因为现实成分很少，所以《魔山》的情节也相对简单，事件性的内容几句话就可以概括：主人公汉斯·卡斯托尔普在去实习的路上顺便去看望在山上疗养院养病的表哥约阿西姆。结果到了山上，表哥对他马上就要下山的说法不屑一顾，而且他竟然果真一住就是七年，因为他上山后发现自己发了低烧，医生怀疑他有肺病。在这个过程中他发现这个疗养院几乎只有人上来，却没有人下去。医院有严格的作息时间，有一晚病人们因为医生下山而彻夜狂欢，却相继死去。到这里，如果是醉心现实矛盾的作者，就可以把小说写成"阴谋剧"或"侦探剧"，当然，托马斯·曼不会这样写。

接下来托马斯·曼主要描写主人公汉斯在山上遇到的各种人：汉斯喜欢同为病人的肖夏太太，但鼓起勇气向她表白时肖夏太太却要下山了；另外一个病人塞塔姆布里尼不断向汉斯灌输各种与医院价值观背道而驰的思想；汉斯在村里遇到修士纳夫塔，他偏激地拒绝现世的一切，甚至抽打自己的肉体。塞塔姆布里尼和纳夫塔因观念冲突导致决斗，决斗中塞塔姆布里尼放下手枪，纳夫塔却开枪自尽。后来肖夏太太带着情人裴波尔克伦回来。裴波尔克伦跟其他病人都不一样，不像医院安排的那样静养，却组织大家开派对，寻欢作乐。发现汉斯也喜欢肖夏太太后，裴波尔克伦跟汉斯彻夜长谈，还送给他音乐，两个人成了朋友。后来裴波尔克伦发现自己的病是不治之症，不想被疾病控制，开枪自杀。之后肖夏太太也下了山；约阿西姆也觉得在山上待得太久也下了山，结果病发辞世。汉斯百无聊赖，医生也对他是否真正生病产生怀疑，允许他下山。最后的结局就是他消失在第一次世界大战的战场硝烟之中。

《魔山》刚问世的时候产生了很多种解读。其中的现实主义解读认为魔山上的疗养院病人是不事生产劳动的有钱阶层的大集合，他们饱食终日无所事事，就如冈察洛夫笔下的奥勃洛莫夫，托马斯·曼用这样一批人来讽刺当时的德国上层社会。如果这样解释的话，一则故事过于平淡，其中基本没有现实冲突；二则人物过于苍白，没有工作、没有家庭、没有政治和经济生活，根本无力反映出真正的社会现实。如果按照这一解释，《魔山》完全是一部失败的现实批判作品，根本无法想象这种苍白的现实描写出自现实厚度旁人难及的《布登勃洛克一家》的作者之手。

实际上，《魔山》是一部隐喻性的现代主义作品，山上和山下隐喻着两种对待生命的看法。汉斯刚上山的时候，想跟表哥约阿西姆谈山下发生的事情，自己的生活和计划，但约阿西姆不屑一顾，暗示这类事情庸俗无聊。确实，接下来山上的生活给汉斯的感觉是高雅的，每个人都悠闲雅致，饮食起居都考究到细节。山上还有一种价值，就是越是重病的人越得到大家的尊敬，所以后来汉斯在他们的影响下，甚至乐于报高自己的体温。此时他舅舅因他迟迟不归来接他，于是与他刚上山时的经历构成了对照：第一次是他用山下的眼光看山上，觉得他们有病；这一次是他用山上的眼光看他舅舅所代表的山下。他舅舅跟他谈的内容基本就是当初他跟表兄约阿西姆谈的内容，而此时汉斯觉得他舅舅很庸俗。他舅舅也意识到了山上价值观的诱惑性危险，仓皇下山，怕自己待久了也和汉斯一样下不去了。这一对比明确显示出《魔山》中疗养院代表着一个与世俗现实有着不同价值取向的世界：虽然是一个疾病的世界，但根据托马斯·曼的隐喻习惯，这正是一个艺术的世界，一个超越世俗的精神的世界。汉斯在山上疗养的时候，购买阅读了很多解剖学、生理学、植物学等各学科的书，然后托马斯·曼不厌其烦地加入大量的学科知识和思考，占据了在现实主义作品中不可能占据的大量篇幅。之所以如此，正因为这个世界是思想的世界和精神的世界，知识是这个世界里的主角。

但托马斯·曼在《魔山》里开始反思精神世界的优越性，这个反思同样以隐喻的形式表现为对疾病的反思。在汉斯接受了山上的价值观，以病为荣之后，他提出"死亡是一种十分神圣和庄严的力量，比挣钱和填饱肚子之类欢乐的生活高尚得多，比现代人们喋喋不休的进步事业值得尊敬得多"。死亡之所以能比欢乐的生活更高尚,是因为欢乐的生活被等同于挣钱和填饱肚子这类目光短浅的世俗功利,而死亡代表着对生命价值的本质属性和精神属性的坚守。但是与之前的作品不同,托马斯·曼在这个故事中放入了一个唱反调的人物塞塔姆布里尼,他在书中主要做的就是不断给汉斯警醒,说"疾病远远不是一种高雅的、值得尊敬的事","死是为了生变得神圣才存在的,离开生来看死,死便成了魔怪",换句话说,精神的完善是为了让现实生活更美好,而不是相反。塞塔姆布里尼的这一论调也让山上诸人视他如魔鬼。

　　一次汉斯滑雪时被暴风雪困住,昏睡了过去。他做了一个梦,来到一条河边。河边阳光灿烂,快乐的情侣以及妻子、丈夫、孩子们都在嬉笑玩耍,充满了青春和生命力。这些人的后面有一座神殿,里面阴森寒冷,祭坛上躺着一个死人,这把他吓醒过来。醒过来之后,托马斯·曼放入了书中唯一用斜体字标示出来的一段话:"忠诚于死亡和死者乃是邪恶的,是一种阴暗的欢乐,与人性是敌对的,它会影响人的思想。一个人为了善良与爱情,绝不能让死亡主宰自己的思想。"在这里,托马斯·曼把善良和爱情放在了精神追求之上,前两者属于伦理和情感,更涉及现实社会中人与人的关系。所以整个《魔山》实际上是托马斯·曼用隐喻的手法对抽象精神的价值和意义加以反思。当然书里这些思想的交锋还要更复杂一些,比如纳夫塔仇恨自己的肉体,渴望进入精神和灵魂的世界,所以在决斗中会选择自杀;塞塔姆布里尼代表着人道主义,重视人与人之间的关系,不愿意伤害别人,所以在决斗中宁肯被别人打死。

　　这里同样值得注意的是,托马斯·曼是用善良和爱来对抗个人的精神追求的，因此这里也包含着群体与个体的问题。托马斯·曼并不是用物质来代替精神，而是用群体来代替个体，群体的伦理价值被认为高于个体的精神追求。事实上，作为一种成长小说，《魔山》沿着歌德所开创的成长小说传统，从个体最终走向了群体，最后汉斯也选择了下山，投身于战场的群体之中。不过，托马斯·曼在这里更重要的贡献是看到了颓废派存在的主要问题，就是忽视了人的群体性，过于张扬天才个人的独立价值。在这种立场下，爱和善良这些群体的伦理价值会被贬抑，这也是为什么尼采会把道德视为庸人用来自我保护的说辞，也是为什么超人哲学最终会朝灭绝其他"劣等种族"发展。《魔山》的主人公汉斯虽然是一个善良的人，愿意理解别人的想法，但他依然孤独地探索自己精神的成长。而小说中理想化的人物裴波尔克伦却不同，他来山上后对医院传统的最大破坏，就是组织大家一起活动和交流，将过去病人的个人静养变成了群体的交流。而且托马斯·曼并不认为强调人的群体属性会影响人的精神追求，裴波尔克伦对音乐有着精深的理解，甚至超过独自探索的汉斯。裴波尔克伦其实代表着托马斯·曼对群体与精神达到兼容的希冀。

1933年托马斯·曼因不满纳粹政府流亡美国后，他的思想越来越倾向群体价值。1938年在美国做的一次题为《民主将胜》的讲座中，托马斯·曼称"我不得不悔恨地承认，我年轻的时候认同德国人危险的思维传统，即将生活与智力、艺术与政治视为完全分离的世界"，而现在他意识到两者其实密不可分。不过，如何将两者融洽地结合，托马斯·曼并不非常清楚，因为骨子里他依然相信尼采的超人传统，认为天才的思想无法被平庸的大众所理解。

四

托马斯·曼的最后一部作品《浮士德博士》依然思考着艺术家与现实群体之间的关系，但是托马斯·曼却设置了一个让两者难以调和的前提：要在艺术上到达巅峰，主人公就必须放弃爱。阿德里安是一个学习音乐的神学院学生，在学音乐的过程中去过妓院，结果染上了梅毒，这个梅毒其实是他与魔鬼的签约，梅毒带来的疯狂帮他创作出伟大的作品。后来他隐居乡间创作乐曲，他的朋友蔡特布罗姆不断来看望他并把他的作品带出去，他的作品也越来越得到社会的推许。因此虽然阿德里安本人没有进入社会，他的作品却已产生了广泛的社会影响。

在这个过程中，阿德里安自己也与周围的人发生过交流，可以视为他走向社会的努力。这些交流包括他借宿那家的大女儿和小女儿、他的侄子，但是他们都结局悲惨，或者杀人，或者被抛弃，或者死亡。此外阿德里安还曾爱上一个舞蹈家，并因此渐渐走入社会，但是舞蹈家爱上了他的朋友。这类悲剧让阿德里安认识到，由于他跟魔鬼签约放弃爱，所有接近他、帮助他走入社会的人都将遭遇不幸。

悲剧的关键在于与魔鬼的签约，而这份签约似乎认定：第一，艺术家要获得创造力，必须远离现实世界，放弃爱所能带给他的温暖；第二，艺术家必须在疾病的状态下，比如梅毒带来的疯狂中，才能达到艺术创造的巅峰。这两点意味着创造力是与在现实世界中的毁灭互为因果的。这个前提依然是狂飙突进运动所开启的天才个人传统。不过，《浮士德博士》与狂飙突进运动作品中天才努力挣脱世俗社会的束缚不同的是，阿德里安是努力克服魔鬼的孤独协议，渴望融入世俗社会。阿德里安甚至对蔡特布罗姆说，群体主义才是中产阶级文化的真正对立面。而在这之前，狂飙突进运动推崇个人主义的一个重要出发点就是与中产阶级社会对抗，这是《少年维特的烦恼》的重要主题。现在，托马斯·曼在《魔山》等作品中反思了个人主义的病态之后，提出了群体主义作为解决办法。这里的群体主义显然不是少年维特所反抗的那种向大众屈服让步，接受循规蹈矩的社会常规的群体生活，《浮士德博士》里的群体主义显然是天才艺术家将自己独特的创造成果服务于社会，以及天才艺术家本人在不放弃自身的精神力量的同时走入社会，也即托马斯·曼在《魔山》中最后得出的精神与群体的结合，其核心是爱。

但是在《浮士德博士》中，这一结合显然并不是轻松顺畅的。冲突的高潮就是阿德里安的妹妹去世前把儿子送到阿德里安这里请他照顾。这段时间阿德里安暂时离开了音乐，陪侄子逛街，给他买玩具，陪他玩，渐渐感受到了爱的温暖，也渐渐能够进入到社会生活中去。结果他的侄子却突然生了脑膜炎，痛苦地死掉了，给阿德里安也造成了巨大的打击。阿德里安一次次走向社会的努力反而给他身边的人带来了灾难，这让阿德里安明白魔鬼就意味着剥夺一个人爱的能力和权利。不过虽然阿德里安的努力以悲剧告终，托马斯·曼却借助全书的叙述者蔡特布罗姆对阿德里安给予了高度的评价，因此从叙述上对这一群体主义的追求做了肯定。

《浮士德博士》的第二条线索是阿德里安的音乐创造，这条线索描写的是阿德里安精神世界的发展和成熟，其中对阿德里安的音乐作品的描写代表着托马斯·曼对艺术的看法，也可以说代表着托马斯·曼对精神世界的看法。

一开始的时候，阿德里安觉得历史上流传下来的一切艺术手段都已经穷途末路、毫无用处了，因此到了现代，几乎一切艺术都成了它们自身的滑稽模仿。阿德里安在20世纪初感到的这一艺术困境正是今天后现代艺术面临的困境。戏拟、拼贴、互文、伪仿等后现代艺术手法之所以在今天大行其道，正因为艺术发展到现在已经背负着太多的遗产，原创难上加难，创作越来越成为对前人的滑稽模仿，或者与过去文本的对话。因此阿德里安要在精神领域对抗的不仅有庸俗的现实，也有沉重的传统。作为歌德传统和狂飙突进传统的结合者，阿德里安必须把继承与创造结合在一起，既非简单地抛弃传统，也不是彻底地服从，而是把传统通过个人的独创推向新的高度。

在书中阿德里安的创作成果最主要的是两部，《启示录》和《浮士德博士的悲歌》，两者其实代表着阿德里安精神成长的两个阶段：狂飙突进传统中天才艺术家的否定阶段；以及狂飙突进传统与歌德传统结合后的继承与创新阶段。在《启示录》中，阿德里安表现的是毁灭和死亡，"感受世界末日的音乐创作灵感，直奔毫无意义的死亡，窥见了生命的恐怖与绝望；在对整个西方音乐传统的音乐语言形式的彻底摧毁中完成了奇迹的创造"，因此《启示录》表现为对传统音乐语言形式的反叛和摧毁。所以与传统的手法正相反，阿德里安用管弦乐奏出的不谐和音来表现高贵、真诚、虔诚，却用谐和音来表现地狱。这一颠覆手法代表着他的尼采式价值观，即对传统道德和价值的彻底否定。《启示录》的结尾也是用金属乐器撕金裂玉般地不断穿透，仿佛一个深渊在吞噬一切，其核心是时间的断裂。如果音乐是通过旋律的不断重复来获得时间上的延续性，那么不谐和音，杂乱的音乐，就是把时间的重复打断了，时间被拆解成为碎片。事实上早在《魔山》中，托马斯·曼就直接探讨过时间的问题，探索不同的可能时间。当他在阿德里安的《启示录》中把传统的线性时间观打碎之后，达向的是"同一性"（Identität）："善良与邪恶、天堂与地狱的同一性"。这种同一性正符合希利斯·米勒在《两种重复》中对解构主义的定义，更确切地说是作为解构主义原则的"异质性"，是对传统的线性和二元逻辑的颠覆。

到《浮士德博士的悲歌》，阿德里安已经从《启示录》的毁灭性创造走向了将创造性和群体性融为一体。因此书中对《浮士德博士的悲歌》的描述是"每一个音都在自身背负着整体，也背负着整个历史"，这是个体与群体的完美结合，《浮士德博士的悲歌》也因此被称为"关于宇宙的音乐"。显然，此部作品的主旨已经不是摧毁，而是包容，是个体纳整个世界和整个历史于一身。阿德里安提取了西方全部音乐的精华，然后用一种不可比拟的强度把它们表现出来。在音乐语言上，《浮士德博士的悲歌》借鉴了瓦格纳歌剧的手法，"音乐的基本要素与世界的基本要素是重叠的，因此瓦格纳在展示音乐的神话的同时也展示了世界的神话"，这一手法的关键是阿德里安所使用的音乐语言与整个世界和历史是呼应的，这样，《浮士德博士的悲歌》就具有了以前作品所没有的恢宏（丰富性）和力度（深刻性），托马斯·曼称之为"能量"，称《浮士德博士的悲歌》呈现出的巨大无比的能量让跟它对视的人会感觉不舒服。

不过，《浮士德博士的悲歌》的所有这些音乐特点都是托马斯·曼用语言形容出来的，是外部的描绘，至于是否可能存在这样的音乐作品却值得怀疑，毕竟说鬼容易画鬼难。据说托马斯·曼的很多描写都是借鉴勋伯格的十二音体系，所以《浮士德博士》出版后，勋伯格还跟托马斯·曼打过官司，告托马斯·曼侵权。后来两人达成了和解，之后出版的《浮士德博士》在书后面附上了说明，声明其中的音乐观念借鉴自勋伯格的十二音体系。

勋伯格的十二音体系是从浪漫乐派之后的无调音乐发展而来，现在被视为无调音乐的代表。传统音乐有大调小调共二十四个调性，而无调音乐没有调性音乐所具有的调式、和声指向性，也没有协和和弦与不协和和弦的差异。无调音乐以全音阶作为其音阶形式，没有系统主音，十二音地位对等；也没有主和弦与正三和弦体系，任何组合均可构成和弦。这意味着听无调音乐的时候会找不到音乐的规律，从而有缺乏戏剧高潮的散乱感觉。但其实勋伯格有着非常严格复杂的技法，被称为"十二音技法"。所以勋伯格所做的是用一套严格的规则来制造出无规则的效果，规则和无序完美地融合在一起。这不仅符合《启示录》最后所达向的"同一性"（异质性），而且更符合托马斯·曼对《浮士德博士的悲歌》所做的描述："关于宇宙的音乐"。因为宇宙既无序，又合乎精密的物理规律，所以托马斯·曼很有可能从勋伯格的音乐结构方式中找到了从否定上升为异质性的办法。

所以阿德里安创作的已不仅仅是一部好听的音乐作品，他是要把握这个宇宙的规律。他之所以要追求无调音乐的无序感，用书中的话说"音系的诞生来自杂乱无章的非标准化的声音……在早期，音乐是自由咏诵和即兴发挥。因此到它最后的发展阶段，就会有一种秘而不宣的返回状态的兴趣"。在人类的早期，人类对自然有着更直接的呼应，宇宙在当时人类的眼中也杂乱无章，没有规则。但同时这种杂乱无章的非标准化中又包含着巨大的能量，包含着伟大，所以这种音乐追求的不是优美，而是崇高，是一种宇宙的力量。要表现这种宇宙的崇高，传统的语言领域里，包括音乐语言在内的任何领域，都无法找到"一个真正能够表明其特点的形容词，也不可能为之找到几个形容词的组合"，在这种情况下他必须让每一个音都自身背负着整体，也背负着整个历史，每个音里包含的表情太多了，根本无法用一个形容词或几个形容词来描绘。所以到这里，艺术再不是情节的艺术，不是可以清晰地讲述出来的故事或旋律，而是要把宇宙纳入每个言辞之中，这就是托马斯·曼对人类文明将要进入的一个新的范式的前瞻。

《浮士德博士》出版于1947年，但在浮士德与魔鬼签约的民间故事中，浮士德要的不是名利而是知识，或者说想要获得超人的能力认识这个世界。阿德里安与魔鬼的签约同样也有这一内容，魔鬼让他潜入了人类从未到达的大海的深处，也向上飞离地球，前往人类从未到达的宇宙中的其他星球。魔鬼甚至还让他看到了光的红移、宇宙的爆炸。光的红移现象多用于预测天体的移动及规律，所以阿德里安与魔鬼的签约不仅仅是创造出顶级的音乐作品，而且是要进入一个已经超出人类现代知识能力的世界，这个世界目前只被科幻文学部分地想象过。托马斯·曼在小说中也试图努力地用语言把它表述出来，但是他未能完全说明白，毕竟就像他自己说的，这已经超出了传统语言的表达能力。值得指出的是，阿德里安的音乐绝非表现世俗的得失和矛盾的音乐，他的音乐是要表现宇宙的东西。因此托马斯·曼的精神与群体的相融并不是简单地回归现实主义文学，而是要为艺术找到一个更广阔的群体空间，将爱和艺术、群体与天才更好地融合在一起。

五

跟托马斯·曼同期的另一位德国作家黑塞不但思考着同样的问题，而且与托马斯·曼得出了相似的结论。有趣的是，黑塞的创作结束于《玻璃球游戏》，而《玻璃球游戏》的情节发生在23世纪，也就是说，黑塞最后结束于科幻小说对未来的前瞻。

与英国和法国缓慢平稳地进入现代工业革命不同，德国一直到歌德时代才开始形成民族国家，在这之前一直呈分裂状态，生产方式非常落后。在黑塞出生的时候，德国还没有汽车，夜晚没有灯，但他逝世的时候，人造卫星已经上了天。整个德国更加急剧地经历了生产方式、生活方式、科学模式的剧变，这对所有处于世纪转折阶段的德国人的冲击非常大，使他们能更清晰地感知这一巨大的变化。

黑塞的父亲长期在东方传教，母亲成长在印度，所以黑塞对东方文化，包括中国文化非常推崇，而且按照黑塞的预言，文化的发展中心最后应该回到东方。黑塞早期创作的《彼得·卡门青》属于传统的现实主义成长教育小说，虽然内容上没有特殊之处，但也体现了黑塞对生命价值的探索。

在《荒原狼》中，黑塞将这一探索从写实转向了魔幻，描述那些现实中并不存在，但根据理性推理应该存在的理想生命境界。当然，作为现代主义作品，情节在《荒原狼》这里不再重要，思考和表述成为理解作品的关键。《荒原狼》由三部分组成。第一部分是"出版者序"，讲述叙述者"我"眼中的哈利·哈勒。"我"看到他经常进入旅馆，与大家格格不入。等哈勒离开后，别人进入他的房间，发现了一本叫《哈利·哈勒自传：只为精神病人而作》的书。"疾病"这个主题再次出现。第二部分就是哈勒的自传内容。哈勒写他非常苦闷，与周围的人都无法沟通，找到大学教授，却发现教授不过是民粹主义者。这里"孤独的天才"主题也再次出现。此外哈勒还在写一篇论文，这篇论文也被全文呈现，名为《荒原狼的论文》，构成小说的第三个部分。在自传中，哈勒还记叙了"魔幻剧场"的事情。哈勒晚上经常在街上游荡，看到很多指示牌都指向"魔幻剧场"，他跟着指示牌走到了一个酒吧，遇到一位叫赫尔米娜的女子。赫尔米娜跟他一起喝酒、跳舞、做爱，劝他改变目前枯燥的生活。最后赫尔米娜带他去了魔幻剧场。魔幻剧场有不同的舞台，呈现不同的场景，其中一个是赫尔米娜在与别人做爱，哈勒激动下把他们俩都杀死了。在另一个舞台他看到了莫扎特，在他心里莫扎特一直代表着音乐最崇高的境界。这里莫扎特却突然像小丑一样上蹿下跳，莫扎特的古典音乐在收音机里与现代流行音乐混杂在一起。

《荒原狼》用离奇的情节表现了思想冲击的高度张力。主人公的所思和所求都不是现实得失和现实关系，而是具有终极价值的东西，所以只能用"魔幻剧场"这样非现实的意象来呈现。就像赫尔米娜说的：

> 时代和世界、金钱和权力从来只属于小人所有，属于平庸浅薄的人所有，而其他的人，那些真正的人，则一无所有。除了死，一无所有。……我所称之为永恒的东西，虔诚的人称之为上帝的王国。我想：我们所有这些人，我们这些满怀要求的人，我们这些满怀

渴望的人，这些比别人有更多东西的人，将根本没法生存，如果不是除了这个世界的空气之外还有另一种空气的话，如果不是除了这个时代还有永恒存在的话，那才是真正的王国。莫扎特的音乐就是这种永恒，你的伟大诗人的诗作是这种永恒，那些做出奇迹、壮烈献身、为人类做出伟大榜样的圣人是这种永恒。同样，各种真正业绩创造者的形象，各种纯真感情的力量也属于永恒，即使它们并不为人所知、所发现、记载下来流芳百世。

这是哈勒进入"魔幻剧场"前赫尔米娜告诉他的，把世俗世界与永恒世界做了区分，世俗世界充满欺骗，永恒世界才是天才们真正追求的。在《荒原狼的论文》中，哈勒同样对人性做了这样的二元区分："人的天性"和"狼的天性"。用书中的话说，人的天性指"一切懦弱的东西，一切像猴子一样的东西，一切愚蠢、渺小的东西"；狼的天性则指"在我心中燃起了对强烈情感的野蛮渴望，对轰动世界事件的渴望；燃起对平庸、单调、常规、空洞的生活的愤怒"。无疑，这里人的天性与狼的天性的对立，与赫尔米娜的世俗世界与永恒世界的对立一样，都是狂飙突进传统中庸人与天才、物质与精神的对立。

不过，《荒原狼》中最值得注意的是哈勒通过思想探索所得出的结论：

> 实际上，并没有一个自我，哪怕是最简单的自我，是统一的。实际上，人是一个非常多元化的世界，一

个群星闪耀的小天体，一个由各种形式、各种阶段、各种继承下来的天性与可能性组成的杂乱无章的混合体。每个人都力图把这个混合体当作一个整体去看待，去谈论他的自我，似乎那就是一个简单的、有固定形式的、界限分明的现象。

承认人性的多元化，承认人和世界是杂乱无章的混合体，这一结论与《浮士德博士》中阿德里安最后在《浮士德博士的悲歌》中得出的结论有异曲同工之妙，与席勒在《审美教育书简》中得出的融合了感性冲动与理性冲动的"第三冲动"——游戏——也有异曲同工之妙。在这些德国思想家看来，理想的境界应该是一个杂糅的境界，个体与全体共存，社会的人和自然的人共存。这是为什么黑塞最后要让莫扎特在"魔幻剧场"中变成小丑，因为在杂糅的世界里，所谓的经典与通俗、崇高与卑下、生与死、个体与群体、精神与物质的对立，一些所谓的界限，都会被超越和消除。所以莫扎特给哈勒的启示是，只要能够跨越这些界限，就能够进入那个杂糅的世界，用智慧而游戏的眼光去看待生活。

至此，欧洲文学似乎也完成了它的第一个循环，从创世开始，最终回到了宇宙；从大地母亲诞生出个体开始，最终回归到了群体万物。当然，这个过程尚未能在19世纪末的德国文学中得到完全充分的阐释，当时的德国作家看到了这一趋势，但也感到困惑和矛盾。虽然我们也完全可以把黑塞的所有设想当成一个玩笑，一个艺术家的空想，把它抛到一边，重新回到现实主义的艺术里，但实际上黑塞的想法是德国当时一群思想家的想法，他们代表的是当时德意志文化和思想的大爆发。那个时代德意志民族出现了思想家马克思、尼采，科学家爱因斯坦，心理学家弗洛伊德，哲学家海德格尔，社会学家韦伯，音乐家勋伯格，文学家托马斯·曼、卡夫卡、里尔克，政治家希特勒……不管他们的思想和立场多么千差万别，他们的爆发性出现表明，另一个新的范式时代或许已经被开启。

推荐阅读书目

第一讲 | 问天下谁是英雄
　　　　　　——希腊神话与荷马史诗

1. 斯威布：《希腊神话和传说》，楚图南译，人民文学出版社，2003。
2. 荷马：《伊利亚特》，罗念生、王焕生译，人民文学出版社，2003。（或《伊利亚特》陈中梅译本。）
3. 荷马：《奥德修纪》，杨宪益译，上海译文出版社，2008。（或《奥德赛》王焕生译本或陈中梅译本。）
4. 赫西俄德：《工作与时日 神谱》，张竹明、蒋平译，商务印书馆，2011。
5. 奥维德：《变形记》，杨周翰译，人民文学出版社，1984。

第二讲 | 狄俄尼索斯应该把谁带回来？
　　　　　　——古希腊悲剧的两难处境

1. 埃斯库罗斯：《埃斯库罗斯悲剧六种》，罗念生译，上海人民出版社，2016。
2. 索福克勒斯：《索福克勒斯悲剧五种》，罗念生译，上海人民出版社，2016。
3. 欧里庇得斯：《欧里庇得斯悲剧五种》，罗念生译，上海人民出版社，2016。
4. 阿里斯托芬：《阿里斯托芬喜剧六种》，罗念生译，上海人民出版社，2016。
5. 亚里士多德：《诗学》，罗念生译，上海人民出版社，2006。

第三讲 | 从丰盈到崇高
　　　　　——并不黑暗的中世纪

1.《圣经》。
2.《萨迦选集》，石琴娥译，商务印书馆，2014。
3. *The Elder Eddas of Saemund Sigfusson; and the Younger Eddas of Snorre Sturleson.* Translated by Benjamin Thorpe and I.A. Blackwell. London: Norroena Society. 1906.
4.《贝奥武甫》，冯象译，生活·读书·新知三联书店，1992。
5.《尼伯龙根之歌》，钱春绮译，人民文学出版社，2017。（或《尼博龙根之歌》曹乃云译本，《尼伯龙人之歌》安书祉译本。）
6. 托马斯·马洛礼:《亚瑟王之死》，陈才宇译，天津人民出版社，2017。
7. 雅克·勒高夫:《中世纪文明（400—1500年）》，徐家玲译，格致出版社，2011。

第四讲 | 失意于现实才有精神的救赎
　　　　　——永恒的但丁

1. 但丁:《神曲》，田德望译，人民文学出版社，2004。（或《神曲》朱维基译本。）
2. 雅各布·布克哈特:《意大利文艺复兴时期的文化》，何新译，商务印书馆，1997。
3. 马里奥·托比诺:《但丁传》，刘黎亭译，上海译文出版社，1984。

第五讲 | 欧洲叙事的成熟
　　　　　——从薄伽丘到塞万提斯

1. 卜伽丘:《十日谈》，方平、王科一译，上海译文出版社，2006。
2. 乔叟:《坎特伯雷故事》，黄杲炘译，上海译文出版社，2007。（或《坎特伯雷故事集》方重译本。）
3. 拉伯雷:《巨人传》，成钰亭译，上海译文出版社，2007。
4. 巴赫金:《拉伯雷研究》，李兆林等译，河北教育出版社，1998。
5. 塞万提斯:《堂吉诃德》，傅东华译，北京时代华文书局，2015。（或《堂吉诃德》杨绛译本。）

6. 唐纳德·P·麦克罗里:《不寻常的男人:塞万提斯的时代和人生》,王爱松译,黑龙江教育出版社,2015。

7. 巴赫金:《小说理论》,白春仁、晓河译,河北教育出版社,1998。

第六讲 | 哈姆雷特为何无法说尽
—— 不羁的莎士比亚

1. 莎士比亚:《莎士比亚全集》,朱生豪译,人民文学出版社,2010。(或《莎士比亚全集》梁实秋译本。)

2. 斯蒂芬·格林布兰特:《俗世威尔——莎士比亚新传》,辜正坤译,北京大学出版社,2007。

3. E. K. Chambers. *The Elizabethan Stage*. Oxford: Clarendon Press, 1923.

4. E. K. Chambers. *William Shakespeare: A Study of Facts and Problems*. Oxford: Clarendon Press. 1930.

第七讲 | 群体与自我
—— 古典主义的困境

1. 高乃依:《高乃依戏剧选》,张秋红、马振骋译,上海译文出版社,1990。

2. 拉辛:《拉辛戏剧选》,齐放等译,上海译文出版社,1985。

3. 笛卡尔:《谈谈方法》,王太庆译,商务印书馆,2000。

第八讲 | 人类真的是耶胡吗?
—— 斯威夫特的痛苦

1. 笛福:《鲁滨逊漂流记》,徐霞村译,人民文学出版社,1997。

2. 斯威夫特:《格列佛游记》,张健译,人民文学出版社,2003。

3. 塞缪尔·理查森:《帕梅拉》,吴辉译,译林出版社,2002。

4. 菲尔丁:《弃儿汤姆·琼斯史》,张谷若译,上海译文出版社,1993。(或《弃儿汤姆·琼斯的历史》萧乾译本。)

5. 劳伦斯·斯特恩:《项狄传》,蒲隆译,上海译文出版社,2012。

6. 休谟:《人性论》,关文运译,商务印书馆,2016。(或《人性伦》石碧球译本。)

7. 爱德华·W·萨义德:《文化与帝国主义》,李琨译,生活·读书·新知三联书店,2016。

第九讲 | 被扭曲的莱布尼茨
—— 启蒙文学中的哲学漫画

1. 托马斯·库恩：《科学革命的结构》，金吾伦、胡新和译，北京大学出版社，2004。(或《科学革命的结构》李宝恒、纪树立译本。)
2. 莱布尼茨：《神义论：附单子论》，朱雁冰译，生活·读书·新知三联书店，2007。
3. 伏尔泰：《伏尔泰小说选》，傅雷译，人民文学出版社，1980。
4. 狄德罗：《狄德罗小说选》，吴达元等译，人民文学出版社，2001。
5. 卢梭：《忏悔录》，黎星、范希衡译，人民文学出版社，2003。
6. 陆建德：《思想背后的利益》，中信出版社，2015。

第十讲 | 精神的力量有多大
—— 走向大我的歌德

1. 歌德：《少年维特的烦恼》，杨武能译，人民文学出版社，2011。(或《少年维特的烦恼》侯浚吉译本。)
2. 歌德：《威廉·迈斯特的学习时代》，冯至、姚可昆译，重庆出版社，2007。(或《威廉·迈斯特的学习时代》杨武能译本。)
3. 歌德：《威廉·迈斯特的漫游时代》，董问樵译，上海译文出版社，1993。
4. 歌德：《浮士德》，钱春绮译，上海译文出版社，2007。(或《浮士德》董问樵译本。)
5. 席勒：《强盗》，杨文震、李长之译，人民文学出版社，1956。
6. 弗里德里希·席勒：《审美教育书简》，冯至、范大灿译，上海人民出版社，2003。
7. 霍布斯：《利维坦》，黎思复、黎廷弼译，商务印书馆，1985。
8. 卢梭：《社会契约论》，李平沤译，商务印书馆，2011。(或《社会契约论》何兆武译本。)
9. 以赛亚·伯林：《自由论》，胡传胜译，译林出版社，2011。

第十一讲 | 仰望星空
——雪莱的宇宙意识

1．华兹华斯：《华兹华斯诗选》，杨德豫译，广西师范大学出版社，2009。

2．华兹华斯：《丁登寺》，汪剑钊译。

3．雪莱：《雪莱抒情诗全编》，江枫译，北京十月文艺出版社，2014。（或《雪莱抒情诗选》查良铮译本。）

4．济慈：《济慈诗选》，屠岸译，人民文学出版社，1997。（或《济慈诗选》查良铮译本。）

第十二讲 | 务实的爱情是堕落还是明智
——从夏多布里昂到福楼拜

1．夏多布里昂：《阿达拉·勒内》，曹德明译，漓江出版社，1996。（或《阿达拉·勒内》时雨译本。）

2．夏多布里昂：《少女之誓：阿达拉与核耐》，戴望舒译，开明书店，1928。

3．本雅明·贡斯当：《阿道尔夫》，卞之琳译，安徽教育出版社，2007。

4．乔治·桑：《魔沼》，郑克鲁译，文汇出版社，2015。

5．缪塞：《一个世纪儿的忏悔》，梁均译，人民文学出版社，1997。

6．雨果：《巴黎圣母院》，陈敬容译，人民文学出版社，2003。

7．司汤达：《红与黑》，郝运译，上海译文出版社，2006。

8．巴尔扎克：《欧也妮·葛朗台》，张冠尧译，人民文学出版社，2003。（或《欧也妮·葛朗台》傅雷译本）

9．福楼拜：《包法利夫人》，李健吾译，人民文学出版社，2003。

10．左拉：《萌芽》，符锦勇译，上海译文出版社，2007。（或《萌芽》黎柯译本。）

11．莫泊桑：《俊友》，李青崖译，上海译文出版社，1980。

12．莫泊桑：《一生　漂亮朋友》，盛澄华、张冠尧译，人民文学出版社，1984。

第十三讲 | 道德带给人的是什么
——哈代的现代痛苦

1．狄更斯：《奥立弗·退斯特》，荣如德译，上海译文出版社，1984。（或《雾都孤儿》黄雨石译本。）

2．狄更斯：《董贝父子》，祝庆英译，上海译文出版社，1996。

3．狄更斯：《荒凉山庄》，黄邦杰等译，上海译文出版社，1998。

4．简·奥斯汀：《理智与情感》，孙致礼译，译林出版社，2004。

5．简·奥斯汀：《傲慢与偏见》，王科一译，上海译文出版社，2006。（或《傲慢与偏见》孙致礼译本。）

6．艾米莉·勃朗特：《呼啸山庄》，杨苡译，译林出版社，2006。（或《呼啸山庄》方平译本。）

7．萨克雷：《名利场》，杨必译，人民文学出版社，1957。（或《名利场》荣如德译本。）

8．哈代：《德伯家的苔丝》，张谷若译，人民文学出版社，2003。

9．哈代：《无名的裘德》，张谷若译，人民文学出版社，1989。

第十四讲 | 毁灭与创造
——浮士德博士的悲歌

1．豪普特曼：《群鼠》，陈恕林、章国锋等译，漓江出版社，1997。

2．托马斯·曼：《布登勃洛克一家》，傅惟慈译，译林出版社，2013。

3．托马斯·曼：《魔山》，钱鸿嘉译，上海译文出版社，2007。（或《魔山》杨武能译本。）

4．托马斯·曼：《浮士德博士》，罗炜译，上海译文出版社，2012。

5．赫尔曼·黑塞：《荒原狼》，倪诚恩、赵登荣译，上海译文出版社，2008。

图书在版编目（CIP）数据

人类真的是耶胡吗？：欧洲文学十四讲 / 戴从容著.
—上海：上海三联书店，2023.4重印
ISBN 978-7-5426-6513-3

Ⅰ．①人… Ⅱ．①戴… Ⅲ．①欧洲文学—文学研究
Ⅳ．①I500.6

中国版本图书馆CIP数据核字（2018）第230538号

人类真的是耶胡吗？——欧洲文学十四讲

著　　者 / 戴从容

责任编辑 / 朱静蔚
特约编辑 / 李志卿　王卓娅
装帧设计 / 微言视觉｜阿龙
监　　制 / 姚　军
责任校对 / 王焙尧　李　以

出版发行 / 上海三联书店
　　　　　（200030）中国上海市徐汇区漕溪北路331号中金国际广场A座6楼
邮购电话 / 021-22895540
印　　刷 / 肥城新华印刷有限公司

版　　次 / 2019年4月第1版
印　　次 / 2023年4月第3次印刷
开　　本 / 889×1194　1/32
字　　数 / 253千字
彩　　插 / 12幅
印　　张 / 13.25
书　　号 / ISBN 978-7-5426-6513-3 / I·1462
定　　价 / 58.00元

敬启读者，如发现本书有印装质量问题，请与印刷厂联系010-58272393。